Regine Kölpin
Das Signum der Täufer

Bisher von der Autorin bei KBV erschienen:

Vergangen ist nicht vorbei
Deichleichen (Hg.)
aufgebockt & abgemurkst (Hg.)
Muscheln, Möwen, Morde (Hg.)
Die Lebenspflückerin
Der Meerkristall

Regine Kölpin ist eine vielseitige Schriftstellerin. Sie hat zahlreiche Romane und Kurztexte (unter Regine Fiedler für Kinder und Jugendliche) publiziert und gibt auch Anthologien heraus. Sie leitet Schreibwerkstätten in der Jugend- und Erwachsenenbildung und inszeniert historische Stadtführungen mit Lesungen an den Originalschauplätzen. Regine Kölpin hat mehrfache Auszeichnungen und Preise erhalten, u. a. die zur »Starken Frau Frieslands« und das »Stipendium Tatort Töwerland 2010«. Die Schriftstellerin arbeitet sehr erfolgreich mit der Folk-Band Dreebladd zusammen und erstellt mit dieser Gruppe Lesungs- und Musikprogramme, die das Publikum nachhaltig begeistern. Sie ist 1964 in Oberhausen geboren und lebt mit ihrer großen Familie in Friesland an der Nordseeküste.

Regine Kölpin

DAS SIGNUM DER TÄUFER

Historischer Kriminalroman

KBV

Originalausgabe

www.kbv-verlag.de
E-Mail: info@kbv-verlag.de
Telefon: 0 65 93 - 998 96-0
Fax: 0 65 93 - 998 96-20
Umschlaggestaltung: Ralf Kramp
unter Verwendung von: © Sergey Nivens · www.fotolia.de
Redaktion: Nicola Härms, Rheinbach
Druck: Aalexx Buchproduktion GmbH, Großburgwedel
Printed in Germany
ISBN 978-3-95441-157-3

Die Personen

Hiske Aalken:
Hebamme in der Herrlichkeit Gödens, einst Toversche (Hexe/Zauberin), aus Jever geflohen

Der Wortsammler:
eine vergessene Seele, die eine Zuflucht bei der Hebamme Hiske Aalken gefunden hat

Jan Valkensteyn:
Arzt, aus Amsterdam stammend

Garbrand:
katholischer Mönch, aus einem englischen Kloster geflohen und Freund Jan Valkensteyns und Hiske Aalkens

Melchior Dudernixen:
Bader in der Neustadt. Mennonit aus Holland

Magda Dudernixen:
Weib des Baders. Mennonitin aus Holland

Franz von Eisenberg:
Feind Krechtings

Jelda von Eisenberg:
Tochter Franz von Eisenbergs

Meester:
Kapitän aus Emden mit viel Wissen

Tomma:
Blaufärberin aus Jever

Coevorden:
Freund Krechtings und Leinenweber

Goldschmidt:
Freund Krechtings und Schmied

Nikolaus:
undurchsichtiger Freund Garbrands

Historische Persönlichkeiten

Hinrich Krechting:
die rechte Hand der Hebrich von Knyphausen, Jurist und Anführer der Menschen in der Herrlichkeit Gödens. Kommt aus Münster, war dort Kanzler von Jan van Leyden, dem großen Täuferführer.

Hebrich von Knyphausen:
Häuptlingswitwe, lenkt nach dem Tod ihres Mannes Haro von Oldersum die Geschicke in der Herrlichkeit Gödens.

Jacobus Cornicius:
Stadtarzt aus Emden, Freund Jan Valkensteyns. War als Humanist und Naturwissenschaftler publizistisch aktiv und ein Verfechter der religiösen Reform. Er wirkte u. a. als Leibarzt am ostfriesischen Hof.

Wolter Schemering:
Erster Landrichter in der Herrlichkeit Gödens, ist zusammen mit Hinrich Krechting aus Münster geflohen.

Elske Krechting:
Frau von Hinrich Krechting

Gräfin Anna von Oldenburg:
Gräfin von Ostfriesland, lebte in Emden, hat versucht, eine Einheit der Glaubensrichtungen zu bewirken.

Johannes a Lasco:
Superintendent, eingesetzt von Gräfin Anna, maßgeblich an der Neugestaltung des ostfriesischen Kirchenwesens beteiligt.

Lübbert Jans Kremer:
ein holländischer Kaufmann, überzeugter Mennonit, der die Vorbilder für die Neustadt, die Städte Oldersum und Appingedam, sehr gut kannte.

Boing von Oldersum:
Verlobter Fräulein Marias von Jever, Schwager von Hebrich von Knyphausen, zog ihren Sohn Edo an der Seite Marias ein paar Jahre lang groß

Bischof von Waldeck:
belagerte Münster und sorgte u. a. für Krechtings Scheitern in Oldenburg

Leenard Bouwens:
Prediger, der nachweislich um diese Zeit nach Gödens kam, um zu taufen und das Abendmahl zu reichen

Graf Anton von Oldenburg:
gab Krechting nach Münster zunächst Asyl, schickte ihn nach seiner Einigung mit Bischof von Waldeck aber fort, vermutlich nach Rastede

Dr. Gerhard Westerburg:
auch als Dr. Fegefeuer bekannt, geriet u. a. in Köln in Konflikt mit der Kirchenobrigkeit, musste fliehen und war die letzten fünfzehn Jahre bis zu seinem Tod im Jahr 1558 Pfarrer in Dykhusen (Herrlichkeit Gödens)

Tochter Westerburgs, im Roman *Bente* genannt:
eine der Töchter Westerburgs, hat im Jahr 1550 den Emder Stadtarzt Jacobus Cornicius geheiratet, ein Name ist nicht bekannt.

Herbst 1543

Die schwere See machte dem kleinen Schiff zu schaffen. Sie warf den Kreyer wie eine Nussschale zwischen den Wellen hin und her. Der Schipper erhaschte einen Blick auf seinen Begleiter, der mit finsterer Miene im Bug kauerte und scheinbar nie schlief. Er fixierte ihn mit seinen stählernen Augen und ließ sich nicht von der rauen See stören, obwohl der Sturm an Stärke zunahm. Der Seemann kannte die Mission seines Reisebegleiters nicht, aber er misstraute ihm zutiefst. Noch an Land hatte er in einem unbeobachteten Moment in den Ledersack des Mannes gegriffen. Er musste einfach mehr über seinen Mitfahrer wissen. Seine Bezahlung jedoch war fürstlich, sodass die Gier die Bedenken beiseitegeschoben hatte. Gefunden hatte er nichts. Außer ein paar sorgsam gefalteten kleinen Papierrollen, auf denen merkwürdige Bibelsprüche zu lesen waren. Doch ihm fehlte die Zeit, sich das genauer anzusehen. Eine dieser Botschaften aber hatte er, einer Eingebung folgend, an sich genommen und blitzschnell in seiner Tasche verschwinden lassen. Eine innere Stimme sagte ihm, dass es gut war, seinem Freund, dem Meester, etwas zu hinterlassen. »Gib ihr das, wenn sie eines Tages nach mir sucht! Sie wird wissen, was zu tun ist. Und du«, der Schipper hatte seinem Freund tief in die Augen gesehen, »du wirst so lange leben, bis sie zu dir gekommen ist und es erhalten hat. Falls mir etwas zustößt, wird es ihr einziger Anhaltspunkt sein.«

»Wer ist dieser Mann? Ein Papist auf Rachefeldzug?«, hatte der Meester gefragt, doch diese Antwort war ihm sein Freund schuldig geblieben; er wusste es nicht. »Möglich«, hatte er gemurmelt. »Dafür spricht das, was ich gefunden habe. Mein Gefühl ist nicht gut, doch mir bleibt ohnehin keine Wahl. Weigere ich mich, fürchte ich um mein Leben.«

»Wohin werdet Ihr reisen?«

»Die Herrlichkeit Gödens«, hatte der Schipper geflüstert. Ihn drängte die Zeit, denn der Reisende hatte deutlich gemacht, dass er noch am selben Tag in See stechen wollte.

Der Kreyer wurde jetzt von einer besonders heftigen Welle attackiert und drohte für einen Moment zu kentern. Mittlerweile war die Nacht hereingebrochen, aber die Sterne waren von dichten Wolken verdeckt. Eine undurchdringliche Schwärze tat sich auf. Der Schipper umklammerte die Bordwand, weil eine weitere Windböe auf das Schiff zuraste. Kurz darauf brach eine Woge krachend über der Reling. Das Boot schlingerte eine Weile, drehte sich unkontrolliert hin und her, wartete auf die nächste Welle. Jetzt setzte auch noch Regen ein, der in Schnüren aus den Wolken strömte und die Kleidung binnen kürzester Zeit durchnässte. Besorgt glitten die Augen des Schippers den Mast hinauf, der bedenklich knackte. Der Kreyer hatte einer solchen Wetterlage mit seinem dünnen Mast und dem nunmehr zerfetzten Segel nur wenig entgegenzusetzen. Gott allein konnte ihnen zu Hilfe eilen – wenn er sie noch nicht vergessen hatte, denn ihr Schicksal und wohin es sie spülte, lag in seiner Hand.

Von Emden aus hatten sie den starken Nordwestwind nutzen können, waren schneller vorangekommen, als der Schipper gehofft hatte. Ihm war es wichtig, den Hafen so rasch wie möglich zu verlassen und sich fast ungesehen auf den langen Weg zu machen. Immerhin hatte er, neben der geheimnisvollen Gestalt, Waren geladen, die er am Emder Zoll vorbeischmuggeln und nach Jever schiffen wollte. Doch das blieb ihm vorerst versagt. Er hatte ein anderes Ziel.

Wieder peitschte eine Welle über die Planken, und nur mit viel Glück wurde keiner der beiden Männer über Bord gespült. Der Fremde hatte sich im Bug unter dem Vorbau verschanzt und mit einer Plane gegen die Nässe geschützt. Der Schipper ließ seinen Blick zur Ladung schweifen, die sich gleichmäßig fest vertäut im Bug und im Heck des Schiffes befand. Noch hielt sie der Belastung stand, noch musste er sich zumindest darum nicht sorgen. Vorhin hatte sich eines der Fässer gelöst, doch es war ihm rasch gelungen, es erneut festzuzurren. Wenn er das alles lebend überstand, war es wichtig, die geschmuggelten Waren heil nach Jever zu bringen. Er würde tun, was der Mann von ihm verlangte, und dann seiner Wege gehen.

Der Sturm nahm mit Fortschreiten der Nacht an Heftigkeit zu. Sie schienen sich nur noch im Kreis zu bewegen und nicht voranzukommen. Es war unmöglich, Land zu entdecken, obwohl auflaufendes Wasser war und sie eigentlich unaufhaltsam auf die Küste zutreiben mussten. Setzte erst Ebbe ein, würden sie unweigerlich auf die Nordsee hinausgezogen, denn bei diesem Wind war der Kreyer manövrierunfähig. Das Boot war ohnehin schon arg angeschlagen, und es war fraglich, wie lange es den widrigen Bedingungen noch standhalten konnte.

Bei der nächsten Böe riss das Tau, mit dem er das Segel befestigt hatte, und schlug erbarmungslos hin und her. Als die folgende Welle auf die Seite des Kreyers zurollte, krallte der Schipper seine kalten Hände um das schwingende Seil, hoffte, es so an der Bordwand festzurren zu können. Das misslang jedoch, und das Tau diente nun eher dazu, ihm selbst Halt zu geben, doch glitt es mit einem Ruck durch seine Finger und riss sie auf. Eine blutige Linie zog sich quer über den Handteller. Der Mann schloss vor Schmerz die

Augen. Er hörte die nächste Welle schon lange, bevor sie brach, und als das Holz splitterte, war ihm klar, dass sein Leben und das seines Begleiters lediglich an einem seidenen Faden hingen und sie kaum noch die Möglichkeit hatten, dieser Hölle zu entfliehen. Der Mast knallte mit Wucht auf die Planken. Der Schipper konnte nur um Haaresbreite ausweichen. Das Segel schoss herunter und begrub ihn unter sich. Der Kreyer tanzte seinen Tanz, sprang hin und her, auf und nieder, je nachdem, wie die Wellentäler es vorgaben. Der Mann hatte die Augen geschlossen. Er stieß ein Stoßgebet aus, denn seine einzige Hoffnung bestand darin, dass das Schiff nicht kenterte. Plötzlich durchzuckte ihn ein gewaltiger Schmerz. Dann wurde es Nacht um ihn.

Nach vielen Stunden erwachte er. Er versuchte, um Hilfe zu rufen, doch über seine Lippen kam lediglich ein Krächzen. Es fiel ihm schwer, sich zu bewegen, und so gelang es ihm nur, den Kopf unter dem Segel hervorzuziehen. Über ihm tat sich ein wolkenloser Himmel auf, Möwen zogen ihre Bahnen. Der Mann versuchte sich aufzurappeln, was mit dem eingeklemmten Bein schwierig war, und es gelang ihm, einen Blick über die Reling zu werfen. Steuerbord, nicht weit entfernt, zeigte sich Land. Der Schipper wandte den Kopf nach Backbord, dann geradeaus und erkannte ebenfalls ein Stück Küstenlinie. Sollte das Schicksal ihn ohne sein Zutun in die richtige Gegend gelenkt haben? Wenn das so war, war er bald frei.

Der Mann versuchte sich zu befreien. Als er vorsichtig mit der rechten Hand nach seinem Kopf tastete, fühlte er die offene Wunde, aus der bei jeder kleinen Regung erneut Blut sickerte. Zudem wurde der Durst unerträglich. Vergeblich versuchte er, mit der Zunge die aufgesprungenen Lippen zu befeuchten. Er schaffte es, den Zipfel des Wasserschlauches zu erhaschen und zu sich heranzuziehen. Das Wasser schmeckte modrig und abgestanden, aber in seiner misslichen Lage war das unerheblich. Seine Sinne klarten auf, und er erinnerte sich an seinen Begleiter. Weil sein Sichtfeld arg eingeschränkt war, konnte er nicht sagen, ob der noch an Bord war. Er rief nach ihm. Eine Antwort erhielt er nicht. Der Schipper wagte es nicht, ein weiteres Mal über die Reling zu schielen, weil er eine neue Ohnmacht befürchtete, denn der Schmerz im Bein war schon in Ruhelage unerträglich. Doch als er so still dalag, wurde ihm bewusst, dass das Schiff nicht mehr schaukelte, ja, es sich überhaupt nicht von der Stelle bewegte. Er war auf Grund gelaufen und steckte im Wattenmeer fest. Eine bedrohliche Schwermut lag über dem Schiff, und in ihm wuchs eine unerklärliche Todesangst.

Plötzlich hörte er Schritte, kurz darauf drang ein Platschen an sein Ohr. Jemand näherte sich dem Kreyer. Schließlich schob sich eine Hand über die Reling, dann folgte ein vermummtes Gesicht. Das Letzte, was der Schipper in seinem Leben sah, war die gleißende Sonne. Und bevor ein scharfer Schnitt seine Kehle durchtrennte, drangen ihm krächzende Worte ans Ohr. »Gottes Wort stiehlt man nicht. Denn: *Was Gott will an uns! Es sind viele Anschläge in eines Mannes Herz, aber der Rat des Herrn bleibt bestehen, Gott ist groß!*«

Dann wurde es dunkel um ihn.

1. Kapitel

Herrlichkeit Gödens 1549

Der Schneesturm rüttelte an Türen und Fenstern, begehrte Einlass und wirkte wie eine Bedrohung für die Bewohner der Neustadt und der umliegenden Gehöfte. Die Hebamme Hiske Aalken legte ein Scheit Holz nach dem anderen in den Ofen. Dennoch wollte sich die kleine Kate nicht richtig erwärmen. Hiske war in mehrere Decken und Westen gehüllt, deren Wolle sie im Herbst mit der Handspindel gesponnen und später verarbeitet hatte. Darunter trug sie zwei Röcke und übereinandergezogene Beinlinge, denn trotz des Feuers im Ofen war es bitterkalt. Es war beschwerlich, die anfallenden Arbeiten zu verrichten. Ständig war es vonnöten, Holz hereinzuholen, und das Vieh verlangte gleichermaßen sein Recht. Morgens schaute sie stets als Erstes im Stall nach der Ziege und dem Schaf. Der Wortsammler, ihr dreizehnjähriger Ziehsohn, hing mit einer abgöttischen Liebe an den Tieren, die er im letzten Sommer aufgelesen hatte, und so manches Mal glaubte die Hebamme, dass er ihre Sprache verstand.

Besorgt musterte Hiske den wolkenverhangenen Himmel, der nichts Gutes verhieß und weiteren Schnee bringen würde. Es wäre ausgesprochen gut, wenn sie ihre Kate in den nächsten Tagen nicht in Richtung Neustadt verlassen müsste. Doch Magda Dudernixen, die Badersfrau, stand kurz vor der Niederkunft. Hiske hoffte, dass sich die Geburt noch etwas verzögerte, denn ein Kind unter diesen widrigen Bedingungen zu bekommen, war für alle kein einfaches Unterfangen. Außerdem weilte Magdas Mann Melchior gerade nicht in der Herrlichkeit, und sie würde allein dastehen, was bei dieser

Witterung kaum zu bewerkstelligen war. Ihr Gesindemädchen war jung und war ihr schon jetzt bei den schweren Arbeiten keine Stütze.

Hiske hatte oft überlegt, sich in der Neustadt niederzulassen, denn die Bevölkerung wuchs ständig, und die meisten Kinder erblickten dort das Licht der Welt. Zu den umliegenden Gehöften und nach Dykhusen war der Weg auch von der abgelegenen Kate aus beschwerlich.

Hiske war froh, dass ihr Garbrand im Augenblick kaum von der Seite wich, obwohl er in der Neustadt seine Kammer hatte. Der Wortsammler war ebenfalls merklich ruhiger, wenn der alte Mönch in seiner Nähe weilte. Garbrands anfängliche Furcht, man könne ihn wegen seiner katholischen Gesinnung in dieser reformierten Gegend ächten und verbannen, hatte sich nicht bewahrheitet. Seine Aufgabe, Hebrich von Knyphausen bei der Armenfürsorge zu helfen, war allerdings misslungen. So weit ging die Toleranz der Menschen nicht. Die Einheimischen waren den Papisten nicht wohlgesonnen, duldeten den Mönch jedoch stillschweigend in ihrer Mitte. Sofern er sich ruhig verhielt. Nicht einer hatte je seine Hand gegen ihn erhoben, nicht einer gegen ihn gesprochen. Bei den Neustädtern handelte es sich um ein friedliches Volk, das sich aus Menschen unterschiedlicher Herkunft und unterschiedlichen Glaubens zusammensetzte. Viele hatten ihrer Gesinnung wegen die schlimmsten Dinge durchlebt. Das schweißte die Bevölkerung zusammen, denn alle wussten, dass der Bau des Fleckens und des neuen Siels nur funktionieren konnte, wenn alle zusammenhielten. Zumindest hoffte Hiske, dass es so war und blieb. Garbrand hatte auch ohne die Armenfürsorge genug zu tun, denn für die anfallenden Handwerksarbeiten war er allen genehm, geschickt wie er war. Und so hatte er sein Auskommen.

Hiske schürte das Feuer neu, während sie ihren Gedanken nachhing. Sie hatte viel zu viel Zeit zu denken, und das führte dazu, dass sie Probleme heraufbeschwor, die gar nicht vorhanden waren. Sofort kam ihr der junge Mann in den Sinn, der seit ein paar Wochen in der Neustadt weilte und sich Garbrand zum Freund auserkoren hatte. Er nannte sich Nikolaus und war ein merkwürdiger Zeitgenosse, wirkte verschlagen; keiner kannte den wirklichen Grund seines Aufenthaltes. Seinen Lebensunterhalt verdiente er sich mit Hilfsarbeiten. Nikolaus ging bei Garbrand ein und aus, und die beiden schien tatsächlich eine gewisse Sympathie zu verbinden. Nikolaus behauptete, in Emden ein Spielmann gewesen zu sein, aber die waren seit zwei Jahren in Gödens nicht wohlgelitten. Hiske hätte es begrüßt, wenn Garbrand und Nikolaus nicht so oft zusammengluckten, denn Letzterer war vielen in der Neustadt ein Dorn im Auge. Diese Ablehnung könnten sie ohne Weiteres auf Garbrand übertragen. Zu leicht war es, einen Außenseiter für Dinge verantwortlich zu machen, die unerklärbar blieben. Das hatte sie zu oft am eigenen Leib erleben müssen. Ohne Hinrich Krechting würde sie vermutlich auch schon lange nicht mehr in Gödens leben.

Hiske blickte auf, als Garbrand von draußen hereinkam. Er brachte einen Schwall kalter Luft mit und stieß die Tür rasch mit dem Fuß hinter sich zu. Dennoch konnte er nicht verhindern, dass eine Ladung Schnee in den Flur wehte. Auf dem Arm trug er einen Stapel Brennholz, den er eben aus dem Schuppen geholt hatte. Nach Jans Abreise hatte der Mönch es sich zur Gewohnheit gemacht, Hiske bei den täglichen Verrichtungen zur Hand zu gehen, sodass sie sich ganz der Betreuung der Schwangeren und Niedergekommenen widmen konnte. Obwohl er mittlerweile gesetzten Alters war, tat ihm diese Aufgabe gut. Garbrand wollte gebraucht werden. Hiske und den Wortsammler betrachtete er als die Familie, die er nie gehabt hatte. So war er es gewesen, der im Herbst für genügend Brennmaterial gesorgt hatte. Anderen in der Herrlichkeit erging es bei Weitem nicht so gut, denn viele hatten den schweren und lang andauernden Winter unterschätzt. Nachdem alle die Kälte nach dem schwül-heißen Sommer begrüßt hatten, sehnten sich die Leute nun nach Sonne und Wärme. Die Essens- und Brennvorräte neigten sich überall dem Ende zu, erst in der letzten Woche hatten zwei ältere Leute in ihrem Wagen auf dem Burghof den Tod gefunden. Hebrich von Knyphausen hatte den wenigen Menschen, die noch auf der Burg leben mussten, erlaubt, sich in die Stallungen zurückzuziehen, doch nicht jeder hatte ein Einsehen. Die meisten fürchteten den Verlust von Hab und Gut, wenn sie es ohne Aufsicht ließen. Es war alles, was sie besaßen. Aber diese Kälte konnte man außerhalb von festen Gebäuden nur schwer überleben.

»Ist der Winter erst vorbei, wird auch Jan aus Emden zurückkommen«, sagte Garbrand gerade, während er den Schürhaken in die Glut stieß und ein paar Funken aufwirbelte. In seinen Worten schwang große Sehnsucht, vermutlich weil er seinen Freund in ähnlicher Form vermisste, wie es die Hebamme tat.

Hiske blickte zu ihm hinüber und sah die Trauer in seinen Augen. Er wartete ebenso wie sie auf Jans Rückkehr. Jan, der vor Monaten überstürzt nach Emden aufbrechen musste, denn der Arzt am Ostfriesischen Hof, Jacobus Cornicius, war von einer schweren Krankheit heimgesucht worden, die ihm das Arbeiten unmöglich machte. In unregelmäßigen Abständen kamen Briefe von Jan. Hiske spürte die Wärme seiner Worte förmlich. Dieses Mal wollte er nicht so lange fortbleiben wie zuvor, aber die Hebamme plagte insgeheim große Angst, dass doch eine ganze Weile bis zu seiner Rückkehr verstreichen würde. Es kam darauf an, wie rasch sich Jacobus Cornicius von seinem Leiden erholte.

»Bestimmt kommt er sofort, wenn sich das Wetter gebessert hat«, hob Garbrand erneut an. »Er schrieb zuletzt, dass es dem Arzt besser geht und er sicher bald auf Jans Hilfe verzichten kann. Ich glaube, er sehnt sich nach dir.« Im letzten Satz schwang eine leichte Wehmut mit, die Hiske nicht verborgen blieb.

»Ich hoffe es so sehr!«, sagte sie und setzte sich zum Wortsammler an den Tisch. »Doch der Brief ist vor dem großen Schnee hier eingetroffen.«

»Er wird bald zu dir reisen. Im Augenblick ist es einfach unmöglich. Die See ist zugefroren, kein Schiff kann passieren«, beharrte Garbrand. Er ließ sich ebenfalls auf einem Stuhl nieder und fuhr dabei dem Wortsammler durchs wirre Haar. »Der Knabe wird von Tag zu Tag ruhiger, seitdem er das Malen für sich entdeckt hat.«

Hiske lächelte versonnen, als sie ihren Ziehsohn beobachtete, der mit zusammengepressten Lippen am Tisch saß und mit einer Feder Ornamente auf ein Papier malte. Der Knabe hatte die Gabe, wunderschöne Dinge zu zeichnen, und diese Kunst ließ ihn in sich ruhen. War er allerdings damit beschäftigt, lebte er in der Welt seiner Bilder und war für seine Umgebung unerreichbar. Dass er mit der Malerei seinen inneren Frieden fand, hatte Garbrand herausgefunden, und seitdem war vieles erheblich einfacher geworden. Hiske griff nach der Spindel und begann zu spinnen. Sie musste sich beschäftigen, das Nichtstun machte sie verrückt.

Wieder dröhnte eine Böe gegen die Kate, sogar das Feuer im Kamin duckte sich angesichts der Naturgewalt. Durch den Raum strich ein feiner Zug. »Hat es nicht eben geklopft?«, fragte Hiske und wandte die Augen zur Tür.

»Das war der Wind«, argwöhnte Garbrand. Er musterte das Fenster, besorgt, ob es halten würde. Erst in der letzten Woche hatte der schwere Nordweststurm eine Scheibe in Hiskes Kammer aus dem Rahmen gedrückt, und sie hatten es nur notdürftig mit Lumpen stopfen können.

Die Hebamme legte die Spindel mit dem Flachs beiseite. Sie mochte es nicht, damit zu spinnen, verletzte sie sich doch ständig die Finger und musste sie dann dauernd mit Speichel oder Milch befeuchten. Leider half das nicht immer, vor allem jetzt bei der Kälte, wo die Hände ohnehin rauer waren als sonst. »Ich glaube, dass da etwas war, meinst du nicht?«

Garbrand schüttelte den Kopf, der Wortsammler reagierte nicht, war er doch in sein Gemälde vertieft. Hiske nahm die Spindel neuerlich zur Hand, leckte sich den Finger und spann weiter. »Ich habe kürzlich ein Spinnrad gesehen«, sagte sie. »Damit geht die Arbeit viel schneller.«

»Das stimmt. Ich werde einen guten Drechsler finden, der eines bauen kann. Dann hast du es leichter.« Garbrand holte sich den Genever vom Bord und füllte sich einen Becher ein.

»Du solltest weniger trinken!«, bemerkte Hiske mit einem Seitenblick.

»Ich bin alt, und meine Tage sind gezählt. So oder so.« Er grinste die Hebamme an. »Wenn man uns so hört, könnte man uns für ein Ehepaar halten. Du machst mir Vorwürfe, und ich rede dagegen an.«

Hiske fing sein Lächeln auf. »Das stimmt. So vertraut, wie wir miteinander umgehen! Und doch liegt uns nichts ferner, als an eine Ehe zu denken. Gleichwohl haben wir etwas gemeinsam, das uns zusammenhält und eigenartigerweise nicht auseinandertreibt.« In ihrem Blick zeigte sich große Wärme.

Der Mönch wusste, was sie damit sagen wollte, aber nicht aussprach, denn einige Dinge blieben besser ungesagt. Sie und er liebten denselben Mann.

Es schabte erneut an der Tür. Jetzt zuckte auch Garbrand zusammen. »Du hattest recht. Da ist etwas.« Er stellte den Becher auf den Holztisch und schlurfte zur Tür. Als er sie öffnete, fegte ihm eine Böe entgegen und warf sofort eine weitere Ladung Schnee in die Kate. Garbrand bückte sich und hob einen Stein an, der mit einem Stück Papier umwickelt war. »Was ist denn das?«, stieß er aus, schloss die Tür und kam zurück in die Küche. Dort legte er seinen Fund auf den Tisch, während er noch einmal zurückging, den Kopf hinausstreckte und prüfte, ob irgendwer draußen herumschlich. Doch ums Haus pfiff nur der Wind und trieb die nicht enden wollenden Schneemassen vor sich her. Als Garbrand hinter Hiske trat, hatte die sich schon über das Papier gebeugt und versuchte, die Schrift darauf zu erkennen. Ihr Gesicht wurde von Sekunde zu Sekunde blasser. Es stand außer Zweifel, dass die Botschaft nichts Gutes bedeutete. Absolut nichts Gutes.

»Was ist das?«, fragte Garbrand, und sie reichte ihm den Zettel herüber. Beim Lesen der Zeilen lief es auch dem Mönch eiskalt den Rücken herunter. »Warum liegt das bei dir vor der Tür? Was soll das?«

Hiske zuckte mit den Schultern und versuchte, die dunklen und bösen Ahnungen zu verbannen, die sich augenblicklich einstellten. »Ich weiß nicht, was das bedeutet«, flüsterte sie tonlos. Der Sturm aber rüttelte mit unvorstellbarer Wucht an der kleinen Kate.

Jan Valkensteyn starrte auf das Schneetreiben, das ihm den Weg zurück in die Herrlichkeit Gödens unmöglich machte. Es war ausgeschlossen, Emden auf dem üblichen Weg zu verlassen, denn seine Reise würde ihn dabei zwangsläufig unterhalb der Ostfriesischen Inseln entlangführen, und dort war kein Durchkommen. Die See und das Wattenmeer waren zugefroren. Zudem war der Hafen Emdens von einer dicken Eisschicht überzogen.

»Ich muss aber zurück«, sagte er zu seinem Freund, dem Arzt Jacobus Cornicius, der sich von Tag zu Tag besser fühlte. Ein schweres Fieber hatte ihn lange ans Bett gefesselt, und Jan musste nicht nur seine Kranken übernehmen, sondern auch ihn aufopferungsvoll umsorgen. Das hatte er gern getan, denn jede Freundschaft forderte ihren Tribut. Er mochte den Emder Stadtarzt. Seine warme und freundliche Art hatte ihn von Beginn an für sich eingenommen. Jan war in großer Furcht gewesen, ob Jacobus von seiner Krankheit völlig genesen würde. Eine Zeit lang hatte es schlecht um ihn gestanden. Nun aber ging es ihm so gut, dass er sich sogar wieder selbst um die Kranken kümmern konnte.

Jans Unruhe hatte von Tag zu Tag zugenommen und war seit gestern Abend fast unerträglich. In der Nacht hatte er geträumt, dass Hiske nicht mehr in der Herrlichkeit weilte, wenn er zurückkam. Er sah sie in einem Schiff sitzen und davonfahren, ihr dunkles Haar wehte im Wind. Dieses Bild verfolgte ihn, machte ihm Angst. Er glaubte normalerweise nicht an Vorhersehungen, an Traumbilder, die die Menschen einholten. Aber nach der erheblichen Unbill, die seines und Hiskes Schicksal bislang begleitet hatte, nach den vielen Steinen, die ihnen in den Weg gelegt worden waren, lag es nahe, die Warnung seines Unterbewusstseins ernstzunehmen. Er musste, so schnell es ging, zurück nach Gödens. Schneetreiben und Eisschollen hin oder her.

»Jan, du hast recht. Du solltest, sobald das Wetter es zulässt, reisen. Das Wetter wird bald besser, ich bin mir sicher.« Der

Arzt machte eine Pause. »Aber wenn du in Gödens angelangt bist, tue endlich das, was du schon lange hättest tun sollen.«

Jan wusste, dass sein Freund von Hiske sprach und davon, dass er um ihre Hand anhalten sollte. Im Sommer war er kurz davor gewesen. Er hatte sich bei Hinrich Krechting bereits darum gekümmert, in der Neustadt ein Haus zu bauen und dort eine Praxis für Hiske und sich zu errichten. Jacobus verfügte nicht nur auf der Burg Emden über solche Räumlichkeiten, er hatte sich auch in seinem Stadthaus ein Behandlungszimmer eingerichtet. Jan gefiel es, wenngleich es ihn nicht davon abhalten würde, seine Kranken in den Häusern aufzusuchen, sofern es nötig war. Sein Ziel war ein eigenes Heim, wenn er um Hiske anhielt. Keinesfalls wollte er ohne ein Zuhause vor ihr stehen, und er konnte unmöglich in ihre Kate einziehen. An Gulden mangelte es ihm nicht. Hinrich Krechting hatte ihm ein Grundstück auf der gerade entstehenden Straße zum neuen Siel zugesagt, und er hatte der Heirat durchaus wohlwollend gegenübergestanden. Hiske wusste von alldem nichts, Jan wollte erst alles sicher festgemacht haben. Es war vielen in der Neustadt ein Dorn im Auge, dass die Hebamme unverheiratet war. Krechting an erster Stelle, denn für ihn war Sittenstrenge äußerst wichtig. Nie würde er einer Beziehung zustimmen, die nicht vor Gott geschlossen worden war. Ein Weib und ein Mann mussten verheiratet sein, das gebot der Glaube. Alles andere war für ihn nicht tolerabel. Der Jurist erwartete, dass alle mit reinem Angesicht vor den Herrn traten. Die Vielweiberei in Münster war für Krechting kein Thema mehr. Er hatte Jan das ehemalige Duuvkehuus als neue Heimat angeboten, aber darin wollte er nicht mit Hiske wohnen. Deshalb war Hinrichs Freund Coevorden dort eingezogen. Er hatte sein früheres Haus für zu klein befunden, und er war froh, neben dem

Schmied Goldschmidt zu leben, verband die beiden doch eine jahrelange Freundschaft. Nur wenige Schritte davon entfernt lebte normalerweise der Kaufmann Lübbert Jans Kremer, der Krechting seit dem letzten Jahr beim Bau der Neustadt mit seinem Wissen und der nötigen Erfahrung zur Seite stand. Die drei waren Krechtings langjährige Stützen, und es war dem Juristen unmöglich, auf ihren Rat zu verzichten. Der Kaufmann weilte zurzeit jedoch in Emden.

Sobald der Frost das Land freigab, würde Jan mit der Errichtung des Hauses beginnen, sich mit Hiske verloben, und die Hochzeit würde alsbald stattfinden können. Jan presste die Zähne aufeinander. Doch erst musste er diese vermaledeite Stadt verlassen. Wegen des viel zu heftigen und langen Winters hatte er all diese Pläne im wahrsten Sinne des Wortes auf Eis legen müssen. Jan dachte oft an den fragenden und zweifelnden Blick Hiskes, als er den Brief von Jacobus Cornicius geöffnet hatte. Ihr war die Angst, er könne erneut jahrelang verschwinden, ins Gesicht geschrieben gewesen. Doch sie hatte nichts gesagt und nicht versucht, ihn von seinem Vorhaben abzuhalten, denn sie kannte sowohl seine Loyalität als auch seine Gewissenhaftigkeit. Dass er seinem Freund hatte zu Hilfe eilen müssen, stand außer Frage. Jan hatte ihre Hand ergriffen und ihr fest in die unvergleichlichen grünblauen Augen gesehen, die groß und noch dunkler erschienen. »Ich komme zurück, sobald es möglich ist. Ich verspreche es. Möge Jacobus eine rasche Heilung beschert werden!«

»Das hoffe ich auch. Ich erwarte deine Rückkehr mit Freuden«, hatte Hiske gesagt und sich abgewandt. Seine Abreise war ihr näher gegangen, als sie es sich eingestehen wollte.

»Ich habe ein schlechtes Gewissen«, unterbrach Jacobus Cornicius Jans trübe Gedanken. »Wäre ich nicht erkrankt, hättest du längst um die Hebamme freien können.«

»Du musst dich ebenfalls gedulden, ehe du Bente Westerburg heiraten kannst. So wie es aussieht, wird der Pastor noch ein Jahr verstreichen lassen, ehe er sie dir zur Frau gibt. Ich fürchte, am Ende wartest du länger als ich.«

»Wohl wahr«, nickte Jacobus, während über sein Gesicht ein Anflug von Trauer huschte. Er hatte sich im letzten Sommer in die Tochter des Gödenser Pastors Dr. Westerburg verliebt, aber der wollte einer Ehe noch nicht zustimmen. So hatte er zwar einer Verlobung seinen Segen gegeben, jedoch beschlossen, dass die Liebenden sich bis zur Hochzeit nicht mehr sehen durften, damit Jacobus seine ernsten Absichten bewies und Bente sich darüber klar werden konnte, dass die Ehe als junge Frau mit dem Arzt am Ostfriesischen Hof alles andere als einfach sein würde. Dr. Westerburg war bekannt dafür, seine Prinzipien nicht nur zu predigen, sondern auch zu leben. »Ich werde es schon aushalten, werter Freund. Meine Liebe zu Bente ist tief und groß, und meine fleischlichen Gelüste weiß ich unter Kontrolle. Ich werde auf sie warten, weil sie das Weib ist, das mich bis ans Ende meiner Tage begleiten wird. Das ist ein gewaltiges Glück.« Er sah Jan tief in die Augen. »Und du solltest in der Tat nicht länger zögern, wenn du wieder in Gödens bist.« Er stand auf und stellte sich mit verschränkten Armen ans Fenster. Es schneite erneut heftig, und starke Windböen ließen die Flocken tanzen. »Leider musst du noch ein bisschen warten.«

»Ich werde zu Fuß und über Land gehen«, sagte Jan, einer spontanen Eingebung folgend. »Das ist die Lösung für alles! Ich werde nicht mehr warten!«

Jacobus fuhr herum. »Bist du wahnsinnig, Jan? Das kann dein Tod sein, was hast du davon?«

»Ich werde nicht sterben, ganz sicher nicht. Aber mit etwas Glück bin ich in wenigen Tagen bei Hiske!«

Jacobus schüttelte den Kopf, seine Hände begannen augenblicklich zu zittern, sodass Jan beinahe befürchtete, sein Freund könne vor Aufregung einen Rückfall erleiden. »Es braucht schon im Sommer viele Tagesreisen. Wie willst du es in kurzer Zeit schaffen, wenn Eis und Schnee dir den Weg erschweren?«

»Jetzt im Winter gibt es kein Moor, in dem ich versinken kann, weil alles gnädig unter der weißen Decke verborgen bleibt. Also werde ich mich gerade nach Osten halten und so auf direktem Weg in die Herrlichkeit gelangen.« Jan steigerte sich mehr und mehr in seine Idee hinein und würde sich davon nicht abbringen lassen.

Dennoch versuchte Jacobus es ein weiteres Mal. »Allein darfst du keinesfalls reisen, aber auch mit einem oder mehreren Begleitern grenzt es an Wahnsinn. Schneewehen werden dir ein Weiterkommen unmöglich machen. Und denk nur an die Wölfe und an die Wegelagerer, vor denen du kaum Schutz findest!«

»Wobei die Strauchdiebe das größere Problem darstellen«, sagte Jan, »gesunde Wölfe reißen keine Menschen.«

»Wenn du meinst«, entgegnete Jacobus, wirkte allerdings nicht überzeugt. »Du riskierst dein Leben. Es gibt unterwegs keine Herberge, kein einziges Wirtshaus. Die paar Moorkaten sind weit verstreut, und nur wenige Marschbauern haben ihre Gehöfte dort. Ohne ein Dach über dem Kopf wirst du elendig erfrieren.«

Jan betrachtete die Flocken bei ihrem Tanz. In seinen Augen schwebte eine unterschwellige Wut, die auch Jacobus nicht verborgen blieb.

»Ich sehe den großen Unmut in deinem Blick. Aber du kannst diesen Schnee nicht fortschicken. Gott lenkt unsere Geschicke. Er prüft dich und Hiske, doch bestimmt wird es ein letztes Mal sein! Noch bevor der nächste Winter Einzug hält, bist du mit ihr vermählt!«

Jan schüttelte entschieden den Kopf. »Mein Schicksal hat er oft fehlgeleitet, und nun ist es für mich an der Zeit, mein Los endlich in die Hand zu nehmen. Ich muss auf der Stelle nach Gödens. Irgendetwas«, er griff an sein Herz, »sagt mir, dass meine Abreise eilt. Ich habe ein komisches Gefühl. Seit gestern Nacht ist es unerträglich.«

Jacobus wirkte besorgt, wollte eben etwas erwidern, als Jan ihn auch schon unterbrach. »Bemühe dich nicht! Ich breche morgen in aller Frühe auf. Ich werde mich jetzt um Proviant kümmern und sehen, ob ich jemanden finde, der mich auf dem Weg begleitet.«

»Es ist viel zu gefährlich, Jan. Bitte, sei vernünftig! Ewig wird dieses Wetter nicht mehr anhalten. Es ist bereits Februar, sehr bald wird der Frühling ins Land ziehen, und du kannst mit der ersten Knorr oder Kraweel in See stechen. Mit Letzterer bist du an einem Tag dort! Hab doch etwas Geduld!«, flehte Jacobus, und kurz war Jan geneigt, ihm Gehör zu schenken. Er knetete seine Hände. Sein Freund hatte recht und das in jeder Hinsicht. Aber es blieb ihm keine Wahl.

Er verabschiedete sich rasch und machte sich auf den Weg zum Delft, in der Hoffnung, einen Menschen zu finden, der ihn auf seiner Reise begleiten würde.

Hinrich Krechting starrte in die lodernden Flammen des Kamins. Er hasste den Schnee, der das Land seit vielen Wochen in Schach hielt. Die Fertigstellung der Neustadt war deswegen vollständig zum Erliegen gekommen, und auch der zwingend notwendige Bau der zweiten Bockwindmühle wurde dadurch nicht vorangetrieben. Dabei war es wichtig, dass sie das gesamte Getreide nicht nur in Dykhusen, sondern gleichermaßen in der Neustadt mahlen konnten. Die eine Mühle am Deich reichte nicht aus. Vor allem dann nicht, wenn das neue Siel fertiggestellt war und immer mehr Korn angeliefert wurde. Wobei das im Augenblick wegen des Winters ohnehin knapp geworden war und bald eine Hungersnot drohte. Er hoffte und betete jeden Tag, dass der Schnee bald weichen würde. Schon jetzt hatte er die Grundversorgung einiger Bürger sicherstellen müssen, denn längst nicht alle waren für den harten Winter gerüstet. Viele wussten weder, womit sie ihre Feuerstellen anfachen sollten, noch was sie am Ende des Tages zu essen hatten. Der Unmut bei den Menschen wuchs stetig, und Krechting fürchtete den Tag, an dem sie Hebrich zwangen, ihre eigenen Vorräte unter der Bevölkerung zu verteilen. Denn das käme einem Aufstand gleich, und das war immer eine gefährliche Situation, der man nur mit Umsicht Herr werden konnte. Er hatte sich bereits im Vorfeld mit seinem engsten Vertrauten, Johann Coevorden, beraten, wie sie in diesem Fall vorgehen wollten. Der wiederum hatten den Schmied Dietrich Goldschmidt ins Vertrauen gezogen, und beide würden Hinrich bei den ersten Anzeichen eines Aufstandes warnen. Krechting war froh, enge Verbündete an seiner Seite zu wissen, zumal seine rechte Hand, Lübbert Jans Kremer, zurzeit in Emden weilte. Die beiden anderen aber kannte er lange genug, um sie mit solch schwierigen Aufgaben betrauen zu können. Es war unabdingbar, Menschen direkt vor Ort als Beobachter zu haben, denn ihm kam nicht alles zu Ohren.

Krechting legte ein weiteres Holzscheit nach, stellte sich ans Fenster und starrte trübsinnig ins Schneetreiben. An einigen Stellen hatten sich hohe Wehen aufgetürmt, die oft bis an die Dächer der Häuser reichten. Es war wahrlich kein Vergnügen, sich jeden Morgen den Weg freischaufeln zu müssen, damit die Kühe und anderen Tiere versorgt werden konnten. Selbst der Weg zum Holzstand war schwierig, wenn der Wind ungünstig stand und den Schnee dort auftürmte. Das Leben meinte es im Augenblick nicht gut mit den Menschen Ostfrieslands.

Hinrich zuckte zusammen, als er in seinem Garten einen Schatten wahrnahm. Er schüttelte unwillig sein Haupt. Solche Visionen suchten ihn seit Münster ständig heim und ließen ihn nachts nicht zur Ruhe kommen. Dann gellten die Schreie seiner Brüder und Schwestern an sein Ohr, der Geruch von Blut kroch in seine Nase, und sein Speichel nahm einen metallischen Geschmack an.

Jetzt aber schüttelte er den Kopf heftiger. Wer sollte sich am helllichten Tag bei ihm durch die Büsche schleichen? Und das bei diesem Wetter, bei dem jeder möglichst an seinem Feuer sitzen blieb. Krechting beschloss, sich selbst zu beweisen, dass er sich getäuscht hatte, denn wenn wahrhaftig jemand in seinem Garten gewesen war, würde er im Schnee Spuren hinterlassen. Doch bevor er sich den Umhang überwerfen und vor die Tür treten konnte, klopfte es energisch. Seine Frau Elske öffnete und führte Hiske Aalken zu ihrem Mann durch. Erleichterung machte sich in Hinrich breit. Dieses Mal war er keinem Hirngespinst aufgesessen. Er hatte die Hebamme gesehen.

Hinrich trat Hiske mit einem Kopfnicken zur Begrüßung entgegen, dabei beruhigten sich Hände und Herzschlag. »Gott zum Gruße, werte Hebamme.« Er wies mit einer einladenden Bewegung zu einem der Stühle, die um einen großen dunklen Tisch positioniert waren. Elske hatte Hiske ihren Umhang schon abgenommen und im Flur aufgehängt, doch an ihren Röcken hingen noch vereinzelte Schneeklumpen, ein Teil des Stoffes war nass. Die Hebamme wirkte aufgelöst. Sie hatte seine Einladung, sich zu setzen, deshalb nicht wahrgenommen. Hinrich wies ein zweites Mal auf einen der Stühle, auf den sie sich nun fallen ließ. Sie rutschte unruhig auf der Sitzfläche hin und her, so als habe sie eigentlich gar keine Zeit, hier zu sein. Dennoch schien sie nur mit Mühe ihre Worte zurückhalten zu können. Allerdings gebot ihr die Höflichkeit, nicht als Erste zu sprechen.

»Was führt Euch bei diesem vermaledeiten Wetter zu mir?« Hinrich hatte sich noch nicht gesetzt, sondern stand mit verschränkten Armen vor ihr und blickte auf die Hebamme herab.

Hiskes Augen wirkten größer als sonst, und in ihrer Stimme schwang eine gewisse Panik. »Gestern Nacht lag eine Botschaft vor meiner Tür, die mich sehr erschreckt hat«, begann sie und fasste mit wenigen Worten zusammen, was am Vorabend geschehen war.

»Könnt Ihr mir den genauen Wortlaut nennen?«, fragte Krechting. »Vielleicht schafft das mehr Klarheit.«

Hiske nickte. »Es scheint ein Bibelspruch zu sein, jedenfalls sagt Garbrand das. Verzeiht, ich bin damit leider nicht bewandert.« Sie kniff die Augen zusammen und wiederholte den Text: *»Ich will den Erdkreis heimsuchen um seiner Bosheit willen und die Gottlosen um ihrer Missetat willen und will dem Hochmut der Stolzen ein Ende machen und die Hoffart der Gewaltigen demütigen.«*

»Das ist aus dem Gericht über die Stadt Babylon«, sagte Krechting sofort, und ihm war bewusst, dass seine Stimme leicht flackerte, denn er ahnte, worauf die Hebamme hinauswollte, warum sie ausgerechnet zu ihm kam. »Ihr befürchtet, es richtet sich gegen den Mönch, nicht wahr?«

Hiske stimmte ihm zu: »Ich beherberge in den Augen vieler Neustädter einen Abtrünnigen, einen Mann mit unlauterem Glauben. Was ist daran so abwegig?«

»Ich bestreite nicht, dass Eure Vermutung richtig sein könnte«, entgegnete Krechting. »Mich wundert nur, warum ausgerechnet jetzt jemand Anstoß nehmen soll, wo Garbrand doch schon ein paar Jahre hier lebt.«

»Seht Ihr, ich finde es nicht sonderbar. Eure Vorgaben des gesellschaftlichen Lebens knechten die Menschen, viele sind damit nicht einverstanden. Nicht alle können und dürfen so leben, wie sie es gern tun würden.« Hiske schlug die Augen nieder, denn ihr musste klar sein, wie gefährlich es war, einen Mann wie Hinrich Krechting zu kritisieren. Doch sie war offensichtlich nicht gewillt, vor irgendwem zu kuschen. Auch nicht vor dem Juristen. »Sie möchten lachen, feiern und fröhlich sein. Dieses triste Dasein schürt Wut.« Jetzt war es heraus.

Krechting war einen Augenblick lang sprachlos, aber dann fing er sich wieder. »Es sind die Statuten der reformierten Kirche, die Hebrich von Knyphausen zur führenden Kirche der Herrlichkeit Gödens ausgerufen hat«, rechtfertigte er sich. »Und Ihr glaubt, ihre Ablehnung gegenüber diesen Einschränkungen lassen sie an Garbrand aus?«

Hiske nickte. »Das wäre die eine Möglichkeit. Schließlich ist Euer Ziel, es ganz anders zu machen als die Papisten. Es könnte auf sie wirken, als wolltet Ihr gerade Garbrand beweisen, dass es anders geht. Er ist ein Feindbild. Doch ich fürchte auch die anderen Kräfte.«

Krechting zog fragend die Brauen hoch.

»Es gibt viele Neustädter, die Eurer Gesinnung sind und sich durch Eure Worte darin bestärkt sehen, gegen Andersgläubige vorzugehen.«

Es behagte Hinrich keineswegs, wie die Hebamme mit ihm sprach, und schon gar nicht, was sie sagte. Doch Hiske hatte sich jetzt in Fahrt geredet und war nicht zu bremsen. »Diese Menschen sind für Garbrand eine große Gefahr. Sie sind der festen Überzeugung, dass die Katholiken falschen Glaubens sind. Ihr aber duldet diesen Abtrünnigen unter euch. Dieser grausame Winter wirkt auf sie wie ein Gottesgericht.«

»Wie das Gericht gegen Babylon. Sie brauchen einen Schuldigen«, vollendete Krechting ihren Satz. Seiner Stimme war die Missbilligung gegenüber ihren Worten durchaus anzumerken, immerhin griff Hiske Aalken eben die Grundfesten seiner Überzeugung an, indem sie seine eindeutige Position infrage stellte. »Die Papisten sind falscher Gesinnung«, sagte er ruhig, aber mit einem grollenden Unterton in der Stimme. »Wir müssen Buße tun, reinen Herzens vor den Herrn treten, so wie es uns Jesus gelehrt hat. Dazu können und dürfen wir nicht im Überschwang leben.« Nun setzte er sich Hiske doch gegenüber. Er strich unwillkürlich über das fein gewebte Leinen, das die Tischplatte schmückte. Dann besann er sich. Er wollte sicher sein, dass seine Worte die Hebamme erreichten. Sie durfte all diese Dinge nicht in der Neustadt herumerzählen, hatte sich den Gegebenheiten zu beugen. Ob es ihr gefiel oder nicht. Und dennoch hielt Krechting etwas davon ab, ihr arg zuzusetzen, denn er schätzte Hiske sehr. Sie berührte seit ihrer ersten Begegnung sein Herz mehr, als er es sich eingestehen wollte. Von daher wäre es wirklich eine gute Fügung, wenn Jan Valkensteyn sie bald ehelichen würde.

»Ich bin Reformer«, sagte er schließlich. »Ich predige den wahren Glauben. Ich bin Armen- und Kirchenvorstand der reformierten Kirche, der Herrin damit in dieser Funktion verpflichtet. Von daher fülle ich mein Amt aus, so wie es verlangt wird.«

»Ihr seid nicht nur Reformer, Krechting«, wandte Hiske ein, und noch immer hatte ihre Stimme nicht an Klangfülle verloren. »Ihr seid auch nicht nur Armenfürsorger. Ich weiß um Eure wahre Gesinnung, sehe aber, dass Ihr Euch für die Menschen in Gödens verantwortlich fühlt.« Sie machte eine

Pause und fixierte Krechting mit ihren eigenartigen Augen. Ein Blick, dem er sich noch nie zu widersetzen verstanden hatte. Sie hatte ihn ganz und gar durchschaut. Hiske Aalken war ein Weib, das tief in die Seele eines jeden Menschen blickte und dem man nichts vormachen konnte. Erst danach sprach sie weiter. »Ihr seid für alle, also auch für Garbrand, zuständig, und ich bitte Euch, ihn zu schützen.«

Krechting zuckte angesichts dieser für ihn völlig absurden Forderung zurück. Er konnte den alten Mönch dulden, ihn hier leben lassen, denn er war ein Freund Hiskes und Valkensteyns, nicht mehr und nicht weniger. Aber einen Papisten schützen? Das war ausgeschlossen.

»Wie sollte ich das tun? Ich predige nicht den Hass gegen andere Religionen, weil Hebrich von Knyphausen das nicht hinnehmen würde, da seid sicher. Sie übt religiöse Toleranz, und ich mache dasselbe.« Krechting sah der Hebamme an, dass sie seine Worte lediglich als feige Ausflucht sah, denn er war durchaus in der Lage, mehr für den alten Mönch zu tun. Er erkannte die Enttäuschung in ihren Augen. Ihr Vertrauen zu ihm schien erschüttert, er enttäuschte sie mit seiner ausweichenden Antwort maßlos. Schon immer hatte er Glauben und Gesinnung über alles andere in der Welt gestellt. Über seine Frau, seine Kinder, sein Leben.

»Ich hatte gehofft, Ihr könntet mir helfen.« Hiskes Stimme brach, ein wenig sackte sie auf ihrem Stuhl zusammen. Und doch setzte sie sich augenblicklich wieder gerade hin und schien nicht willens aufzugeben. »Ich weiß einfach nicht, zu wem ich außer Euch mit meinen vielen Fragen gehen sollte. Ihr habt Euch in der Vergangenheit stets als vertrauenswürdig und auch als einflussreich erwiesen.«

Krechting faltete die Hände vor seinem Wams und ließ den Blick auf ihr ruhen. Er musste Zeit gewinnen.

Hiske schüttelte fassungslos den Kopf, bevor sie weitersprach. »Warum legt ausgerechnet mir jemand eine Botschaft dieser Art vor die Kate? Man hätte eine Epistel unter der Tür hindurchschieben können, aber ein Stein hat etwas Bedrohliches, es ist, als warnte mich der Schreiber. Er könnte ihn beim nächsten Mal auch gegen mich und meinen Freund werfen, und das würde gefährlich für uns werden.«

Krechtings Zeigefinger lag vor dem Mund, so war es ihm leichter zu denken, denn alles, was Hiske zu ihm sagte, entsprach der Wahrheit. Und doch passte etwas nicht. Er wusste nur nicht was. »Lagen ausschließlich diese beiden Dinge vor der Tür?«, hakte er schließlich nach.

Die Hebamme bejahte es. Krechting erhob sich und trat ans Fenster, als fände er im Tanz der Flocken die Antworten auf Hiskes Fragen. »Nur ein Stein mit der Drohung des Gerichts von Babylon. Nur das«, wiederholte er.

»Ihr seid einer der wenigen Menschen, denen ich vertraue«, begann die Hebamme.

Krechting fühlte sich wider Willen geschmeichelt. »Habt Ihr das Schriftstück bei Euch?«

Hiske schüttelte so heftig den Kopf, dass ihre dunklen Locken wild herumflogen. »Garbrand hat es verbrannt, weil er meint, es sei Teufelswerk, auch wenn es sich um einen Bibelspruch handelt. Ich weiß, dass Ihr an so etwas nicht glaubt, aber er tut das, und so habe ich ihn gewähren lassen. Falls der Brief tatsächlich ein Werk des Bösen sein sollte, hat er recht daran getan, ihn zu vernichten.«

Krechting war angesichts ihrer Worte verärgert. »Ich sehe aber doch, dass der Mönch keinen guten Einfluss auf Euch hat. Sein Glauben hat jahrhundertelang nur Elend und Verdummung über die Menschen gebracht. Der Katholizismus ist tot. Und alle seine Anhänger wären es am besten gleich auch«, stieß er hervor. Die Papisten hatten seine Brüder und Schwestern auf dem Gewissen. Für sie war er ein Todfeind. Stünde er ihnen im Kaiserreich gegenüber, würde keiner zögern, ihm den Kopf abzuschlagen. Und umgekehrt würde er ebenso handeln. Hier in Gödens aber war ein solches Tun unmöglich.

Er merkte an Hiskes Reaktion sofort, dass seine Worte zu hart gewesen waren, denn ihre Hände zitterten unmerklich. »Ihr helft mir also nicht, Garbrand zu schützen?« Obwohl ihre Stimme bebte, klang unterschwellig Wut darin mit. Hiske Aalken war kein Weib, dem man Ungerechtigkeit als Gerechtigkeit vormachen konnte. Hinrichs Verhalten empfand sie dem Mönch, aber auch sich selbst gegenüber, als kaltherzig. Deshalb wunderte sich Krechting nicht, als ihr die folgenden Worte fast schnippisch über die Lippen sprudelten: »Ihr predigt die Gleichheit aller Menschen. Dennoch habt Ihr in Münster als führender Täufer samtene Roben getragen. Ihr habt Andersgläubige mit dem Schwert niedergemetzelt.« Hiske holte kurz Luft, so als müsse sie überlegen, ob sie die nächsten Sätze aussprechen durfte. Doch sie war ein unerschrockenes Weib, und so setzte sie nach: »Ihr seid aus der Stadt entkommen, während so viele andere Menschen dort ihr Leben lassen mussten. Sogar Euer eigener Bruder und Eure Freunde, der Bürgermeister Knipperdolling und Jan van Leyden, sind zu Tode gefoltert worden! Mit glühenden Zangen haben sie ihnen das Fleisch vom Körper gebrannt und sie selbst in Käfigen am Lambertiturm aufgehängt. Habt Ihr denn nichts daraus gelernt, was dabei herauskommt, wenn man keine Toleranz walten lässt?«

Krechtings Augen verengten sich zornig, als er Hiskes Worte vernahm. Dieses Mal war sie zu weit gegangen. Er beugte sich über den Tisch und umfasste ihre kalten Hände.

Seine Worte klangen hart, und er sprach sie sehr nachdrücklich aus. »In dieser Herrlichkeit leben wir tolerant!«

»Aber nur, soweit es auch nur annähernd mit Euren Grundsätzen harmoniert!«

Krechtings Gesicht lief angesichts dieser Worte rot an, doch seine nachfolgenden Sätze klangen gemäßigt, fast, als gäbe er nach. »Ich habe gelernt, und ich töte niemanden mehr wegen seines Glaubens. Trotzdem bereitet es mir große Schwierigkeiten, einen Papisten zu schützen. Das ist … zu viel verlangt! Viel zu viel!« Er ließ ihre Hände abrupt los und stieß sie weg.

Hiske aber war noch lange nicht fertig. »Garbrand ist in erster Linie ein guter und treusorgender Mensch. Ein wahrer Freund, auf den ich mich auch in schweren Zeiten verlassen kann. Für mich ist seine geistige Gesinnung zweitrangig.« Ihre Augen funkelten in dem altbekannten Strahlen, das sie zu einem so außergewöhnlichen Weib machte. »Er ist jemand, den ich mehr schätze als viele andere, weil seine Seele gewiss rein ist, was ich von einigen anderen nicht behaupten möchte. Er steht mir bei der Erziehung des Wortsammlers stets zur Seite, während der Rest der Gemeinde ihn wie einen Aussätzigen behandelt.« Hiske war von Wort zu Wort lauter geworden.

»Er ist ein Papist«, beharrte Krechting. »Die Menschen in der Neustadt verabscheuen die Katholiken.«

Hiske gab sich mit der Antwort des Juristen nicht zufrieden. »Mir ist es gleich, an welchen Gott er glaubt, an welches Abendmahl und an welche Vergebung nach dem Tod. Er ist mein bester Freund. Das ist das Einzige, was zählt.« Sie holte kurz Luft und wiederholte nachdrücklich: »Alles … andere … ist … mir … egal!«

Krechting wollte Zeit gewinnen. Hiskes respektlose Worte hatten ihn nachhaltig getroffen, entsprachen sie doch der

Wahrheit, ob es ihm gefiel oder nicht. Es war seine Pflicht, alle Einwohner der Herrlichkeit zu schützen. Auch die, die nicht seiner Gesinnung waren. Und er tat das nicht. Weil er es nicht konnte, denn sein Herz schlug für die Täufer. Weil er in der Tiefe seiner Seele noch immer einer war. Seine ganzen Restriktionen hatten ihre Ursache in seinem eigenen schlechten Gewissen, seinen Glauben nie so leben zu dürfen, wie er es sich gewünscht hätte. So hoffte er darauf, alles vergessen zu machen, was einst geschah. Es war jedoch unmöglich. Dennoch durfte er Hiskes Respektlosigkeiten keinesfalls ungeahndet lassen, egal wie sehr er die Hebamme mochte. Sie wuchs sich mit solchen Worten zu einer ungeahnten Gefahr aus. Ein Weib mit spitzer Zunge konnte die Menschen in der Neustadt aufwiegeln, denn Hiskes Stimme hatte durchaus Gewicht, da man ihr große Achtung entgegenbrachte. Trotzdem hatte er tiefes Verständnis für sie, weil sie mit allen ihr zur Verfügung stehenden Mitteln für ihren Freund kämpfte. Dabei war sie mutig und überschritt Grenzen. Genau das war es, was er an ihr schätzte. Sie trat vehement und kompromisslos für eine Sache ein, wenn sie davon überzeugt war. Sie hatten viel gemeinsam. Er und die Hebamme. Hinrich fühlte sich so sehr zu ihr hingezogen wie noch nie in seinem Leben zu irgendjemandem. Er blickte sinnierend ins Schneegestöber. Er, der große Jurist der Herrlichkeit Gödens, war sprachlos und wusste nicht, wie er einem Weib wie Hiske Aalken gegenübertreten sollte. Nach einer Weile hatte er sich gefasst. »Ich denke, es ist besser, Ihr zähmt Eure Worte«, sagte er schließlich und beobachte ihre Reaktion genau.

Die Hebamme zögerte, schien aber zu wissen, dass sie zu weit gegangen war. Erst senkte sie den Blick, neigte dann sogar den Kopf. »Verzeiht meinen Tonfall, aber es geht um einen mir nahestehenden Menschen, und ich pflege mich dafür einzusetzen. Mit allem, was ich habe, und in diesem Fall sind es meine Worte. Ich bitte Euch, mir Gnade zu erweisen.« Ihre Sätze kamen nur langsam und bedächtig über die Lippen.

Krechting merkte, dass Hiske in Wahrheit nicht so demütig war, wie sie tat, dass sie aber erkannt hatte, dass ihr keine Wahl blieb. »Nun gut«, lenkte er ein, dankbar, dass die Hebamme es ihm so einfach machte. »In Anbetracht Eurer Stellung ohne Familie in der Fremde erkenne ich durchaus die engen Bindungen zu Eurem Freund an und will Eure Worte vergessen.«

»Ich danke Euch.« Hiske hob mit einem verstohlenen Lächeln den Kopf. Krechting glaubte, sogar ein leichtes Zwinkern auszumachen. »Könnt Ihr denn etwas für Garbrand tun? Ich habe große Furcht, dass sie mein Haus zerstören, es niederbrennen, uns alle erschlagen. Ihr müsst herausfinden, wer in der Herrlichkeit einen solchen Groll gegen uns hegt, dass er es wagt, uns zu bedrohen oder Schlimmeres anzutun.«

»Was, wenn der Mönch gar nicht gemeint ist?«, warf Krechting ein. »Es kann doch sein, dass Euch wieder jemand als Toversche verdächtigt und nicht ihm, sondern Euch die Schuld an diesem grausamen Winter gibt. Diese Gedanken bekommen wir auch bei den Reformern nicht aus dem Kopf. In ganz Ostfriesland lodern die Feuer oder Weiber werden gepeinigt, bis sie schließlich selbst meinen, eine Zauberin zu sein.«

Hiske hatte sich ebenfalls erhoben und sich neben den Juristen gestellt. Beide starrten in den Flockentanz, der nicht friedlich, sondern eher wütend ums Haus fegte. »Daran mag ich gar nicht denken.« Ihre Stimme senkte sich. »Ich könnte es nicht ertragen.

Krechting nickte. Diese Tatsache würde Hiske Aalkens Dasein als Hebamme in der Herrlichkeit infrage stellen. Ihr Prozess in Jever, aus dem sie nur mit viel Glück und einer Bürgschaft herausgekommen war, zeichnete sie noch immer. Krechting strich sich nachdenklich über den Bart. »Ich will sehen, was ich tun kann. Wenn keine weitere Botschaft auftaucht, wird es im Sand verlaufen, was für alle Beteiligten das Beste wäre.« Er hasste sich für diese Feigheit, denn sie spiegelte das wider, was er schon viel zu viele Jahre tat. Abwiegeln, wegschauen und faule Kompromisse eingehen. Hiskes klare Worte hatten böse Erinnerungen in ihm geweckt. Sein ganzes Leben war seit der Flucht aus Münster eine Aneinanderreihung von unbefriedigenden Zugeständnissen, und es sah nicht so aus, als würde sich dies bis zu seinem Tod ändern. Wie gnädig aber wäre es vom Schicksal, wenn ihn zumindest die Vergangenheit in Ruhe ließ und dieser Brief einzig und allein dem Papisten oder Hiske galt und mit ihm nichts zu tun hatte. Er wurde die damalige Last nicht los, konnte sie nicht verdrängen, nicht auslöschen. Immer wieder nagte sie an ihm und schwebte wie eine Drohung über seinem Haupt. So stark er selbst auf Frieden hoffte, so sehr war ihm mittlerweile klar, dass er ihn in diesem Leben nicht mehr finden würde. Er glaubte an Gottes Gnade und daran, dass er ihn nach dem Tod an seine Seite holen würde, damit er das Elend und seine vielen Zugeständnisse auf der Erde vergessen konnte.

»Ich schließe mich Eurer Hoffnung an«, holte Hiske ihn aus seinen Gedanken, »aber dennoch wäre ich Euch sehr verbunden, wenn Ihr nicht einzig und allein darauf baut. Ihr würdet es Euch nicht verzeihen, sofern ein Mensch zu Schaden kommt, weil wir unachtsam waren.« Hiske hatte bewusst das Wort »wir« gewählt, denn so konnte Krechting ihr nicht widersprechen.

Ein Lächeln huschte über sein Gesicht, da sie es stets schaffte, ihn genau dorthin zu lenken, wo sie ihn haben wollte, dabei aber nie das Gefühl vermittelte, sie habe gewonnen.

»Wohl wahr«, bestätigte er, um überhaupt etwas zu sagen. »Ich werde ein Auge auf alles haben.«

Hiske griff nach ihrem Wolltuch, das sie mit einer geschickten Bewegung um den Kopf schlang. »Ich komme wieder, wenn es weitere Neuigkeiten gibt.« Sie zögerte. »Ihr seid wirklich ganz sicher, dass all das nichts mit Eurer Vergangenheit in Münster zu tun hat? Es wäre schließlich nicht das erste Mal.«

Hinrich Krechting hatte gewusst, dass Hiske nicht locker lassen würde, auch wenn sie zunächst vorgab, es zu tun. »Es ist viel passiert, seit wir hier Zuflucht gefunden haben«, wich er aus. »Die Zeiten waren schwer, und viele Dinge sind uns nicht geglückt. Nicht allen Menschen konnten wir ein geistiges Zuhause geben, und es gibt immer wieder irregeleitete Seelen, die ich weder lenken noch einfangen kann. Der Glaube ist im Umbruch, jedes Schaf muss seine rechte Herde finden. Auch Ihr werdet das tun, Hiske. Auch Ihr.«

»Nun denn, wenn Ihr meint.« Die Hebamme wandte sich mit einem Kopfnicken zur Tür und verließ die Stube, wo Elske schon mit dem Umhang wartete. Krechting war der irrigen Hoffnung, dass seine Frau nicht allzu viel von der Unterhaltung mitbekommen hatte. Er sah Hiske nachdenklich hinterher und wusste in dem Moment, dass ihm die nächsten Wochen keine Ruhe bescheren würden.

2. Kapitel

Jan stand vor Jacobus Cornicius, der seinen Freund mit besorgter Miene musterte, als der sagte: »Ich habe einen Mitreisenden gefunden, der ebenfalls rasch in die Herrlichkeit Gödens gelangen möchte. Es ist ein alter Weggefährte, dem ich vertraue und mit dem ich mich schon durchschlagen werde. Irgendwelche Scheunen und Gehöfte werden uns Unterschlupf bieten, da sei gewiss!«

»Wer ist der Mann?«, fragte Jacobus skeptisch.

»Lübbert Jans Kremer. Der Kaufmann, der Krechting beim Bau der Neustadt helfen wird und bereits im letzten Sommer in der Herrlichkeit weilte. Er kennt den Landweg. Auch er ist der Ansicht, dass wir jetzt sogar schneller sein können, weil keine Umwege nötig sind. Ich schließe mich ihm an und bitte Gott um Schutz.«

Jacobus war noch immer nicht sehr angetan von der Idee. »Ich glaube, du machst dir etwas vor, wenn du es als machbar darstellst.«

Jan drückte Jacobus die Hand. »Das Leben an sich ist ungewiss. Ich muss gehen, so rasch es geht. Sicher finden wir unterwegs Menschen, die uns wohlgesonnen sind. Wünsch mir einfach Glück!«

»Das tue ich, Jan. Das weißt du. Möge Gott an deiner Seite sein!«

»Ich breche morgen in aller Frühe auf. Jetzt werde ich mich um Proviant und Ähnliches kümmern.«

Jacobus wandte sich an einen Schrank, öffnete eine Schatulle und drückte Jan ein paar Gulden in die Hand. »Das wird dir vieles erleichtern!«

Gerade als Jan sich auf den Weg zum Ratsdelft machen wollte, weil er dort die Dinge zu erstehen hoffte, die er für die gefährliche Reise benötigte, klingelte ein Bote. Er teilte ihm mit, dass Lübbert Jans Kremer sich doch entschlossen hatte, nicht zu Fuß übers Land aufzubrechen, sondern besseres Wetter abzuwarten und mit der nächsten Kraweel nach Gödens zu reisen. »Mein Herr hat auch schon mit Bader Dudernixen gesprochen. Ihr alle könnt gemeinsam mit dem ersten Schiff reisen, wenn es wieder möglich ist. Er wird sich um eine Passage kümmern.« Der Bote verneigte sich und zog sich zurück, nachdem Jan ihm ein Schap zugesteckt hatte.

Der Arzt suchte den Kaufmann sofort auf. Der wich von seiner Entscheidung nicht ab. »Die Reise ist zu gefährlich, Valkensteyn. Ich habe Euch doch ausrichten lassen, dass ich mich gern um eine Überfahrt kümmere, zumal auch der Bader rasch in die Herrlichkeit gelangen möchte.« Er bemerkte Jans Kopfschütteln. »Ihr mögt jung genug sein, sie zu überstehen, aber meine Knochen sind gichtgeplagt, und meine Beine schleppen sich mehr, als dass sie laufen. Da deucht mir eine Überfahrt auf Schiffsplanken wahrlich besser.«

»Das ist doch nicht der Grund, denn das alles wusstet Ihr gestern bereits«, sagte Jan. Etwas in Kremers Mimik zeigte ihm, dass es ganz andere Dinge waren, die ihn davon abhielten, sich ihm anzuschließen, und Jan hätte gerne gewusst, was genau ihn bewegte.

»Ihr habt einen scharfen Blick und erkennt auch Ungesagtes«, bestätigte Lübbert Jans Kremer. Dennoch wand er sich und wollte nicht recht mit der Wahrheit heraus.

»Nun sagt schon, was Euch bedrückt!«

»Valkensteyn, Ihr seid nicht gläubig und gehört keiner Reformgemeinde an. Es ist für Euch nicht von Belang.«

»Ich bin durchaus gläubig, kann mich nur nicht entschließen, mir den Kopf für eine Idee einschlagen zu lassen«, berichtigte Jan den Kaufmann. »Aber lassen wir das! Ihr sprecht in Rätseln. Was wollt Ihr damit andeuten?« Jan runzelte die Stirn. Er schätzte es nicht, wenn man ihm die volle Wahrheit verschwieg und er sie sich häppchenweise erschließen musste. »Ich hatte auf Euch gebaut, und nun lasst Ihr mich mit merkwürdigen Andeutungen hängen. Ich denke, es ist nur gerecht, mir den Anlass zu nennen.«

Kremer zögerte. »Ich stimme Euch zu, möchte es aber dabei belassen. Ich reise später, wenn die See nicht mehr von Eis bedeckt ist. Es sind Gründe, die mit meinem Glauben und ungeklärten Dingen zu tun haben, die sich wie eine Gewitterwolke auf Emden zuschieben. Bitte fragt nicht weiter!«

Jan hob die Brauen. »Verstehe«, sagte er. »Mir bleibt wohl nichts anderes übrig, als mich allein auf den Weg zu machen. Gegen solche Kräfte habe ich keine Macht.«

Lübbert Jans Kremer nickte. »Es tut mir leid, mein Freund. Ich hätte Euch sehr gern begleitet, das wisst Ihr!«

Jan schlug in die dargebotene Hand ein. Ihm entging das erneute Flackern im Blick des Kaufmanns nicht. Zu gern hätte er erfahren, was Lübbert Jan Kremer ihm vorenthielt. Der Kaufmann hatte es plötzlich immens eilig, Jan loszuwerden. »Wann wollt Ihr aufbrechen?«, fragte er und schob den Arzt unmerklich zur Tür.

»Sobald es geht. Ich kann keinen Tag länger warten.«

Über Lübbert Jans Kremers Gesicht glitt ein wissendes Grinsen. Jan hasste das, denn alle wussten, dass es ihn zu Hiske trieb. Obwohl es der Wahrheit entsprach, war es ihm unangenehm.

»Also vermutlich heute oder morgen?«

»So wird es sein.« Jan verabschiedete sich eilig und drängte sich hinaus in die Kälte. Der Schnee lag hoch aufgetürmt in den Gassen. Dennoch stapften viele Menschen hindurch, weil sich jeder darum kümmern musste, genug zu essen und Brennholz im Haus zu haben, wenn er überleben wollte.

Lübbert Jans Kremer war in der Nähe der Emder Burg untergekommen. Jan trieb es nun zum Ratsdelft. Er hoffte dort auf einen weiteren Mitreisenden, denn ganz allein würde der Weg ein gefährliches Unterfangen werden. Wie leicht konnte man in einer Wehe stecken bleiben, sich den Fuß verdrehen oder ausgleiten. Obwohl es glatt war und er immer wieder einen Umweg in Kauf nehmen musste, weil eine größere Menge Schnee den Weg versperrte, kam Jan schnell voran. Er hatte es jetzt eilig, der Besuch bei Kremer hatte ihn genug Zeit gekostet.

Jan näherte sich dem Ratsdelft. Dort herrschte nicht das gewohnte Treiben, da keine Schiffe festmachen und entladen werden konnten. Die wenigen Menschen bewegten sich dick vermummt am Kai, nur selten schallten Worte oder Gelächter zu Jan herüber. Geräusche, die fremd und nicht zur Szenerie dazugehörig wirkten. Jan näherte sich den Schiffen, in der irrigen Hoffnung, dass doch eines ablegen und ihn mit sich nehmen würde. Die Schiffsrümpfe aber lagen festgefroren im Hafenbecken. Es war absolut ausgeschlossen, dass von hier aus eines in die Herrlichkeit Gödens fuhr.

An den Pollern lungerten gelangweilte Seeleute herum und starrten auf die Eisschollen, die sich übereinandergeschoben hatten. Die Starre des Eises hatte sich auf die Emder Bevölkerung übertragen, weshalb eine merkwürdige Bewegungslosigkeit die Stadt zu lähmen schien. Jan fühlte sich mit seiner Getriebenheit fehl am Platz. Er eilte über den Landungssteg, wo die Seeleute ihren Priem kauten, ihn auf die weiße Eisfläche spuckten und auf diese Weise für braune Farbtupfer in der Tristesse der Schneemassen sorgten. Je länger Jan die Menschen beobachtete, desto deutlicher wurde ihm, dass es unter der Erstarrung brodelte. Die Leute waren von großer Unruhe erfüllt. Immer wieder wanderten die Blicke zum wolkenverhangenen Himmel, der sich aber nach wie vor trist und grau zeigte. Schon bald würde er erneut Schneeschauer auf die Stadt speien. Jedermann wartete auf den Moment, da das Wolkengebilde aufriss, die Sonne zum Vorschein kam und Schnee und Eis wegfraß.

Jan suchte den Kai ab. Er benötigte Proviant und jemanden, der ihm einen Mitreisenden vermitteln konnte. Jacobus hatte ihm einen Meester genannt, der gut informiert war, aber Jan entdeckte weder ihn noch sein Schiff. Ihn beachtete ohnehin keiner. Einzig zwei Huren, die zwischen den angrenzenden Häuserzeilen herumstolzierten, fixierten Jan mit anzüglichen Blicken. Er wandte seine Augen sofort ab. Er hatte weiß Gott Wichtigeres zu tun, als sich mit solchen Weibern abzugeben. In Zeiten wie diesen, wo man nichts machen konnte, als auf bessere Tage zu warten und sich irgendwo zu wärmen, waren Frauen für viele Männer ein netter Zeitvertreib, und dem Gewerbe nutzte das Wetter gewaltig. Die beiden Huren näherten sich ihm nun, Jan jedoch wandte sich kaiabwärts und konzentrierte sich auf das Treiben am Hafen, um doch den genannten Meester zu erspähen. Er blickte sich unschlüssig um und entschied sich schließlich, zunächst einen Schlachter zu suchen, um ein paar Stücke geräucherten Specks und Pökelfleisch zu erwerben. Dessen Geschäft befand sich am Ende des Delfts in einer Seitengasse. Der Mann hatte nach Jacobus' Auskunft erst vor zwei Tagen drei Pferde geschlachtet, die auf der gefrorenen Straße ausgerutscht waren.

Wenn Jan das Fleisch erstanden hätte, wollte er beim Bäcker Brot kaufen. Würde er einen Mitreisenden finden, könnte er sich umgehend auf den Weg machen. Mittlerweile hatte Jan beschlossen, es notfalls auch allein zu wagen. Es war unangenehm, dass Lübbert Jans Kremer ihn im Stich ließ, denn mit ihm an der Seite wären zumindest die Vorräte kein Problem gewesen. Der Kaufmann hatte Verbindungen genug, und Jan ärgerte sich, dass er ihn nicht darum gebeten hatte, ihm wenigstens bei der Beschaffung der Lebensmittel unter die Arme zu greifen. Er biss die Zähne zusammen. Er hatte den Entschluss gefasst, zu Hiske zu reisen, und das würde er tun, so rasch es ging. Es gab in Emden nichts mehr, was ihn hielt. Er hatte der Stadt gegeben, was er ihr geben musste.

Jan hastete weiter, an den vermummten Menschen vorbei, roch deren Tabak, hörte die Stimmen und auch die immer wieder aufkeimenden Hoffnungen, dass das Wetter bald umschlagen möge. Als er in die verhärmten und teilweise ausgemergelten Gesichter sah, überkam ihn ein unbeschreibliches Gefühl der Hoffnungslosigkeit. Er zweifelte plötzlich, ob es ihm wirklich gelingen würde, Gödens allein zu erreichen. Alles sprach dagegen: die Kälte, der fehlende Begleiter, die kümmerlichen Vorräte. Er sollte auf Jacobus hören und warten, bis der Schiffsverkehr wieder in Gang kam. Der Winter konnte nicht mehr ewig dauern.

Gerade als Jan den Hafen am Delft verlassen wollte, hatte ihn eine der Huren eingeholt und baute sich mit wiegendem Gesäß vor ihm auf. Sie trug trotz der Kälte ein tief ausgeschnittenes Kleid, und ihr dunkles Haar verlieh dem fein geschnittenen Gesicht etwas Feuriges. Der Duft von Lavendel umgab sie und erinnerte Jan an seine Reisen durch die Toskana. Das verführte ihn einen Augenblick dazu, innezuhalten, doch schon kurze Zeit später hatte er sich wieder unter Kontrolle, trat ein paar Schritte zur Seite und wich dem betörenden Geruch aus. Hinter dem Weib tauchte eine weitere Hure auf. Jan hatte keine Möglichkeit, an den beiden vorbeizukommen. Das Hurengewerbe sah man hier genauso ungern wie in Gödens, und die Vorschriften verschärften sich von Jahr zu Jahr mehr. Jan aber wollte den Herrscher erleben, der es tatsächlich schaffte, eine Stadt keusch und rein zu halten. So widersinnig es auch war: Dafür, einem Weib die Schenkel zu spreizen, würden viele Männer alles tun. Wenn er da an einige geifernde Kerle im Wirtshaus dachte ... Jan hatte deswegen schon so manche Schänke verlassen.

Die Dunkelhaarige war mittlerweile einen Schritt nach vorn getreten, und so befand er sich erneut in ihrem Dunstkreis. Sie nickte der anderen Hure zu, die augenblicklich verschwand und ihrer Nebenbuhlerin freiwillig das Feld überließ. Jan nahm alles wie gelähmt wahr und wunderte sich, dass er es nicht schaffte, einfach weiterzugehen, um das zu tun, weshalb er sich überhaupt hier aufhielt. Vielleicht war er bereits zu müde, möglicherweise zu enttäuscht, dass er nicht einfach so zu Hiske reisen konnte. Was war, wenn auch der Schlachter keinen Speck für ihn hatte, wenn selbst dem Bäcker das Mehl ausgegangen war?

Das feurige Weib positionierte sich so vor ihn, dass Jan nicht umhin konnte, einen Blick in das tief ausgeschnittene Dekolleté zu werfen. Wohlgerundet quoll der üppige Busen aus dem Kleid, das Fleisch war fest und durchaus schön anzusehen. Hinzu kam der betörende Lavendelduft, der Jan Frieden und Wärme in diese unendliche Kälte zauberte. Er zuckte zusammen, als ihre Haut wie zufällig seinen Unterarm berührte.

»So ganz allein am frühen Morgen?«, umgarnte die dunkle Stimme der Hure sein Gehör. »Wenn du frierst, könnte ich etwas dagegen tun. Komm mit!« Sie zog mit ihrer zarten Hand Jans wollenen Ärmel zurück und streichelte seinen

Handrücken. Der Augenaufschlag verfehlte die Wirkung nicht. Die Farbe ihrer Iris glich der Hiskes, auch ihr Haar ähnelte dem der Hebamme. Jans Herz klopfte ein wenig schneller, vor allem, als die Duuvke ihren Ausschnitt noch etwas tiefer zog. Das Weib ergriff seine Hand und legte sie für einen Moment auf die üppige Brust. Blitzartig zog er sie zurück, doch die Hure ließ sich nicht beirren. »Komm, ich zeig dir was!«

»Lass mich!«, stieß Jan mit heiserer Stimme aus. »Ich habe keine Zeit für so etwas.«

Die Duuvke lächelte. »Du wolltest zum Schlachter. Dorthin musst du dich nicht mehr bemühen. Das Pferdefleisch ist längst ausverkauft. Ich kann dir aber was besorgen.«

»Du?« Jan wunderte sich kurz, dass das Weib über sein Vorhaben Bescheid wusste, doch er verdrängte die Frage, weil er hoffte, durch die Hure an seinen Proviant zu kommen. »Du weißt, woher ich Fleisch kriegen kann?«

Die Duuvke nickte. »Folge mir! Ich weiß immer, wo man das bekommt, was man braucht.«

Jan hatte sich wieder so weit im Griff, dass er ihre Worte anzweifelte, doch was war, wenn sie nicht log? »Wo soll das sein?«

Die Hure legte den Finger an die vollen Lippen. »Schrei nicht so rum und komm. Wenn dir die Ware nicht gefällt, kannst du ja wieder gehen.«

Jan überlegte kurz, folgte dem Weib dann wie von einem unsichtbaren Faden gezogen. Sie wandten sich vom Delft ab, weg von den gelangweilten Seeleuten, weg von der Starre, die ihn mit derselben Gleichgültigkeit belegt hatte wie alle anderen am Kai. Die Frau hatte das Kleid jetzt wieder züchtig nach oben gezerrt und sich gegen die Kälte ein wollenes Tuch um die Schultern gelegt. Ihre Schuhe waren zerlumpt, der Schnee musste sich längst hindurchgefressen haben, aber Jan verschwendete keinen weiteren Blick. Er wurde durch ihm unbekannte Gassen geschleust. Sie kamen an einigen Handwerksbetrieben vorbei, bis sie schließlich in einen entlegenen Teil der Stadt gelangten, wo es aufdringlich nach Gerberei stank. Hin und wieder tönte das Hämmern eines Schmieds zu ihm herüber, auch die Färbereien waren hier angesiedelt. Die Häuser wirkten heruntergekommen, die Dächer undicht, und in den schmutzigen Gassen türmte sich der Unrat auf dem Schnee. An den meisten Stellen hatte er eine bräunlich-gelbe Farbe angenommen. Es stank bestialisch, und Jans Nase brauchte eine ganze Weile, bis sie sich an den Geruch gewöhnt hatte. Kurze Zeit später passierten sie eine Schänke, vor der ein paar Bettlerkinder auf und ab flitzten und sich um einen abgenagten Apfelgriebs stritten.

Jan verlangsamte seinen Schritt, doch die Duuvke zog an seinem Mantel und ließ nicht zu, dass er stehen blieb. Es wäre ihm ein Leichtes gewesen, ihre Hand abzustreifen, aber er tat es nicht, sondern folgte ihr blindlings in den Hinterhof. Aus der Schänke drang lautes Grölen, die ersten Männer in Emden hatten schon um diese Zeit dem Genever mehr zugesprochen, als ihnen guttat. Jan blickte sich um. Der Schnee türmte sich in den Ecken des Hofes, und hier lag nirgendwo Unrat herum. Im Gegensatz zu der schrecklich verdreckten Umgebung war dieser Hof fast eine Wohltat. Ringsum befanden sich zweigeschossige, morsch aussehende Holzbauten.

Die Duuvke winkte ihn zu einer Treppe, die sich außen um das Haus wand. Sie glitt vor ihm hinauf und öffnete die Tür zu einer Kammer. Auch die wirkte aufgeräumt und sauber, sah man von den zerwühlten Laken auf der Bettstatt ab, die Zeuge dafür waren, dass sich vor noch gar nicht so langer Zeit jemand darin gewälzt hatte.

»Wo sind jetzt die Vorräte?« Er hätte sich ohrfeigen können, weil er dem Weib auf den Leim gegangen war und sich in eine Falle hatte locken lassen. Es war klar gewesen, und im Nachhinein wusste er ihren Wortlaut zu deuten. Wie konnte er so dumm sein? Seine Sehnsucht, möglichst schnell zu Hiske und ihrem weichen Frauenkörper zu gelangen, hatte ihn blind und unvorsichtig werden lassen. Es war nun an ihm, sich mit ganzer Kraft zu wehren.

Die Duuvke ließ ihren Umhang zu Boden gleiten und strich ihm sacht über die Brust, die noch immer mit seinem wollenen Mantel und dem Wams verhüllt war. Jan hatte lange keine Frau gehabt, und er sehnte sich mit jeder Faser seines Körpers nach der Hebamme. Dennoch konnte er nichts dagegen tun, dass sich bei ihm etwas regte, als das Weib seine Hand nahm und erneut auf ihrer weichen Brust platzierte. Die Hure roch immer intensiver nach Lavendel, dem Duft, den er mit Glück und Erfüllung verband, denn es war die Zeit des Aufbruchs, die Phase seines Studiums gewesen. Jans Sinne vernebelten sich. Er hatte bislang nur einmal das Lager mit einer Duuvke geteilt. Natürlich war er auf seine Kosten gekommen, die Weiber verstanden es genau, wie man einen Mann zum Höhepunkt brachte. Doch hinterher hatte ihn eine große Leere umgeben, ein Gefühl, das ihm nicht behagte. Und er hatte beschlossen, seine Befriedigung nie mehr auf eine solche Weise zu erlangen. Damals hatten ihn die Einsamkeit und Verzweiflung in die Arme der Hure getrieben. Jetzt befand er sich in einer ähnlichen Situation. Sein Mantel fiel wie von Geisterhand auf den Boden, sein Wams wurde von kundigen Fingern geöffnet. Zarte Lippen berührten seinen Hals. Er schloss die Augen, und sofort hämmerte nur der eine Name durch seinen Kopf. Hiske, Hiske, Hiske. Er hatte es sich oft in einsamen Stunden ausgemalt, wie es mit ihr sein würde. Er wollte es nicht jetzt. Nicht so. Nicht mit dieser Frau. Jan stieß das Weib weg, als habe er sich verbrannt.

»So scheu?«, fragte die Duuvke und stupste ihn seitlich sacht mit dem Gesäß an, das gut gepolstert, aber nicht dick war. »Du wirst es nicht bereuen«, hörte er und fand sich plötzlich rücklings auf dem Bett wieder.

Aus den Nebenräumen drangen eindeutige Geräusche der Liebe herüber, mal mehr, mal weniger laut. Die Hure entzündete eine Unschlittkerze, sodass die Kammer augenblicklich in ein anheimelndes Licht getaucht wurde. Die Duuvke legte sich neben ihn und ließ ihre zarten Finger geschickt unter sein Hemd gleiten.

Die Sonne stand hoch am Himmel, als Tomma Everts die Neustadt verließ. Sie hatte genug erfahren. Nun nahm das Schicksal seinen Lauf. Rache war der einzige Gedanke, der sie antrieb. Rache an allen Menschen, die ihr Leben in die verkehrte Richtung getrieben hatten. Sie war immer allein gewesen und hatte ihr Dasein in der Fremde fristen müssen. Inmitten des Goldenen Vlies von Thüringen. Sie hatte mit Urin den Färberwaid gewonnen, sie hatte den Waid zu Bällen gedreht und auf dem Markt verkauft. Jetzt aber wusste sie, wer ihr Schicksal zu verantworten hatte, und es gab für sie nur eine Möglichkeit, damit abzuschließen: Tod den Mördern ihres Vaters. Mit jedem Schritt, der sie ihrem Ziel näher brachte, entfachte sich der Hass ein bisschen mehr. Sie würde all die vernichten, die ihr Dasein zerstört hatten, weil sie einem Kind das genommen hatten, was ihm zustand. Den Vater – der Mensch, der ihr als Einziger geblieben war.

Es bedurfte nur weniger glücklicher Erinnerungen, um ihre Wut anzufachen. Allein der Gedanke an das unbeschwerte Lachen ihres Vaters, wenn sie am Morgen die noch warme

Milch ihrer Kuh zum Frühstück tranken, schmerzte auf unerträgliche Weise, und so reihte sich ein Erinnerungsbruchstück an das andere und führte zu einer beispiellosen Verbitterung. Nie hätte Tomma geglaubt, einmal so hassen zu können. Und sie wusste, dass sie nur dann weiterleben konnte, wenn sie diesem Gefühl nachgab und Blut an ihren Händen spürte. Aber zuvor wollte sie die Menschen in Gödens das Fürchten lernen. Sie sollten vor ihr erzittern, bevor sie endgültig das Richtschwert führte.

Tomma beschleunigte ihren Tritt und ließ sich weder vom eisigen Wind noch von dem nun plötzlich einsetzenden Schneesturm beeindrucken. Der Hass befreite sie. Gab ihr eine Macht, mit der sie sich überlegen fühlte. Das gefiel ihr. War sie doch zeitlebens die Kleine ohne Gesicht gewesen, das Mädchen, an deren Namen man sich meist nicht erinnerte. Unwichtig, wie sie war. Seit dem Tod ihres Vaters war sie ein Niemand, und entsprechend behandelten die anderen sie. Aber nun, nun würde sie sich und ihre Seele frei kämpfen, und wenn es das Letzte war, was sie in ihrem jungen Leben tat. Die vergangenen sechs Jahre hatten Tomma verändert.

Eines Tages war der Wunsch nach Satisfaktion übermächtig geworden, es war der Moment gewesen, als dem Färberwaidbaron ihre Arbeitskraft nicht mehr ausgereicht hatte und sie ihre Beine für ihn spreizen sollte. »Du musst dankbar sein, dass du dich hier durchfuttern kannst, und es gibt in deinem Alter eben andere Dinge, wozu ein Weib gut ist.« Dann hatte er ihren Kopf nach hinten gebogen, seine fleischigen Lippen waren ihren Hals hinabgefahren, während seine Pranken ihre noch kindliche Brust geknetet hatten. Als sich seine Zunge in ihren Mund geschoben hatte, war der Würgereiz nicht mehr aufzuhalten gewesen. Die nachfolgenden Schläge hatten zu schlimmen Verletzungen geführt, die

Narbe auf ihrer rechten Wange würde sie zeitlebens zeichnen. Kaum waren die Wunden abgeheilt, war Tomma geflohen. Über die Flüsse bis zur Weser, von da nach Emden. Sie hatte sich als Wanderbursche verkleidet, mit ihrer knabenhaften Figur war das kein schwieriges Unterfangen gewesen, zumal es kalt war und alle Menschen dick vermummt reisten. Was sie dort, in Emden, von einem alten Freund ihres Vaters erfahren hatte, hatte sie schlussendlich nach Gödens kommen lassen. Unauffällig war sie die letzten Wochen umhergeschlichen. Tomma wusste nun genug. Sie würde keinen Stein auf dem anderen lassen und wie das Jüngste Gericht über der Herrlichkeit wüten. Gödens, das neue Babylon.

Garbrand flocht einen Korb aus Weide, während er dem Schneetreiben zusah. Er hatte sich für heute aus der kleinen Kate verabschiedet und war in seine Kammer in die Neustadt gegangen, nachdem er Hiske genügend Holz in die Küche geschleppt hatte. Der Wortsammler war mit seinem Gemälde beschäftigt und brauchte ihn nicht. Das kam Garbrand ganz gelegen, denn er wollte ein wenig allein sein. Ihn quälten Gedanken, die er mit niemandem teilen konnte. Auch nicht mit Nikolaus, der ihm meist nicht von der Seite wich, wenn er wusste, dass Garbrand in seiner Kammer war. Der war erst vor Kurzem hier angekommen und war ein undurchsichtiger Zeitgenosse. Obgleich der Mönch ihn mochte, war er gleichzeitig sicher, dass Nikolaus keineswegs zufällig in der Neustadt weilte. Einmal hatte er ihn gefragt, ob er ein Spion sei, weil er stets in gebückter Haltung durchs Leben hastete, eben so wie ein Mensch, der lieber im Verborgenen blieb. Nikolaus hatte abgewinkt und gelächelt. Ein Lächeln, das die Augen nicht erreichte und eher wirkte, als habe es der

Wortsammler in sein Gesicht gemalt. Garbrand hatte sich von Beginn an geschworen, vor seinem neuen Kumpan auf der Hut zu sein, und so würde er es weiter handhaben, bis klar war, was ihn nach Gödens getrieben hatte.

Garbrand faltete ein Stück Papier auseinander. Er hatte es Hiske vorenthalten, denn auch das war eine Beigabe der Botschaft gewesen. Unten rechts auf der Ecke hatte es zusammengerollt geklebt, als könne es allein durch die knappe Aussage das, was oben stand, verstärken. Das Papier brannte sich in seine Haut. Es strahlte eine unvergleichliche Magie aus, gleichzeitig schien das Blut vieler Seelen an diesen Buchstaben zu haften. Gottes Wort mit einer Botschaft, die Tod und Verderben verhieß. Das Papier war der Schlüssel zu einem Geheimnis, dessen Dimension er nicht erahnte und auch nicht erahnen wollte. Die der Botschaft innewohnende Drohung waren Worte aus der Offenbarung des Johannes. Aber zusammen mit dem Stein wirkten sie wie eine Kriegserklärung. Kriege im Namen Gottes hatten allerdings nach Garbrands Erfahrung noch nie etwas Gutes hervorgebracht. *Wer von Neuem geboren, kann das Reich Gottes sehen!*, stand in geschwungenen Lettern darauf. Das kam aus dem Johannes-Evangelium. Den Glauben erkennen. Das war es. Was aber sollte diese Botschaft? Sie hatte ihn dermaßen beunruhigt, dass er sie zunächst eingesteckt hatte. Und nun lag das Papier wie eine Anklage vor ihm.

Wen wunderte es, dass mit Gottes Wort Schindluder getrieben wurde und man versuchte, Menschen zu beeinflussen? Schließlich lebten sie hier mit vielen verschiedenen Glaubensgruppen Tür an Tür. Menschen, die aus unterschiedlichen Regionen in Gödens Zuflucht gesucht hatten. So herrschten stets unterschwellige Spannungen, die es abzuwiegeln und zu glätten galt. Selbst wenn die Obrigkeit es verdrängte.

Nun, er würde diese Botschaft jedenfalls verschwinden lassen. Der Stein und die Epistel hatten Hiske genug erschreckt, deshalb war es ihm klug erschienen, die Hebamme nicht damit zu belasten. Mit diesem Stück Papier würden auch diese Worte verschwinden: *Das Wort ward Fleisch.* Große Worte, die die Schwäche und Niedrigkeit der Menschen aufzeigten. Die Nichtigkeit – und wie groß hingegen war der Herr! Garbrand wusste die Worte zu deuten, und obwohl er selbst ein Mann Gottes war, so spürte er, dass sie nichts Gutes verhießen. Falls es sich ergeben sollte, konnte er Hiske immer noch nach Jans Rückkehr von der Botschaft berichten. Er überlegte, was er mit der Schrift tun sollte. Er könnte sie verbrennen. Garbrand machte einen Schritt auf die Kerze zu, hielt dann aber inne und versteckte das Papier schließlich in seiner Truhe.

Ihn beschäftigten zurzeit ohnehin andere Dinge. Seit die letzte Kraweel das neue Siel im frühen Winter angesteuert hatte, war Garbrand von einer großen Unruhe befallen. Ihm waren ganz andere Schriftstücke zugespielt worden, die ihn zutiefst aufgewühlt hatten und ihn täglich mehr mit seinem eigentlichen Lebenssinn konfrontierten. Er war nicht dafür geschaffen, einem Weib und ihrem Ziehsohn das Holz in die Kate zu tragen. Er war Mönch, sein Leben war Gott geweiht, und er trat diese Berufung seit Jahren mit Füßen. Seitdem er von den Anglikanern in England aus seinem Kloster vertrieben worden war, hatte er keinen Fuß mehr in eine katholische Kirche gesetzt, hatte nicht ein religiöses Gespräch geführt, und die Diskussionen mit sich selbst waren im Laufe der Zeit weniger geworden. Sein Leben war alles andere als gottgefällig.

Der Bau der Neustadt, die Sorge und Pflege des Wortsammlers, seine Hilfe bei Hiske Aalken und auch seine widerstreitenden Gefühle zu Jan hatten ihn von seiner Bestimmung abgehalten. Je länger aber dieser Zustand andauerte, desto stärker spürte er die Leere seiner Seele, desto stärker glaubte er zu verkümmern, weil ein Teil des wahren Garbrand jeden Tag ein Stück mehr abstarb. Es war ein Wink des Schicksals, dass ihm die Publikationen genau jetzt in die Hände gefallen waren. Alles im Leben hatte seine Bedeutung, alles seinen Sinn. Der Inhalt hatte ihn stark aufgewühlt, und ihm war klar, dass weder Hinrich Krechting noch die anderen Reformer oder gar die Mennoniten davon wissen durften. Es war nicht gut, wüssten sie von dem »Papistengeschwafel«, das er mit sich führte. Man nahm ihn hin, aber eben nur als jemanden, der die Kutte seit langer Zeit abgelegt hatte.

Die Drohung war für ihn ein weiteres Zeichen dafür gewesen, wie richtig es war, keinem von seinen Gedanken und den Schriften zu erzählen. Obgleich es ihn beunruhigte und er sich durchaus fragte, ob ihm nicht doch jemand auf die Schliche gekommen war. Die Vermutung lag nah. Die Toleranz der Reformierten währte gegenüber den Mennoniten, gegenüber den Täufern aus Münster und den Lutheranern. Nicht aber gegenüber den Papisten. Man hasste sie aus tiefster Seele, und deshalb bewahrten die Neustädter auch bei Garbrand stets Distanz. Keiner sprach darüber, und doch war allen klar, dass er Katholik war. Er konnte vermutlich nur deshalb unbehelligt in der Herrlichkeit leben, weil man Hiske Aalken sehr schätzte und von der Freundschaft zu ihm wusste. Garbrand lebte nun schon so lange unter den Protestanten und Täufern, dass er die Tatsache, ein strenggläubiger Katholik zu sein, verdrängt hatte. Sogar seine Sprache war ihm abhandengekommen. Er redete Plattdeutsch, wie die meisten, die sich hier eingefunden hatten. Zwar drang auch immer wieder das Holländische durch oder der westfälische Dialekt, doch die Menschen passten sich den Gegebenheiten ihrer neuen Heimat rasch an.

In den langen Nächten, in denen weder er noch der Wortsammler schlafen konnten, sie auf dem Deich entlangliefen und über die Oberfläche des Schwarzen Bracks starrten, befielen ihn regelmäßig Zweifel, ob das Leben für ihn nicht doch eine andere Bestimmung hatte als das, was er lebte. Er war dem Tod lange entronnen, und sein Körper war keinen Strapazen mehr ausgesetzt. Sein Gewissen suchte ihn allerdings mit grausamen Bildern heim und sagte ihm, dass er sich seinem Glauben und Gott stellen müsse, wenn er nicht im Höllenfeuer landen wollte. Diese Gedanken waren immer stärker geworden, und er wusste, dass die Zeit nahte, in der er eine endgültige Entscheidung für sein künftiges Leben treffen musste. Es gab die Möglichkeit, als überzeugter Katholik zu sterben oder feige als konfessionsloser Mann außerhalb jedes Gottesackers verscharrt zu werden. Er konnte sich nicht vorstellen, dass ihm die protestantisch geweihte Erde zuteilwerden würde. Und er war auch nicht sicher, ob er dort ruhen wollte.

Garbrand beugte sich unters Bett und zerrte die sorgfältig eingewickelten Schriften hervor. Ihn überkam eine Gänsehaut, als er sie langsam auseinanderfaltete. Dieses Knistern bescherte ihm eine unsägliche Befriedigung, fast, als gewinne er allein durch dieses verbotene Tun an Macht gegenüber all denen, die seine Religion verabscheuten. Wie auch immer die Skripte auf die Kraweel gelangt waren und woher der Meester gewusst hatte, wem er sie aushändigen sollte: Es war Gottes Wille, dass er sie besaß. Zielstrebig war der Meester aus Emden, als ihn vor einiger Zeit eine Fahrt in die Herrlichkeit geführt hatte, zu Garbrand geeilt und hatte sie ihm nachts an der Tür zu seiner Kammer übergeben, um dann fast ungesehen wieder auf sein

Schiff zu entschwinden und sofort abzulegen. Der Mönch verstieg sich mittlerweile zu der Annahme, der Mann sei tatsächlich von Gott gesandt. Es war ein Zeichen, das er nicht ignorieren konnte und durfte. Er, Garbrand, wurde gerufen. Das war sein Weg, das war seine Bestimmung. Ihn überkam ein warmes Gefühl, das sich ähnlich anfühlte wie Glück. Er freute sich auf das, was kam, nur musste er es noch in die Hand nehmen. Kein leichtes Unterfangen, aber wenn er dazu entschlossen war, gab es kein Zurück.

Hiske kehrte aufgewühlt in ihre Kate zurück. Krechting verheimlichte ihr etwas. Er hatte nervös gewirkt und unsicher. Es konnte natürlich sein, dass es mit der allgemein angespannten Situation zusammenhing. Immer häufiger machten sich die Menschen auf ins Moor, um dort die wenigen Hölzer zu schlagen. Die Weiden im Hammrich waren lange geköpft, wie Mahnmale ragten die kahlen Stämme aus der weißen Landschaft. Wenn der Winter das flache Land weiter so fest im Griff hatte, würden im nächsten Sommer kaum noch Gehölze in der Gegend stehen.

Hiske betrachtete den Wortsammler. Bei seinem Anblick durchflutete sie eine große Wärme. Vor ihren Augen tanzten Bilder, die sie selbst als Mutter zeigten. Ein Bruder oder eine Schwester wäre für ihn eine Bereicherung. Jetzt tupfte er ausgesuchte Farbkleckse auf sein Gemälde. Wenn er malte, war er nicht ansprechbar, es war schwierig genug, ihn dann zum Essen und Trinken zu animieren. Er war stark in die Höhe geschossen, allerdings haftete ihm seit Kurzem nicht mehr das Grobschlächtige und Massige an. Sein Körper wirkte athletisch und durchtrainiert, was sicher auch daher kam, dass er in den Zeitspannen, in denen er nicht malte, noch immer stundenlang durch die umliegende Marsch strich und Wege ablief, die er aus seiner Kindheit kannte. Er würde immer ein ruheloser, nie völlig zu bändigender Mensch bleiben. Der Knabe brauchte seine Freiheit, und niemals wäre es der Hebamme in den Sinn gekommen, sie zu beschneiden. Sie wusste, dass die Einheimischen anders darüber dachten, doch als sie einmal von Krechtings Frau darauf angesprochen worden war, hatte Hiske nur geantwortet: »Der Wortsammler soll seine Schwingen regelmäßig erheben, er wird in keinem Käfig glücklich sein.« Danach hatte sie nie wieder etwas über das Thema gehört. Dennoch war ihr klar, dass die Menschen tuschelten. Am Kinn des Knaben spross der erste Flaum, nicht mehr lange und er war ein junger Mann, der sie vor neue und große Probleme stellen würde. Aber sie hatten schon andere schwierige Dinge gemeinsam gemeistert. Auch das war zu schaffen. Sie war schließlich nicht allein. Selbst wenn Jan in der Ferne weilte, so stand ihr doch Garbrand stets mit Rat und Tat zur Seite.

Hiske strich dem Knaben übers Haar, was er mit einem wohlfälligen Grunzen kommentierte, sich aber sonst nicht von seiner Arbeit ablenken ließ. Sie hoffte so sehr, dass die Botschaft gestern Abend nicht Schlimmeres zu bedeuten hatte, denn sie könnte es nicht ertragen, wenn ihrem alten Freund Garbrand etwas zustieß. Hiske war in den letzten Monaten immer dünnhäutiger geworden. Ihre unerfüllte Liebe zu Jan zehrte an ihr, und vermutlich würde sie erst nach ihrer Heirat wieder zu ihrer alten Stärke zurückfinden. Es störte Hiske mittlerweile nicht einmal mehr, dass sie ihr Lebensglück von Jan abhängig machte, denn dem Arzt gehörte ihr ganzes Herz, und wenn sie sich einem Menschen verbunden fühlte, dann tat sie es rundum und ohne Kompromisse. Bei Jan war sie sich einfach sicher, dass er sie nie enttäuschen würde. Diese Erkenntnis hatte lange gedauert.

Draußen heulte eine Böe ums Haus, die Sonne verdunkelte sich, und der nächste Schneeschauer stob über das karge Land. Die Winter in Ostfriesland waren oft lang und hart, aber eine solche Kälte war auch hier ungewöhnlich.

Hiske ging zum Herd und setzte Wasser auf. Sie hatte noch ein paar Graupen, die sie für sich und den Wortsammler kochen wollte. Dazu ein paar Dörrpflaumen, die sie einweichen konnte, und etwas roten Wein. Garbrand würde erst morgen wiederkommen. Er war in der letzten Zeit oft in sich gekehrt, einzig Nikolaus und der Knabe schafften es hin und wieder, ein Lächeln auf sein Gesicht zu zaubern. Obwohl ihr dieser neue Weggefährte nicht ganz geheuer war, hatte sie es bislang unterlassen, ihren alten Freund zu warnen. Er würde wissen, was er tat. In ihr wühlte ein merkwürdiges Gefühl, das sie antrieb, Nikolaus zu misstrauen. Sie las in seinen Augen eine Unehrlichkeit, die ihr nicht behagte. Im Laufe der Jahre hatte sie gelernt, diesen Ahnungen mehr Gehör zu schenken, denn nur selten hatte sie sich getäuscht. Garbrand aber beschäftigte etwas, und sie wusste nicht was. Hoffentlich hingen seine Überlegungen nicht mit Nikolaus zusammen. Wenn beide gleicher Gesinnung waren und das heimlich lebten, befand sich der Mönch in noch größerer Gefahr, denn das würde hier niemand dulden. Oder dachte Garbrand noch immer über den Wortsammler nach? Kürzlich hatte er von einem Kloster für den Knaben gesprochen, weil er dort mit spirituellen Dingen von seinen männlichen Trieben abgehalten werden würde. Aber Hiske hatte nichts davon wissen wollen. Nur – wenn der alte Mönch sich mit diesen Gedanken plagte, dann sicher nicht nur für den Knaben allein. Vielleicht spielte er mit der Idee, sein eigenes gottgefälliges Leben wieder aufzunehmen. Verdenken konnte Hiske es ihm nicht. Sie war von so vielen Glaubensleuten umgeben, dass sie die Beweggründe und die Qual einer nicht gelebten Religion durchaus einzuschätzen wusste, selbst wenn ihr dieses Denken fremd war.

Hiske füllte die Graupen ins kochende Wasser und rührte sie um. Dann gab sie Salz und ein paar Kräuter hinzu, damit der Brei schmackhafter war. Sie probierte mit dem Zeigefinger, ob die Pflaumen schon ausreichend aufgequollen waren, doch sie brauchten noch einen Moment. Hiske hoffte, den Knaben überhaupt dazu bewegen zu können, sich für ein solch einfaches Mahl von seinem Bild, seinen bunten Farben und seiner eigenen Welt zu trennen. Als die Graupen weich waren, rührte sie etwas Rotwein unter, schnitt die Pflaumen durch und ließ alles zusammen noch eine Weile köcheln. Dann gab sie etwas davon in zwei Schüsseln und stellte diese auf den Holztisch, den sie am Morgen gründlich mit Sand gescheuert hatte, sodass die Tischplatte hell glänzte. Der Wortsammler sah nicht einmal auf, als der dampfende Brei neben ihm stand, und so löffelte Hiske ihre Schale allein aus. Gerade als sie den Boden auskratzte, klopfte es an ihre Tür. »Wer da?«, rief Hiske, bevor sie den Riegel zurückschob, denn nach dem Erlebnis von gestern war sie vorsichtig geworden.

»Ihr kennt mich nicht, aber bitte lasst mich ein. Ich schaffe es nicht bis in die Neustadt! Ich erfriere!«

Hiske öffnete. Ihr stand eine junge Frau gegenüber, dick in einen wollenen Mantel und mehrere Schals gehüllt. Ihre Zähne schlugen aufeinander, die Lippen waren blau gefroren.

»Kommt herein!«, sagte Hiske und trat einen Schritt beiseite. Das Weib ließ sich nicht zweimal bitten und schob sich an der Hebamme vorbei, gerade auf den Herd zu, unter dem anheimelnd das Feuer knisterte.

3. Kapitel

Die Hure hatte sich blitzschnell ihres Kleides entledigt und rieb ihre Brüste an Jans Arm, während ihr Atem ihn streifte. Jan zuckte zurück. Er wollte zu Hiske und ließ sich von diesem Weib einwickeln wie ein gewöhnlicher Freier. War er denn kein Stück besser als der Bader Dudernixen, der vermutlich bei jeder Hure Emdens gelegen hatte? Ganz sicher auch in diesen Armen?

»Sie wird es ja nicht erfahren, entspann dich«, raunte die Stimme der Duuvke, doch sie erreichte ihn nicht mehr. Die Geräusche aus den Nebenzimmern ekelten Jan an, er nahm den muffigen Geruch der Kammer und den angetrockneten Schweiß auf der Decke wahr. Von der Straße her drang das Weinen eines Kindes zu ihnen herauf. Jan stieß die Frau von sich und sprang von der Bettstatt. Das Gesicht des Weibes wirkte trotz der jungen Jahre alt. Wie hatte er es noch vor so kurzer Zeit liebreizend, ja, sogar dem Hiskes ähnlich finden können? Diese Duuvke hatte nichts, aber auch gar nichts mit seiner großen Liebe gemeinsam. Vor sein inneres Auge schob sich Hiskes Antlitz. Ihr wissender Blick, ihr Lachen, das viel zu selten über ihr Gesicht huschte. Falls Hiske je erfuhr, wo er gewesen war, würde dieses Lachen völlig erlöschen. Sein Verhalten war unverzeihlich und durch nichts zu rechtfertigen. Es fand nicht einmal Gnade vor sich selbst. Er konnte vor den Schwierigkeiten nicht fliehen, nicht auf diese Weise.

Die Duuvke sah ihn mit verständnislosem Blick an. Jan nötigte sich eine Entschuldigung ab. Er wühlte in seinem Wams, das auf dem Boden lag. Nach kurzer Zeit hatte er gefunden, was er suchte. Er warf dem Weib die Bezahlung hin, so als habe er alle Dienste in Anspruch genommen. Noch während er das tat, stürzte er zur Tür, hielt dann aber inne und fragte: »Woher weißt du von Hiske? Woher von meiner Reise und dass ich Proviant benötige? Streite nicht ab, dass es dir jemand erzählt hat!«

Die Duuvke zuckte lediglich mit den Schultern. Sie raffte das Geld zusammen und sah Jan nicht nach, als er Hals über Kopf hinaus in den Wintermorgen hastete, als sei er dem Teufel persönlich begegnet. Erst als er auf dem Hof stand, wurde ihm bewusst, wie nah er gerade daran gewesen war, sich selbst und seine Ideale zu verraten. Beinahe hätte er für den kurzen Moment der Befriedigung Hiske betrogen, ihr Herz gebrochen. Es wäre ihr aufgefallen. Hiske war ein Weib, das viele Dinge besser zu deuten wusste, als es sich manche vorstellen konnten. Die Hebamme war eine starke Frau, die ihre Ziele verfolgte. Niemals würde sie einen Mann heiraten, der sich in einem Hurenhaus herumtrieb. Jan ekelte sich vor sich selbst und übergab sich in der Ecke des Hofes. Sofort stürzte sich ein Hund auf den Inhalt seines Magens und schlabberte ihn weg. Der Hunger trieb selbst die Tiere zu merkwürdigem Verhalten. Jan kümmerte sich nicht weiter darum, zupfte sein Barett zurecht, sein Wams und die Beinlinge, dann schloss er den Mantel fest, damit er vor dem kühlen Wind geschützt war.

In diesem Moment klopfte ihm jemand von hinten auf die Schulter. »Ich hätte nicht gedacht, dass sich der werte Medicus in solchen Häusern herumtreibt und dort seine Gelüste befriedigt. In der Neustadt war sich der Herr stets zu fein dafür, aber da hat dieses Hebammenweib ihn auch bewacht.«

Jan fuhr herum und blickte in das feiste Gesicht des Baders Dudernixen, der keinen Hehl daraus machte, welch großen Spaß er eben mit zwei der Mädchen gehabt hatte. Mit wenigen Sätzen schilderte er seine letzte Stunde. »Die Huren in Emden sind besser als das, was ich in der Neustadt erlebt habe. Jeder Ausflug in die Seehafenstadt lohnt. Ihr könnt mich auch zukünftig gern begleiten.«

»Was macht Ihr hier?«, fragte Jan und ging mit keinem Wort auf das Gesagte ein. Er mochte den Bader nicht, traute ihm nicht über den Weg. Gleichzeitig blickte er sich unauffällig um, ob noch weitere Bekannte aus dem Hurenhaus traten. Aber Dudernixen schien allein zu sein. Ihm dämmerte, wer der Informant der Duuvke war und auch, dass der Bader sie bewusst auf ihn angesetzt hatte. Von Lübbert Jans Kremer wusste Dudernixen, dass Jan sich um Proviant kümmern wollte. Es passte zu ihm und seinen Intrigen. Nur: Was bezweckte er damit? »Um dich in der Hand zu haben«, sagte er zu sich selbst. »Für Dudernixen ist es immer gut, wenn er andere Menschen mit irgendetwas erpressen kann. Dazu braucht er kein tieferes Motiv.«

»Sprecht ruhig laut. Ihr liegt schon ganz richtig mit Eurer Vermutung«, grinste der Bader. »Solltet Ihr Euch mir gegenüber großzügig zeigen, verrate ich der Toverschen kein Wort.« Seine Mimik machte deutlich, wie sehr er diese Machtposition genoss.

»Ihr könnt mich bei Hiske nicht verleumden, weil nichts passiert ist. Ich war nur zufällig hier.« Jan wendete sich ab und wollte den Hof verlassen, doch so rasch ließ sich der Bader nicht abspeisen. »Unter Männern, Medicus! Hierher verirrt man sich nicht wahllos, denn es ist eine geheime Gasse, wenn Ihr versteht. Wer kennt schon diesen Hinterhof?« Das narbige Gesicht verzog sich zu einem noch breiteren Grinsen, und Jan erkannte einen zerlumpt aussehenden Kerl, der hinter dem Eingangstor kauerte und darauf wartete, es zu öffnen. Ohne bestimmte Referenzen kam man also nicht in dieses Duuvkehuus, was damit zusammenhing, dass man in Emden keine Huren wollte.

Jan war versucht, seine Faust in Dudernixens Gesicht zu platzieren, doch das hätte seine Situation nur verschlimmert. Letztendlich war er selbst schuld, dass er sich in diesen Schlamassel hatte hineinziehen lassen. Niemand würde ihm abnehmen, dass er das Zimmer dieser Duuvke zwar betreten hatte, ihren Reizen aber nicht erlegen war. »Was wollt Ihr von mir, Bader? Weshalb wolltet Ihr mich in diese Falle locken?«, lenkte er ein.

»Ihr seid selbst bereitwillig hineingetappt, wenn Ihr Euch recht erinnert. Zwingen musste Euch das Weib nicht.«

»Ich habe Euch gefragt, warum Ihr die Duuvke auf mich angesetzt habt? Welches Ziel Ihr damit verfolgt?«

»Es gibt immer Situationen im Leben, werter Medicus, wo ich Euch besser auf meiner Seite als gegen mich hätte. Und das ist mein Pfand. Denn das Hebammenweib ist Euch so wichtig, dass Ihr es kaum darauf anlegt, dass sie etwas von Eurem kleinen Abenteuer erfährt.«

»Es gibt kein Abenteuer. Geht hinein und fragt das Weib!«

Dudernixen lachte nur, machte aber keinerlei Anstalten, Jans Aufforderung Folge zu leisten. Der biss die Zähne zusammen. Dudernixen hatte ihn in der Hand. Der Bader verstand es stets geschickt, die Menschen gegeneinander auszuspielen, und war an Falschheit nicht zu überbieten. Warum es bislang noch nie jemandem gelungen war, ihm auch nur den Funken seiner Bösartigkeiten nachzuweisen, würde Jan ewig ein Rätsel bleiben. Doch dem Mann haftete eine Schläue an, die mit seinem ansonsten schlichten Gemüt und der Einfachheit seines Geistes nur schwer in Einklang zu bringen war.

Jan schob den Bader zur Seite. »Lasst mich ziehen! Ich habe nicht bei der Duuvke gelegen. Und Ihr solltet Euch auch besser wieder auf Euer Weib besinnen. Soweit ich weiß, ist bei euch Mennoniten Ehebruch ein schweres Vergehen.«

Dudernixen lachte hämisch auf. »Ich begehe keine Sünde, ich schlafe mit Huren. Das sind niemals ehrbare Frauen. Sie sind für uns Männer gemacht, und dafür zahle ich.«

»Magda erwartet ein Kind«, setzte Jan nach, noch immer verblüfft über die Kaltschnäuzigkeit des Baders.

»Ein Wechselbalg ist es. Gezeugt von einem dahergelaufenen Mann, dessen Name es nicht wert ist, ausgesprochen zu werden. Gott sei seiner Seele gnädig.«

»Was macht Euch so sicher, dass es so ist? Ihr habt schließlich ebenfalls bei Eurem Weib gelegen.«

Dudernixen schwieg, denn Jan hatte seinen wunden Punkt getroffen. So sehr der Bader sich auch stets abgemüht hatte, aus seinen Lenden war noch nie ein Kind entsprungen. Aber er winkte ab. Jan erkannte, dass seine Frage ihn gekränkt hatte. Doch Dudernixen wäre nicht Dudernixen, wenn er nicht sogleich zum Gegenschlag ausholen würde. »Seid nicht so selbstherrlich, Medicus. Sogar Eure Hebamme wollte der Kerl beglücken! Und weshalb seid Ihr so sicher, dass er es nicht getan hat? Sie wird Euch nicht alles erzählen. Bedenkt nur, wie einsam sie ist. Auch ein Weib braucht hin und wieder ein gut gefülltes Gemächt. Und Hiske Aalken hat etwas an sich, was einen Mann reizen kann. Allein diese Augen.« Dudernixen machte eine Pause, beobachtete Jans Reaktion ganz genau. »Ihr seid ja bislang nicht mutig genug gewesen, sie zu besitzen, so wie es jeder richtige Mann lange getan hätte.«

Jan ballte die Faust. Der Bader war an Unverschämtheit nicht zu überbieten, und doch war er ihm hier in dieser armseligen, heruntergekommenen Gasse hilflos ausgeliefert. Er sog die Luft tief ein. Er musste so schnell wie möglich diesen unwirtlichen Ort verlassen. »Ich frage mich allerdings, was

Ihr bei der beißenden Kälte und dem ewigen Schneetreiben in Emden macht?«, wechselte er schließlich das Thema, denn nur so hatte er überhaupt die Möglichkeit, schnell von hier zu verschwinden.

»Die Lust und die Notwendigkeit, gute Seife von einem Seifensieder zu erstehen, trieben mich her, was sonst?«, grinste Dudernixen. »Außerdem ist der Winter lang. Wie Ihr bereits erwähntet, trägt mein Weib ein Kind unter dem Herzen. Es wird bald auf der Welt sein, und da sind die Frauen alles andere als gewillt, bei ihrem Gatten zu liegen. Es ist schon ein Kreuz für uns. Da verlangt der Herrgott, dass wir uns vermehren, und straft uns Männer dann damit, dass die Weiber nicht mehr zu Willen sind. Ich habe gehört, es ändert sich auch nicht mit der Ankunft des Kindes.« Dudernixen stieß ein empörtes Stöhnen aus. »Es soll sogar noch schlimmer werden. Und Krechting unterbindet tatsächlich das Duuvkehuus! Unfassbar. Ein florierendes Geschäft, wenn Ihr mich fragt. Allein der Seeleute wegen. Krechting verbaut dem Flecken eine große Möglichkeit.«

Jan wandte sich bei den Worten des Baders angewidert ab. Eines Tages würde Dudernixen über seinen Hochmut stolpern. Jan hatte nicht wenig Lust, der Erste zu sein, der ihm das Bein stellte. Jetzt war allerdings die Zeit noch nicht reif dafür. »Es ist nicht rechtens, wie Ihr sprecht, aber es ist Eure Sache. Ihr müsst bereits lange in Emden weilen, denn die Schiffe fahren schon Wochen nicht mehr. Ich hoffe, Ihr habt genügend Seife erstanden.« Jan schüttelte den Kopf, als er daran dachte, dass Dudernixen sein hochschwangeres Weib unter diesen widrigen Bedingungen allein in der Neustadt ließ. Er bezweifelte, dass Magda Dudernixen jemanden hatte, der ihr half, ausreichend Brennholz und Wasser im Haus zu haben. Ganz abgesehen davon, dass sie auch das Badehaus bewirtschaften musste, wenn ihr Mann auf Reisen war. Sollte das Kind allerdings schon auf der Welt sein, war sie auf Hilfe aus der Gemeinde angewiesen. Weil es aber vermutlich allen in der Neustadt schlecht ging, bestand die Gefahr, dass sie mit ihrer jungen Magd vor allem allein stand. Vermutlich würde sich Hiske ihrer erbarmen und sie versorgen, auch wenn Magda Dudernixen in der Vergangenheit der Hebamme stets in den Rücken gefallen war.

Als hätte der Bader seine Gedanken erraten, sagte er: »Mein Weib kommt schon klar. Ich werde das Wechselbalg aufziehen, keiner soll glauben, sie habe mir Hörner aufgesetzt.« Dudernixen schnaubte wie ein Pferd.

Jan presste die Lippen zu einem Strich. Es war besser zu schweigen. Der Bader wirkte nun ruhiger. »Doch Ihr habt recht, Valkensteyn. Ich muss mich so bald es geht auf den Rückweg machen. So fließen keine Schap in mein Geldsäckel, und ich kann Weib und Balg nicht ernähren. Das Wetter hält mich aber schon länger als nötig hier fest. Ihr werdet meinen huldvollen Vorschlag deshalb nicht ablehnen. Lasst uns zusammen reisen!«

Jan fuhr zurück und erkannte den Zweck der Intrige. »Ausgeschlossen, Dudernixen. Völlig undurchführbar!«

»Nichts ist unmöglich, Medicus, das wisst Ihr selbst. Wir haben dasselbe Ziel, und ich«, er fixierte Jan, »ich weiß sogar, wo wir genügend Proviant herbekommen können.« Er hielt kurz inne, wollte offenbar sehen, wie seine großspurigen Worte auf den Arzt wirkten.

Jan hasste sich dafür, völlig zum Spielball dieses Mannes geworden zu sein. »Ich werde nicht mit Euch reisen, Bader«, startete er einen letzten Versuch des Widerstandes. »Und an Eure Vorräte glaube ich nicht. Da bin ich bereits Eurer Hure auf den Leim gegangen. Hier trennen sich unsere Wege!«

Dudernixen grinste selbstsicher. »Oh nein, werter Valkensteyn. Ich weiß etwas, was besser nur ich weiß, und deshalb werdet Ihr Euch durchaus bequemen, mich als Reisegefährten anzuerkennen. Ihr wollt doch sicher nicht, dass ich Hiske Aalken einen Wink gebe?« Der Bader baute sich vor Jan auf, kam ihm mit seinem Gesicht sehr nah. »Außerdem kenne ich den Weg. Bin ihn schon mehrfach gegangen, weil mir die Schiffspassagen zu teuer waren.«

Jan sah ihn zweifelnd an. »Wann seid Ihr die Strecke gelaufen?«

»Im Sommer, jetzt ist es noch viel leichter, weil man die Moore nicht umrunden muss. Doch genug geredet. Wir besorgen uns jetzt das Pferdefleisch.«

In Jan stritten sich zwei Seelen. Er verabscheute den Bader, doch er musste so rasch wie möglich zurück in die Herrlichkeit Gödens reisen. Und ganz sicher wollte er nicht, dass der Bader Hiske seine Version des Besuches hier erzählte. Ihm blieb außerdem kaum Zeit, sich woanders um Vorräte zu kümmern. Dieser Mann aber war ihm als Reisegefährte zuwider. Doch wie es aussah, würde er so rasch keinen anderen mit demselben Ziel finden. Also fragte Jan widerwillig: »Ihr kennt also den Weg?«

Dudernixen winkte ab. »Ich habe Euch eben schon zu erklären versucht, dass mir der Landweg von anderen Reisen her geläufig ist. Man kann ihn nur bei zugefrorenen Böden und in heißen Sommern gehen. Und glaubt mir: Er ist nicht schlechter als die unsägliche Schiffsreise mit der Knorr.«

»Ich möchte so rasch es geht zurück nach Gödens«, überlegte Jan laut. »Aber die Reise allein anzutreten, ist sehr gefährlich.« Ihm entging das Grinsen des Baders nicht. Er bereute seine Aussage schon, als er sie aussprach, doch es schien der Tag der Fehlentscheidungen zu sein, wobei er jetzt bei der letzten nicht viele Alternativen hatte. Der Gedanke jedoch, mit Dudernixen etliche Tage verbringen zu müssen, behagte ihm überhaupt nicht, aber wenn es der einzige Weg war, so schnell es irgend ging zu Hiske zurückzukehren, wollte er es tun.

»Unser Ziel ist dasselbe. Es spricht nichts dagegen, sich zusammenzutun.« Für Dudernixen war die Sache bereits abgemacht, und es schien Jan, als sei ihm das von vorneherein klar gewesen. Doch eine andere Wahl hatte er schließlich nicht.

Hinrich Krechting hatte sich die Kapuze des Mantels tief in die Stirn gezogen, um sich vor dem kalten Ostwind zu schützen. Die Botschaft an die Hebamme ging ihm nicht aus dem Kopf. Sollte sie recht haben, war das in Gefahr, was er sich für die nächste Zukunft erhofft hatte. Er wartete auf Leenard Bouwens, den Ältesten und Vermahner aus Emden. Der wollte die Herrlichkeit bereisen, um das Abendmahl an die Gläubigen auszuteilen und die zu taufen, die dieses Sakrament noch nicht als Erwachsene, also als mündige Gemeindeglieder, empfangen hatten. Dazu musste wirklicher Friede untereinander herrschen, und das war nicht der Fall, wenn ein alter Mönch bedroht oder aber die Hebamme der Zauberei verdächtigt wurde. Wusste jemand davon und versuchte, Bouwens davon abzuhalten, den Mennoniten das zu geben, wonach sie dürsteten?

Hinrich wollte seiner Frau Elske von alledem nichts erzählen, denn sie war in den letzten Monaten gesundheitlich angeschlagen. Immer häufiger plagte sie ein Husten. Oft war sie so müde, dass sie morgens nur schwer aus dem Bett kam. Sie war unnatürlich blass, und um ihre Augen lagen dunkle Schatten. Doch sie klagte nie, obwohl Krechting vermutete, dass sie Schmerzen hatte, denn oft zog sie das Bein nach. Sein Weib war sehr tapfer und versuchte, ihr Leiden zu vertuschen. In diesen Augenblicken ertappte sich Krechting, dass er sie zärtlich betrachtete und dabei Wärme, Zuneigung und Achtung empfand. Hätte er schon früher diese Gefühle verspürt, wäre ihr viel erspart geblieben. Sie hatte ihm stets treu zur Seite gestanden, auch in der schweren Zeit in Münster. Die lange Trennung von den Kindern nach der Flucht hatte sie vorbildlich akzeptiert, und erst nach deren Rückkehr war dem Juristen klar geworden, wie sehr sie gelitten hatte. Dennoch bestand sie nicht auf einem neuen Haus in der Neustadt, sondern wollte mit ihm auf der *Olden Krochtwarft* in der Nähe Dykhusens bleiben, obwohl das Leben im neuen Flecken wesentlich mehr Bequemlichkeit versprach. Das alles hätte nicht jede Frau klaglos hingenommen. Elske hingegen war stark und wich mit unerschütterlichem Glauben an ihre Ehe nicht von seiner Seite. Ja, er empfand Wärme für sie. Aber Liebe? Krechting wusste oft nicht, ob es für ihn dieses Gefühl gab. Liebe fühlte er für Gott, hatte das Wort jedoch nie in Zusammenhang mit seinem Weib gesehen. Sonst hätte er die Belange des Bekenntnisses und der Herrlichkeit Gödens nie über die seiner Ehe gestellt. Hinrich war durchaus bemüht, Elske und den Kindern in Gödens Sicherheit zu geben. Er hatte sich darum gekümmert, von Hebrich von Knyphausen das Wohnrecht auf Lebenszeit, und für sein Weib auch über seinen Tod hinaus, zu erwirken. Das war nicht üblich, aber die Häuptlingswitwe hatte dem nach längerem Zögern zugestimmt, denn sie wusste, was sie Krechting mit seinem Wissen und seiner Macht zu verdanken hatte. Ohne ihn und ihren Bruder Tido wären die Eindeichungsmaßnahmen und der jetzige Bau der Neustadt niemals so rasch vorangekommen. Hinrich war froh, dass

Hebrich von Knyphausen seiner Bitte Folge geleistet hatte, denn so konnte er zumindest einen Teil seiner Schuld gegenüber seinem Eheweib einlösen. Die *Olde Krochtwarft* war Elskes uneinnehmbare Festung, der Garten beruhigte ihre aufgewühlte Seele, die noch immer böse Wunden aus der Zeit Münsters trug. Hinrich würde alles tun, um ihr dieses Stück des Lebens zu erhalten. Vielleicht war das eine Form von Liebe. Eine, die nicht mit körperlicher Begierde einherging, dennoch zu guten Momenten führte und ihm so eine vierköpfige Kinderschar beschert hatte. Er könnte zufrieden sein.

Nun aber war mit der Botschaft seine Welt mal wieder ins Wanken geraten. Immer, wenn er glaubte, dass endlich Frieden in sein Leben einkehrte, geschahen Dinge, die alles infrage stellten, und es war nicht ausgeschlossen, dass auch die Drohung an Hiske ein Schritt in diese Richtung war. Seit ihrer Flucht aus Münster plagte ihn die Furcht, dass seine Vergangenheit ihn irgendwann einholen und böse strafen würde. Diese Ahnung begleitete ihn Nacht für Nacht, raubte ihm jeglichen ungestörten Schlaf und ließ ihn nie ganz zur Ruhe kommen. Er wusste, dass er sich schuldig gemacht hatte, denn ein Mensch, der seinen Glauben verriet, machte sich schuldig. Ein Mensch, der in Gottes Namen das Schwert führte, ebenso. Auch wenn er nach außen hin stark wirkte, wenn er kompromisslos seine Vorstellungen durchsetzte, die er für richtig hielt und nur vor der Herrin einknickte, weil es ihm nicht zustand, gegen sie und ihre Erwartungen aufzubegehren, so drang die Wahrheit wie ein Mahnmal aus seinem Unterbewusstsein zu ihm durch. Das Schicksal holte sich seine Widersacher. Eines Tages mussten sie alle ihre Rechnung zahlen.

Hinrich war jetzt auf dem Weg zu seinem Neffen, dem Landrichter Wolter Schemering. Er wollte seine Meinung hören, denn so absurd dessen Ideen manches Mal auch waren, so besaß er in vielen Dingen durchaus Weitsicht. Krechting stapfte weiter, den Blick auf den frisch gefallenen Schnee gerichtet. Er konnte sich nicht von den düsteren Gedanken befreien, und das war nicht erst seit gestern so. Er hatte sich mit seinem neuen Leben angefreundet, dennoch stand er in tiefer Schuld all jenen gegenüber, die ihm hier vertrauten. In den vielen Religionsgesprächen im Kloster Rastede, wo er zum ersten Mal dem Reformer Gräfin Annas, Johannes a Lasco, gegenübergetreten war, hatte der tatsächlich geglaubt, er habe Krechtings Geist bezwingen können. In Wirklichkeit aber hatte er nur klein beigegeben, weil es für ihn und seine Familie sonst nicht möglich gewesen wäre, zu überleben und auch einen gewissen Wohlstand zu erlangen. Die *Olde Krochtwarft* mit den Bienen war ein Kompromiss. Die Leitung für den Bau der Neustadt der zweite. Und so konnte er die Liste endlos fortsetzen.

Krechting spuckte in den Schnee und wusste, dass er eigentlich vor sich selbst ausspuckte. Vor ihm, dem machthungrigen Juristen, der dem Tod durch die Mannen des Bischofs von Waldeck mittels eines Paktes gerade noch entronnen war. Und der seitdem davor erzitterte, dass es eines Tages nicht mehr reichte, Kompromisse einzugehen, er dazu stehen musste. Mit aller Konsequenz. Diese Angst besetzte sein Herz mittlerweile so stark, dass ihn Dinge aus der Bahn warfen, die nichts mit ihm zu tun hatten. In der Neustadt wurde ein Papist bedroht. Das war nicht schön, aber alles andere als verwerflich. Schlimm genug, dass er überhaupt hier war und allein durch seine Anwesenheit Unfrieden unter den Menschen stiftete. Es war das Beste, wenn Garbrand die Herrlichkeit so schnell es ging verließ. Dann wäre der Friede bald wiederhergestellt. Krechting beschloss, dem alten Mönch in den nächsten Tagen genau diesen Vorschlag zu unterbreiten. Davon musste die Hebamme nichts wissen.

Hinrichs Tritt verlangsamte sich ein weiteres Mal. »Diese Botschaft hat mit mir nicht das Geringste zu tun«, schimpfte er. »Ich muss aufhören, muss die Angst endlich begraben. Alles habe ich auch zum Schutz meiner Glaubensbrüder getan. Nur so sind sie in der Lage, unbehelligt ihren Glauben auszuüben. Ich habe Leenard Bouwens dafür gewinnen können, in die Herrlichkeit zu kommen. All das wäre sonst nicht möglich gewesen. Wer sollte mir an den Kragen wollen? Keiner der Papisten würde es wagen hierherzukommen.« Krechting verschnaufte einen Augenblick. War er sich bei alldem wirklich sicher? Ihm war ein wenig schwindelig, seine Worte stimmten nicht mit seinem Fühlen überein und nahmen ihm die Luft. Er stützte sich an einen Baumstamm und wartete, bis sein Herz in normalem Rhythmus schlug und er wieder Luft bekam.

Er sah sich um, doch weit und breit war niemand zu sehen. Hinrich lehnte sich mit dem Rücken an den Baum, und blickte in den Himmel, der sich noch immer nicht friedfertig, sondern in den unterschiedlichsten Grauschattierungen zeigte, die am Horizont beinahe schwarz wirkten. »In dieser vermaledeiten Botschaft ging es einzig um diesen Papisten. Solange er in der Herrlichkeit weilt, werden wir hier keinen Frieden finden«, wiederholte er. »Es geht nicht um meine Schuld, um meine Flucht aus dem Neuen Jerusalem. Dann hätte die Botschaft vor meiner Tür gelegen.« Hinrichs Stimme war leise, und doch fühlte er sich durch jedes seiner Worte bestärkt. Er hatte sich verantwortlich dafür gezeigt, dass alle mit einer täuferischen Gesinnung eine geistige Heimat bekommen konnten. Er war es, der sich persönlich bei Hebrich von Knyphausen für ihre Belange einsetzte. Dennoch galt er für seine Brüder und Schwestern als Feigling. Bis zu seinem Tod und darüber hinaus war das eine unumstößliche Tatsache. Sein Preis für ihre Freiheit.

Schneetreiben setzte ein und umspielte Krechting mit dicht fallenden Flocken. Die Sicht zu den umliegenden Gehöften nahm von Minute zu Minute ab und veranlasste Hinrich, umzukehren. Er würde bei seinem Neffen nichts Neues erfahren, weil es nichts Neues zu erfahren gab.

Krechting hastete mit gesenktem Kopf zur *Olden Krochtwarft* zurück. Seine bösen Gedanken, seine Erinnerungen, hatten ihm einen Streich gespielt. Ein Gespräch mit Wolter war überflüssig. Er sehnte sich nach einem Becher Bier und dem prasselnden Feuer seines Kamins. Morgen wollte er Hiske Aalken aufsuchen, ihr seine volle Unterstützung anbieten und gleichzeitig den Mönch um seine Abreise bitten. Ein weiterer Kompromiss, eine weitere Manipulation, damit seine Sichtweise gelebt werden konnte. Er war der Mann, der alle Geschicke lenkte und durch tiefe Täler führte. Er kam nicht umhin, gleichwohl unangenehme Weisungen zu geben. Seine Aufgabe lag in der Sicherung des Friedens. Wie auch immer er ihn durchsetzte, das oblag seiner Entscheidung. Jetzt musste er seinen Amtsgeschäften auf der Burg nachgehen. Er verdrängte den Gedanken, dass er schon wieder flüchtete.

Dudernixen und Jan beschlossen, sich umgehend auf den Weg zu machen. Der Arzt hatte allerdings nach wie vor kein gutes Gefühl dabei. Der Bader hingegen schien erleichtert, dass er die gefährliche Reise übers Land nicht allein bewerkstelligen musste. »Ich kümmere mich um Decken und Lampen«, sagte Jan, und damit war diese Abmachung besiegelt. Dudernixen wollte sich wie versprochen um das leibliche Wohl bemühen.

Während Jan sich auf den Weg zum Delft machte, weil er hoffte, schnell fündig zu werden, da dort mit etwas Glück ein Tuchhändler seine Waren feilbot, gingen ihm zu viele zweifelnde Gedanken durch den Kopf, als dass er sie hätte beiseiteschieben können. Sollte er doch auf Jacobus hören und Tauwetter abwarten, bevor er sich auf einen Mann wie Dudernixen einließ? Nur – wie würde der reagieren, wenn Jan ihn jetzt nicht begleitete? Welche Lügen tischte er Hiske auf, die Jan später nicht zu widerlegen vermochte? Es war ein Abenteuer mit ungewissem Ausgang. War es möglich, der beißenden Kälte zu trotzen, sollten sie, entgegen Dudernixens Aussage, doch kein Quartier für die Nacht finden? Wie würden sie damit umgehen, wenn ihnen Schneewehen den Weg versperrten oder heftiger Sturm die Weiterreise verhinderte? An all das mochte Jan jetzt nicht denken. Er brach nicht auf, um zu sterben, sondern um endlich um Hiskes Hand anzuhalten. Jan war kein intuitiver Mensch, aber eine innere Stimme sagte ihm, dass er so bald als möglich nach Gödens zurückkehren musste. Er glaubte nicht, dass es einzig seine Sehnsucht war, die diese Unruhe in ihm auslöste.

Am Delft tat Jan tatsächlich einen Tuchhändler auf, der ihm zwei dicke wollene Decken, Laternen und einen Beutel verkaufte. Gulden hatte er genug, denn damit hatte sich Jacobus großzügig gezeigt. Seine Dankbarkeit gegenüber Jan war groß. Vom Rest des Geldes hatte Jan sich noch ein Fellwams zugelegt, den ein anderer Händler ihm günstiger gegeben hatte, weil er ein paar Löcher aufwies und schon getragen worden war. In der Ecke am Saum konnte Jan eine Spur von getrocknetem Blut erkennen, und so fragte er nicht, von wem der Mann den Mantel hatte. In Zeiten wie diesen war es oft besser zu schweigen. Es ging nur ums Überleben.

Die letzten Jahre hatte Jan mit Warten verbracht, sich schuldig gefühlt und versucht, seinem Dasein einen Sinn zu geben. Gefunden hatte er ihn in der Liebe zu Hiske, und nun gab es für ihn nichts Wichtigeres, als sich seiner Einsicht, nur mit ihr glücklich werden zu können, zu stellen. Vergessen war sein Besuch bei der Hure, er wollte nicht mehr daran denken. Weil er sich Dudernixen beugte, bestand Hoffnung, dass auch er darüber hinwegsehen würde. Jan plante keineswegs, dem Bader den geringsten Grund zu geben, ihn zu erpressen. Sobald sie in der Herrlichkeit waren, war es Jan möglich, ihm aus dem Weg zu gehen. Er fing einen Jungen ab, dem er ein Schap in die Hand drückte und ihn beauftragte, Jacobus von seiner verfrühten Abreise zu unterrichten.

Zum verabredeten Zeitpunkt traf er Dudernixen, der tatsächlich zwei große Beutel mit Pferdepökelfleisch, Speck und trockenem Brot anschleppte. Ihm folgte ein weiterer Mann, den Jan nicht kannte.

»Wer ist das?«, fragte er.

»Das ist Lambertus de Wieck. Er hat das gleiche Ziel wie wir, und so erachte ich es als sinnvoll, dass er mit uns geht«, erklärte Dudernixen, bevor der Mitreisende sich äußern konnte.

Jan überlegte, ob er ihm schon einmal begegnet war. Er erinnerte sich beim besten Willen nicht. »Was verschlägt Euch nach Gödens?«, fragte er den Mann direkt, doch erneut mischte sich Dudernixen ein. »Er kennt dort ein paar Leute. Nun lasst uns gehen! Die Nacht bricht früh herein, wir haben keine Zeit zu verlieren.« Dudernixen griff nach der Decke und begutachtete die Laternen mit abschätzendem Blick. Jans Kauf fand Gnade vor seinen Augen, denn er verzog anerkennend das Gesicht. »Lambertus hat schon selbst alles besorgt, wir brechen augenblicklich auf.« Wie selbstverständlich übernahm der Bader das Kommando, und da er der Einzige war, der den Weg kannte, blieb den anderen beiden nichts übrig, als sich seiner Führung anzuvertrauen. Noch im Fortlaufen musterte Jan Lambertus de Wieck, der sich dem Arzt ebenfalls zuwandte und ihn anlächelte. Jan gefiel dieses Grinsen nicht.

Sie verließen Emden am östlichen Tor. Die Wachen standen schläfrig herum, wirkten nicht einmal erstaunt, dass drei so dick eingemummte Gestalten aus der schützenden Seehafenstadt aufbrachen und sich freiwillig der Witterung aussetzten. Als sie das Tor passiert hatten, versuchte Jan sich zu orientieren, denn als hätte sich das Wetter gegen sie verschworen, nahm das Schneetreiben augenblicklich wieder zu. Er schob den Kragen des Fellmantels höher, sodass nur noch seine Nase herausragte. Die Stirn lag unter der Spitze seiner Kapuze verborgen. Von Dudernixen war ebenfalls nicht mehr zu erkennen, er lief in stark gebückter Haltung vor ihm her. Lambertus folgte den beiden. Er hatte nach wie vor kaum ein Wort gesprochen. Auf Jan machte er einen verschlagenen Eindruck. Zumindest legte Lambertus de Wieck weder Wert auf Konversation noch auf irgendeinen Kontakt mit ihnen.

Der Sturm nahm zu und trieb den Reisenden den Schnee direkt von vorn ins Gesicht. Ihnen blieb keine andere Wahl, als den Kopf stur nach unten gerichtet zu halten. Jan kam es vor, als mache der Wind sich einen Spaß daraus, die Flocken nicht nur über die Landschaft zu treiben, sondern zudem zu meterhohen Wehen aufzutürmen, um dann doch wieder die oberste Schicht abzutragen. Er kreierte wundersame Gebilde, die hätten schön sein können, wäre die Lage nicht so ernst gewesen.

Dudernixen schlug trotz des Windes einen forschen Tritt an. Hin und wieder überholten sie andere einsame Wanderer, die sich genau wie sie durch den Schnee kämpften. Einige hatten Schlitten dabei, die sie hinter sich her zerrten und auf denen sich Hausrat oder Möbelstücke stapelten. Sie wechselten nicht ein Wort miteinander, sondern stapften stur ihren Tritt. Ein jeder mit sich selbst beschäftigt, ein jeder mit unbekanntem Ziel. Jan war froh darüber, dass keiner auf den Gedanken kam, sich zu einem Tross zusammenzuschließen. Ihr Reisetempo würde sich unweigerlich verlangsamen, ganz abgesehen davon, dass es die Schwierigkeit, eine Unterkunft zu finden, erhöhte. Bei einem älteren Pärchen, das sich kaum auf den Beinen halten konnte, war Jan allerdings versucht, nachzuhaken, wohin sie unterwegs waren und ob sie Hilfe benötigten, doch sie winkten sofort ab, als er sich näherte, so, als hätten sie Angst vor ihm. Als Jan sich das nächste Mal umsah, hatte der Schnee beide bereits verschluckt. Dudernixen hatte sein Zögern nicht bemerkt und war unbeirrt weitergelaufen, sodass Jan seinen Schritt beschleunigen musste, damit er den Bader nicht aus den Augen verlor. Er wunderte sich, wie gut zu Fuß der grobschlächtige Bader war. Zielstrebig verfolgte er seinen Weg, schaute dabei weder nach links oder nach rechts. Lambertus de Wieck hingegen klebte wie eine Klette an Jans Rücken und stapfte ohne aufzusehen in seinem Tritt. Jan war seine Nähe unangenehm. Wenn sie rasteten und er den Blick des Mannes suchte, schien es, als überlege er, Jan etwas mitzuteilen, doch kaum glaubte der, dass es so war, senkte Lambertus die Augen und schwieg. Der Arzt war bemüht, seine Gedanken nicht mit dem Mitreisenden zu belasten. Er wollte umgehend in die Herrlichkeit Gödens gelangen und sich durch nichts davon ablenken lassen.

Jan war mittlerweile trotz der Kälte schweißüberströmt, und endlich verlangsamte Dudernixen seinen Schritt. Er legte die Handkante an die Stirn und musterte den wolkenverhangenen Himmel. Bald senkte sich die Dämmerung über Ostfriesland und verbarg die Landschaft unter ihrem dunklen Tuch. Schon jetzt war es merklich kühler geworden. »Es ist noch ein gutes

Stück des Weges, wir sollten den raschen Tritt beibehalten, sonst frisst uns die Nacht, ohne dass wir ein Quartier gefunden haben«, erklärte der Bader. »Wir müssen bis zum Rand des Moores gelangen. In der Gegend gibt es kleine Katen, die gegen Bezahlung die Türen öffnen. Erst wenn wir dort sind, dürfen wir innehalten. Hier erfrieren wir.«

Jan hoffte, dass es die richtige Entscheidung gewesen war, sich Dudernixen anzuvertrauen. Lambertus schwieg wie immer.

Hiske hatte die letzten Stunden am Bett der jungen Frau verbracht. Sie war völlig erschöpft und war, nachdem Hiske ihr den Rest der noch warmen Graupen und einen heißen Kräutertrank zubereitet hatte, in einen tiefen Schlaf gefallen. An ihrer Stirn zeigte sich eine blutende Wunde, die Hiske nur notdürftig versorgt hatte, weil sie die Frau nicht stören wollte. Sogar der Wortsammler war gekommen und hatte sich den Besuch angesehen, war aber augenblicklich umgedreht. Etwas hatte ihn erschreckt. »Feuerseele«, sagte er beim Herausgehen. »Feuerseele.«

»Wie meinst du das, Wortsammler?«, fragte Hiske, doch der Knabe antwortete nicht mehr, sondern stürzte sich auf seine Bilder.

Hiske strich sacht über die Handoberfläche der jungen Frau. Diese Hände waren das Arbeiten gewohnt, denn als die Hebamme sie wendete, erkannte sie tiefe Risse und dicke Schwielen. Die Fingerkuppen und Nägel waren dunkelblau gefärbt. Hiske zuckte zurück. »Blaue Fingerkuppen, blaue Nägel«, murmelte sie. »Weshalb beunruhigt mich das?«

Erneut war der Wortsammler in die Kammer getreten. »Feuerseele«, brummelte er wieder. »Achtgeben.« Seit er sich so stark mit der Malerei beschäftigte, fiel es ihm leichter, sich mit Worten zu artikulieren. Es war, als öffneten sich dadurch in ihm immer mehr Bahnen, die nach und nach den Menschen zeigten, der er wirklich war. Nicht der arme Irre, der zu blöd zum Sprechen war, der nicht fühlte, nicht zu denken vermochte. Er war nicht der Verrückte, der nirgendwohin gehörte, weil man ihn fürchtete. Weil man ihn einfach nicht verstand. Noch konnte Hiske den Knaben lenken, und noch war es ihr unmöglich, sich von ihm zu trennen, was auch ein Grund gewesen war, Garbrands Ansinnen, ihn in ein Kloster zu geben, weit von sich zu weisen. Der Wortsammler war wie ihr eigenes Kind, und nur Gott wusste, ob ihr ein solches vergönnt war. Aber gleichgültig, ob es so war: Nie würde sie den Knaben alleinlassen. Sie hatte sich geschworen, ihn zu schützen, egal gegen wen und egal gegen was. Jetzt wich er ihr nicht von der Seite. In dieser Haltung haftete ihm etwas Erwachsenes an.

Plötzlich regte sich die Frau. Die paar Stunden Schlaf schienen ihr gutgetan zu haben, denn ihre Haut war von rosiger Färbung, und ihre Augen hatten einen gesunden Glanz. »Danke, dass Ihr mich hier aufgenommen habt, Hebamme. Ich war am Ende meiner Kraft.« Sie fasste sich an den Kopf und ertastete die Wunde. »Man wollte mich töten«, flüsterte sie. »Und ich glaube auch zu wissen, wer es war.«

Hiske schrak zusammen. Was geschah rings um sie herum? Erst die Botschaft, nun eine junge Frau, die behauptete, sie sei einem Mordanschlag entkommen. »Langsam«, unterbrach Hiske sie. »Wer sollte Euch töten und warum?«

»Eine lange Geschichte, werte Hebamme. Bei Euch bin ich erst einmal in Sicherheit.« Sie wandte den Kopf zum Wortsammler, der sie weiterhin kritisch beäugte und sich wie ein Bollwerk mit vor der Brust verschränkten Armen neben Hiske positioniert hatte.

»Woher kommt Ihr, und was verschlägt Euch bei einer solchen Witterung hierher? Vor allem wüsste ich gern, wie Ihr heißt.«

»Viele Fragen auf einmal«, sagte die Frau. »Ich bin Tomma Everts, komme aus Jever. Ich bin Blaufärberin.«

»Blaufärberin?«, wiederholte Hiske und wurde blass.

Tomma setzte sich leicht in der Bettstatt auf. »Bitte, habt Ihr noch etwas zu essen? Ich bin hungrig. Es tut mir leid, wenn ich Euch zur Last falle. Ich werde mir bald eine Herberge suchen.«

Hiske musterte sie und war nicht sicher, ob sie die Frau mochte oder nicht. Der Wortsammler hingegen hatte sein Urteil bereits gefällt, und das war eindeutig nicht zugunsten Tommas ausgefallen. Hiske erhob sich zögernd, schlussendlich blieb ihr für den Augenblick keine Wahl, als sich vorerst um sie zu kümmern, denn sie war geschwächt und verletzt; da jagte man nicht einmal einen Hund vor die Tür. Und schon gar nicht bei dieser Witterung. »Die Graupen habt Ihr ja schon verspeist. Ich habe etwas Brot im Haus, dazu ein paar Äpfel.«

»Das ist mehr, als ich erwartet habe«, sagte Tomma.

»Ihr fallt mir nicht zur Last«, begann Hiske wieder. »Eine Weile werdet Ihr ohnehin mit meiner Gastfreundschaft vorliebnehmen müssen, denn Ihr werdet in dem neuen Flecken nur schwer eine andere Unterkunft finden. Die Neustadt ist noch nicht fertig, und es gibt keine ungenutzte Kammer dort.« Hiske machte eine Pause, dabei musterte sie die blonde Frau, deren Haar jetzt im Schein der Unschlittkerze wie mit Honig getränkt wirkte. Es schwang sacht über ihre Schultern, als sie den Kopf wandte.

»Keine Herberge?«

Hiske verneinte. »Jedenfalls nicht in der Neustadt. Ich könnte Euch nur die *Krocht* nennen, nicht weit von hier, aber …«

»Was aber?«

»Der Wirt nimmt es mit der Sauberkeit nicht so genau, und dorthin gehen meist nur die Männer, die dem Alkohol gern und oft zusprechen. Er hat guten Genever«, fügte Hiske hinzu.

Tomma seufzte. »Das heißt, ich sollte dort besser nicht einkehren?«

»Das meine ich. In der *Krocht* bekommt Ihr das Gekröse eines Hammels zu speisen. Aber nur mit etwas Glück rebelliert Euer Magen danach nicht. Das Essen ist oft alt oder nicht sauber. Ich habe bereits zu viele Patienten nach diesem Genuss kuriert.«

»Ich danke Euch. Ihr seid so gut, wie Euer Ruf Euch vorauseilt.«

Hiske sah sie fragend an. »Mein Ruf?«

Tomma nickte. »Ja. Es waren in Jever nicht alle glücklich über Euer Fortgehen und das schlimme Schicksal, das Euch ereilen sollte. Weiß Gott nicht alle!«

»Ihr kennt mich.« Es war eine Feststellung, keine Frage, und Hiske versuchte, das Gesicht Tommas denen aus ihren Erinnerungen hinzuzufügen, doch es gelang ihr nicht.

»Ja, ich kenne Euch aus Jever. Unsere Eltern gehörten demselben Gewerbe an. Leute wie uns hat die Allgemeinheit gemieden, und das ist bis heute so.«

»Leute wie uns?«

»Blaufärber«, bestätigte Tomma lapidar und lachte auf. »Wir gelten als Hexer, als Scharlatane. Gelb wird zu Blau, und das verstehen die Menschen nicht. Und so werden wir an den Stadtrand verbannt. Wir sind nicht fein genug für die Kaufleute der Stadt, die zwar unser blaues Leinen oder die gefärbte Wolle gern am Leib tragen, aber nichts mit der Herstellung und Entstehung zu tun haben möchten.«

»Blaufärber«, wiederholte Hiske, und noch immer kroch eine sachte Gänsehaut über ihren Rücken. »Ich braue Euch einen Kräutertrank und mache Euch etwas zu essen zurecht«, lenkte sie ab. »Außerdem muss ich in den Stall.« Sie ging zur Tür und drehte sich im Rahmen um. »Ich muss es wissen und stelle die Frage noch einmal: Warum seid Ihr hier? Und wer trachtet Euch nach dem Leben?«

Tomma druckste erst herum und sagte dann: »Was wisst Ihr von dem gesunkenen Schiff vor vielen Jahren?«

»Welches Schiff?« Hiske wusste nicht, wovon Tomma sprach. »Wann soll das gewesen sein?«

»1543. Im Herbst 1543.«

»Da habe ich hier noch nicht gelebt.«

»Ich weiß.« Tomma schloss die Augen und schien zu keiner weiteren Aussage bereit.

Hiske verließ die Kammer, bereitete ihrem Gast ein kleines Mahl zu und servierte es. Während Tomma aß, ging Hiske in den Stall und versorgte die Ziege, die ihr die Fürsorge mit einem freundlichen Stupser dankte. Hiske säuberte die Box vom gröbsten Dreck und streute neu ein. Sie zögerte die Rückkehr in die Kate hinaus, obwohl ihr die Kälte unter den Rock kroch. Ein ungutes Gefühl hatte sich ihrer bemächtigt. Sie war gerade dabei, sich auf etwas einzulassen, das sie nicht wollte. Ihre Vergangenheit war abgeschlossen, sie hatte sie hinter sich gelassen, als sie Jever bei Nacht und Nebel verließ, und sie war nicht willens, das Leben von damals erneut an sich heranzulassen. Sie drückte ihre Nase in das Fell der Ziege, sog deren strengen Geruch auf und fühlte sich für den Moment ruhiger. Nach einer Weile fand Hiske einfach nichts mehr zu tun und kehrte ins Haus zurück. Es war still. Der Wortsammler war wieder in sein Gemälde vertieft, er saß mit gekrümmtem Rücken am Tisch, die Zunge in den Mundwinkel geklemmt.

Tomma schlief tief und fest, Hiske räumte die Essensreste beiseite, ging aber noch einmal zurück, weil die Decke heruntergerutscht war. Ohne Decke würde Tomma bald frieren, zumal das notdürftig mit Lumpen geflickte Fenster die Kälte nicht ausreichend abhielt. Hiske wollte die junge Frau wieder zudecken, als sie stutzte. Aus der Rocktasche fiel ein Stück teurer roter Samt, der sich auf dem Boden entfaltete. Als Hiske ihn aufhob, segelte eine kleine Papierrolle zur Erde. Darauf befanden sich Buchstaben, darunter stand ein einziger Satz. *Und das Wort ward Fleisch und wohnte unter uns und wir sahen seine Herrlichkeit*.

Tomma trug biblische Botschaften mit sich. Hiske glaubte, diesen Satz schon einmal gehört zu haben, konnte aber nicht einordnen, wann. Sie verband Krechting damit. Und die Zusammenkünfte von damals im den Katakomben. Als sie nach Gödens kam. Sie schüttelte den Kopf und steckte das Papier mit der Samtrolle zurück. Sie sah schon Gespenster.

4. Kapitel

Garbrand studierte zum wiederholten Mal die Ausarbeitungen über die neue Gemeinschaft, die sich 1539 gebildet hatte. Sie nannte sich Jesuitenorden und bildete gegen die Reformation ein echtes Bollwerk innerhalb des Katholizismus. Die Jesuiten waren zu einer starken Gegenbewegung der Lutheraner und Calvinisten geworden. Aber auch zum korrupten Klerus, dessen Schwäche Garbrand in den vielen Auseinandersetzungen der Mennoniten und Reformer erkannt hatte. Selbst wenn er nie mitdiskutiert hatte, so konnte er es nicht vermeiden, die Gespräche zu verfolgen und sich daraus eine eigene Meinung zu bilden. Eine Meinung, die ihn stets auch geistig befruchtete und in den schlaflosen Nächten beschäftigte. Die ihn zumindest am Leben gehalten hatte, aber bald ganz aus seinem Geist verschwinden musste, wenn er nicht endlich handelte.

Für Garbrand schien die neue Form dieser Mönchsgemeinschaft der entscheidende Wink des Himmels zu sein, das lang gesuchte Zuhause für seine Überzeugung zu finden. Vielleicht würde er dann auch von dem Genever lassen können. Der viele Alkohol tat ihm nicht gut, half aber dabei, die unausgesprochenen Zweifel aus seinem Kopf zu verbannen. Ihm gefiel, was seine Brüder im Jesuitenorden taten. Die Mönche zogen sich nicht in Klöster zurück, sondern sie missionierten dort, wo sie waren: auf Marktplätzen, in den Straßen, auf Versammlungen. Ihr Ziel war es auch, für Bildung zu sorgen. Garbrand behagten diese Ideen, weil sie sich mit dem, was ihm einst so wichtig gewesen war, ergänzten. Die Jesuiten predigten das Seelenheil, das allein durch ein besseres Leben und der Beichte jedem zuteilwerden konnte. Er war ein so sündiger Mensch. In Worten, Werken und Gedanken. Wie oft stellten sich lüsterne Bilder ein, wenn er an Jan dachte, und er dankte Gott, dass er dem Mann seiner Begierde Hiske an die Seite gestellt hatte. Garbrand empfand es als gerechte Strafe für sich, dass der Herr die Hebamme geschickt und ihm so jede Hoffnung auf die unkeusche Erfüllung seiner Gedanken zunichtegemacht hatte. Wenn Jan und Hiske die Ehe eingingen, war es ihm unmöglich, an deren Seite zu bleiben, so sehr er beide schätzte und liebte. Er hatte eine Weile geglaubt, es sei vorstellbar, doch das war es nicht, denn sein Herz würde brechen. Er brauchte seine Kraft aber nicht im eigenen Leid, sondern dafür, Gott zu dienen. Deshalb war er auf der Welt, und er musste die restliche, nur noch kurze Spanne seines Daseins nutzen, genau das zu tun. Der Herr hatte ihn schon vor langer Zeit berufen, er war einfach nicht dazu verdammt, bereits zu Lebzeiten die Hölle zu durchleben, weil seine Liebe unerwidert blieb.

Ignatius von Loyola, der den Jesuitenorden ins Leben gerufen hatte, wirkte mit seinen Mönchen in allen großen Universitätsstädten, doch die größte Bewegung gab es in Paris an der Sorbonne. Garbrand plante dorthin zu reisen. Er konnte sich den protestantischen Glaubenssätzen nicht weiter nach außen hin beugen, innerlich aber einer anderen Überzeugung sein. Er wunderte sich täglich aufs Neue, wie ein Täufer wie Krechting seinen wahren Glauben verriet und nicht daran zerbrach. Garbrand erwärmte sich von Stunde zu Stunde mehr für den Gedanken, wieder katholischer Mönch sein zu dürfen. Er konnte von nichts anderem überzeugt sein als von dem, was der Papst ihnen predigte. Die Gnade Gottes war eine Anstrengung, die man sich auf Erden erarbeiten musste, und kein Geschenk, wie die Protestanten behaupteten. Wer sündigte, hatte es wiedergutzumachen und sei es durch eine großzügige Spende an die Kirche, die Erbarmen zeigte. Er hatte gesündigt, und nun bestand die Möglichkeit, seine Fehler wettzumachen. Indem er sich Ignatius und den Jesuiten anschloss und den Papst unterstützte, wären seine Sünden bald getilgt oder zumindest so weit abgetragen, dass er dem Herrgott unter die Augen treten konnte. Paul III. würde es ihm in seinen fürsorglichen Gebeten danken, da war sich Garbrand ganz sicher. Ignatius bekam schon sehr viel Unterstützung für sein Tun. Sogar die Ehefrau des Vizekönigs von Sizilien hatte in Messina eine Hochschule von den Jesuiten gründen lassen, und andere Städte wetteiferten darum, ebenfalls Kollegs einrichten zu dürfen.

Garbrand starrte auf das Stück Papier in seiner Hand. Am liebsten wäre er augenblicklich nach Paris aufgebrochen. Die Worte auf dem Schriftstück schienen ihn förmlich zu rufen, er möge sofort sein Bündel packen. Mehr als das brauchte er nicht. Aber er musste die Prüfung des harten Winters ertragen und auf Jans Rückkehr warten. Er durfte Hiske und den Wortsammler nicht schutzlos in der roten Kate zurücklassen. Seine Verantwortung für die beiden wog schwer. Erst wenn Jan Valkensteyn zurück war, konnte er seiner wahren Berufung nachgehen. So lange musste er Gott vertrösten; gleichwohl würde der seine Gründe dafür haben, ihn hier in der Herrlichkeit festzuhalten. Und doch überkam Garbrand ein ungutes Schaudern, als er an den Stein und die verwaschene Botschaft dachte. Sicher war er in Gödens demnach nicht mehr. Ob irgendwer von den Schriften bei ihm in der Kammer wusste und sich dieses Wissen zu eigen gemacht hatte, um gegen ihn einen Feldzug anzutreten? Er war oft tagelang nicht in seiner Stube, und obwohl er sie stets verschloss, war es nicht ausgeschlossen, dass sich jemand unrechtmäßig

Zutritt verschafft und die Skripte gelesen hatte. Somit war er für die Neustädter nicht mehr der harmlose Mönch ohne Glauben, sondern ein Feind, weil er sich gegen die Reformation stellte.

Garbrand seufzte. All diese Dinge vertrieben ihn. Der Knabe aber würde ihm fehlen. Doch er wuchs sich langsam zu einem Mann aus und brauchte den Mönch als Vaterfigur immer weniger. Zwischenzeitlich hatte Garbrand überlegt, ob er den Wortsammler einfach mitnehmen sollte, denn die Mönchsgemeinschaft bot ihm Schutz. Mehr Sicherheit als hier, wo die Bevölkerung ihn fürchtete und ablehnte. Ihn traktierte oder mit falschen Anschuldigungen belastete. Aber in einem umherziehenden Orden war es schwierig, besser wäre ein Kloster für ihn, wo er sich in aller Abgeschiedenheit seinen Gemälden widmen könnte. Der Wortsammler verfügte über eine außergewöhnliche künstlerische Ausdruckskraft, die sich nicht nur in den Formen seiner Bilder, sondern auch in den mannigfaltigen Farben widerspiegelte. Das, was ihm an Wortgewalt fehlte, lebte er in seiner Kunst aus. Schulte man ihn in einer größeren Stadt oder in einem Kloster, könnte aus dem Knaben ein wahrer Meister werden. Nicht wenige Geistliche dort wären an seinen Zeichnungen interessiert. Man würde ihm das Christentum nahebringen und ihn biblische Darstellungen zeichnen lassen. Garbrand stellte sich für den Wortsammler eine großartige Zukunft vor, wenn der ihn begleitete und er ihn in einem Kloster unterbrachte. Er hatte diese Idee einmal bei Hiske angeschnitten, aber ihre Reaktion war genauso barsch gewesen, wie er es befürchtet hatte. Hiske gehörte keiner Glaubensrichtung an, doch gerade dem Katholizismus stand sie wegen ihrer Verfolgung in Jever sehr ablehnend gegenüber. »Garbrand, ich war als Toversche angeklagt, und man hat mich und auch meine

Freundin Gesche Glieders der Buhlschaft mit dem Teufel bezichtigt«, waren ihre Worte gewesen.

»Bei den Reformern töten sie doch die Toverschen ebenfalls«, hatte der Mönch gesagt, aber Hiske wollte davon nichts wissen, obwohl er recht hatte, denn auch in Ostfriesland fanden unter Gräfin Annas Herrschaft grausame Hexenverfolgungen statt.

»Der Wortsammler ist wie mein Kind, und ich will und werde ihn nicht den Papisten ausliefern. So sehr ich dich als Mensch schätze, Garbrand. In der Hinsicht werden wir uns nie einig werden. Der Knabe wird kein Katholik. Nicht, solange ich lebe!« So deutlich hatte Hiske in all den Jahren mit ihm noch nie über ihre Glaubensgesinnung gesprochen. Sie hatte vermutlich zuvor ihre tiefe Freundschaft deswegen nie gefährden wollen. Aber nun, wo er in Erwägung zog, ihr den Wortsammler zu entziehen, blieb ihr keine andere Wahl, als ihre Meinung darüber so klar zu benennen. Garbrand hatte schließlich eingesehen, dass es besser war, wenn er allein ging. Wie die Hebamme und auch Jan allerdings darauf reagieren würden, wusste er nicht. Er befürchtete, dass Hiske nicht ernsthaft geglaubt hatte, er könne der Herrlichkeit Gödens wirklich den Rücken kehren.

Das Schneetreiben hatte noch immer nicht nachgelassen, die Geräusche in den Straßen wurden von der weißen Flut geschluckt. Wenn möglich vermieden die Menschen es ohnehin, ihre Behausungen zu verlassen. Das Leben in Zeiten wie diesen war nicht leicht. Er wünschte oft, er könnte es ändern, und vielleicht gelang es ihm, wenn er diesem Orden beitrat. Als er ein wenig zur Ruhe gekommen war, hämmerte es gegen seine Kammertür, und allein diesem Schlagen nach musste es sich um Nikolaus handeln. Nur er verschaffte sich auf diese Weise Gehör. Garbrand seufzte. Manchmal war sein neuer Freund einfach nur anstrengend.

Krechting saß am Kamin, seine Frau Elske hatte ordentlich nachgefeuert. Er war froh, nicht zu seinem Neffen gegangen zu sein, denn der hätte ihn vermutlich ausgelacht. Wolter hatte schon öfter durchklingen lassen, dass er ihn in vielerlei Hinsicht für alt erachtete und sich wünschte, Hinrich würde ihm größeren Einfluss zugestehen. Krechting aber war dazu nicht bereit, zumal Wolter mit dem Amt des Landrichters genug zu tun hatte. Außerdem schoss sein Neffe oft übers Ziel hinaus. Es war alles gut so wie es war. Rückblickend betrachtet fand Krechting Hiskes Nachricht auch nicht mehr so beunruhigend wie im ersten Moment, in dem seine Erinnerungen ihm einen bösen Streich gespielt hatten. Wie die meisten Dinge würde alles im Sand verlaufen. Morgen früh wollte er Hiske dennoch aufsuchen und nachfragen, ob es bei dem einen Schreiben geblieben war. Er überlegte, zuvor mit Coevorden und Goldschmidt zu sprechen, denn sie lebten unter dem einfachen Volk und wussten stets, welche Strömungen und Gerüchte gerade die Neustadt überspülten. Vielleicht hatten sie eine Ahnung, wer dahintersteckte. Gab es tatsächlich Stimmen, die sich gegen Garbrand erhoben, hatten die beiden genug Einfluss, das alles im Keim zu ersticken.

Hinrich schrak zusammen, als es klopfte und Elske die Hebamme in den Raum geleitete. »Gott grüße Euch!«, sagte die.

Krechting stand auf und wandte sich Hiske höflich zu. Er ergriff gleich das Wort, um der Hebamme den Wind aus den Segeln zu nehmen, denn sie wirkte aufgelöst. »Mir ist bislang nichts über eine Bedrohung des Mönchs zu Ohren gekommen, und um alles Weitere werde ich mich beizeiten kümmern, dessen seid gewiss.« Er lächelte sie unverbindlich an und hoffte, dass Hiske sich mit seiner Antwort zufriedengab.

Er hätte jedoch wissen müssen, dass sich die Hebamme niemals mit einfachen Floskeln abspeisen lassen würde.

»Ich komme nicht nur der Botschaft wegen«, sagte sie. Ihre Stimme klang zwar fester als bei ihrem letzten Besuch, ihren Blick aber hatte sie nicht auf Krechting, sondern auf die vor dem Fenster tanzenden Flocken gerichtet, was ungewöhnlich war, suchte sie doch sonst stets den direkten Kontakt.

Hinrich schloss daraus, dass Hiske Aalken zutiefst bedrückt war. »Warum noch?«, hakte er augenblicklich nach.

»Ich habe Besuch bekommen.« Jetzt wandte sie sich dem Juristen zu. »Einen sehr merkwürdigen Gast, und ich weiß nicht, was das wieder zu bedeuten hat.«

»Bei dieser Witterung? Wer kommt um diese Jahreszeit nach Gödens?«, fragte Krechting. »Oder ist es jemand aus der Neustadt? Nein, deswegen würdet Ihr nicht herkommen«, beantwortete er sich die Frage selbst. Er nickte seiner Frau zu, die noch in der Tür stand und abwartete, ob sie etwas bringen sollte. »Bier, Elske. Wir möchten Bier.« Sein Weib verschwand lautlos und schloss die Tür.

»So ist es, Krechting. Mein Gast kommt nicht aus der Neustadt. Sie heißt Tomma Everts und ist eine Blaufärberin aus Jever.«

Krechting wies mit der Hand auf einen Stuhl. Bedächtig wiederholte er Hiskes Worte. »Tomma Everts, eine Blaufärberin? Sie ist mir nicht bekannt. Wobei ich mich aber frage, was sie hier tut? Es gibt in der Herrlichkeit dieses Handwerk nicht.«

Hiske setzte sich. Elske huschte herein, verzog keine Miene, als sie den Bierkrug und die Becher auf den Tisch stellte. Hiske bedankte sich mit einem Kopfnicken, doch Elske erwiderte die Freundlichkeit nicht und entfernte sich lautlos. Dieses Mal lehnte Hiske das dargebotene Bier nicht ab. Es war in der Nähe des Kamins behaglich warm, und dennoch war der aufgefrischte Ostwind auch in der *Olden Krochtwarft* zu spüren. Immer wieder pfiff er durch den Schornstein und drohte das Feuer zu ersticken.

»Wisst Ihr, was das Weib bei Euch will?«, fragte Hinrich.

Hiske zuckte mit den Schultern. »Ich hoffe, Ihr könnt mir weiterhelfen. Sie war arg erschöpft und trägt eine Verletzung am Kopf. Sie behauptet, jemand trachte ihr hier nach dem Leben.«

Krechting zuckte zurück, schluckte.

Hiske trank einen Schluck, um das Schweigen zu überbrücken. Sie wirkte plötzlich fahrig auf Hinrich, ihre Hände zitterten leicht. Den Becher stellte sie ein wenig zu rasch auf dem Tisch ab, sprach dann in die Stille hinein. »Sie macht ein großes Geheimnis darum, weshalb sie hier ist. Es scheint mir, als habe ihr Kommen etwas mit einer alten Geschichte zu tun, in die Ihr vielleicht Licht bringen könnt.« Als das ausgesprochen war, erschien Hiske erheblich ruhiger.

Krechting verzog das Gesicht. »Eine alte Geschichte? Was für eine alte Geschichte?«

»Sie deutete an, dass es um ein vor vielen Jahren im Brack gesunkenes Schiff geht.«

Hinrich griff rasch nach seinem Becher und leerte ihn in einem Zug. »Davon weiß ich nichts«, sagte er etwas zu schnell, und ihm war sofort klar, das Hiske ihm diese Aussage nicht abnahm. »Merkwürdig ist es schon, dass sie um diese Jahreszeit herkommt, wo es gefährlich ist zu reisen«, versuchte Krechting nun, das Gespräch zu lenken. »Ich habe ihren Namen noch nie gehört, wir handeln auch mit keinen Produkten, die Blaufärber brauchen. Ich habe in der Neustadt nie Färberwaid gesehen, und Pott- oder Waidasche landet hier ebenfalls nicht an. Diese Handelsgüter sind meist für Jever bestimmt.«

Hiske leckte sich den Schaum von den Lippen, nachdem sie den Becher geleert hatte. »Dann empfehle ich mich jetzt. Ich habe auch keine weiteren Botschaften erhalten.«

Krechting blieb sitzen, zumal Hiske trotz ihrer Ankündigung zu gehen, noch nicht aufgestanden war. »Seid nicht mehr in Sorge wegen der Drohung. Es ist sicher so, dass der Winter die Menschen ängstigt und sie nach einem Schuldigen suchen. Man bekommt den Aberglauben einfach nicht aus den Köpfen. Ihr seid eben eine Fremde und nicht einmal Mennonitin oder eine Reformierte. Das macht angreifbar, wenn die Menschen verunsichert sind. Ich fürchte, egal, wo Ihr auch immer hingehen werdet: Allein wegen Eures Berufs wird Euch stets ein Makel anhaften, denn Ihr tut Dinge, die normalen Menschen nicht geheuer sind. Ihr wisst Dinge, die sie nicht nachvollziehen können.«

Hiske war bei seinen Worten merklich zusammengezuckt. Sie wirkte beinahe, als habe Hinrich sie geschlagen. »Ich weiß darum«, sagte sie langsam. »Aber wisst Ihr was? Die Blaufärberin hat behauptet, auch sie sei mit ihrem Handwerk zur Zielscheibe geworden. Blaufärben ist den Menschen ebenfalls nicht geheuer. Was kommt als Nächstes, Krechting? Wen treiben sie nachfolgend durchs Dorf, wenn sie jemandem die Schuld an Widrigkeiten geben müssen?« Jetzt stand Hiske auf und erhob ihre Stimme. »Und was ist mit Garbrand? Er tut nichts Unrechtes, und doch prangert man ihn an. Ich bin sicher, dass es um ihn geht. Weil er für Euch alle hier kein Andersgläubiger, sondern ein Papist ist.«

»Der Mönch hat eine Gesinnung, die wir nicht schätzen. Das ist schwierig in diesen Zeiten. Ich werde aber sehen, ob ich etwas für ihn tun kann.«

Hiske wirkte wütend, weil Hinrich ihr keine klaren Zugeständnisse machte, sondern sich in leeren Floskeln und Versprechungen verlor. Versprechungen, die ihren Freund nicht schützen würden, sollte ihre Vermutung stimmen. Sie näherte sich der Tür.

Krechting zögerte, aber schließlich brach es doch aus ihm heraus: »Wobei sicher zu überlegen wäre, ob es nicht besser ist, wenn der Mönch die Herrlichkeit verlässt und unter seinesgleichen lebt.«

Hiske fuhr herum. »Damit ihm die anderen Papisten gleich den Kopf von den Schultern fegen, weil er ein paar Jahre bei Euch Ketzern gelebt hat? Ihr seid für seine Glaubensbrüder dasselbe Ungeziefer wie er im Gegenzug für Euch. Ihm nimmt doch niemand mehr ab, dass er noch ein gläubiger Katholik ist. Garbrand ist heimatlos geworden und braucht Euren Schutz, das wisst Ihr ganz genau.« Ihre Stimme wurde leiser. »Er hat sonst keinen mehr.«

Krechting wusste selbst, dass er mit seinem Vorschlag einen Fehler begangen hatte. Er versuchte abzulenken, indem er Hiske ein weiteres Bier anbot und sich nicht erhob. Doch die Hebamme winkte ab. »Nein danke. Sicher erwacht mein Gast gleich. Noch braucht Tomma Everts meine Hilfe, denn sie ist völlig erschöpft.« Am Ende des Satzes brach ihre Stimme, ihre Haltung jedoch blieb kerzengerade, und ihre Augen sprühten Funken. »Eine Frage habe ich noch, bevor ich gehe«, sagte sie. »Habt Ihr Euch denn nach meinem Besuch um Garbrand gekümmert? Geht es ihm gut? Ich habe heute nichts von ihm gehört und konnte Tommas wegen nicht in die Neustadt. Der Weg ist zu weit. Ich will sie nicht so lange alleinlassen.« Sie sah Krechting an, der verlegen den Kopf senkte. An das Naheliegende hatte er nicht gedacht. Er war wie besessen davon gewesen, zu seinem Neffen zu eilen. Alles andere hatte er von sich geschoben, und erst vorhin war ihm die Idee gekommen, er könne seine beiden Vertrauten anhalten, ein Auge auf Garbrand zu haben. Diese Bitte war unverfänglich und doppeldeutig, denn Krechting fürchtete durchaus ihre Reaktionen, wenn er sie bat, einen Papisten zu schützen. Hiske war sich der Tragweite ihrer Forderung nicht bewusst. Dennoch fühlte Hinrich sich schlecht.

»Ihr habt es nicht getan«, beantwortete Hiske die Frage selbst. »Ihr habt gar nichts in der Richtung unternommen. Ihr wollt wirklich nur, dass er die Herrlichkeit Gödens so schnell es geht verlässt, damit Ihr Eure Ruhe habt.« Aus ihrer Stimme sprach größte Verachtung. »Was habe ich mich in Euch getäuscht!« Hiskes Kinn zitterte bei dem letzten Satz, und wie von selbst rutschten ihr augenblicklich die dunklen Locken ins Gesicht. »Ich fürchte um mein und sein Leben, und ich bin es leid, das zu tun. Zu oft habe ich um beides zittern müssen, Krechting. Ich brauche noch einmal Euren Schutz und vertraue Euch hiermit meine armselige Existenz an. Und die Garbrands.«

Obwohl ihre verbitterte Stimme Hinrichs Herz rührte, bemühte er sich um Haltung. Er versuchte Zeit zu gewinnen, erhob sich lediglich und wartete die nächsten Worte Hiskes ab.

»Außer Euch kann uns keiner schützen und schon gar nicht, ohne dass derjenige, der uns bedroht, überhaupt weiß, dass Ihr es tut. Denn es ist besser, er ist nicht gewarnt. Gesetzt den Fall, dass er es nicht bei der Drohung belassen wird. Ich bitte Euch bei allem, was Euch heilig ist, mein Leben, das des Wortsammlers und auch das Garbrands mit aller Euch verfügbaren Macht zu schützen!« Hiske senkte den Kopf, blieb vor Krechting in dieser gebückten Haltung stehen.

Der schwieg und kratzte verlegen seinen Bart. So demütig hatte er die Hebamme noch nie erlebt. Verzweifelt ja, aber nie so verzagt wie jetzt, nie so unterwürfig. »Ich kümmere mich darum. Heute«, versprach er, selbst wenn es für ihn bedeutete, gleich in die Neustadt zu Garbrand und ungeachtet dessen auch zu Coevorden und Goldschmidt laufen zu müssen. Er würde an diesem Abend also nicht warm und trocken vor seinem Kamin sitzen.

Hiske wirkte trotz seines Versprechens weiterhin beunruhigt.

»Was quält Euch denn nach wie vor? Was verbergt Ihr vor mir?«

»Nichts«, kam es aus Hiskes Mund geschossen, »ich habe nichts zu verbergen. Aber …« Sie stockte, wagte anschließend, Krechting in die Augen zu sehen. »Ich habe Angst. Seitdem ich weiß, das Tomma Everts Blaufärberin aus Jever ist, kommen in mir Bilder aus der Vergangenheit hoch, die ich lieber verdrängen würde. Noch kann ich sie aufhalten, noch gelingt es mir, sie dort zu lassen, wo sie sind. Und ich möchte, dass es so bleibt, weil ich mich nie wieder fürchten will.«

Krechting erhob sich und fasste mit einer väterlichen Geste nach Hiskes Hand. Die schlimmen Jahre, ihre einsame und traurige Kindheit hatten einen so nachhaltigen Einfluss auf das Denken und Fühlen der Hebamme gehabt, dass sie ihnen nie entrinnen würde. »Die Geschichte rührt also tatsächlich an Eurer Vergangenheit?«

»Ich weiß es noch nicht, Krechting. Ich weiß gar nichts. Aber Tomma wurde angegriffen, ich habe diese Botschaft vor der Tür gehabt. Was soll ich glauben? Es ist alles sehr verschwommen, und ich kann die Bilder nicht richtig zuordnen.« Hiske hatte den Kopf wieder gesenkt, und Hinrich konnte ihr auf den dunklen Scheitel blicken. Versonnen sah er auf das widerspenstige Haar, das stets leicht gekräuselt war und sich offenbar durch nichts wirklich bändigen ließ. »Das ist noch immer nicht alles«, hakte er mit weicher Stimme nach. Ihre Hand hielt er nach wie vor umklammert, und sie machte keine Anstalten, sie ihm zu entziehen. Obwohl sie sich bemühte, ruhig zu erscheinen, hatte er das Gefühl, einem Wasserkessel gegenüberzustehen, unter dessen Deckel es mit vielerlei Zutaten kochte. »Ich irre mich nicht.«

Hiske nickte unmerklich, als sei es ihr unangenehm, Krechting auf diese Frage eine zufriedenstellende und ehrliche Antwort zu geben. »Ihr habt recht. Es gibt noch einen Grund, der es mir wichtig erscheinen lässt, mein Leben zukünftig mehr zu schützen als sonst.«

Krechting hob fragend die Brauen.

»Ich habe eine Hoffnung, die ich nicht zerstören möchte«, flüsterte Hiske.

»Hoffnung? Worauf?« Krechting begann zu ahnen, was Hiske meinte, wartete aber schweigend, bis sie es wagte, die Worte auszusprechen. »Ich warte auf Jan Valkensteyn. Er versprach, so schnell es irgend geht, zurückzukommen. Ohne den harten Winter wäre er sicher schon wieder hier.« Die nachfolgenden Sätze kamen ihr eher stockend über die Lippen. »Ich erhoffe mir eine Zukunft mit ihm. Ein Leben mit dem eigentlichen Sinn des Daseins: Kinder und Familie zu haben. Bitte! Helft mir! Schützt mich, den Wortsammler und den Mönch! Sie sind ein Teil dieser Hoffnung.«

Krechting drückte ihre Hand, ließ sie dann aber los, denn erst jetzt schien es der Hebamme aufzufallen, dass er sie eine so lange Zeit umschlossen hatte. »Ich will Euch und Garbrand Schutz gewähren«, stimmte er zu. »Weil ich weiß, was Ihr für die Menschen hier leistet und wie sehr sie Euch vertrauen. Auch Eure Fürsorge für den Knaben rechne ich hoch an.«

»Ich danke Euch«, flüsterte Hiske und erhob sich.

Krechting war sich sicher, dass ihre Demut nicht gespielt war.

Der Schneesturm hatte weiter zugenommen, sodass das Vorwärtskommen noch mühsamer wurde. Jan hoffte, dass sie die von Dudernixen versprochene Unterkunft bald erreichten. Er war am Ende seiner Kraft. Nicht mehr lange, und er würde am Wegesrand zusammenbrechen. Dudernixen hingegen schien weder die Kälte noch die Anstrengung zu spüren. Jan hätte ihm eine solche Durchhaltekraft nicht zugetraut. Obwohl ihm der Bader weiterhin unsympathisch war, konnte Jan nicht umhin, dem Mann für seinen unbeugsamen Willen Respekt zu zollen. »Es ist nicht mehr weit, Valkensteyn«, schrie er, als er merkte, dass seine Mitreisenden immer stärker zurückfielen. Seine Stimme klang frisch, er wirkte keineswegs erschöpft. Jan fragte sich, was Dudernixen diese Kraft verlieh, denn die bevorstehende Geburt seines Kindes war es sicherlich nicht. Der Arzt versuchte, mit seinen Blicken die Schneemassen zu durchdringen, in der Hoffnung, dass er irgendwo zwischen den tanzenden Flocken eine Behausung ausfindig machen konnte. Doch schon bald musste er einsehen, dass es ihn zu sehr ermüdete und er seine verbleibende Kraft besser für den Fußmarsch einsetzte. Schritt für Schritt kämpfte er sich vorwärts, und mit jeder Minute, die verstrich, reute er den Entschluss, sich für diesen Weg entschieden und nicht auf seinen Freund Jacobus gehört zu haben. Wenn er schon nach ein paar Stunden so erschöpft war, wie sollte er dann die nächsten Tage überstehen? Seine Füße schmerzten und waren eiskalt, an den Fersen hatten sich Blasen gebildet, die jeden weiteren Schritt zur Tortur machten. Doch nun half kein Lamentieren. Das Risiko war ihm bewusst gewesen, dennoch hatte er sich dazu durchgerungen, genau so zu handeln. Jan konzentrierte sich erneut auf den Weg, dabei versuchte er, sich Hiskes Gesicht vor Augen zu führen. Er dachte an ihr unvergleichliches Lächeln, das ihren ganzen Körper erstrahlen ließ. Das allein trieb ihn voran, das hielt ihn aufrecht. Er würde es schaffen. Er musste es schaffen.

Plötzlich blieb Dudernixen stehen und sah sich aufmerksam um. Er zog sogar die Kapuze herunter, ungeachtet dessen, dass sein Haar binnen kürzester Zeit weiß gepudert war.

»Was ist?«, fragte Jan keuchend und sah sich nach Lambertus um, der den beiden weiterhin stumm gefolgt war. Er war über und über mit Schnee bedeckt, auch sein Bart trug einen Flaum.

»Wölfe«, flüsterte der Bader. »Da hat ein Wolf geheult.«

Jan und Lambertus lauschten nun ebenfalls in die Dunkelheit. Dudernixen hatte recht. Irgendwo in dieser undurchdringlichen Schneewüste heulte ein Wolf.

»Wir sollten so bald wie möglich einen Unterschlupf finden!«, bestimmte Jan. Ihn beunruhigten allerdings weniger die Wölfe, die ein Reh oder einen Hasen ihm als Beute vorziehen würden. Er fürchtete die beißende Kälte, die sie töten würde, wenn sie nicht bald ein Dach über dem Kopf hatten.

Dudernixen nickte. »Hier irgendwo muss sich die Kate befinden, die ich uns für die Nacht ausgesucht habe, aber wir scheinen vom Weg abgekommen zu sein.«

Jan sah die Besorgnis in seinem Gesicht. Auch er blickte sich um, tauchte seine Augen in das unendlich erscheinende Weiß, das weder den Himmel noch den Horizont erkennen ließ. Der Wind jaulte um die drei Männer herum, zerrte an ihren Kleidern.

»Man kann nur wenige Fuß weit sehen«, sagte Jan. »Woher wollt Ihr überhaupt wissen, dass wir auf dem richtigen Weg sind?« Bislang hatte er die Furcht darüber, dass der Bader sich verlaufen könnte, verdrängt und sich seiner Führung vorbehaltlos anvertraut, in dem Glauben, er kenne den Weg. Doch nun musste Jan einsehen, welch großer Fehler das gewesen war. Dudernixen war seit eh und je ein Blender, und auch jetzt bestätigte es sich wieder. Er war einfach drauflos gelaufen, hatte bei der Witterung die Orientierung verloren, und dieses Unwissen konnte sie schon in der ersten Nacht das Leben kosten. In Jan stieg eine unglaubliche Wut auf. Er packte Dudernixen am Kragen. »Verdammt, warum habt Ihr nicht gesagt, dass Ihr den Weg doch nicht so gut kennt, wie Ihr behauptet habt? Ich habe keine Lust, in dieser Einöde zu verrecken.« Er stieß den Bader fort. »Und erst recht nicht an Eurer Seite.«

Dudernixen brauchte einen Moment, um sein Gleichgewicht zurückzuerlangen. »Bleibt ganz ruhig, Medicus. Ich kenne den Weg, bin ihn schließlich oft genug gegangen. Aber nun sind wir bei dem Schneetreiben ein wenig von der Fährte abgekommen. Ihr werdet sehen, wir werden gleich eine Kate finden, in der wir etwas warme Suppe und ein Lager für die Nacht erhalten. Seid einfach mal still und lasst mich machen! Die Wölfe sind noch weit weg.«

Jan schwieg, es war sinnlos, jetzt eine Diskussion über das Verhalten von Wölfen vom Zaun zu brechen. Zugegebenermaßen klang das Jaulen bedrohlich, und es erschien ihm bereits erheblich näher als eben.

Dudernixen glaubte, seine Besorgnis zu erahnen. »Das ist nur das Tosen und Kreischen des Windes. Dadurch meint man, die Bestien sind nah dran.« Der Bader zog die Kapuze zurück auf den Kopf und wickelte den Schal fest um den Hals, damit sie nicht wieder herunterrutschte, und winkte Jan, ihm zu folgen.

Der Sturm nahm in der folgenden Stunde an Stärke zu, und der fallende Schnee durchdrang die kleinste Lücke der Kleidung. Jan fror so sehr wie noch nie in seinem Leben, und er war sich immer sicherer, die Nacht nicht zu überleben. Mittlerweile war das Wasser im Schlauch eingefroren, er konnte nicht einmal mehr seinen unbändigen Durst stillen. Jeder Schritt fiel ihm schwer, jede Bewegung wurde zur Qual. Die Hoffnung, alles wende sich zum Guten, schwand von Minute zu Minute. Dudernixen hingegen schien noch immer nicht erschöpft zu sein und marschierte unaufhörlich in seinem schnellen Tempo weiter. »Es ist unsere einzige Möglichkeit, aus der Schneehölle lebend herauszukommen!«, schrie er. »Nur das rasche Gehen lässt die Glieder durchbluten.« Er sah sich nach Lambertus um, dessen Bewegungen steif und unkontrolliert wirkten. »Kümmert Euch um ihn! Nehmt ihn unter den Arm und seht zu, dass Ihr mir in meinen Spuren folgt!«

Jan spürte weder Zehen noch Füße, seine Hände waren wie Fremdkörper. Bald würde auch das Laufen die Erfrierungen nicht mehr aufhalten, und selbst wenn er das hier überlebte, lief er Gefahr, dass er ein paar seiner Gliedmaßen verlor. Dennoch nahm er all seine Kraft zusammen und umfasste Lambertus de Wieck, der sich dankbar von ihm schleppen ließ. Das überstieg beinahe seine Kräfte.

Dudernixen spurte vor, und er folgte ihm. Jan wusste nicht, wie lange sie sich weitergekämpft hatten, aber das Schneetreiben verebbte, und sie konnten am Himmel tatsächlich die ersten Sterne erkennen. Nun erschien die Kälte noch beißender, doch so hatten sie zumindest die Möglichkeit, sich nach dem Gestirn zu richten. Dudernixens Blick wanderte sofort nach oben. Dann deutete er auf die Erde, und Jan sah, was ihn so sorgenvoll dreinblicken ließ. Sie waren im Kreis gelaufen. Unter der Schneedecke erkannte auch er eindeutig Fußabdrücke, die von niemand anderem stammten als von den dreien selbst. Darunter aber hatten sich Abdrücke von vielen Pfoten gemischt. Sie zogen nicht allein durch diese Einöde, ihnen folgte ein Rudel Wölfe.

Die Häuptlingswitwe Hebrich von Knyphausen saß am Fenster der Burg Gödens und starrte in die Nacht. Sie zermarterte sich den Kopf, denn ihr Sohn Edo würde schon bald in dem Alter sein, die Geschicke der Herrlichkeit übernehmen. In spätestens zwei Jahren wäre es an der Zeit. Dann wollte sie sich zurückziehen und ihn nur noch beraten, wenn es nötig war. Es galt zunächst, ihre älteste Tochter Hyma gut zu verheiraten. Sie hatte Unico Manninga für diese Ehe im Auge. Er war ein überzeugter Reformer und passte nach Gödens. Die Manningas waren eine angesehene ostfriesische Familie, und daraus ergab sich eine würdige Verbindung. Anschließend stand die Vermittlung der jüngeren Tochter Almuth an, für sie hatte sie ebenfalls einen Mann auserkoren.

Die Geschicke der Herrlichkeit hatten sich trotz des frühen Todes ihres Gatten Haro zum Guten gewendet; sie hatte alles so auf den Weg bringen können, wie es nötig gewesen war. Natürlich auch dank der Unterstützung Krechtings und Schemerings. Wolter war für Edo ein enger Vertrauter und ersetzte ihm den fehlenden Vater, nachdem auch sein Onkel Boing zu früh hatte sterben müssen. Sie war froh, den Landrichter an ihrer Seite zu wissen.

Die schlimmen Dinge, die sich dennoch in den letzten Jahren ereignet hatten, hatten sich am Ende zum Guten gewendet. Einzig diese eine Sache vor langer Zeit hatte sich nie ganz aufklären lassen. Zumindest waren ihr die genauen Zusammenhänge nie zu Ohren gekommen, und manchmal war es auch besser so. Starb ein Mensch unter nicht geklärten Umständen, war es ihre Pflicht einzuschreiten. Doch sie hatte es nicht getan, sondern weggeschaut, als sei es einfach nicht passiert. Es gab Nächte, in denen ihr der Verschollene gegenüberstand und sie mit anklagendem Blick fixierte. Eine Seele, die lautlos um Hilfe schrie und der in all den Jahren niemand geholfen hatte. Sie geisterte durch die Herrlichkeit, verlangte Vergeltung und wartete auf den Moment, wo sie endlich

Genugtuung erfuhr. Nach diesen Nächten grämte Hebrich sich, nie die Umstände dieses Todes geklärt, sondern sich auf die Aussagen ihrer Leute verlassen zu haben. Sie hatte lediglich die Ladung an sich genommen und für deren Verteilung gesorgt. Ganz wie es sich für eine Herrscherin gehörte. Das gepökelte Pferdefleisch war unter den Bediensteten verteilt worden, die Waidasche hatte sie weiter nach Jever verkauft. Und der Mast des Schiffes diente als Leiter an der reformierten Kirche in Dykhusen. Wo der Schipper geblieben und warum der Kreyer ausgerechnet im Schwarzen Brack gesunken war, obwohl die Ladung eindeutig nicht Gödens erreichen sollte, hatte sie nie klären lassen. Ihr hatte es als Antwort genügt, dass das Boot nach dem großen Sturm zerstört ins Brack getrieben worden war. Dennoch quälten sie die Bilder des gemarterten Mannes, obwohl sie ihn nie zu Gesicht bekommen hatte. Weshalb sie immer wieder an dieser Darstellung zweifelte, konnte Hebrich nicht sagen, vermutlich, weil sie ahnte, dass sie nicht der Wahrheit entsprach. Seit jener Nacht quälten sie diese Träume, und nicht selten dachte sie, des Schippers Geist weile wirklich noch in Gödens und harre auf den Tag der Gerechtigkeit.

Hebrich wunderte sich über dieses ständige schlechte Gewissen, denn sie war eigentlich nicht zimperlich. Niemals hätte sie sonst das Erbe ihrer Kinder verwalten können. Widrigkeiten waren zu ignorieren. Sie flehte vor jedem Einschlafen darum, dass diese bösen und unheilvollen Gedanken nicht durch ihre Träume geisterten, dass ihre Furcht vor dem drohenden Unheil jeglicher Realität entbehrte. Doch nur selten wurden ihre Wünsche erhört.

Hebrich schob die Gedanken beiseite und wandte sich vom Fenster ab. Sie fühlte sich zu alt, um all den Dingen auf den Grund zu gehen, obwohl sie mit ihren fast sechsundvierzig

Jahren beileibe nicht so denken sollte. Ihre bösen Vorahnungen schwächten sie, es wäre besser, sie hätte sie im Griff. Es gab vorrangigere Sachen, und sie durfte diesen Ängsten keinesfalls nachgeben. Am wichtigsten war es nun, Edo an sein Amt heranzuführen. Nachdem er im zarten Alter von sechs Lenzen, nach Boing von Oldersums Tod, aus Jever zurückgekehrt war, hatte er sich von ihr entfremdet. Sie war für ihn mehr Tante als Mutter, was sie verletzt hatte. Der enge Kontakt zu Fräulein Maria und seinem Onkel hatte ihm nicht gutgetan, obgleich sie es zunächst akzeptiert hatte, dass Boing ihn zu einem stattlichen Ritter erziehen wollte. Doch sein Ableben vor acht Jahren, als ihn in Wittmund eine Kugel durchbohrte, hatte diese Träume abrupt zerstört. Zurück kam ein verstörter kleiner Junge, der sich religiös erst nicht zurechtfand, der seine Familie als Fremde sah und sich mit jeder Faser seines Lebens nach Jever und zu Fräulein Maria, aber auch zu seinem Onkel Boing zurücksehnte. Hebrichs Misstrauen gegenüber der Herrscherin von Jever war nachfolgend nicht besser geworden. Nur hätte sie sich nie dem Willen ihres Gatten widersetzt. Zumal sie selbst einsah, wie wichtig es für den Jungen war, einen Mann als Erzieher zu haben.

Der Erste, der nach seiner Rückkehr Zugang zu Edo fand, war der Landrichter Wolter, der mit seiner ungestümen Art das Herz des Jungen im Sturm eroberte. Schemering verkörperte nicht die große Macht seines Ohms Krechting, und dennoch besaß er genug Ausstrahlung, Wissen und auch Wärme, die einen Heranwachsenden fesseln konnten. Diese Beziehung war für Hebrich ein Segen gewesen, denn mit der Nähe zum Landrichter war es Edo gelungen, in der Herrlichkeit wieder eine Heimat zu finden. Nach und nach hatte ihr Sohn sie erneut als Mutter wahrgenommen, doch eine herzliche

Bindung hatte sich nie entwickelt. Sie war eine Respektsperson, sie war diejenige, die sein Erbe verwaltete. Irgendwann hatte Hebrich diese Tatsache akzeptieren müssen und sich anderen Aufgaben zugewandt. Doch die fehlende Liebe Edos zu ihr war ein ewiger Dolchstoß, eine grausame Verletzung, deren Heilung nie in Sicht war. Edo liebte allerdings seine älteste Schwester Hyma. Sie sprachen häufig miteinander und zogen sich so den Zorn Almuths zu, die äußerst eifersüchtig auf die Beziehung der beiden schielte.

Hebrich war aufgestanden und lief nun mit kleinen Schritten vor dem Fenster hin und her. Es galt jetzt dafür zu sorgen, der Herrlichkeit eine stabile Zukunft zu geben. Das war die Aufgabe, die sie in diesem Leben zu lösen hatte. Ihre Gefühle waren nicht von Belang. Hebrich war sich sicher, dass die Gespräche mit den Manningas zufriedenstellend verlaufen würden. Ehen arrangierten die Eltern, damit der Wohlstand sich mehrte, die Besitztümer ineinanderflossen und sich ergänzten. Im nächsten Jahr war die Hochzeit von Jacobus Cornicius mit Bente Westerburg, der Tochter des Dykhuser Pfarrers, geplant. Bei dieser Verbindung war sogar Liebe im Spiel. Etwas, das sie nur als sekundär erachtete. Es reichte, wenn die Brautleute einander sympathisch waren. Damit war eine Ehe möglich. Schönheit und Liebe vergingen, während der Besitz an die nächsten Generationen weitergegeben werden konnte. Jegliches romantische Geschwafel war überflüssig. Auch Hiske Aalken und dieser Medicus waren ineinander verliebt, und doch rang er sich nicht durch, um sie zu freien. Solche Bedenken gab es in den von ihr zusammengeführten Verbindungen nicht. Es war alles eine Frage der Absprache. Alles lief nach ihrer Vorstellung, sie sollte wirklich keinerlei Gedanken mehr an diesen toten Mann verschwenden. Als sie im Vorübergehen einen Blick aus dem

Fenster warf, sah sie, dass das Schneetreiben nachgelassen hatte. Am Himmel zeigten sich sogar die Sterne. Es stürmte allerdings immer noch, genau wie in der Nacht, bevor das Schiff gesunken war. Sturm hatte niemals etwas Gutes gebracht. Damals hatte sie auch von hier aufs Brack gesehen, das Unheil geahnt. Doch zu verhindern war es nicht gewesen. Hebrich wanderte weiter auf und ab, verdrängte. Es war besser, das Vergangene dort zu lassen, wo es hingehörte, nämlich unter dem Mantel des Vergessens. Sie war nicht dabei gewesen, sie hatte die Unglücksstelle nie betreten. Sie wusch ihre Hände in Unschuld. Alles ging immer weiter.

Wenn der Schneesturm vorbei war, würde sie den Bau der Neustadt vorantreiben, damit auch die letzten Flüchtlinge die Burg verlassen konnten. Parallel dazu waren sie in der Lage, die in den Manufakturen hergestellten Handelsgüter über das neue Siel nach Holland, nach Hamburg, Bremen und in den gesamten Ostseeraum zu verschiffen. Allein mit der Vision ihrer Ziele verflüchtigten sich ihre trüben Gedanken. Es war eine glückliche Fügung, Krechting als loyalen Freund an ihrer Seite zu wissen. Er hatte sich stets ergeben und dankbar gezeigt, dass sie ihn, trotz seiner Gesinnung, mit wichtigen Ämtern betraut hatte. Auch wenn er dafür nach außen hin den reformierten Glauben zu predigen und umzusetzen hatte; selbst seine dabei erlittenen Qualen, die ihn bis heute prägten, hatte er in Kauf genommen, weil ihm klar war, dass sie nicht anders handeln konnte.

Es war stockdunkel im Raum, sie hatte nicht einmal eine Kerze angezündet. Das Flackern des Lichts machte sie nervös, sie kam besser mit der absoluten Dunkelheit zurecht. Hebrich ging zurück in ihr Schlafgemach, denn sie musste noch ein paar Stunden ruhen. Sie würde in Kürze mit Krechting über alles sprechen, die Voraussetzungen für die Ehen ihrer Töchter schaffen und gleichzeitig die Übergabe an Edo vorbereiten. Hebrich zog sich die Decke zum Kinn.

Alles würde gut. Alles.

Krechting hatte gewusst, dass er in dieser Nacht nur sehr wenig Schlaf finden würde, als er Hiske sein Versprechen gegeben hatte, sich in der Neustadt um den Schutz Garbrands zu kümmern. Und so wälzte er sich ruhelos in seinem Bett hin und her. Seine Gedanken ließen ihn nicht zur Ruhe kommen. Immer wieder gelangten sie an dem Punkt an, wo er sich nach dem Gespräch mit Hiske auf den Weg in die Neustadt gemacht hatte. Der Weg dorthin war unglaublich anstrengend gewesen, und er bereute schon binnen kürzester Zeit, seinen Knecht nicht mitgenommen zu haben. Er hätte ihm den Weg spuren können. So lag es an ihm, sich allein durch die teils meterhoch aufgetürmten Schneewehen zu pflügen oder sie zu umrunden.

Er fror noch immer, wenn er daran zurückdachte. Denn da war noch etwas gewesen. Jemand hatte ihn verfolgt. Wie ein Wiesel war derjenige hinter ihm hergeschlichen, lediglich ein kurzes Japsen und das Knirschen des Schnees hatten seinen Verfolger verraten. Nur litt Krechting seit Jahren unter diesem Verfolgungswahn, und nie hatte sich seine Ahnung als wahr erwiesen. Zu viel war in Münster und danach geschehen. Seitdem war es schwer, Freund und Feind voneinander zu unterscheiden. Sein Leben hatte der König der Täufer, Jan van Leyden, zwar geschützt, aber wie schnell hätte ihm ein Sinnesumschwung kommen können. Ein falsches Wort, eine Denunziation. Sein Dasein war ein einziger Spießrutenlauf geworden, an dessen Schluss die nackte Angst gestanden hatte. Und die Erkenntnis, dass sein armseliges Leben von nun an aus Kompromissen bestehen würde, die seine Seele eigentlich nicht ertrug. Vermutlich hatte ihn also lediglich ein Schatten seiner Vergangenheit verfolgt und ihn an die Grenze der Todesangst getrieben.

Elske schnarchte neben ihm und merkte nichts von seiner Aufgewühltheit. Hinrich setzte sich im Bett auf. Noch vor ein paar Jahren war sie sensibler gewesen, aber das hatte in der letzten Zeit abgenommen. Manchmal glaubte er Verachtung in ihrem Blick zu lesen. Dafür, dass er ein Abtrünniger war, dafür, dass er sie und Wolters Familie gerettet und nicht ihrem Schicksal überlassen hatte.

»Welche Dämonen verfolgen uns nun, Hinrich?«, fragte sie von Zeit zu Zeit. »Ich kämpfe mit dem schlechten Gewissen, dass wir unsere Brüder und Schwestern dem Gemetzel des Bischofs ausgeliefert haben und selbst entkommen sind, und das mit seiner Hilfe. Wer befreit uns davon? Von diesen Bildern, vom Geruch des Blutes, der mich jede Nacht überspült und sich nicht abwaschen lässt, sondern wie Pech und Schwefel an meiner Seele klebt? Die vielen Weiber, die ihr bei euch liegen hattet, waren eine schmerzhafte Beigabe, aber unser Glaube war so rein, so klar. Wo ist er geblieben? Vor allem hier, wo sich alles durchmischt und keine Linie erkennbar ist.« Einmal hatte sie gestutzt, ihm tief in die Augen gesehen und ihm vorgeworfen: »Und du, Hinrich, du hast uns verraten. Deine Gesinnung, Gott und die Menschen. Die, die einst hinter dir standen. Wundere dich nicht über deine Ängste, denn sie haben ihre Berechtigung! Obwohl du dir die Papisten für die Flucht an die Seite geholt hast, werden sie dich dafür bestrafen. Sie hassen dich, dass sie dir das Leben schenken mussten.« Danach wagte es Krechting nicht, das Thema noch einmal anzuschneiden. Elske hatte mit jedem ihrer Worte recht. Sein Weib entfernte sich täglich ein Stückchen mehr. Es war kaum zu ertragen.

Trotz der zurückgekehrten Angst war er froh, in die Neustadt gegangen zu sein, denn er wollte Hiske helfen. Sie war ihm wichtig, wenngleich seine Zuneigung nicht an unkeusche Gedanken gekoppelt war; das hätte er sich niemals zugestanden. »Ich empfinde Liebe zu ihr«, sagte Krechting zu sich. »Ich mag sie wie eine Tochter. Nur aus diesem Gefühl heraus tut man Dinge, wie ich sie jetzt tue. Ich schütze einen Papisten, weil er ihr Freund ist und ich sie nicht leiden sehen kann.« Krechting schüttelte über sich selbst den Kopf, aber er konnte nicht anders. Die ihr geltende Fürsorge war nicht das Resultat eines bedingungslosen Pflichtbewusstseins. Das, was er hier tat, machte er aus Überzeugung.

Hinrich zog die Decke zur Nase und bemühte sich erneut, in den Schlaf zu finden. Doch sobald er die Augen schloss, kamen ihm die Bilder des Abends wieder hoch. Als er nach dem beschwerlichen Fußmarsch den Rand der Neustadt erreicht hatte, waren die meisten Fensterläden fest verschlossen, durch die Ritzen fiel das Licht der Kerzen und Laternen auf die Straße. Hin und wieder klapperte eine Lade, wenn der Wind zu heftig daran rüttelte. Hier im Flecken war das Fortkommen erheblich leichter als noch eben auf dem Feldweg, aber der eiskalte Luftstrom fegte ebenso um die wenigen Häuser, die kaum Schutz boten. Zuerst war er zur Straße, die zum Hafen führte, gegangen, denn die war zumindest bis zum Bauplatz der geplanten Bockwindmühle fertiggestellt. Der Hügel dafür war bereits angehäuft. Wenn die Kälte gewichen war, würde sie hoffentlich bis zum nächsten Winter, zusammen mit dem neuen Siel, fertig sein. Ein paar der Arbeiter hatten auch schon damit begonnen, nach seinen Anweisungen eine Stichstraße zum Deich und direkt unterhalb des Deichfußes einen befestigten Weg zu bauen.

Krechting hatte sich bis zu dem Haus durchgekämpft, in dem Garbrand seine Kammer hatte. Er teilte sich die Wohnstätte mit einer fünfköpfigen Familie, die im Erdgeschoss lebte, und einem alten Mann, der nebenan dahinsiechte, denn er konnte schon lange nicht mehr laufen und war auf die Almosen der Neustädter angewiesen. Hinrich wusste, dass der Mönch sich höchst liebevoll um ihn sorgte, wenn er nicht gerade Hiske und den Wortsammler unterstützte. Ansonsten brachte ihm das junge Weib von unten immer mal einen Kanten Brot herauf. In Garbrands Kammer brannte Licht, und Nikolaus' Gesang drang auf die Straße. Vermutlich becherten sie gemeinsam, wie so oft. Um den Mönch hätte er sich also keine Sorgen machen müssen. Krechting hatte sich beruhigt abgewandt und war dann in die andere Richtung gelaufen. Seine Freunde Coevorden und Goldschmidt lebten in der Nähe des alten Siels, ein Stück hinter dem Badehaus. Hinrichs Füße waren mittlerweile so kalt gewesen, dass er die Zehen kaum noch spürte. Dennoch wollte er sein Versprechen Hiske gegenüber einhalten und seine Brüder um Hilfe bitten.

Als er durch die menschenleeren Straßen gelaufen war, hatte ihn zum ersten Mal wieder das Gefühl beschlichen, verfolgt zu werden. Er war stehen geblieben, und ganz eindeutig waren das Schritte, die mit einer leichten Verzögerung ebenfalls innegehalten hatten. Doch in der dunklen Gasse war nichts zu entdecken. Schließlich war er, ohne nochmals anzuhalten, in Richtung des alten Hafens gelaufen. Immer mit der Furcht im Nacken, dass er sich das Knirschen fremder Sohlen nicht einbildete. Einmal hatte er es gewagt, sich während des Laufens umzudrehen, und da glaubte er, Nikolaus erkannt zu haben. Kein anderer als er war von so schmächtiger Gestalt, kein anderer als er hatte so dünne

Beine und eine Nase, die gebogen war wie ein Adlerschnabel. Aber von dem Augenblick an blieb der vermeintliche Schatten verschwunden. »Es kann nicht sein. Nikolaus habe ich doch bei Garbrand gehört. Oder nicht?« Krechtings Versuch, sich selbst zu beruhigen, scheiterte.

Kurz darauf war er an der Schmiede angelangt. Das Feuer in der Werkstatt glühte noch heiß, und Goldschmidt war eben dabei, den Boden zu fegen. Schweiß perlte ihm über die muskulösen Schultern, und seine Kleidung zeugte von einem arbeitsreichen Tag, was Krechting verwunderte. Er hätte nicht gedacht, dass in der Manufaktur viel zu tun war, wenn keine Schiffe einliefen und das Leben in der Herrlichkeit brachlag. Goldschmidt hatte sichtlich erfreut den Kopf erhoben, als sein Freund eintrat. Er und der Weber Coevorden waren starke Verfechter der von Krechting eingeführten Askese und unterstützten den Juristen darin, den Gegenströmungen nicht nachzugeben.

»Was führt Euch bei diesem Wetter zu mir?«, hatte Goldschmidt ihn begrüßt. Aus dem Hintergrund war plötzlich auch Coevorden hervorgetreten, der zwei Häuser weiter die erste Weberei in der Herrlichkeit betrieb.

»Gehen wir ins Haus. So hohen Besuch empfange ich nur ungern hier.« Goldschmidt stellte den Besen beiseite, trocknete sich mit einem Tuch die Glatze und winkte seine Freunde in die Stube.

Eine dunkle Truhe befand sich an der Stirnseite, rechts stand eine Bank, in die der Schmied Ornamente eingebrannt hatte. Die Stühle waren von schlechter Qualität und wackelten, wenn man sich darauf niederließ. Links neben der Tür, die offensichtlich ins Schlafgemach führte, das sich Goldschmidt mit seiner Frau und den fünf Kindern teilte, zierte ein großer dunkler Schrank die Wand. Hinter dem Glas stapelte sich Geschirr, die Türen hingen leicht schief in den Angeln. Krechting nahm Platz, bemüht, die Armut seines Freundes nicht wahrzunehmen. Die Wohnsituation der Neustädter Bürger unterschied sich doch beträchtlich von der seinen und widersprach dem, was er predigte. Sicher würde es besser werden, wenn erst der Handel anlief.

Goldschmidt holte Dünnbier und Käse. »Was führt Euch zu so später Stunde und bei einer solchen Witterung in die Neustadt?«, hatte er gefragt.

Krechting hatte lange überlegt, was er seinen Freunden sagen wollte, denn er konnte sie in der Tat schlecht bitten, den Papisten Garbrand zu schützen. Deshalb hatte er sich entschieden, lediglich so nah wie möglich bei der Wahrheit zu bleiben. Er erzählte ihnen von der Drohung und auch, dass eine junge Frau aus Jever bei Hiske Zuflucht gefunden hatte. »Sie hat nach dem Schiff gefragt, das vor Jahren hier im Sturm strandete. Und sie behauptet, jemand habe sie niedergeschlagen.«

Die beiden Freunde hatten besorgt gewirkt. »Was kann das bedeuten?«, fragte Coevorden und hieb seine Zähne in den Käse, der, im Gegensatz zu dem modrigen Dünnbier, köstlich schmeckte.

»Bei der Drohung befürchte ich, jemand hat es auf die Hebamme abgesehen, sie wird den Makel der Zauberin einfach nicht los«, sagte Krechting.

Coevorden und Goldschmidt nickten. Sie hatten die Hexenjagd, die auch hier mit Hiskes Erscheinen kurz aufgeflackert war, durchaus noch gut in Erinnerung.

»Was es mit dem Schiff auf sich hat, weiß ich nicht. Es war doch lediglich auf Grund gelaufen und hatte nichts Wertvolles geladen«, überlegte Krechting.

»Nur Waidasche, soweit ich informiert bin«, bestätigte Goldschmidt. »Warum sollte man sie denn angegriffen haben?«

Krechting zuckte mit den Schultern. »Wichtig ist für mich einzig, dass die Hebamme jetzt nicht allein ist. Vor allem so lange nicht, wie Jan Valkensteyn in Emden weilt. Er wird nach seiner Rückkehr um ihre Hand anhalten. Jetzt hat sie nur mich und Garbrand.« Krechting vermied das Wort Mönch ganz bewusst und wartete zunächst die Reaktionen der beiden ab.

»Der Mann ist Papist«, hatte Goldschmidt hervorgestoßen, und jede Silbe wirkte wie ausgespuckt.

»Er praktiziert seinen Glauben aber nicht«, sagte Krechting. »Und er hilft ihr bei der Versorgung des Knaben, kümmert sich weiter um den Alten in der Kammer nebenan. Er ist Hiske ein wichtiger Begleiter.«

Coevorden hatte bislang geschwiegen. »Wir brauchen die Hebamme hier. Es wäre fatal, wenn sie aus Furcht um sich und ihre Freunde die Herrlichkeit verlässt. Seit die größeren Schiffe einlaufen, ist ein Fortkommen einfach geworden. Jedenfalls bei guter Witterung«, fügte er mit einem Blick aufs Fenster hinzu. »Seitdem Hiske Aalken die Kinder auf die Welt holt, sterben lange nicht mehr so viele Weiber bei und nach der Geburt, und auch die Kleinen leben in der Regel. Das war davor nicht so.« Er räusperte sich. »Sie war mir ja zunächst ebenfalls nicht geheuer, aber was sie bei der Niederkunft meiner Frau geleistet hat ...« Er machte eine kurze Pause. »Ohne ihr Zutun wäre ich Witwer.«

Krechting nickte. Das Gespräch entwickelte sich genau in die richtige Richtung. »Hiske Aalken ist für die Bewohner der Herrlichkeit ein Segen, und seit Jan Valkensteyn fort ist, kümmert sie sich auch mit großem Einsatz um die Armen und Kranken.«

»Da spricht der Kirchen- und Armenvorstand«, sagte Goldschmidt. »Es ist klar, dass die Hebamme in Gödens einen wichtigen Platz eingenommen hat. Aber was hat das alles mit diesem Mönch zu tun? Wenn er von hier verschwindet, ist das für die Neustadt kein Schaden. Zumal er sich ja neuerdings auch diesen Nikolaus ans Bein gebunden hat. Ein Gaukler und Sternengucker, wie wir ihn nicht haben wollen.«

Bei Nikolaus' Namen hatte Krechting wieder das ungute Gefühl durchzuckt, doch er hatte sich schnell in der Gewalt gehabt. »Garbrand ist für die Hebamme im Augenblick der stärkste Halt. Er kümmert sich ums Feuer und um die Kate, aber auch um diesen Irren, während sie sich um die Mütter, Kinder und Kranken bemüht. Ihm darf genauso wenig etwas zustoßen wie ihr. Ich sage Euch: Sie wird die Herrlichkeit sonst verlassen.«

Coevorden griff Krechtings Worte auf. »Sehe ich ähnlich. Sollte jemand versuchen, die momentane Unbill des Wetters und die des Hungers auf die Hebamme oder den Papisten abzuwälzen, müssen wir das sofort unterbinden. Es könnte alles noch um vieles schlimmer werden.«

Goldschmidt waren die Zweifel zwar ins Gesicht geschrieben gewesen, dennoch nickte er am Ende zustimmend. »Solange bis der Arzt zurück ist. Danach ist mir der Papist egal. Soll ihn doch der Teufel holen, an den er glaubt. Jedem das, was er verdient.« Er holte aus dem Schrank eine Flasche Genever und kleine Becher.

Anschließend hatte sich Krechting auf den Rückweg gemacht. Er fühlte sich leicht und etwas beschwingt, was sicherlich auf den übermäßigen Alkoholgenuss zurückzuführen war. Er trank sonst nicht so viel. Trotzdem war er sehr zufrieden, denn er hatte Hiske und Garbrand Luft verschafft. Das war mehr, als er erhofft hatte. Als er die Neustadt verließ, waren sie aber wieder da gewesen. Die Schritte, die ihn verfolgten.

Krechting erhob sich aus dem Bett und stellte sich ans Fenster, in der Hoffnung, dass seine Erinnerungen und Gedanken so zur Ruhe kommen würden. Er war aus der Neustadt wieder heil zurückgekommen. Alles war gut.

»Kannst du nicht schlafen, Hinrich?«, holte ihn Elskes Stimme aus seinen Überlegungen. Sie rieb sich die Augen, war offenbar von seiner Unruhe geweckt worden. »Wann wird Gott dir endlich eine gnädige Nachtruhe schenken? Wann?« Sie strich ihm sacht über den Rücken, doch Krechting konnte die Berührung kaum ertragen.

Er sah hinaus in die Dunkelheit und glaubte selbst in den Bewegungen der kahlen Zweige eine Bedrohung zu erkennen.

5. Kapitel

Hiske lag wach auf der Bank in der Küche und lauschte dem leisen Knistern des Feuers im Herd. Nachdem sie von Krechting zurückgekehrt war, hatte sie erfahren, dass Garbrand da gewesen war. Er hatte sich aber nicht lange in der Kate aufgehalten, sondern war noch vor Hiskes Rückkehr verschwunden. Die Hebamme hatte die Bodendiele, sein heimliches Geneverversteck, angehoben und sofort gesehen, dass der Schnaps fort war. Garbrand würde vermutlich wieder mit Nikolaus zechen, und seine eigenen Vorräte waren offenbar zur Neige gegangen. Es war beinahe erschreckend, welche Mühe ihr Freund für einen Alkoholrausch auf sich nahm.

Nun hinderte sie das unregelmäßige Atmen Tommas am Schlaf. Immer wieder entwich ihrem Mund ein leises Seufzen, ab und zu weinte sie. Wach wurde die junge Frau dabei allerdings nie. Hiske hätte gern gewusst, was sie so quälte, warum sie wirklich nach Gödens gekommen war und was das alles mit dem angeblichen Mordanschlag und dem gestrandeten Schiff zu tun hatte. Was bedeutete außerdem diese Botschaft, die Tomma bei sich hatte? Sie hatte das Papier schnell zurückgesteckt. Es war besser, Tomma wusste nicht, dass Hiske es gesehen hatte, denn wenn sie es für richtig hielt, würde sie ihr davon erzählen. Hiske stand auf, legte sich das Wolltuch um die Schultern und starrte in die sternenklare, aber klirrend kalte Nacht.

Sie wartete auf den Wortsammler, der sich wie immer um diese Zeit auf seinen unbekannten Weg gemacht hatte. Sie wusste nur, dass er oft zum Deich lief und über das Schwarze Brack starrte, so als suche er etwas, von dem er nicht wusste, was es war. Noch immer wirkte er unstet, und in seinem Blick lag, trotz all der Liebe, die sie ihm zuteilwerden ließ, stets ein großer Schmerz. Er hatte zu viel in seinen jungen Jahren erlebt, als dass Hiske und Garbrand es je hätten wettmachen können. Hiske umfasste ihre Schultern, als müsse sie sich selbst vor dem schützen, was da eben auf sie einprasselte. Alles war so verworren. Tomma hatte Hiske mit Wucht in ihr altes Leben zurückkatapultiert, obwohl das sicher nicht ihre Absicht gewesen war. Das, zusammen mit der Tatsache, dass Tomma offenbar angegriffen worden war und ausgerechnet vor Hiskes Tür dieser Stein gelegen hatte, beunruhigte sie nach wie vor zutiefst. Die Hebamme strich sich eine Strähne aus der Stirn und redete mit sich selbst: »Diese Erinnerungen waren immer da, und nun drängen sie sich an die Oberfläche, so als ob ein Maulwurf seinen Weg gräbt.« Hiske brach den Satz abrupt ab, weil der Kloß in ihrem Hals ein Weitersprechen unmöglich machte. Außerdem wollte sie Tomma nicht aufwecken.

Die Tür klackte, und der Wortsammler trat in die Küche. Hiske drehte sich zu ihm um: »Na, warst du am Deich?«

Er nickte. »Eissterne. Kein Meer.« Er brachte den Geruch von Schnee und Kälte mit sich. In seinem Gesicht spiegelte sich Besorgnis, und plötzlich tat er etwas, was er zuvor noch nie getan hatte: Er umschloss erst Hiskes Hand, dann umarmte er sie ungestüm, ließ sie aber so plötzlich los, als sei er über diesen Gefühlsausbruch selbst erschrocken.

Hiske strich ihm über den Arm. »Alles wird gut, Wortsammler.«

Der Knabe warf einen Blick zur Kammer, in der Tomma untergebracht war. »Schläft? Weib Feuerseele, und Lebenspflückerin fürchtet sich davor.«

Die Hebamme lächelte den Wortsammler beruhigend an. Sie wusste nicht, was er mit Feuerseele meinte. Seine dahingesagten Worte verstärkten ihre Unruhe. Aber waren seine Worte wirklich unbedacht? Eigentlich plapperte der Knabe nie etwas einfach so vor sich hin, sondern hatte konkrete Vorstellungen von dem, was er sagte. Es wäre gut, ihm in Zukunft genau zuzuhören, denn vielleicht hatte er längst erkannt, was für sie im Augenblick nicht greifbar war. Sie streichelte ihm übers Haar. »Krechting hat gesagt, er wird uns schützen. Wir müssen uns nicht fürchten.« Auch wenn ich nicht weiß, was diese Frau hier bei uns will, dachte sie.

Der Knabe kuschelte sich an Hiskes Hand.

In ihr überschlugen sich die Gedanken. Warum nur ist mir der Geruch der Färberküpe bekannt? Warum weiß ich, wie alles riecht, wie es sich zwischen den Fingern anfühlt, und warum sehe ich ständig blaue Fingerkuppen, die mir Angst machen? So große Angst … Hiske begann lautlos zu weinen, und der Knabe nahm sie ein zweites Mal in den Arm. Dieses Mal stieß er sie nicht gleich fort, sondern verharrte mit ihr so lange, bis das Zucken ihrer Schultern nachließ. Anschließend strich er mit seinem schwieligen Zeigefinger immer wieder über Hiskes Handrücken, sah sie einfach an und erwartete keine Erklärung. Als Hiske sich wieder beruhigt hatte, kamen die verdrängten Erinnerungen zurück. Die Fingerkuppen ihres Vaters waren blau verfärbt gewesen und ähnelten denen Tommas. Tiefblaue Finger, die kein anderer Vater hatte; deren Hände waren zwar schwarz und oft dreckig, aber nie blau.

»Dein Vater ist nämlich ein Hexer. Leute, die Wolle und Stoffe in eine andere Farbe verwandeln, sind im Bund mit dem Teufel!«, hatten die Kinder gesagt. Hiske hatte es nie gewagt, ihre Eltern darauf anzusprechen, denn sie erschienen ihr stets als gottesfürchtige Menschen. Zumindest beteten sie immer vor dem Essen und sprachen das Wort Gott sehr wohlgefällig aus. Einmal hatte sie jedoch ein Gespräch zwischen Vater und Mutter belauscht, und da hatte er gegen den Papst gewettert. Sätze wie »*Das Wort ward Fleisch*« waren gefallen, und Mutter war blass geworden. »Schweig, Edzard, schweig!« Ihr Vater aber hatte gelächelt. »Das sind Worte des Johannes und in jeder Bibel nachzulesen. Was sollten die Katholiken schon dagegen einzuwenden haben, wenn ich daraus zitiere?«

Mutter war aufgesprungen und hatte ihre Finger auf seinen Mund gepresst. »Bitte, sag nichts mehr. Ich flehe dich an!«

Er aber hatte ihre Hand beiseitegeschoben. »Es hört doch niemand, und die Wahrheit hat noch keinem geschadet, Weib!«

»Die Wände haben Ohren, und du weißt, was sie tun, wenn sich jemand gegen den Glauben erhebt, weil er den Papst schlechtmacht. Es ist gotteslästerlich, und du tätest gut daran, dich nicht wider die Obrigkeit zu stellen. Ketzer sind nicht wohlgelitten.«

Hiske glitt bei dieser Erinnerung ein Lächeln übers Gesicht. Sie hatte nämlich anschließend tatsächlich die Wände daraufhin untersucht, ob sie irgendwo Ohren hatten. Natürlich hatte sie keine gefunden. Aber ihre Mutter war ein paar Tage darauf verstorben. Und wieder drangen ihr die Stimmen der anderen Kinder ins Ohr. »Dein Vater tut verbotene Dinge. Etwas, das der liebe Gott nicht gern sieht!« Der Geruch der Küpe drängte sich jetzt fast aufdringlich in Hiskes Nase, sie sah den großen Trog mit der blauen Flüssigkeit und erinnerte sich an die Tücher, die Vater daraus hervorzog. Sie waren zunächst gelb, dann grün, und erst viel später wurden sie blau.

»Das, was er tut, ist Hexerei!«, hatte ihre beste Freundin gelispelt, und ihre Stimme war mit jedem Wort leiser geworden. »Wenn man etwas aus einer blauen Färbung herausholt, muss es auch blau sein. Blau. Nicht gelb, dann grün und später erst blau. Es muss von Beginn an die echte Farbe haben. Was hat blau mit gelb zu tun? Nichts. Blau ist blau, blau, blau! Dein Vater will die Menschen zum Narren halten, und das wird der Herrgott nicht ungesühnt lassen. Du wirst sehen, dass deine Familie dafür büßen wird. Euer Leben lang!«

Genauso war es ja auch gekommen. Die Strafe des Himmels war scharf und unbarmherzig gegenüber den Aalkens ausgefallen. In Hiskes kleine Kinderseele hatte sich von da an die unbestimmte Furcht eingeschlichen, Gott könne doch die Menschen maßregeln, die sich gegen den wahren Glauben und die katholische Kirche stellten und dass diese Ohren in den Wänden alle bösen Worte nach oben zum Herrn sandten. Der hatte Vater mit dem Tod seiner Frau bestraft, damit er von dem Tag an gottesfürchtig sein würde. Diese Angst hatte Hiske erst wirklich verloren, als sie im Kerker saß und dem Teufel persönlich in Gestalt des Scharfrichters Klaas Krommenga gegenüberstand. Da war ihr klar geworden, dass es nicht am gottesfeindlichen Dasein liegen konnte, wenn das Leben übel mit jemandem umsprang. Und dass die Ohren in den Wänden immer menschlicher Natur waren. Sie selbst hatte sich nie etwas zuschulden kommen lassen, und doch war sie diejenige gewesen, die so gelitten hatte. Der man vorwarf, sie sei eine Hexe, sie habe Menschenleben, sogar kleine Kinder auf dem Gewissen. In ihr als Person hatte sich alles vereint, was in den Menschen Wut und Aberglaube schürte. Sie hatte einen Blaufärber zum Vater, sie ward alleingelassen, denn schon bald verschwand auch er und starb später einen ehrenvollen Tod an der Seite Boing von Oldersums. Sie wuchs bei der Wangerin auf, erlernte dort den Umgang mit Schwangeren und Neugeborenen.

Nie mehr hatte sie nach ihrer Zeit im Kerker Jevers dem Glauben, egal welcher Färbung, etwas abgewinnen können. Auch den Reformern und Mennoniten oder den wenigen Münsteraner Täufern, die sich in der Herrlichkeit herumtrieben, hatte sie sich nie anschließen mögen. Jeder von ihnen war der Meinung, er allein wisse, was Gott von den Menschen erwartete, und jeder hasste den anderen, weil sie verschiedene Weisungen spürten. An all ihren Händen klebte Blut.

Die Leute in Jever hatten die Nähe der Wangerin gemieden. Sie lebten außerhalb der Wallanlagen in einer armseligen Kate, die so heruntergekommen war, dass jeder Regenguss den Boden durchweichte. Manchmal hatte sich der Nachbar erbarmt und die gröbsten Löcher des Strohdaches geflickt, aber auch er war stets rasch verschwunden. Die Wangerin war eine herzensgute Frau, die sich liebevoll um Hiske kümmerte, doch sie war den Jeveranern unheimlich, denn man munkelte, sie besäße das zweite Gesicht und könne lesen, was hinter der Stirn der Menschen vor sich ging. Das konnte sie wirklich, nur wusste Hiske später, dass man dazu kein zweites Gesicht, sondern lediglich Menschenkenntnis brauchte, um die Mimik und Gestik richtig zu deuten. Dennoch hatte man der Wangerin nie etwas angehängt oder sie unlauterer Dinge beschuldigt. Sie war so frohgemut durchs Leben gegangen, dass es auch unvorstellbar gewesen war, jemand könne sie denunzieren. Trotzdem hielten es die Jeveraner für besser, Abstand zur Wangerin zu halten. Sie wurde zu den Geburten gerufen, und damit war ihre Aufgabe erfüllt. Hiske hatte viel bei ihr gelernt, und nach dem Tod der alten Hebamme hatten die Menschen sie schnell als Nachfolgerin angenommen. Doch als erst eine Missernte die Bevölkerung geknechtet und später ein Unwetter die Ernte vernichtet hatte, als mehrere Neugeborene nacheinander verhungerten, waren Stimmen laut geworden, dass diese Blaufärbertochter ihre Finger im Spiel haben könnte. Nach dem Tod des Kindes vom Kaufmann Manott, der ihr die Schuld gab, weil sie die Milch seiner Frau verhext haben sollte, war der Weg zum Zaubereiprozess nicht aufzuhalten gewesen. Diesem grausamen Hexenprozess war sie nur knapp durch eine Bürgschaft entronnen.

Hiske ging leise in Tommas Kammer, weil sie glaubte, sie rufen gehört zu haben, doch lag sie tief schlafend vor ihr. Der Wortsammler war ihr gefolgt und griff augenblicklich wieder nach Hiskes Hand. Tomma, eine Blaufärberin aus der Stadt, in die sie, Hiske, nie mehr zurückkehren wollte und die sie fürchtete wie der Teufel das Weihwasser. Wie viele Nächte hatte Hiske sich als Kind in den Schlaf geweint, aus Sehnsucht nach den drei Menschen, die zu ihr gehört hatten und die doch so früh sterben mussten. Sie hatte noch den leicht sauren Geruch der Wangerin in der Nase, die sie an ihre üppige Brust gedrückt und getröstet hatte.

Während Hiske Tomma betrachtete, kam in ihr eine lange aufgestaute Wut auf. Die Wut auf etwas, was ihr zugestanden hätte, wenn alles anders verlaufen wäre. Ein Kind sollte bei Mutter und Vater aufwachsen. Vermutlich konnte sie genau deshalb so sehr mit dem Wortsammler fühlen.

»Ich will nur noch nach vorn sehen. Zu Jan. Zu meinen zukünftigen Kindern. Zu dem, was mir endlich zusteht«, flüsterte sie. »Es gibt dieses alte Leben nicht mehr. Egal, was diese Frau mit meiner Vergangenheit zu tun hat. Ich will nie wieder Angst haben!«

In dem Moment schlug Tomma die Augen auf. »Ihr wirkt entsetzt, fast voller Hass, wenn Ihr mich so anstarrt. Habe ich etwas falsch gemacht?«

»Nein, schon gut«, beschwichtigte Hiske, erschrocken darüber, wie sehr man ihr ihre Gedanken ansehen konnte. »Mir ist nur deutlich geworden, welch schlimme Zeit ich in Jever hatte und …«, jetzt stockte sie, »dass auch ich aus einer Blaufärberfamilie stamme. Euer Auftauchen hat einfach ein paar Dinge in mir aufgewühlt, die ich lange vergessen hatte.«

Tomma setzte sich auf. »Es ist mitten in der Nacht, ich liege in Eurer Bettstatt, nachdem ich völlig erschöpft in Eure Kate eingedrungen bin. Ich sollte mich entschuldigen. Vor allem, wenn es Euch damit so schlecht ergeht.«

Hiske wehrte ab und schlug vor: »Lasst uns noch ein wenig Schlaf suchen. So kommen wir ja nicht weiter.« Sie nahm den Wortsammler bei der Hand und zog ihn aus der Kammer. Warum sie eine solche Abneigung verspürte, mit Tomma den Raum zu teilen, konnte sie nicht sagen. Vielleicht lag es daran, dass sie die alten Erinnerungen in ihrer Nähe zu stark übermannten.

»Wo legt Ihr Euch jetzt nieder?«

»Das lasst unsere Sorge sein. Wir werden uns einen Platz vor dem Feuer suchen, da kann man wunderbar schlafen«, sagte Hiske und wusste zugleich, dass sie es nicht tun würde.

Jan Valkensteyn erhob sich von seinem Lager und streckte seine steifen Glieder. Dass sie die Hütte gefunden hatten, war am vergangenen Abend Rettung in letzter Minute gewesen. Gerade als sie aufgeben wollten, war eine kleine Moorkate aus dem Schneetreiben aufgetaucht. Es handelte sich natürlich nicht um die Hofstelle, die der Bader angekündigt hatte. Diese Kate war winzig und verfügte nur über einen Raum, in dem sich lediglich eine Feuerstelle und eine Ecke mit schmutzigem, aufgetürmtem Stroh befanden. Das Feuer brannte lichterloh, verqualmte dabei alles, sodass die drei zunächst fast ununterbrochen husteten. Den Besitzer hingegen schien der Qualm nicht zu stören. Er lief geschäftig hin und her und schob die Streu auseinander, um ausreichende Schlafplätze zu schaffen. Der schimmelige Geruch des feuchten Strohs umwaberte Jans Nase und machte einen ruhigen Schlaf völlig unmöglich. Hinzu kam, dass es durch alle Ritzen zog und das Feuer es kaum schaffte, genug Wärme gegen die beißende Kälte zu spenden. Jan erwachte immer wieder. Sei es, dass ihn Dudernixens Schnarchen weckte oder aber Lambertus ihn mit einer seiner unkontrollierten Bewegungen anstieß. Vom Besitzer der Kate hörte und sah er nichts. Vermutlich hatte er sich dicht vor die qualmende Feuerstelle gelegt und wollte die Nacht so überstehen, wobei sich der Arzt durchaus fragte, womit sich der Mann seinen Lebensunterhalt verdiente. Außer einem Berg von Schaffellen hatte Jan keine Vorräte gesehen, und er wusste auch nicht, ob sich hinter der Kate noch eine Lagerstelle befand, wo er Rüben, Pökelfleisch und Getreide eingemietet hatte.

Trotz des unbequemen und kalten Lagers und des wenigen Schlafes fühlte sich Jan am nächsten Morgen einigermaßen erfrischt. Der Gedanke, schon bald bei Hiske sein zu können, hielt ihn aufrecht. Lambertus schlief noch, der Bader hingegen hatte die Augen schon geöffnet. Jetzt bei Tageslicht erkannte Jan, dass ihr Gastgeber sich nicht in der Kate befand.

»Was für eine Kälte«, stieß der Bader mit einem Seitenblick auf das erlöschende Feuer aus. »Wo hat der Mann denn Holz? Wir müssen sofort nachlegen. Wenn die Glut erlischt, wird es hier drinnen fürchterlich kalt.«

Jan zuckte mit den Schultern. »Ich schau nach, ob draußen ein Holzstapel zu finden ist.« Er warf sich seinen Mantel um und trat vor die Tür.

Seine Hoffnung täuschte nicht. Gleich um die Ecke lagen etliche Holzscheite aufgeschichtet. Die beißende Kälte hatte noch nicht nachgelassen, aber immerhin strahlte heute die Sonne vom Himmel und ließ die Schneelandschaft glitzern. Jan aber hatte keinen Blick für diese Schönheit, häufte sich in Windeseile das Holz in die Armbeuge und eilte zurück in die Kate. Dort kümmerte er sich darum, das Feuer erneut zu schüren, und schon bald wurde es im Raum wärmer und behaglicher. Allerdings nahm auch die Dichte des Qualms wieder zu, sodass Jan nicht sicher war, ob die beißende Kälte draußen nicht doch das kleinere Übel war. Der Alte war mittlerweile ebenfalls aufgetaucht und kramte aus einer Mauernische einen Kanten Brot, der von grünlichem Flaum überzogen war. Dazu zerrte er einen Krug hervor, dessen Ecken abgesprungen waren.

»Ich kann die Kuh melken, wenn Euch das Wenige nicht genügt«, schlug der Mann beflissen vor, als er Jans angewiderten Blick bemerkte. Der wollte abwinken und den Alten nicht stärker belasten als nötig. Sein Hab und Gut erschien spärlich, das gammelige Stück Brot sprach Bände. Dudernixen aber nickte sofort. Er kannte keine Skrupel. Es zählte für ihn nicht, dass der Mann ihnen einen großen Gefallen erwiesen und vermutlich das Leben gerettet hatte. »Mach das, Alter«, sagte er sogleich. »Wir haben noch einen langen Weg vor uns, und so ist es wichtig, dass unsere Bäuche entsprechend gefüllt sind.« Er warf einen Blick auf das grüne Stück Brot. »Das da werden wir sicher nicht essen. Behalt's ruhig! Ich möchte meinen Magen nicht verätzen.«

Jan schwieg. So sehr er sich um den Alten sorgte, wusste er doch, dass der Bader recht hatte. Sie durften nicht hungrig reisen. Die Milch würde sie stärken, selbst wenn es sich nur um einen winzigen Schluck handelte. Später konnten sie die eigenen Vorräte antasten. Es war gut, etwas in Reserve zu haben, denn da Dudernixen den Weg offenbar doch nicht so gut kannte, wie er behauptet hatte, war es ungewiss, wie lange sich ihre Reise hinziehen würde. Jan widerstrebte ein so eigennütziges Verhalten, aber wenn sie in der Wildnis überleben wollten, hatten sie keine Wahl. Der Alte hastete in den an den Raum angeschlossenen Stall. Jan lief bei der Aussicht auf das warme Getränk förmlich das Wasser im Mund zusammen. Er hatte Dudernixens warnenden Blick durchaus bemerkt. Jan und Lambertus sollten keinesfalls etwas von ihren eigenen Vorräten verlauten lassen.

Der Alte kam mit dem Melkeimer zurück und schüttete die dampfende Milch in einen Krug, den er zuvor allerdings nicht gereinigt hatte. Jan zögerte, daraus zu trinken, nicht nur, weil am Rand eine gelbliche Schicht klebte, auch die Milchmenge war bedenklich gering. Vermutlich war die Kuh ähnlich mager wie ihr Herr, die Heuvorräte mussten lange zur Neige gehen. Schließlich siegte aber sein Hunger, er trank einen kräftigen Schluck und reichte das Behältnis an Dudernixen weiter. Der nahm hastig mehrere tiefe Züge. Lambertus war zwischenzeitlich ebenfalls erwacht und tat es ihm gleich. Am Ende war nur noch der Boden des Kruges mit Milch bedeckt. Für den Alten war kaum etwas übrig geblieben. Jan hoffte, er könne die Kuh später ein weiteres Mal melken. Der Alte trank den winzigen Rest wortlos aus und hieb seine Zähne fast trotzig in das schimmelige Stück Brot. Jan lag eine Entschuldigung auf den Lippen, nur wie sollte er sich für etwas entschuldigen, was er bewusst und mit voller Absicht getan hatte? Es gab keine Rechtfertigung, dem alten Mann das Wenige wegzutrinken, das er hatte. Den heutigen

Tag würde er ihretwegen dursten müssen. Mit dieser Last mussten die drei leben.

Kurz darauf packten sie ihre Sachen zusammen, verabschiedeten sich von dem Alten und traten in den eiskalten Morgen hinaus. Obwohl Jan bereits draußen gewesen war, empfand er die Kälte nach dem Genuss der warmen Milch als noch viel unangenehmer. Der Ostwind fegte über das flache Land und nahm immer wieder eine Ladung Schnee mit, die neu verteilt wurde. Die feinen Schneekörner glitzerten in der Sonne. Ihre Tritte knirschten, wenn sie das Weiß berührten, an einigen Stellen sanken sie fast hüfttief ein, an anderen wiederum hatte der Wind die Ebene so frei geweht, dass die Erde nur von einer zarten Puderschicht bedeckt war und das Gras darunter hervorschielte. Dort kamen sie schneller vorwärts. Wenn sie sich aber durch hohe Schneewehen kämpfen mussten, waren sie mit ihren Kräften am Ende. Jan hatte seinen Wasserschlauch bei dem Alten über dem Feuer aufgetaut und trug ihn nun direkt am Körper, damit er nicht wieder einfror, denn der Durst war neben der Kälte das Schlimmste. Zwischendurch versuchte er, Lambertus in ein Gespräch zu verwickeln und den Grund für seine Reise nach Gödens zu erfahren. Doch der Mann antwortete ihm nicht, gab sich auch bei anderen Fragen wortkarg. Dennoch stand ihm eine gewisse Anspannung ins Gesicht geschrieben, die Jan nicht zuordnen konnte. Dem Bader hingegen schien es egal zu sein, aus welchem Grund Lambertus sich ihnen angeschlossen hatte.

Gegen Mittag machten sie an einer Buche Rast, die ihre großen Äste schützend über die Wanderer legte. Es war weit und breit der einzige Baum auf dem flachen Land, nur ein paar kleine Hecken durchzogen die Wiesen. Die meisten waren unter den Schneemassen begraben. Der Wind hatte die Lagerstätte entlang der herausragenden Wurzeln freigeweht, sodass sie trocken sitzen und sich anlehnen konnten.

»Die eisige Kälte ist grausam«, sagte Jan und griff nach seinem Beutel, während Dudernixen darum bemüht war, aus den umliegenden Zweigen ein Feuer aufzuschichten und zum Brennen zu bringen. »Das sollte uns ein wenig aufwärmen«, grummelte er.

Lambertus half ihm halbherzig, warf ab und zu einen kleinen verholzten Trieb auf den Haufen. Er schien unruhig, drehte sich immer wieder um, bohrte seine Augen in die Schneelandschaft und lauschte. Jan wurde das Gefühl nicht los, als fürchtete sich Lambertus vor etwas. Was hatte ihn bloß angetrieben, sich vom sicheren Emden aus auf dieses Abenteuer einzulassen?

Jan öffnete den Beutel und suchte darin nach dem geräucherten Speck. Ihm stockte der Atem. Das war ausgeschlossen. Das durfte nicht sein. Erneut fuhr seine Hand in das Leder, erneut ertastete er das, was er gewiss nicht vorfinden wollte. Er hatte sich den ganzen Weg nicht mit trockenem Brot und Speck abgeschleppt, sondern Holzstücke in verschiedenen Größen über das Schneefeld getragen. Das einzig Essbare war ein grünschimmeliger Kanten, der ihm wie ein schlechter Gruß ins Auge sprang. Kein Wunder, dass der Alte die Kuh so widerstandslos gemolken hatte. Er ließ es sich jetzt mit ihren Vorräten gut gehen. Dudernixen hatte es eben geschafft, das Feuer zu entfachen, und hatte von der Misere noch nichts mitbekommen. Lambertus de Wieck stand etliche Schritte von Baum entfernt und belauerte den Horizont. Jan hoffte inständig, der Alte habe den Bader und Lambertus nicht auch ausgeraubt. »Dudernixen, habt Ihr schon in Euren Vorratsbeutel geschaut?«, fragte er.

Dudernixen hielt in seinem Bemühen inne, ein Feuer anzuzünden, nachdem die anfängliche Glut sofort wieder in sich zusammengesackt war. Es war ausgeschlossen, die wenigen feuchten Hölzer zum Brennen zu kriegen. Die Scheite, die Jan jetzt bei sich trug, waren ebenfalls zu groß, um ein Feuer zu entfachen. Die von Dudernixen neuerlich erzeugten Flammen leckten lediglich einmal verächtlich an dem Brennmaterial, das er ihnen anbot, und sackten anschließend fast beleidigt in sich zusammen, bevor sie verglühten.

»Warum fragt Ihr das?« Der Bader warf den letzten kleinen Ast auf die Feuerstelle und griff verärgert nach seinem Beutel, den er achtlos gegen den Stamm gelehnt hatte.

Wenn Dudernixen und Lambertus ihre Vorräte noch hatten, würden sie zwar hungern müssen, doch es bestand die berechtigte Hoffnung, dass sie die Reise überlebten. Hatte der Alte aber auch seine Reisegefährten bestohlen, sah es nicht gut für sie aus. Gespannt beobachtete Jan den Bader, wie er den Beutel öffnete und augenblicklich zu dem ihres Mitreisenden griff. Als Jan den entsetzten Blick Dudernixens sah, wusste er, dass sie von nun an mit zwei Kanten schimmeligen Brots auskommen mussten. Und nur hoffen konnten, ein Gehöft zu finden, das sie trotz der Hungersnot mit gepökeltem Fleisch und anderen Nahrungsmitteln versorgte. Immerhin hatte Jacobus sich mit den Gulden großzügig gezeigt. Doch als Jan zu dem Geldbeutel griff, den er stets am Hals trug, merkte er, dass auch der leer war.

Garbrand hatte schlecht geschlafen, denn Nikolaus war lange bei ihm gewesen, bis er plötzlich überstürzt aufgebrochen war, nachdem er einen Blick aus dem Fenster geworfen hatte.

Der Mönch hatte sich gestern noch kurz zu Hiske geschlichen, aber da hatte ein fremdes Weib in ihrer Bettstatt gelegen. Sie trug einen Verband um den Kopf und sah ausgemergelt aus. Sie erinnerte ihn an jemanden, aber er hatte keine Zeit, sich darüber den Kopf zu zerbrechen; er wollte lediglich den Genever und war rasch zurück in die Neustadt getorkelt. Der Alkohol löste seine Zunge, und er hatte leichtsinnigerweise Nikolaus von seinen Abreiseplänen erzählt. Das bereute er jetzt zutiefst, denn wer sagte ihm, dass er seinem Freund wirklich trauen konnte. Außerdem wäre es rechtens gewesen, zuerst Hiske davon in Kenntnis zu setzen, denn sie betraf sein Scheiden unmittelbar.

»Ein Mönch muss zu seiner Herde, das wundert mich nicht«, hatte Nikolaus leichtfertig geantwortet. Ihm war die Tragweite eines solchen Entschlusses nicht bewusst, und so tröstete sich Garbrand damit, dass er dem Ganzen wirklich keine große Bedeutung beimaß und es nicht in der Neustadt herumerzählte. Nur leider waren Garbrand weitere Sätze über die Lippen geflossen, und diese Tatsache verdrängte die beruhigenden Gedanken. »Ich muss auch wegen Hiske weg. Ich bin Katholik. Man wird sie ächten, wenn ich bleibe. Unsere Freundschaft wird ihr zum Verhängnis werden. Und wenn Jan zurückkommt, ist es besser, sie können ihre Ehe ohne mich führen. Für mich ist es auch besser.« Garbrand hallten seine Worte noch immer im Ohr. Schon als er sie ausgesprochen hatte, wusste er um den Fehler, den er damit begangen hatte. Nikolaus war ein verschmitztes Grinsen übers Gesicht geglitten. Er hatte sich den Mund geleckt, sich zurückgelehnt und gesagt: »Dass du Papist bist, ist ein Grund. Der andere ist: Du liebst ihren zukünftigen Mann und wirst die Liebe der beiden nicht ertragen. Ich kann dich verstehen. Und wie ich das kann!«

Garbrand schoss saurer Mageninhalt in den Rachen, als er an die folgende Szene dachte. Nikolaus' heißer Atem an seinem Ohr, sein fester Griff zwischen Garbrands Beine und die weichen Lippen, die sich auf seine pressten. Dazu die flinke

Zunge, die sich ihren Weg suchte und ihn schneller fand, als er gedacht hatte. Die aufkommenden Regungen hatten Garbrand bewegungsunfähig gemacht, und so dauerte es eine Weile, ehe er sich in der Lage sah, Nikolaus von sich zu stoßen. »Ich will das nicht«, hatte er atemlos gehaucht.

Das Lachen seines Freundes hallte in Garbrands Ohr. Es hatte blechern geklungen, verächtlich. »Ich auch nicht, du Mönch. Meinst du ernsthaft, ich bin so einer? So ein Papistenhurenbock, mit dem ich es mache, weil er bei Weibern versagt?«

Wäre Garbrand nicht so betrunken gewesen, hätte er sich mit Nikolaus geprügelt. Er hatte noch nie so gehasst wie in diesem Augenblick, und er reute jedes vertrauliche Wort, das er mit Nikolaus gesprochen hatte. Der aber wusste um seine Hilflosigkeit, hatte ein Sauflied angestimmt und dabei einen Blick auf die Straße geworfen. Mit einem Mal hatte er es sehr eilig gehabt.

Garbrand schluckte die Säure hinunter. Er hoffte, dass Nikolaus diese Sache für sich behalten würde. Niemals durfte das jemand erfahren. Ein Papist, der sich Männern hingab. Es wäre sein Todesurteil. Immerhin bestärkte dies Garbrand darin, möglichst bald von hier zu verschwinden. Es gab in der Neustadt keine Zukunft für ihn. Er wollte all seine Kraft aufwenden, die weite Reise zu schaffen. Die französische Stadt war die letzte Station seines Daseins, so lange, bis Gott seiner Seele befahl, sich in die Ewigkeit auf und davon zu machen. Er hatte versucht, sein irdisches Leben so gottesfromm als möglich zu gestalten. Niemals hatte der Mönch die Fleischeslust mit einem anderen Mann erlebt, so oft es ihn danach auch gelüstet hatte. Nur an sich selbst hatte er Hand angelegt, als er noch jung und ungestüm gewesen war, doch sogar das hatte er sich die letzten Jahre verkniffen, denn er hatte bereits Schuld auf sich geladen, die nicht vergolten war. Garbrand tat gut daran, diese Sünden nicht zu vergrößern, indem er unkeusche Gedanken zuließ. Er war alt, hatte es bis jetzt geschafft, und so sollte es auch bleiben. Doch nun hatte Nikolaus ihn einer solchen Probe unterzogen. Was hasste Garbrand sich dafür, weil es ihm gefallen hatte, wie er schwach geworden war. »Herr, welche Prüfungen muss ich noch bestehen?«, hauchte Garbrand.

In der Nacht hatte den Mönch die Lust erneut heimgesucht, und er war ihr fast erlegen. Es war, als seien alle Dämme gebrochen, weil er einmal nicht standhaft geblieben war. Seine Seele war unwiederbringlich verloren, wenn er nicht schnell handelte und die Herrlichkeit verließ. Notfalls ohne dass Jan zurückgekommen war. Er durfte Nikolaus nie wiedersehen. Gab es überhaupt noch eine Möglichkeit, seine Seele vor dem Fegefeuer zu retten? Ein unkeuscher Mönch verkörperte die Gesetzlosigkeit gegenüber Gott. Er hatte ein Gelübde gebrochen, war verloren, egal, was er bislang versucht hatte, um seine Sünden zu begleichen. Als Zeichen an den Herrn hatte er versucht, Hiske und Jan miteinander zu verkuppeln, obwohl es ihm das Herz brach. Alles hatte er getan. Jeden Abend betete er mit einer Inbrunst und Verzweiflung, Gott möge diese Opfer anerkennen und ihm einen Platz an seiner Seite einräumen. Und doch gab es da diesen letzten Zweifel, ob all das genug gewesen war. Er hatte am vergangenen Abend auf ganzer Linie versagt. Garbrand glaubte, sich selbst nicht mehr zu kennen. Er hatte Lust auf einen Mann verspürt, den er nicht einmal liebte. Nun blieb ihm nur noch, seine Zeit im Fegefeuer abzumildern. Sein Beitritt zu den Jesuiten würde das letzte große Zeichen seines Willens sein, dass er es ernst meinte. Von der Stunde des Beitritts an weihte er sich dem katholischen Glauben neu und mit voller Inbrunst, denn das war der einzige Weg für ihn, nicht im ewigen Höllenfeuer brennen zu müssen. Garbrand merkte, wie ihm Tränen die Wangen herunterliefen. Er fürchtete das Jüngste Gericht. Mit Gottes Gnade aber konnte er als Teil des neuen Ordens dem Tod entgegensehen und auf Vergebung hoffen. Dennoch wusste er, dass er schon jetzt davor erzitterte, dem Herrn gegenübertreten zu müssen.

Er öffnete die Truhe, nahm die Geißel heraus und begann sich so lange zu schlagen, bis ihm das Blut den Rücken herunterlief. Obwohl die Haut vor Schmerzen brannte, ließ er nicht nach, bis er tränenüberströmt zusammenbrach. Er empfand es als gerechte Strafe für seine Taten. Ja, es würde erst besser werden, wenn er die Herrlichkeit verließ und sich auf seinen Glauben besann. Garbrand seufzte angesichts dessen, was in seinem kurzen Leben an Beschwernis noch vor ihm lag. Hätten ihn die Anglikaner damals doch gleich mit abgeschlachtet, ihm wäre viel erspart geblieben. Gott aber hatte sich diesen steinigen Weg mit den mannigfaltigen Prüfungen für ihn überlegt. Manchmal hasste er ihn dafür, und das kostete ihn dann wieder eine Nacht seines Lebens, denn er war erneut dazu verdammt, Buße zu tun, sich zu schlagen und zu kasteien.

Hebrich von Knyphausen plante mit Krechting weitere strenge Maßnahmen, zumindest munkelten das die Leute in der Neustadt. Garbrand mochte nicht daran denken, was mit einem Mann wie ihm passierte, wenn sich die Reformation mit allen Konsequenzen noch stärker durchsetzte. Und nicht nur mit ihm. Nein, nicht nur mit ihm! Er hatte es bei Nikolaus bereits angedeutet. Alle, die ihm zugetan waren, hätten unter der Durchsetzung der neuen Verordnungen zu leiden. Auch eine Hebamme wie Hiske würde in Gödens Schwierigkeiten bekommen. Seine eigene Vergangenheit hatte ihm gezeigt, wie brutal sich die Konfessionen gegenseitig bekämpften, er machte sich nichts vor. Es gab zwar etliche Mennoniten und Reformierte, die gegen diese Vorgaben aufbegehrten, denn nicht alle begrüßten die Entwicklung, doch sie wurden nicht erhört. Das Wort »Meidung« ging von Mund zu Mund, und jeder hoffte, gottesfürchtig genug zu sein, dass Hinrich Krechting diese Strafe nicht über ihn und seine Familie verhängte. Die Lehre der Reinheit, die er vertrat, stammte aus dem 5. Brief der Epheser. *Gemeente zonder vlek en rimpel*. Eine Gemeinde ohne Flecken und Runzeln sollten sie sein. Da würden ihn, den Mönch, viele nicht mehr nur als Fleck, sondern mindestens als Güllegrube sehen. Es gab für ihn keinen anderen Weg als zu gehen. Er konnte sich nicht bis zu seinem Tod knechten und verbiegen lassen. Er war auf dem besten Weg dahin, sich selbst zu verlieren. Das Tor zum Himmel wäre dadurch für ihn ganz sicher auf ewig verschlossen.

Garbrand schleppte sich erneut zu seiner Truhe. Darin befand sich in der rechten Ecke der Rest des Genevers, ohne den er diese quälenden und zermürbenden Gedanken nicht aushalten konnte.

Tomma ging es heute schon erheblich besser. Hiske saß neben ihrer Bettstatt und spann Flachs. Ihr linker Zeigefinger blutete bereits. Das Feuer spendete heute mehr Wärme als sonst, weil der Wind nachgelassen hatte. Vielleicht würde bald Tauwetter einsetzen und Jan zurückbringen. Sie hoffte es so.

Tomma nahm einen Schluck vom Kräutertrank und verzog angewidert das Gesicht. Plötzlich hörte Hiske laute Stimmen vor dem Haus. »Was ist denn da los?« Sie erhob sich und schob den Vorhang zur Seite, den sie als Kälteschutz vors Fenster gezurrt hatte. »Da sind eine Menge Leute auf dem

Weg zur Burg.« Hiske kniff die Augen zusammen, damit sie deutlicher erkennen konnte, was da draußen geschah.

»Was wollen sie?«

»Kann ich nicht sagen, vermutlich gibt es etwas, das sie der Häuptlingswitwe oder Krechting und dem Landrichter dringend mitteilen müssen. Es sind aber so viele Menschen, und es wirkt beinahe wie ein Aufstand. In den Gesichtern spiegelt sich Wut.« Hiske drückte ihre Nase an der Scheibe platt, weil sie unbedingt wissen wollte, was da draußen vor sich ging. Schließlich erkannte sie Garbrand, der dem Tross ebenfalls folgte.

Hiske war beunruhigt. »Bin gleich zurück«, sagte sie, während sie in die Schafswollsocken schlüpfte und die dick eingepackten Füße in die Holzklumpen steckte. Mit einem weiteren Griff hatte sie sich den Mantel über die Schulter geworfen und trat vor die Tür.

Es war tatsächlich ein wenig wärmer geworden. Sogar ein paar Vögel wagten ihren ersten Gesang. Sollte der Frühling doch bald in Ostfriesland Einzug halten? Hiskes Atem formte sich zu kleinen Wölkchen, die in der klaren Luft rasch verpufften. Obwohl sie mit ihren Holzschuhen ständig ausrutschte, erreichte sie die Gruppe noch vor dem Burghof. Sie sprach gleich den Ersten an. »Wartet! Warum seid Ihr alle auf dem Weg zur Burg?«

Sie erhielt keine Antwort, sondern musste sich weiter durch die Menschen kämpfen, bis sie bei Garbrand angelangt war, der am Wegesrand hockte. Seine rot unterlaufenen Augen zeugten davon, dass er auch heute bereits wieder getrunken hatte. Möglicherweise aber waren es die Auswirkungen des gestrigen Gelages. »Hunger«, sagte der nur. »Sie alle haben großen Hunger, und sie frieren. Das Brennholz ist verbraucht. Nicht mal mehr im Hammrich gibt es noch brauchbares Gehölz. Und in der Nacht hat ein Wolf ein Schaf gerissen.«

Hiske seufzte. Die Menschen in dem Protestzug sahen elend aus. Sie erkannte eine junge Mutter, die sie erst vor wenigen Tagen entbunden hatte. Ihr Kind trug sie fest an den Körper gedrückt und schleppte sich hinter den anderen her. Hebrich von Knyphausen musste sich in der Tat etwas einfallen lassen, denn so würden ihre Untertanen den harten Winter nicht mehr lange durchstehen. Wie zum Hohn stieg aus dem Schornstein der Burg dichter Rauch auf, und es roch nach gebratenem Huhn.

Hiske schlug Garbrands Alkoholfahne entgegen, als sie ihm aufhalf. »Du hast schon wieder zu viel getrunken«, stellte sie fest. »Es ist gefährlich, wenn du in diesem Zustand über die Wege torkelst. Meinst du, auch nur einer wartet auf dich, wenn du hier liegen bleibst? Du wirst jämmerlich erfrieren.« Die Hebamme sah dem Tross hinterher, der sich bereits um die nächste Kurve schob. Garbrands Zurückbleiben hatte keiner bemerkt oder es war ihnen egal. Sie hatten größere Sorgen, als sich um einen betrunkenen Mönch zu kümmern, den sie ohnedies nur schwerlich duldeten.

»Komm mit zu mir! Ich habe noch zu essen und zu trinken, du musst nicht zu Hebrich gehen. Lass die anderen ihren Kampf selbst ausfechten, denn sie würden dir am Ende doch nichts abgeben. Ich habe genug für uns drei. Wir teilen, solange es nötig ist.« Hiske starrte ihren alten Freund an, der sich wie ein willenloses Kind von ihr lenken ließ. »Garbrand, es ist nicht nur der Alkohol, der dich so verwirrt erscheinen lässt«, stieß sie dann hervor.

Der alte Mann setzte sich in die nächste Wehe und begann bitterlich zu weinen.

Jan, Dudernixen und Lambertus hatten sich schnellstens auf den Weg gemacht, es galt keine Zeit mehr zu verlieren. Es war überlebensnotwendig, dass sie vor Einbruch der Dunkelheit eine sichere Behausung fanden, wo sie auch etwas essen konnten. Zuvor waren Lambertus und der Bader in einem heftigen Streit aneinandergeraten, denn de Wieck war äußerst ungehalten gewesen, dass Dudernixen es gewagt hatte, sein Bündel zu öffnen. Jan hatte sogar einschreiten müssen. Seitdem war die Stimmung überaus angespannt, und der Arzt fürchtete die nächste Auseinandersetzung. Der Bader wirkte zudem schon lange nicht mehr überzeugt davon, dass er den Weg ohne Schwierigkeiten finden würde. Glücklicherweise hatte die Sonne den ganzen Tag geschienen und erwärmte die Luft von Stunde zu Stunde mehr. Der Schnee klebte bereits an den Schuhsohlen. Jan beruhigte das aber keineswegs. Setzte das Tauwetter überstürzt ein, bestand die Gefahr, dass ihnen der Weg in die Herrlichkeit abgeschnitten wurde. Aufgeweichte Wege konnten ein Durchkommen unmöglich machen.

»Es wird bald dämmern«, sagte Jan. »Was meint Ihr, wie lange wir noch brauchen?«

Dudernixen zuckte mit den Schultern, wies aber mit dem Kopf nach Osten. Jan sah eine weite weiße Fläche, die nur hin und wieder von kleinen Büschen und Hecken unterbrochen wurde. Ab und zu reckten sich die kahlen Äste einer Birke in den rötlich gefärbten Himmel, der anzeigte, dass die Sonne schon sehr tief stand. Jan glaubte am Horizont ein Gehöft ausfindig zu machen, und er hoffte wegen des nagenden Hungers, dass es keine Illusion war. »Seht, Dudernixen, ist da nicht was?«, machte er den Bader aufmerksam. Der aber schüttelte lediglich den Kopf: »Das ist nur eine Scheune, doch mit der können wir nicht vorliebnehmen. Wir müssen schließlich etwas essen, sonst überstehen wir die Kälte nicht. Und ein Feuer, das unsere Füße wärmt, wäre auch nicht zu verachten.«

Resigniert stapfte Jan weiter durch den knirschenden Schnee, weiter durch die endlos scheinende weiße Wüste, die im Sommer in sattem Grün erschien und nun in ihrer Kargheit so fremd und anders wirkte. Wenn sich in ihm Zweifel hegten, ob sie es wirklich schaffen konnten, tanzte Hiskes Bild vor seinem inneren Auge und schien ihm aufmunternd zuzulächeln. Er vermisste sie schmerzhaft. Er sehnte sich nach dem süßen Duft ihrer Haut, malte sich in den langen einsamen Stunden seiner Wanderung oft aus, wie sich ihre Lippen anfühlen mochten, wie die Rundungen ihres Leibes. Er wollte mit ihren dunklen Locken spielen, mit seiner Nase darin versinken und mit jeder Faser seines Körpers mit ihr verschmelzen. Was war er froh, dem Drängen der Hure in Emden nicht nachgegeben zu haben. Schlimm genug, dass er dieses Weib überhaupt berührt hatte.

Als hätte der Bader seine Gedanken erraten, sagte er zu Jan: »Ihr denkt an die Hebamme, ich sehe es Euch an. Kein Wunder, dass Ihr über die Duuvke gestiegen seid. So lange ohne Frauenzimmer hält es schließlich kein Gemächt aus.«

Jan blitzte ihn an. »Ich habe nichts mit der Hure gehabt, sie lediglich nach Hause gebracht. Ihr war schlecht.«

Dudernixen lachte dreckig. »Klar, Ihr seid rein und tut solche Dinge nicht. ›Ohne Fleck und Runzeln‹, ganz wie Krechting es vorgibt.« Er glaubte Jan kein Wort, und der befürchtete, dieser Verdacht könne ihm doch schon bald zum Verhängnis werden.

Jan stapfte weiter, gefolgt von Lambertus' gleichmäßigem Tritt. Er glich einem Schatten, und obwohl der Mann nur das Nötigste sprach, war Jan mittlerweile dankbar, dass er sich ihnen angeschlossen hatte, denn Dudernixen allein war einfach unerträglich. Plötzlich blieb der Bader stehen, griff nach seinem Arm und bedeutete dem Arzt anzuhalten.

»Was ist los?«

Dudernixen legte den Zeigefinger an den Mund. »Pst!«

Schon wieder Wölfe, schoss es Jan durch den Kopf, das wäre weiß Gott nicht schlimm. Diese Tiere waren noch das Harmloseste, was ihnen hier begegnen konnte. Sie hatten mehr Angst vor Menschen als umgekehrt. Doch dann wurde auch ihm klar, dass die Bedrohung dieses Mal eine andere war. Von Weitem erklang ein Stampfen, das sich beängstigend näherte.

»Was ist das?«, hauchte Jan.

»Pferde«, sagte Dudernixen. »Das sind Pferde. Wir müssen uns verstecken.« In seiner Stimme lag Panik. »Wer weiß, wer das ist. Um diese Jahreszeit sind keine Händler und Kaufleute unterwegs. Ich befürchte ...« Er vollendete den Satz nicht.

Jan sah sich nach Lambertus um, der bereits über die verschneite Marsch davonstürmte und so versuchte, den Reitern zu entkommen. Es war ein glückloses Unterfangen, denn die Fläche war viel zu weit einzusehen, und er würde es niemals bis zur Scheune schaffen, deren Konturen sich noch gegen den dunkelroten Himmel abzeichneten. Lambertus hatte bei seiner Flucht das Bündel achtlos fallen lassen. Jan hob es auf und stopfte es ungesehen unter seinen Mantel. Er hielt es für besser, wenn Dudernixen davon nichts mitbekam, denn Lambertus de Wieck hatte sicher einen triftigen Grund, warum der Bader nicht in seinen persönlichen Sachen wühlen sollte.

Mittlerweile war die Reiterschar am Horizont gut zu erkennen. Es handelte sich um mindestens zehn Männer. Je näher sie kamen, desto deutlicher wurde, dass sie ebenfalls dick vermummt und durchweg schwarz gekleidet waren. An ihre hohen Stiefel schlugen Schwertscheiden, die den Takt des Galopps noch unterstrichen. Ein Ausweichen war unmöglich, sie hatten die drei Reisenden mit Sicherheit lange bemerkt. Ein Gefühl sagte Jan, dass sie genau wussten, wen sie in dieser Einöde antreffen würden. Er glaubte nicht an eine zufällige Begegnung. Lambertus war derweil gestürzt und kauerte am Boden. Er sah nicht auf, als der erste Reiter ihn erreichte und sich mit gezücktem Schwert vor ihm aufbaute. Jan ballte die Faust. Sollte er es in seinem verdammten Leben denn nie mehr schaffen, Hiske zu heiraten, weil ihm immer wieder etwas dazwischenkam? Warum stellte Gott sich jedes Mal quer? Was nur hatte er gegen diese Verbindung? Jan liebte die Hebamme, er hatte stets ein gottesfürchtiges Dasein geführt. Sein einziger Fehler war Liekes Tod gewesen. Da hatte er eine große Schuld auf sich geladen. Hätte er sie damals geheiratet und nicht mit Vorwürfen überhäuft, würde sie noch leben, und wahrscheinlich wären sie mit vielen Kindern gesegnet. Dennoch hatte er sich neu verlieben dürfen, wollte jetzt alles richtig und besser machen. Wenn es so etwas wie die große Liebe gab, so war sie ihm mit der Hebamme begegnet. Er war ein Reformer, glaubte nicht, dass Gott ihn im Jenseits für sein Vergehen strafte, aber in den letzten Monaten war ihm immer häufiger die Überlegung gekommen, er könne bereits auf Erden zur Rechenschaft gezogen werden. Seine Strafe könnte sein, dass er die Liebe zu Hiske Aalken nie leben durfte.

Die schnaubenden Pferde und das Klackern des Zaumzeugs holten ihn in die Gegenwart zurück. Als er aufsah, waren sie von den Reitern umstellt. Jeder von ihnen trug ein Schwert, das in einer kunstvollen Scheide steckte. Ihre Gesichter blieben unter dichten Masken verborgen, den Rössern tropfte Schaum vom Maul. Die Männer hatten die drei offenbar in einem scharfen Tempo verfolgt. Jan musterte sie, versuchte, ein Augenpaar zu erkennen, aber es gelang ihm nicht. Es umzingelten sie auch nicht zehn Reiter, sondern nur sechs an der Zahl. Zunächst schwiegen sie und hielten dem fragenden Blick Jans und Dudernixens stand. Jan war unruhig, weil er nicht ausmachen konnte, was aus Lambertus geworden war, denn die Männer mit den Pferden bildeten einen dichten Kreis um sie. Einen Augenblick verstieg Jan sich zu der Hoffnung, dass es einfache Tagediebe waren, die sich rasch trollen würden, wenn sie merkten, dass bei ihnen nichts zu holen war. Oder sie schlagen uns vor Enttäuschung gleich die Köpfe ab, war sein nächster Gedanke.

»Wir können diesen Ratten nicht entkommen«, knurrte der Bader. »Auch Lambertus wird es nicht gelungen sein.«

Sie befanden sich in der Marsch zwischen dem Moor und der Herrlichkeit. Irgendwo, wer wusste schon, wie weit Gödens noch entfernt war. Jan hatte die Orientierung genauso verloren wie Dudernixen. »Es ist aussichtslos«, flüsterte er, als er sah, wie der einen kleinen Dolch aus dem Mantel zog.

Der Bader kniff die Augen zusammen und knurrte: »Nur so kommen wir da raus. Habt Ihr auch einen dabei?«

Jan verneinte. »Ich bin Arzt. Ich rette Leben und nehme es nicht.«

»Eure verdammte Ehre kann uns hier den Kopf kosten«, zischte Dudernixen.

Die Pferde dampften in der kalten Luft, es roch nach Schweiß, und zu Jan und Dudernixen schwappte ein wenig von der Wärme der Tiere herüber. Bislang hatte keiner der Männer auch nur ein Wort gesagt. Sie musterten ihre Gefangenen, wandten nur einmal kurz den Kopf, als ein grausamer Schrei erklang, dem weitere folgten.

»Lambertus«, knurrte Dudernixen. Es klang eher wütend als mitleidig. »Das ist Lambertus.«

Jan wollte lieber nicht wissen, was gerade mit ihrem Reisegenossen geschah.

6. Kapitel

Es klopfte. Garbrand zuckte zusammen, nahm auf die Schnelle einen Schluck Genever direkt aus der Flasche und schlurfte zur Tür. Erst wollte er nicht öffnen, und so zögerte er einen Augenblick. Er war nicht mit zu Hiskes Kate gegangen, denn er war nicht in der Lage, über das zu reden, was ihn so quälte. Stattdessen war er zurück in die Neustadt getorkelt, hatte auch ihr Angebot abgelehnt, ihn zu begleiten. Dennoch hatte Hiske ihn bis zum Ortsrand gebracht, wo sie sicher war, dass er nicht in der nächsten Wehe versinken und erfrieren würde. Er war froh gewesen, im Krug einen Rest Genever vorzufinden, milderte der Rausch doch den Gram über sein Verhalten. Er wollte an diesem Tag nur noch allein sein und auf keinen Fall Besuch empfangen. Vor allem Nikolaus sollte ihm vom Leibe bleiben.

Aber es klopfte bereits ein weiteres Mal. »Ich komm ja schon«, knurrte Garbrand und riss die Tür auf. Vor ihm stand Magda Dudernixen. »Ihr?«, fragte er überrascht. »Was verschlägt Euch ausgerechnet zu mir?«

Die Badersfrau wich augenblicklich einen Schritt nach hinten, als sie seinen Alkoholgeruch wahrnahm, fing sich dann aber wieder. »Das wirst du gleich erfahren, Mönch. Ich habe Euch etwas zu sagen.« Sie beugte sich mit verschwörerischer Miene vor und flüsterte: »Mein Mann weilt noch nicht wieder in der Neustadt, und bei der Witterung ist auch nicht mit seiner baldigen Ankunft zu rechnen. Falls er überhaupt wiederkommt.«

Garbrand war irritiert. »Wie kommt Ihr darauf? Warum sollte er das Badehaus im Stich lassen? Er wird nach der Erledigung seiner Geschäfte in Emden – und sobald Tauwetter eingesetzt hat – zurückkommen.« Garbrand wollte Magda zurückdrängen, doch die verharrte in ihrer Position. Ihre Stimme wackelte kein bisschen bei den nachfolgenden Worten: »Seine Geschäfte haben ausschließlich mit seinem Gemächt zu tun. Wenn er weiter so macht, wird man ihn bannen. Ich habe schon von Gerüchten gehört, dass man danach strebt.«

Der Mönch zog die Brauen hoch, denn hinter ihren Sätzen schwang etwas, das seine Neugierde weckte. »Weshalb beunruhigt Euch das? Es ist, so verletzend es sein mag, keine neue Erkenntnis«, hob er vorsichtig an. »Euch brennt doch noch anderes auf den Lippen. Nun spuckt endlich aus, warum Ihr wirklich gekommen seid, und dann verschwindet! Ihr stehlt meine Zeit.«

Über Magdas Gesicht glitt ein siegessicheres Lächeln, sie hatte erreicht, was sie wollte. Obwohl dem Mönch das klar war, gab er nunmehr nach. Er brannte darauf zu erfahren, was hinter ihrem Besuch steckte, und bat das Weib einzutreten. Garbrand stellte sich ans Fenster und beobachtete die Badersfrau abwartend. Die wackelte zu dem einzigen Stuhl der Kammer und ließ sich schnaufend fallen. Dort wickelte sie sich umständlich das Tuch vom Kopf und schüttelte das Haar auf.

»Was wollt Ihr mir nun erzählen?«, hakte der Mönch nach, doch Magda war damit beschäftigt, den Raum zu betrachten; neugierig wie sie war, schien ihr jede Einzelheit wichtig. Seine unaufgeräumte Stube würde bei den Neustädter Weibern in den nächsten Tagen das Gesprächsthema sein, denn über viel anderes gab es bei diesem Wetter nicht zu berichten.

»Ich sprach davon, dass mein Mann vielleicht nicht mehr zurückkehren wird!« Magda entglitt ein Seufzer, der unecht wirkte.

»Jetzt kommt zur Sache!«, herrschte Garbrand sie an und ärgerte sich, sie eingelassen zu haben.

»Nun gut, Mönch. Was ich Euch anvertraue, ist ausschließlich für Eure Ohren bestimmt.« Wieder machte sie eine Pause. Schließlich fuhr sie fort: »Wenn Melchior nicht zurückkehrt, hat das Gründe, die lange zurückliegen. Ich habe darauf gewartet, wann es geschehen wird, und glaube, nun ist es an der Zeit.«

»Also?«, fragte Garbrand ungeduldig nach. »Warum in Gottes Namen sollte Euer Gemahl in Emden bleiben und hier alles im Stich lassen? Dafür müsste es einen handfesten Grund geben.«

Magda atmete tief ein, ehe sie mit ihrer Neuigkeit herausrückte. »Ihr wisst von dem Mädchen, das sich bei Hiske Aalken aufhält?«

Der Mönch zuckte zurück. Woher hatte dieses Weib Kenntnis davon? Ihm selbst war nicht einmal klar, was sie bei seiner Freundin wollte. Nun ärgerte er sich, nicht mit zu Hiske gegangen zu sein und es hinterfragt zu haben.

Magda aalte sich genüsslich in seinem Unbehagen.

»Woher …«, stieß Garbrand schließlich aus.

Sie kicherte. »Meint Ihr wirklich, mir bleibt etwas verborgen? Mir doch nicht! Ihr solltet mich besser kennen.« Ihr hämisches Grinsen zog sich breit übers ganze Gesicht. Die Badersfrau hatte Oberwasser und suhlte sich darin wie die Sau in der Lache.

»Warum sollte die junge Frau ein Grund dafür sein, dass Euer Mann nicht zurückkehrt?«, fragte Garbrand. Er begriff einfach nicht, worauf Magda hinauswollte. Dennoch beschlich ihn Unbehagen. Steckte Dudernixen hinter irgendwelchen Dingen, hatte es stets Unheil nach sich gezogen.

Die Badersfrau zögerte mit der Antwort. Schließlich beugte sie sich vor und sagte: »Er hat große Schuld auf sich geladen. Vor vielen Jahren. Und das nicht allein, sage ich Euch!«

»Auch das ist nichts Neues«, grunzte Garbrand.

»Dieses Weib kann meinem Mann sehr gefährlich werden, glaubt es mir. Ich bin sicher, dass sie vom Teufel gesandt ist, um sich an all denen zu rächen, die damals verantwortlich waren.« Magda hielt die Hand vors Gesicht, und ihre Schultern zuckten. »Wenn Melchior seine Finger im Spiel hat, geht es meist nicht mit rechten Dingen zu, das solltet Ihr wissen, Mönch.« Magda betonte das Wort Mönch eine Spur zu arg.

»Ich kenne die dunklen Seiten Eures Gatten zur Genüge, das könnt Ihr mir glauben. Euer Mann wird noch für sehr viel mehr büßen müssen. Ich bete für ihn um Gottes Gnade. Er hat sich in diesem Leben so oft versündigt, dass selbst die ausgiebigste Reue, sogar das Erbarmen des Papstes vor dem Herrn, nicht reichte, seine Schuld zu tilgen.« Garbrands Worte waren gotteslästerlich, weil es ihm nicht zustand, eine solche Einschätzung zu geben. Aber Magdas Sätze hatten ihn zu diesem Ausbruch gereizt, und so würde er auch in der folgenden Nacht nicht schlafen dürfen, sondern musste die Geißel über seinen geschundenen Körper schwingen. Er näherte sich der Badersfrau. Ihm reichte es. »Ich halte es für besser, wenn Ihr auf der Stelle geht! Es war Eurem Gemahl unmöglich, Euch bei dieser Witterung Nachrichten zukommen zu lassen, und umgekehrt ist er ebenfalls unerreichbar. Woher also sollte er wissen, dass sich die junge Frau hier in Gödens aufhält?«

Die Badersfrau winkte ab. »Mein Mann wird die Gefahr, die hier auf ihn wartet, erahnen. Melchior ahnt sie immer, noch bevor sie präsent ist. Dafür bedarf es keiner Epistel.«

Garbrand lachte bitter auf. »Magda Dudernixen: Das Kind in Eurem Leib verwirrt Eure Gedanken. Hiske Aalken hat einer jungen Frau Zuflucht gewährt. Euer Gatte mag viele merkwürdige Dinge tun, aber er hat ganz gewiss nicht das zweite Gesicht. Schert Euch zum Teufel oder wohin auch immer Ihr gehen wollt. Nur lasst mich in Ruhe!« Die Schärfe in Garbrands Stimme war unüberhörbar, und sie hinterließ bei der Badersfrau Eindruck, denn so kannte sie den Mönch nicht.

Sie wickelte sich das Tuch um den Kopf, und während sie aufstand, fasste sie sich unwillkürlich ins Kreuz. »Ihr werdet Euer Misstrauen meinen Worten gegenüber noch bereuen. Ich irre mich nicht. Ich bin sicher, dass sie Unheil bringen wird.«

Garbrand packte Magda mit der einen Hand bei der Schulter und umklammerte mit der anderen ihr Kinn. »Wie kommt Ihr darauf?«

»Sie treibt sich schon lange in der Neustadt herum. Wie eine Diebin ist sie tagelang durch die Straßen geschlichen. Sie glaubte, nicht bemerkt zu werden, weil sie sich so dick vermummt hatte. Außerdem hat sie etwas bei sich, das mich sicher macht, dass sie geschickt wurde, um Unheil über die Menschen in der Herrlichkeit zu bringen.«

»Was trägt sie bei sich?«

»Eine Botschaft Gottes!«

Garbrand setzte für einen Moment der Herzschlag aus, und er ließ sie abrupt los. »Woher wisst Ihr das?«

»Ich weiß es eben.«

»Woher?«

Magda brach ein. »Ich glaube es zu wissen.«

Garbrands Augen verengten sich zu Schlitzen. »Verlasst meine Kammer. Mir reicht es!«

Für einen kurzen Augenblick huschte ein Hauch von Angst über Magdas Gesicht. Aber sie rührte sich noch immer nicht von der Stelle. »Sie sucht nach etwas. Und das wird viele ins Verderben stürzen, da bin ich ganz sicher!«

Garbrand ließ sich erweichen weiterzufragen: »Was genau ist damals passiert, dass Ihr Euren Mann eines Verbrechens beschuldigt?« Er dachte an den Stein, an die Drohung, den einzelnen Bibelspruch … Hatte die Frau damit zu tun? Stimmten doch ein paar Dinge, die Magda behauptete?

»Ob es ein Verbrechen war, kann ich nicht sagen. Ich habe von einer Schuld meines Gatten gesprochen. Da ist ein Unterschied!«

Garbrand winkte ab. Es war wirklich besser, das Weib verschwand. Warum sollte er sich damit belasten, wo er doch bald abreisen würde? Magda verlor sich in nicht zu belegenden Behauptungen, wollte sich wichtig machen. Die Schwangerschaft trübte ihre Sinne, das kam bei Frauen in dem Zustand schon mal vor. Jedenfalls setzte sie nur, wie sie es seit eh und je tat, Gerüchte und Mutmaßungen in die Welt. Es war müßig, seine Zeit mit ihr zu vergeuden.

»Ich musste das alles loswerden, weil ich mein Gewissen erleichtern wollte«, begann Magda erneut und nahm eine demütige Haltung an, bewegte sich aber zum Ausgang.

Wieder war Garbrand sich sicher, sie habe noch eine Lanze versteckt, die sie ihm gleich ganz genüsslich ins Fleisch bohren würde. Kurz vor der Tür blieb sie stehen, wandte sich langsam um und stand dem Mönch Auge in Auge gegenüber. »Ihr seid ein Mann Gottes und unterliegt dem Beichtgeheimnis. Nichts dürft Ihr von dem preisgeben, was Ihr eben über meinen Mann gehört habt.«

Garbrand hatte sich nicht getäuscht. Die Badersfrau holte gerade zum Todesstoß aus.

»Nie ist es Euch vergönnt, es zu verraten.« Magda stieß ihn weg, sodass er gegen den Türrahmen knallte. »Mir ist bekannt, dass Ihr die Herrlichkeit verlassen möchtet, um wieder als Papist leben zu können.« Tiefe Verachtung sprang Garbrand entgegen. Er brauchte die Frage, woher Magda davon wusste, nicht zu stellen, sie stand ihm ins Gesicht geschrieben, und während er sich die Schulter rieb, kam ihre Antwort: »Ich weiß eben auch das. Mir kommt so manches zu Ohren, und Ihr solltet das niemals ignorieren.«

Garbrand fasste nach ihrem Arm, erwischte aber nur den Zipfel ihres Tuchs. Es war eine hilflose Geste, sich gegen Magda zu wehren. Die stülpte sich die Kapuze über den Kopf und suchte nach dem Ende des Schals. »Die Jesuiten in Paris werden noch eine Weile oder sogar ganz ohne Euch auskommen müssen, werter Hurensohn. Denn das, was ich Euch anvertraut habe, wird Euch an Hiske Aalken binden. In der heiklen Situation könnt Ihr dieses Hebammenweib nicht allein lassen, wenn Ihr Euch Eurer Verantwortung bewusst seid und die Bedrohung erkennt, die sich nun unausweichlich auf Euch zubewegt. Ob Ihr ein ehrenhafter Mann seid, müsst Ihr nun beweisen. Tomma Everts ist eine Gefahr, weil sie in der Vergangenheit bohrt. Dazu will sie Hiske Aalken benutzen, und Ihr werdet ein Auge darauf haben müssen, denn Ihr habt Euch geschworen, die Hebamme mit Eurem Leben bis zum Tod zu schützen. Wenn sie dem Weib aber Gehör schenkt, wird sie sterben. Das könnt Ihr mir glauben!« Magda hatte das Ende des Schals gefunden und verknotete es unter dem Kinn. Sie lächelte den Mönch siegessicher an. »Ihr werdet bleiben, weil Ihr nicht anders könnt. Und ich werde mir ganz in Ruhe ansehen können, wie Ihr den Neustädtern nach der Verschärfung der Reformen häppchenweise zum Fraß vorgeworfen werdet. Sie werden sich stärker dafür einsetzen, dass ihre Vorstellungen des christlichen Lebens Fuß fassen. Eine Auffassung, in der Papisten keinen Platz haben.«

Sie machte einen Schritt nach vorn, drehte sich erneut um und packte Garbrands Kragen. »Ich werde mich daran weiden, wie sie Euch lynchen werden, wie sie Euch in den Dreck treten.« Ihre Stimme wurde lauter, Garbrand erkannte den aufgestauten Hass hinter den Worten. »So wie Ihr Katholiken es zuvor mit uns Ketzern getan habt und woanders noch immer tut. Ihr verbrennt unsereins, aber in Gödens wird es nur einen Verlierer geben. Euch und all die, die sich mit einem papistischen Hurenbock verbrüdert haben.« Sie lockerte den festen Griff. »Stück für Stück werden sie Euch zerreißen, und ich werde am Rand stehen und es genießen.« Sie lachte schrill auf. »Denkt an meine Worte, Mönch!«

Hiske schürte das Feuer, denn sie hatte Tomma versprochen, dass sie sich ausgiebig waschen konnte. Es war Verschwendung von Brennholz, aber sie war der Ansicht, dass Hygiene auch dazu beitrug, sich besser gegen Krankheiten wappnen zu können. Nachdem sie die Abhandlungen von Jans Freund Jacobus Cornicius studiert hatte, musste sie dem Arzt am Ostfriesischen Hof recht geben. Es war zwingend notwendig, gewisse Hygienevorschriften einzuhalten. Vor allem dort, wo viele Menschen aufeinandertrafen. Für ein Vollbad fehlten Hiske zwar die Brennvorräte, doch sollte das erwärmte Wasser zum Waschen ausreichen. Auch wenn es draußen tatsächlich eine Spur wärmer geworden war und es aussah, als würde Tauwetter einsetzen, musste sie mit dem Holz haushalten, denn sie konnte nicht sicher sein, dass der Wetterumschwung anhielt.

Als die Waschschüssel gefüllt war, rief sie Tomma, die sich dankbar zeigte, endlich den Schmutz der Reise loszuwerden. Den Wortsammler hatte Hiske für diese Stunde in den Stall verbannt. Er war ihrer Aufforderung gern gefolgt, denn er mochte das Zusammensein mit den Tieren. Die Ziege und das Schaf hatten Hiskes und des Jungen Speiseplan um die beiden Milchsorten erweitert, und gerade der Knabe liebte es, zu melken und zu füttern. Er war geschickt in der Butterherstellung, und kürzlich war ihm sogar ein Käse gelungen. Er schmeckte noch nicht ganz so wie der des Käsers, hatte aber einen ausgereiften Geschmack. Es glich einem Festmahl, wenn sie ein Stück davon genossen. Hiske war glücklich darüber, wie der Knabe aus sich herauskam und sich gerade im handwerklichen Bereich oder mit seiner Malerei äußerst geschickt anstellte. Oft fragte sie sich, woher sein Wissen rührte. Aber er hatte die Menschen schon immer gern beobachtet, und vermutlich war seine Auffassungsgabe größer, als alle vermuteten. Jetzt war er stolz, Hiske mit diesen Dingen helfen zu können. Er saugte jedes Lob so gierig auf wie ein trockener Schwamm.

Während Tomma sich wusch, wurde die Tür zur Kate plötzlich schwungvoll aufgestoßen. Hiske hörte bereits am Tritt, wer da kam, und da die junge Frau sich eben entkleidet hatte, war es unmöglich, dass Garbrand jetzt in die Küche stürzte. Als sie ihm gegenüberstand, merkte sie sofort, dass er betrunken war. Sie musste sich dringend etwas einfallen lassen, wie sie ihn vom Alkohol wegbekam, sonst würde ihr Freund sich in sein eigenes Verderben stürzen.

»Komm rein, Garbrand«, forderte sie ihn auf und geleitete ihn in die Kammer, die Tomma gerade bewohnte. Anschließend ging sie in die Küche und warnte die junge Frau, dass sich ein Mann in der Kate aufhielt.

Als sie zu Garbrand zurückkehrte, saß er, das Gesicht in den Handflächen vergraben, vornübergebeugt auf der Kante der durchwühlten Bettstatt. Er stammelte wirre Sätze, und nach einer Weile begriff Hiske, dass sie mit Tomma zusammenhingen, aber auch mit seinen eigenen Plänen, die jemand zunichtegemacht hatte. Dazwischen warf er einzelne Satzteile, in denen eine große, von ihm begangene Sünde eine Rolle spielte. Doch den Sinn von alldem verstand die Hebamme nicht. Es schien ihr dennoch angemessen, die Tür zu ihrer Kammer zu schließen, denn das, was er sagte, klang besorgniserregend. Darunter mischten sich feindselige Töne, vor allem der jungen Frau gegenüber. »Nun erzähl schon, was du mir sagen willst!«, forderte Hiske ihn auf, aber Garbrand war nicht nur hoffnungslos betrunken, er war auch zutiefst verstört.

Hiske ging zurück in die Küche, sie hörte Tommas Singen hinter dem Tuch, das sie zu ihrem Sichtschutz aufgehängt hatte. Das Wasser auf dem Herd war noch warm, so dauerte es nicht lange, bis es kochte. Die Hebamme braute einen Kräutersud, der dazu beitragen sollte, dass der Alkohol den Körper schneller verließ. Dazu füllte sie einen Krug mit aufgetautem Schnee, in den sie eine Prise Salz mischte. Das würde die Sinne des Mönchs beleben. Garbrand nahm Hiskes Anweisungen widerspruchlos hin. Er trank den Kräutersud und übergab sich mehrfach. Anschließend wirkte er erheblich klarer, und seine Worte waren verständlicher. Nun flößte Hiske ihm den Krug Wasser ein, wonach er ein paarmal seine Blase entleeren musste. Die Prozedur zog sich hin, und in der ganzen Zeit ließen sich weder der Wortsammler noch Tomma sehen. Zwischendurch klackte die Haustür, vielleicht war die junge Frau eine Weile hinausgegangen. Endlich wirkte Garbrand so, als sei er in der Lage, ein einigermaßen vernünftiges Gespräch mit Hiske zu führen, auch wenn er nach wie vor ziemlich blass um die Nase war. Die Hebamme stopfte ihm einen Strohsack in den Rücken und setzte sich ihrem Freund abwartend gegenüber. »So, und nun raus mit der Sprache! Was hat dich schon wieder so weit zurückgeworfen, dass du Unmengen Genever in dich reinkippst? Ich bin aus deinem Gefasel weiß Gott nicht schlau geworden.«

Garbrand erzählte. Davon, dass er die Herrlichkeit, sobald es ging, verlassen wollte, aber auch, dass die Badersfrau dies wusste und von ihrem unwillkommenen Auftauchen bei ihm. Hiske hingegen erzählte ihm von Tomma und ihren Behauptungen. Das ließ den Mönch zurückzucken. Er legte seine Hand auf Hiskes Unterarm. »Moment, da stimmt etwas nicht. Magda sagte, die Frau halte sich schon einige Zeit in der Neustadt auf, trage ein großes Geheimnis aus vergangener Zeit in sich. Ich möchte einfach nur, dass du das weißt.«

Als Hiske das hörte, sprang sie so heftig vom Stuhl auf, dass er hintenüberkippte. »Sie hat mich angelogen«, sagte sie empört. »Mir hat sie wirklich gesagt, sie sei direkt aus Jever gekommen. Aber warum? Warum?«

»Weil ich es für besser gehalten habe«, sagte Tomma, die unbemerkt eingetreten war. »Ich musste erst sehen, wem ich hier vertrauen kann und wem nicht. Meine nicht ganz ehrlichen Worte haben ihre Ursache.«

Hiske schnellte herum. »Wenn du jemandem vertrauen willst, muss derjenige dir aber auch zugetan sein, und so wie es aussieht, hast du dir bei mir gerade alle Zuneigung verspielt. Ich schätze es nicht, hintergangen zu werden.«

Tomma hob die Hand. »Ich hatte meine Gründe, nichts davon zu sagen. Also bitte höre mich an!« In den letzten Satz hatte sich ein Flehen geschlichen.

»Sprich weiter und erkläre es mir!«, forderte Hiske Tomma auf.

»Die Badersfrau hat mich gesehen, und mir war klar, dass sie dieses Wissen nicht für sich behalten würde, denn diese Frau gleicht einer bösartigen Otter, die nur darauf lauert, zuzubeißen.«

Hiske bedeutete Tomma, sich zu setzen. »Du hast so getan, als wärest du völlig erschöpft und eben erst angekommen. Du hast mir Sorge bereitet«, warf sie ihr vor.

»Ich war halb erfroren, schließlich hatte ich die Nächte in Scheunen, ins Stroh eingegraben und mit Säcken zugedeckt, verbracht. Und doch bin ich mit meiner Suche nicht weitergekommen. Ich hoffte so sehr, in dir eine Freundin gefunden zu haben, die mir, allein aus alter Verbundenheit, beistehen wird.«

Garbrand war bereits zurück in die Küche gegangen, hatte sich auf die Bank gesetzt und zu schnarchen begonnen. Hiske ging ihm nach und deckte ihn zu. Tomma folgte ihr und stand etwas unschlüssig im Türrahmen. Hiske entfernte zunächst das Tuch, das sie als Sichtschutz verwendet hatte, und bat sie, ihr beim Leeren der Waschschüssel zu helfen. Die Hebamme reinigte die Kumme mit Wasser und Soda. Währenddessen sprach sie kein Wort, sondern bemühte sich, das Gesagte zu verstehen. Sie mochte es nicht, wenn jemand sie belog, und doch wollte sie Tomma nicht verurteilen, ehe sie nicht ganz genau wusste, warum diese so gehandelt hatte. Inzwischen war auch der Wortsammler von der Stallarbeit zurückgekehrt und setzte sich an den Tisch, wo er sofort mit seinem Gemälde begann. Er beachtete die junge Frau nicht, aber Hiske spürte die Unruhe, die ihn in deren Nähe befiel.

»Setz dich bitte!«, forderte Hiske Tomma auf und wies auf einen der drei Stühle. »Und nun erkläre mir, worin ich dir beistehen soll? Du sprichst in Rätseln. Ich kann und will dir nur helfen, wenn ich die Wahrheit kenne. Dazu musst du mir jetzt und auf der Stelle alles sagen. Wer bist du?«

Tomma senkte ergeben den Kopf. Ihr war klar, dass es ihre einzige Möglichkeit war, Hiske auf ihre Seite zu ziehen. »Ich danke dir und werde dir erzählen, was ich weiß. Mein Name ist, wie ich dir schon gesagt habe, Tomma Everts, und ich stamme wirklich aus Jever. Du hast manchmal auf mich aufgepasst, als ich klein war. Unsere Väter waren Blaufärber, ihre Werkstätten lagen nur ein paar Häuser auseinander. Es war nicht leicht, sich mit zwei Blaufärbereien zu behaupten, aber es gelang immer besser, weil der Adel unser blaues Tuch liebte.«

Hiske hatte, während Tomma sprach, ein Gebräu aus Salbeiblättern hergestellt. Sie stellte drei Becher mit dem Getränk hin und bat Tomma und den Jungen, davon zu trinken. Danach schob sie Garbrands Füße beiseite und setzte sich zu ihm auf die Küchenbank. »Ich entsinne mich an das Handwerk meines Vaters, und ich erinnere mich an eine Zeit, die ich lieber vergessen würde«, sagte Hiske.

Tomma griff nach ihrer Hand. »Ich weiß, dass deine Mutter und Schwester starben und dein Vater dich nach seinem Fortgang zur Wangerin brachte. Danach habe ich dich auch nicht mehr gesehen. Ich durfte nicht. Man duldete uns, weil man uns brauchte, aber wir waren nicht wohlgelitten. Man konnte nicht erklären, wie wir aus der Küpe die Färbung machten. Sie misstrauten uns, und Vater hatte große Angst, als Zauberer angeklagt zu werden. Er lebte mit mir allein, nachdem meine Mutter im Kindbett verstorben war.«

Hiske umschlang den Becher, versuchte, das Gesagte zu verdauen. »Ich bin noch eine lange Zeit in Jever geblieben. Ich war sehr einsam ohne meine Familie. Auch wenn die Wangerin gut zu mir war.«

Die junge Frau drückte ihre Hand. Hiske ließ es zu, obwohl es sie eher kalt durchfuhr, als dass es ihr angenehm war. In Tommas Stimme schwang große Traurigkeit mit, als sie den folgenden Satz aussprach. »Ich habe die letzten sechs Jahre, seit dem Tod meines Vaters, in Thüringen gelebt.«

Jetzt horchte Hiske auf. »So weit fort?«

Tomma nickte. »Dort lebt ein entfernter Onkel, und er bewirtschaftet große Felder mit Färberwaid. Keiner in Jever wusste, wohin mit mir, und so hatte man mich kurzerhand ins Binnenland über die Weser und die Werra verschifft. Wie eine Ware, die man in irgendeinem Hafen loswerden musste. Ich trug eine Epistel in meinem Rock. Darin stand, wo man mich abzuliefern hatte.« Die große Bitterkeit, die diese Worte begleitete, war unüberhörbar.

»Was ist mit deinem Vater? Woran ist er gestorben?«, fragte Hiske nach, wohl wissend, dass sie einen wunden Punkt berührte. Doch sie konnte Tomma nur vertrauen, wenn sie alles, aber auch wirklich alles wusste.

Der fiel es sichtlich schwer, weiterzusprechen. Zur Überbrückung trank sie zunächst einen Schluck. »Mein Vater ist verschollen. Er ist von einer Fahrt von Emden nicht zurückgekehrt und seit sechs Jahren spurlos verschwunden.«

Hiske runzelte die Stirn. »Weshalb suchst du ihn hier? Warum ausgerechnet in Gödens?«

Tomma blickte die Hebamme eine lange Zeit ganz ruhig an, nicht das geringste Flackern war in ihren Augen zu erkennen. Ihre Stimme war bei den folgenden Worten eiskalt. »Ich forsche in der Neustadt, weil hier Hinrich Krechting lebt. Hinrich Krechting, der Kanzler Jan van Leydens und einer der Täuferführer aus Münster.«

Hiske bekam eine Gänsehaut.

7. Kapitel

Jacobus Cornicius starrte aus dem Fenster. Er hätte Jan Valkensteyn nicht ziehen lassen sollen. Und schon gar nicht mit dem Bader. Der führte nur selten Gutes im Schilde. Das Wetter hatte sich zwar aufgeklart, aber der Frost lag noch immer wie ein Fluch über dem Land. Er fragte sich, wo sein Freund stecken mochte, und beschloss, ihm, sobald die Witterung es zuließ, in die Herrlichkeit zu folgen. Pastor Westerburg musste dafür Verständnis aufbringen. Zuvor hatte er aber noch ein paar Dinge zu erledigen. Er hatte Krechting vom Aufenthalt Bouwens hier in Emden berichtet, weil diese Information für ihn sehr wichtig war. Bouwens hatte ihm zugesichert, in die Herrlichkeit zu kommen. Krechting hatte sich Jacobus gegenüber nie offenbart, und doch war für ihn unübersehbar, wie er litt. Kein Mensch konnte wahrhaft glücklich sein, wenn er sein Innerstes und seinen wahren Glauben verleugnen musste. Cornicius war schon viel zu lange Arzt, als dass er das nicht gewusst hätte. Die Seele und der Körper gehörten zusammen, nichts war trennbar. Nur stand er mit dieser Erkenntnis ganz allein da. Nicht einmal Jan Valkensteyn vermochte diese These vorbehaltlos anzunehmen. Doch all dies war jetzt unwichtig, im Augenblick sorgte er sich viel zu sehr um Jan. Dessen Schicksal ging ihm so nahe wie das eines Bruders. Und er hatte weiß Gott kein gutes Gefühl. Überhaupt nicht.

Als er gestern bei einem Patienten war, hatte ihn Hufgetrappel aufgeschreckt. Eine Gruppe Reiter war durch die Straßen Emdens geritten, und sie hatten keinen vertrauenswürdigen Eindruck gemacht. Niemand in der Stadt schien zu wissen, wer sie waren, ganz gleich, wen er gefragt hatte. Die meisten waren allerdings auch nicht sonderlich interessiert gewesen, denn der Hunger war für die Emder ein vorherrschenderes Problem. Dennoch hatten ihn die Reiter beunruhigt. Eine innere Stimme warnte ihn; sie führten nichts Gutes im Schilde. Er hoffte nur, dass sie in Emden geblieben waren und sich nicht auf eine ähnliche Reiseroute wie Jan begeben hatten. »Du siehst schon Dinge, die gar nicht so sein müssen«, schimpfte er mit sich selbst. »Was haben diese Gestalten mit Jans Reise zu Hiske zu tun? Er will doch nur zu seinem Mädchen, damit er sie endlich heiraten kann.« Jacobus starrte weiter in die Winterluft und verfluchte den Frost, der sie alle ganz durcheinanderbrachte.

Jan erwachte mit schmerzendem Schädel. Es war nicht mehr so kalt, die Luft, die er einatmete, schmeckte rußig und erzeugte bei ihm Hustenreiz. Vorsichtig öffnete er die Augen, doch es war dunkel um ihn herum. Es dauerte eine Weile, ehe er realisierte, dass er eine Augenbinde trug und seine Hände auf dem Rücken gefesselt waren. Auch die Füße hatten sie ihm zusammengeschnürt. Zumindest war er nicht geknebelt, also mussten sich seine Entführer ganz sicher sein, dass er nicht gehört werden konnte, egal wie laut er um Hilfe rief. Jan zerrte noch einmal an den Fesseln, verhielt aber in der Bewegung und lauschte, ob von irgendwoher Geräusche zu hören waren. Es raschelte zu seinen Füßen, eine Maus oder eine Ratte huschte über ihn hinweg. Nichts deutete auf die Anwesenheit anderer Menschen hin. »Ist da wer?«, fragte er, doch es blieb still.

Jan versuchte, den vergangenen Abend noch einmal an sich vorbeiziehen zu lassen. Reiter, schoss es ihm durch den Kopf. Dunkel gekleidete Männer mit Schwertern. Eines davon hatten sie gegen Lambertus erhoben. Seine durchdringenden Schreie waren das Letzte, an das Jan sich erinnerte. »Dudernixen? Lambertus de Wieck?«, fragte er, doch ganz eindeutig waren seine Reisegenossen nicht bei ihm in der Kammer. Jan überkam Gänsehaut. Er war sich sicher, dass Lambertus tot war; was aber war mit dem Bader? Warum hatten sie ihn, Jan, nicht gleich mit abgestochen, als deutlich geworden war, dass sie außer ihrem Leben keinerlei Reichtümer bei sich trugen? Jan stieß einen Fluch aus. Weshalb geriet ausgerechnet er in die Hände von Räubern? Hätte er doch bloß auf Jacobus gehört! Jetzt würde er Hiske vermutlich nie mehr sehen, und vielleicht erfuhr sie nicht einmal, auf welche Weise er zugrunde gegangen war. Jan wüsste zu gern, was seine Entführer von ihm wollten, denn sie mussten einen Grund gehabt haben, dass sie ihm ihre Lanzen nicht direkt ins Herz gerammt hatten. Dudernixen hatte einen Dolch gezückt, hatte geplant, sich zu wehren. So abgrundtief er den Bader auch verabscheute, so sehr hoffte er nun, Dudernixen möge die Flucht gelungen sein, damit er Hiske sagen konnte, dass er, Jan, auf dem Weg zu ihr gewesen war. Es war unter Umständen das letzte Lebenszeichen, das sie von ihm erhalten würde. Denn ob er das hier überlebte, war alles andere als sicher.

Jan bemühte sich um eine bequemere Liegeposition, doch es gelang ihm mit den gefesselten Gliedmaßen nur schwerlich. Er schloss unter seiner Binde die Augen und wartete ab, ob irgendwer bei ihm auftauchte und ihm sagte, wie es weiterging. »Wenn sie mich hätten töten wollen, wäre es längst auf dem freien Feld geschehen«, flüsterte er. »Das war kein banaler Raubüberfall, sondern ein gezielter Angriff. Sie hatten es auf Lambertus abgesehen«, wurde ihm klar. Er hätte jetzt zu gern unter sein Wams gefasst und nachgesehen, ob sich Lambertus' Bündel noch dort befand oder ob die Räuber es ihm abgenommen hatten. Nicht einmal das war ihm möglich. Er ruckelte eine Weile an den Fesseln, aber sie zogen sich dabei eher fester. Also ließ er es bald bleiben. Jan hatte keine Wahl: Er musste abwarten, ob jemand kam und ihn befreite.

Als Hiske am Morgen die Tür ihrer kleinen Kate öffnete, glaubte sie den Frühling zu riechen. Von den Eiszapfen am Dach perlten Tropfen und schlugen Löcher in die aufgetürmten Schneewehen. Am Horizont hatten sich bereits wieder Wolken gebildet, die zwar erneuten Niederschlag bringen würden, aber vermutlich keinen Schnee. Sie setzte sich auf die kleine Bank, die Garbrand vor dem Wintereinbruch gezimmert hatte. Sie befand sich windgeschützt unter dem Dachvorsprung und war deshalb trocken geblieben.

Über Hiskes Gesicht huschte ein Lächeln. Wenn das Eis schmolz, könnte Jan bald zurück sein, sie in die Arme schließen. Und ganz bestimmt würde er um ihre Hand anhalten. Tommas Worte sollten keine Bedeutung mehr haben, so nichtig sein wie ein Windstoß, der über die Landschaft strich. Sie wollte Krechting nicht all die Fragen stellen, die sie Tomma nicht hatte beantworten können. Fragen nach einem Schiff, Fragen nach der Vergangenheit des Juristen. Ihr Ziel war es, zu heiraten und Kinder zu bekommen. Sie sehnte sich nach Ruhe in ihrem Leben. Nur dafür hatte sie noch Kraft zu kämpfen. Sie war am Ende ihrer Belastbarkeit. Es wäre besser, wenn Tomma die Kate, so schnell es ging, verließ. Und doch kreisten ihre Gedanken schon wieder um sie. Tomma hatte sich nach dem Gespräch in die Kammer zurückgezogen, worüber Hiske froh gewesen war. Sie wollte nichts mehr von ihrer Geschichte hören, hatte sie es doch seit ein paar Jahren endlich geschafft, damit abzuschließen. In ihr war eine unerklärliche Angst hochgekrochen, die auch mit den Anschuldigungen gegen Krechting zu tun hatte. Er hatte es nicht leicht, wenn sie nur an die vielen Menschen dachte, die gestern zur Burg gezogen waren, weil die Essensvorräte knapp wurden. Und jetzt beschuldigte Tomma ihn, etwas mit dem Tod ihres Vaters zu tun zu haben. Doch davon hatte Hiske nichts hören wollen. Krechting hatte sich ihr gegenüber immer gerecht verhalten, und so war in ihr in den letzten Stunden das Bedürfnis gereift, ihn gegen alle Anfeindungen zu verteidigen. Es war nicht recht, ihn zu hinterfragen. Ließ die Kälte erst nach, würde sich jemand in der Neustadt finden und Tomma für ein paar Schap oder gegen ein paar Dienste aufnehmen. Hiske schloss die Augen und genoss die warmen Sonnenstrahlen auf ihrem Gesicht. Alles war gut, sie durfte sich nur nicht in Dinge hineinziehen lassen, mit denen sie nichts zu tun hatte.

Sie zuckte zusammen, als sich nach einer Weile eine Hand auf ihre Schulter legte, wusste jedoch sofort, dass es Tommas war, denn Garbrand umwehte immer ein leichter Alkoholdunst, und der Wortsammler berührte sie, wenn überhaupt, stets ungestüm.

»Du denkst über das nach, was ich dir gestern erzählt habe?«

Hiske drehte sich zu Tomma um. »Ja, das tue ich. Ich möchte, dass du mir auf der Stelle sagst, was genau du unserem Anführer vorwirfst. Ich kenne Hinrich Krechting seit vielen Jahren, und er ist ein gläubiger und gerechter Mann!«

Tomma lachte auf. »Hinrich Krechting ist gerecht und gläubig? Woraus ziehst du denn das?« Sie schüttelte den Kopf, brach aber dabei in Tränen aus. »Er ist ein Mörder und ein Ketzer. Das ist er. Ohne ihn könnte, nein, würde mein Vater noch leben.«

Hiske war bei diesen Worten aufgesprungen und zog die junge Frau augenblicklich zurück in die Kate, aus Angst, jemand könne zufällig vorbeikommen und Tomma hören. In der Küche deutete ihr Gast auf Garbrand, der schnarchend auf der Küchenbank lag. »Sieh doch nur, was er aus dem armen Mönch gemacht hat! Ein Wrack.«

»Woher weißt du, dass er ein …?«, hauchte Hiske.

»Einen Katholik und Mönch erkenne ich sofort, das glaube mir.« Tomma wischte sich mit dem Schürzenzipfel über die Augen. »Ich habe den Schmalkaldischen Krieg erlebt und gesehen, wie sich die Kampfhähne gegenüberstanden. Mönche verraten sich allein durch ihr Auftreten.«

»Nun gut«, lenkte Hiske ein, denn das war jetzt nicht das Thema. »Du weißt also, dass er ein Katholik ist, was dich natürlich nicht stört, vermute ich doch, dass du auch zu ihnen gehörst. Aber du beschuldigst Krechting, dass er schuld an Garbrands Trinkerei ist.«

Tomma bestätigte das. »Genauso ist es. Dieser Mann verbietet ihm seinen Glauben auszuüben, und das treibt ihn zum Alkohol.«

Hiske hob abwehrend die Hände: »Oh nein, so ist es nicht. Garbrand selbst trägt die Verantwortung für das, was er tut. Und dass er trinkt, ist weiß Gott nicht Krechtings Schuld. Er lässt ihn in Frieden leben.«

Tomma schüttelte den Kopf. »Ich habe da anderes gehört. Es wirken hier durchaus Kräfte, die ihn im besten Fall nur davonjagen möchten, aber es gibt auch Stimmen, die ihn gern in Altgödens am Galgen sähen.«

Hiske winkte ärgerlich ab. »In der Herrlichkeit herrscht die niedere Gerichtsbarkeit, und da dürfen sie keinen zum Tode verurteilen. Also hör auf, diese Mutmaßungen zu verbreiten.«

»Darf er nun seinen Glauben leben oder nicht?«, drängte Tomma Hiske weiter in die Ecke.

»Nein«, druckste diese herum. »Das darf er nicht. Aber er genießt dennoch Krechtings Schutz. Er lebt in der Herrlichkeit Gödens ganz unbehelligt.«

Tomma presste die Lippen aufeinander. »Nur Katholik sein ist ausgeschlossen, nicht war? Das geht nicht.«

Hiske gab auf, da ihr Gast auf seiner Meinung beharrte. »Ich weiß auch nicht, was das alles mit deinem Vater und Krechting zu tun haben soll. Einen Zusammenhang erkenne ich nämlich nicht.«

»Ich glaube, ich muss dir eine sehr lange Geschichte erzählen, und du wirst erst ganz am Ende erfahren, warum in mir diese Wut brodelt, warum ich so versessen darauf bin, diesem Mann gegenüberzutreten und mit ihm abzurechnen. Er trägt die Schuld daran, dass mein Leben so verlaufen ist, wie es ist, und ich werde ihm das nicht verzeihen.«

»Rache?«, fragte Hiske. »Du willst Rache?«

Tomma nickte, und ihrem Gesicht fehlte jetzt jeglicher Liebreiz.

»Tut mir leid, ich kann dir nicht helfen, Krechting zu zerstören. Rache zu nehmen, ist für mich immer der falsche Weg, und es ist auch noch nie etwas Gutes dabei herausgekommen. Außerdem vertraue ich Krechting, weil er mir stets vertraut hat.«

»Du hast Angst«, stellte Tomma fest. Ihr honigblondes Haar glitzerte im einfallenden Sonnenlicht, ihre ganze Körperhaltung wirkte angriffslustig.

»Ich fürchte mich nicht, aber ich habe im Laufe der Jahre einige Dinge gelernt, das glaube mir. Ich werde deshalb meine Freunde nie verraten, und Hinrich Krechting ist einer davon.« Hiske zögerte. »Nein, er ist mehr. Viel mehr. Er ist für mich so etwas wie ein«, sie stockte ein weiteres Mal, suchte nach dem richtigen Wort, »Krechting ist für mich so etwas wie ein Vater geworden. Und meinem Vater falle ich nicht in den Rücken.«

Tomma fuhr bei diesen Worten merklich zurück, eine so enge Beziehung hatte sie zwischen der Hebamme und dem

Juristen offensichtlich nicht vermutet. Hiske hingegen war selbst erstaunt über ihre Antwort. Dass sie eine solche Nähe zu Krechting empfand, war ihr erst in diesem Augenblick bewusst geworden. Sie sah Tomma fest an. »Bitte packe deine Habseligkeiten sofort zusammen und schau, ob du in der Neustadt eine Kammer findest. An der Straße zum alten Hafen lebt die Badersfrau. Sie kommt in wenigen Tagen nieder und kann sicher eine Hilfe an ihrer Seite brauchen, zumal ihr Mann in Emden weilt. Ich werde Euch von nun an nicht mehr weiterhelfen.«

Tomma griff augenblicklich nach Hiskes Hand. »Halt ein, Hebamme! Bitte hör mich an! Lass mich alles zu Ende erzählen und urteile dann.«

Hiske zögerte. In Tommas Augen schimmerten Tränen, es schien für sie sehr wichtig zu sein, dass Hiske ihr zuhörte.

»Also gut«, willigte die nach einer kurzen Bedenkzeit ein. »Ich werde mir die Geschichte anhören, kann dir aber schon jetzt meine Loyalität gegenüber allen mir nahestehenden Menschen hier versichern.«

In dem Augenblick klopfte es, und Krechting schob sich durch die Tür. Sein Blick flog zwischen Tomma und Hiske hin und her. Er zögerte, sprach dann wie gewohnt laut und dröhnend. »Ich habe Kunde bekommen, dass Dudernixen von Emden aus auf dem Weg in die Neustadt ist. Er kommt nicht allein.« Krechting senkte seine Stimme und schüttelte unmerklich seinen Kopf, als er den Hoffnungsschimmer in Hiskes Augen erkannte. »Der Bote sagt, er schleppe einen Toten, der in der Herrlichkeit unbekannt ist. Hebrich hat ihm andere Reiter entgegengeschickt.«

Dudernixen lief der Schweiß übers Gesicht. In der Nacht hatte Tauwetter eingesetzt. Wenn er sich nicht beeilte, würde der Boden immer schlammiger werden und die Wege unpassierbar machen. Das wäre sein sicherer Tod, denn wie er so heilen Fußes durchs Moor gelangen sollte, war ihm ein Rätsel. In der Nacht waren ihm drei Reiter Hebrichs entgegengekommen, die ihn sofort erkannten. Sie waren von der Häuptlingswitwe nach Emden geschickt worden, weil sie sich aus der Seehafenstadt Hilfe bei der Hungersnot erhoffte. Dazu nahm sie in Kauf, dass sie die Männer in dieser unwirtlichen Gegend verlor. Sie hatten sich seine Geschichte angehört und ihm etwas Wasser und Proviant dagelassen. Anschließend waren zwei von ihnen nach Emden weitergeritten, der andere umgekehrt mit dem Versprechen, nach Gödens zu reiten und Hilfe zu holen. Es war für die Männer äußerst gefährlich, sich zu trennen. »Warum schleppst du dich mit einem Toten ab?«, fragte der Reiter, nachdem sich seine Gefährten wieder auf den Weg gemacht hatten.

»Ich kann ihn nicht zurücklassen. Die Wölfe würden ihn zerfleischen, und wie soll ich ihm hier ein anständiges Begräbnis bereiten?«, hatte Melchior geantwortet. »Ihr müsst uns beide mitnehmen. Jetzt!« Ihn drängte es, Lambertus de Wieck diese letzte Ehre zu erweisen. Es war, als zwängen ihn dessen letzte Schreie dazu.

»Ich werde weder Euch noch den Toten mitnehmen, jetzt wo ich alleine reiten muss«, hatte der Reiter gesagt. »Ich komme mit Verstärkung zurück.«

Und so strauchelte der Bader noch immer mit dem Toten durch die Einöde. Hebrichs Reiter war nicht zurückgekehrt. Vielleicht tat er das auch gar nicht. Es war gefährlich genug, bei Frost durch die Marsch und das Moor zu reisen, bei Tauwetter hingegen grenzte es an Torheit. Die Häuptlingswitwe würde ihre Männer kein zweites Mal einem solchen Risiko aussetzen. Und schon gar nicht, um ihn, den Bader, zu retten und einen ihr unbekannten Toten nach Gödens zu holen. Dudernixen war noch immer von großer Furcht besessen, an Schlaf war auch über Tag nicht zu denken. In der Nacht hatte er immer wieder geglaubt, die schwarzen Reiter wären umgekehrt, um ihn mit ihren Speeren zu durchbohren. Begleitet aber hatten ihn die Wölfe, die ihn in weiten Bahnen umkreisten, als warteten sie nur auf einen günstigen Augenblick, um ihn anzugreifen. Dudernixen hatte nur seinen kleinen Dolch, den die Reiter nicht gefunden hatten. Ob er ihm gegen eine Wolfsmeute etwas nützen würde, war allerdings fraglich.

Schritt für Schritt kämpfte er sich weiter durch die Marsch. Linker Hand befanden sich niedere Gewächse, sodass er vermutete, sich am Rand des Moores zu befinden. Weil seine Füße tief im Schneematsch einsanken, fiel ihm das Laufen mit seiner Last auf der Schulter noch schwerer. Glücklicherweise war Lambertus de Wieck von kleiner Statur und beileibe kein kräftiger Mann. Zwischenzeitlich hatte Dudernixen durchaus überlegt, den Toten im Schnee liegen zu lassen, aber er brauchte ihn. Jeder sollte sehen, was ihnen widerfahren war. Jeder musste ihm so Glauben schenken, dass er für das Verschwinden Jan Valkensteyns nicht verantwortlich war. Hiske Aalken hielt nichts von Dudernixen, sie würde ihm das Badehaus anzünden, wenn er ihr nicht erklären konnte, warum er lebte und Jan nicht auffindbar war. »Jetzt habe ich schon Furcht vor einem aufgeschreckten Weib!«, schimpfte Melchior und kämpfte sich weiter durch den Schnee. Wenn sie ihn mit dem entstellten Lambertus de Wieck sah, würde sie augenblicklich ihr Schandmaul halten, denn allein die bösen Wunden auf Lambertus' Körper machten die Grausamkeit des Überfalls deutlich.

Dudernixen hielt inne, legte den Toten ab. Die Luft wurde ihm knapp, als er an die grauenhafte Szene dachte. Er bekam sie einfach nicht aus dem Kopf heraus. Zunächst hatte der Reiter Lambertus de Wieck mit seiner Lanze attackiert. Sein furchtbarer Schrei war nur der erste von vielen gewesen. Nachdem sie Jan eins über den Schädel gezogen und ihn irgendwohin geschleppt hatten, waren ihm selbst die Augen verbunden worden. Anschließend gipfelten Lambertus' Schreie in einen Schrecken, der ihn bis jetzt verfolgte. Später, als die Männer fort waren und er sich mühsam aus der Fesselung befreit hatte, war ihm klar geworden, was sie mit dem armen Mann getan hatten. Sein Körper war von grausamen Wunden übersät, und an einigen Stellen hatten sie ihm mit Zangen das Fleisch herausgerissen. Sie hatten ihn grauenvoll gefoltert, ehe sie ihn mit der Lanze aufspießten und seinem Leben endgültig ein Ende setzten. Um sein Handgelenk hing eine Münze an einem Lederband. Darauf prangte kein Bild, sondern lediglich ein unkenntliches Gewirr aus Zeichen. In der Einöde konnte Dudernixen den Toten unmöglich zurücklassen. Er musste ihn den Menschen in der Herrlichkeit zeigen, nur damit konnte er sich reinwaschen.

Jan lag noch immer auf dem Boden. Obwohl es merklich wärmer geworden war, kroch die Kälte durch seinen Körper. Außerdem plagte ihn ein grausamer Durst, an den knurrenden Magen mochte er gar nicht denken. Und auch nicht daran, dass es ihn drängte, seine Notdurft zu verrichten. Mittlerweile ging er davon aus, dass seine Entführer ihn hier einfach verrecken lassen wollten. Er war ganz allein, nichts deutete daraufhin, dass sich jemand in der Nähe dieses Gefängnisses aufgehalten hatte. »Leb wohl, Hiske. Ich hätte viel eher den Mut aufbringen sollen, zu dir zu stehen. Wie immer bin ich zu spät. Das war mit Lieke so, das ist mit dir so.« Jan war den Tränen nahe, doch plötzlich wurde die Tür aufgestoßen und er von einem kalten Windstoß gestreift. Man riss ihm die Augenbinde herunter, aber auch jetzt konnte er nicht mehr erkennen, denn der Raum war dunkel, und die kleine Fackel erhellte die Umgebung nur unzureichend. Nach einer Weile hatten sich Jans Augen an die neuen Lichtverhältnisse gewöhnt, und er blickte in das Gesicht eines finster dreinschauenden Mannes. »Steh auf!«, befahl der ihm und zerrte den Arzt hoch. »Wir haben noch einen langen Weg vor uns und müssen bald aufbrechen. Die Wege werden immer schlammiger.«

»Wo bringt Ihr mich hin?«, wagte Jan zu fragen.

»Nach Oldenburg. Vorerst. Mehr musst du nicht wissen.«

»Was bitte habt Ihr mit meinen Begleitern getan?«

»Der eine ist geflüchtet, der andere war ein Verräter, und wir haben mit ihm genau das gemacht, was man mit Verrätern tut.« Der Mann fuhr mit der Handkante an seinem Hals entlang. »Und jetzt halt die Klappe, du Otterngezücht!«

Jan wollte nicht mehr wissen. Es war besser, wenn er sich selbst schützte, indem er keine Details erfragte. Der Mann durchschnitt die Fesseln. Jan erkannte vor der Tür weitere Personen. Flucht war also zwecklos, aber damit hatte er auch nicht gerechnet. Im Augenblick war ohnehin nicht daran zu denken. Er war viel zu schwach, um sich ausreichend gegen seine Widersacher zu behaupten.

»Ich müsste mal …«, druckste er herum, denn als er stand, bemerkte er sehr schnell, worin im Moment sein größtes Problem bestand.

Der Mann nickte und deutete in die Ecke, wo sich ein Verschlag befand, hinter dem Jan verschwinden konnte.

Als er zurückkam, hatten die Männer Strohballen zu Sitzgelegenheiten und einem Tisch zusammengestellt. Anschließend tischten sie ihm ein üppiges Mahl aus gebratenen, mit

Kreuzkümmel gewürzten Hühnerbeinen, hellem, frischem Brot und sogar ein paar getrockneten Trauben auf. Zwei der Männer rollten ein Fass Bier herein und stachen es unter dem Gejohle der anderen an. Inzwischen war auch der offensichtliche Anführer hinzugetreten. Jan erkannte ihn sofort als denjenigen, der bei ihrer Gefangennahme mit wenigen Blicken und Gesten für einen reibungslosen Ablauf gesorgt hatte, ohne ein Wort zu verlieren. Er hob die Hand, und alle verstummten augenblicklich. »Erst unser Gast«, sagte er auf Jan deutend, zapfte Bier in einen großen Krug und stellte ihn zu den übrigen Köstlichkeiten. Jan lief das Wasser im Mund zusammen. Er hatte seit zwei Tagen kaum etwas zu sich genommen.

»Esst, Valkensteyn! Ihr seht aus, als könntet Ihr ein anständiges Mahl vertragen«, forderte der Mann ihn auf.

Jan ließ sich nicht lange nötigen und verschlang zunächst mit wenigen Bissen drei Hühnerbeine. Schließlich stürzte er den Krug Bier in großen Schlucken hinterher. Danach ging es ihm erheblich besser, und er sah sich unauffällig um, ob es eine Möglichkeit gab, seine Entführer zu überwältigen. Doch schon bald musste er einsehen, dass das völlig ausgeschlossen war. Um ihn herum hatten sich mittlerweile nicht mehr nur die sechs Reiter geschart, sondern noch weitere finster dreinblickende Gestalten, von denen ihm kein Gesicht bekannt war. Er wischte sich den fettigen Mund mit dem Ärmel ab und wandte sich an den Anführer. »Ihr wollt mich nach Oldenburg bringen, doch Ihr kamt aus Richtung Emden? Ich war dort lange Zeit als Arzt tätig. Warum seid Ihr mir unbekannt?«

Der Anführer war ein Mann von kräftiger Gestalt. Er stellte sich Jan so gegenüber, dass er ihn von oben herab mustern konnte. Während er sprach, verschränkte er die Arme vor der

Brust. »Medicus, wir kennen Euch sehr genau, Ihr braucht keinerlei weitere Angaben zu machen.«

Jan war überrascht über die gewählte Ausdrucksart. »Weshalb haltet Ihr mich fest, und warum habt Ihr meinen Begleiter getötet? Er war ein einfacher Reisender, der mir und dem Bader Dudernixen in die Herrlichkeit Gödens folgen wollte.«

Der Mann räusperte sich. »Setzt Euch! Wir werden in etwa einer Stunde, wenn die Dunkelheit ganz hereingebrochen ist, losreiten. Bis dahin werdet Ihr das erfahren, was für Euch von Belang ist.«

Obwohl die Worte höflich klangen und nicht den Anschein erweckten, als wollten die schwarzen Reiter Jan ebenfalls töten, war ihm nicht wohl. Ihn würde bei der Gruppe nichts Gutes erwarten, egal, wie zuvorkommend sie ihm gegenüber auftraten. Er musste Zeit gewinnen und dabei vor allem so viel wie möglich über sie herausfinden. Mit etwas Glück hatte der Bader es in die Neustadt geschafft und konnte Hilfe holen.

»Nun, zuerst wüsste ich gern, wie denn Euer Name ist und in welcher Mission Ihr unterwegs seid?«, fragte er.

»Ich bin Franz von Eisenberg, und ich benötige Euer Wissen als Arzt. Wir sind viel auf Reisen und brauchen jemanden, der uns begleitet.« Der Mann schob ihm einen weiteren Krug Bier herüber, doch Jan winkte ab. Er hatte den ersten schon zu schnell getrunken und fühlte sich benebelt. »Warum habt Ihr mich nicht getötet? Hat mich nur die Tatsache gerettet, dass ich ein Medicus bin?«

Franz von Eisenberg nickte. »Ja, nur das. Sonst hätten wir Euch, wie den Verräter Lambertus de Wieck, umgebracht.«

»Was hat der Mann verbrochen?«

»Er wollte unseren Kopf, und wenn wir ihn nicht aufgehalten hätten, wäre es ihm auch geglückt. Uns blieb keine Wahl, als genau so mit ihm zu verfahren, wie wir es getan haben. Es zählte nur: er oder wir.«

»Und der Bader?«

Franz von Eisenberg zog die Schultern hoch. »Entkommen.«

»Wer seid Ihr? Eine geheime Ritterschaft?«

Jans Gegenüber grinste. »So kann man es nennen, und dabei belassen wir es.«

Jan merkte, dass er so nicht weiterkam und dass er andere Mittel und Wege würde finden müssen, um die Zusammenhänge zu begreifen. »Warum konnte eigentlich Dudernixen entkommen?«

Jetzt stockte Franz von Eisenberg, und das machte Jan stutzig. In ihm drängte sich ein furchtbarer Verdacht auf. Der Bader war ein durchtriebener Mann. Hatte er etwa schon wieder seine Finger im Spiel?

Doch von Eisenberg winkte ab. »Dudernixen war schneller als wir. Wie auch immer er es geschafft hat. Aber ich habe ihm zwei Leute hinterhergeschickt, sie werden ihn finden und von seinem irdischen Dasein erlösen, seid gewiss.«

Jan krampfte sich der Magen zusammen, und für einen Augenblick war es fraglich, ob er das eben zu sich genommene Essen bei sich behalten konnte. Er atmete so lange tief ein, bis sich sein Inneres beruhigt hatte. »Was habt Ihr mit mir vor?«

Franz von Eisenberg nahm zunächst noch etwas von dem Bier und gestattete anschließend seinen Leuten, sich ebenfalls zu bedienen. Die ließen sich nicht zweimal bitten. »Nun ja«, hob er an, nachdem er mit einem Seitenblick festgestellt hatte, dass seine Männer zufrieden waren, »ich möchte Euch einen Handel vorschlagen.«

Jan lachte bitter auf. »Vermutlich ein Geschäft, das ich ohnehin nicht ablehnen kann.«

»Ihr seid klug, Valkensteyn, aber ich habe nichts anderes erwartet, denn ich suche mir meine Leute immer sehr genau aus.«

»Eure Leute?«, stieß Jan aus. »Ich gehöre nicht zu Euch. Beileibe nicht. Und ich werde es auch nie tun.«

»Man wird sehen«, entgegnete Franz von Eisenberg ruhig. »Man wird sehen.«

Jan griff doch noch einmal zum Krug, er wollte seinen unverhohlenen Ärger herunterspülen. Die Arroganz dieses Mannes war unerträglich. »Wie kommt Ihr dazu, mich als Euresgleichen zu betrachten?«, fragte er schließlich und wunderte sich über seine ruhige Stimme. In Wahrheit war er aufgewühlt wie selten zuvor.

»Ganz einfach, Valkensteyn. Weil Ihr die kommenden Jahre an meiner Seite verbringen werdet.«

»Die kommenden Jahre?«, wiederholte Jan. »Habe ich richtig gehört?« Ihm stockte der Atem, als er die Dimension des Gesagten erfasste. »Jahre?«, hakte er noch einmal leise nach.

»Ihr habt recht vernommen. Wir brauchen Zeit für die Mission. Und während wir sie vorbereiten, werdet Ihr an unserer Seite weilen.«

»Niemals«, entgegnete Jan. »Lasst mich frei! Ich habe mit Euch und Eurer Gruppe nichts gemein.«

Franz von Eisenberg presste die Lippen aufeinander. »Schweigt, Valkensteyn! Schweigt sofort! Ihr werdet uns erst dann verlassen, wenn ich es sage. Und auch ich bestimme, ob lebend oder mit abgeschlagenem Haupt.«

Eisige Kälte schoss durch Jans Körper. Das, was sich da anbahnte, war fast schlimmer, als wenn sie ihn getötet hätten. Franz von Eisenberg plante, ihn zu seinem Sklaven zu machen. Es dauerte eine Weile, ehe Jan sich wieder in der Gewalt hatte. »Ich fürchte, ich muss mich Eurem Willen beugen«, sagte er schließlich mit gesenktem Kopf. »Ich bin Euer Gefangener. Aber bitte verratet mir Näheres. In welcher Mission seid Ihr unterwegs?«

»Rache«, antwortete von Eisenberg lapidar. »Mehr müsst Ihr vorerst nicht wissen.«

Jan schob den Krug Bier von sich, stand auf und näherte sich seinem Widersacher. »Ich habe keine Fesseln, wie wollt Ihr mich halten?«

Franz von Eisenberg lächelte siegesgewiss. »Da haben wir Mittel. Ihr werdet sie zur rechten Zeit erfahren.«

»So geht es nicht«, entfuhr es Jan. »Ich muss Euch nicht helfen, mein Wissen könnt Ihr schließlich nicht aus mir herausprügeln!«

»Oh doch, Jan Valkensteyn, Ihr seid in unserer Hand. Wir brauchen einen Medicus wie Euch, also haben wir ihn uns genommen. Und Ihr werdet spuren, und zwar genau so lange, wie ich es für richtig halte.«

»Ich werde Euch gewiss nicht helfen. Lasst mich gehen, Ihr hättet keinerlei Vorteil durch mich!« Jan bemühte sich um ein stolzes Auftreten, als von Eisenberg nur amüsiert die Braue nach oben zog. »Nennt mir einen Grund, warum ich Euch gehorchen sollte!«

Franz von Eisenberg spuckte vor Jan auf den Boden. »Ihr werdet mir deshalb zu Willen sein, weil ich ein Pfand habe, das Euch abhängig von mir macht.« Jetzt zog sich ein breites Lächeln über sein Gesicht. »Wenn Ihr nicht das tut, was ich Euch befehle, wird Hiske Aalken sterben. Und zwar schneller und qualvoller, als Ihr es Euch vorstellen könnt.«

Jan taumelte zurück. »Woher wisst Ihr, dass sie mir etwas bedeutet?«, presste er hervor.

»Wir wissen es eben.«

Jan hatte verloren.

Hiske war sehr müde, es war die zweite Nacht in Folge, in der sie kaum ein Auge zugemacht hatte. Sie stand am Fenster, betrachtete den dunklen Sternenhimmel, der immer wieder von faserigen Wolkenschleiern verdeckt wurde. Das leise Tropfen des schmelzenden Schnees vermischte sich mit dem sehnsuchtsvollen Rufen eines Kauzes, der die Balzzeit einläutete und die Hebamme in der Hoffnung bestärkte, dass der Winter bald vorbei war. Hiskes Gedanken waren bei Jan und dem langen Gespräch, das sie am Vorabend mit Krechting geführt hatte. Er war zunächst auf die Burg geeilt, hatte sie später aber noch einmal aufgesucht. Zunächst war bei seinem Eintreffen in Hiske die Hoffnung gekeimt, Jan wäre an der Seite des Baders gereist, aber das hatte sich binnen kürzester Zeit als nichtig herausgestellt. Der Mann, der ihr alles bedeutete, war also nicht auf den Weg zu ihr, sondern würde abwarten, bis die See passierbar war. Stattdessen schleppte Dudernixen einen Toten in die Herrlichkeit, und wer wusste schon, welch Unheil damit wieder in die Neustadt einzog.

Krechting selbst war völlig aufgelöst, weil er Leenard Bouwens keine ruhige und reine Gemeinde präsentieren konnte, wenn das Gerücht stimmte. Als Oudester – oder Ältester – hatte nur er die Erlaubnis zu taufen oder das Abendmahl zu reichen. Viele hatten die heilige Taufe noch nicht als Erwachsene erhalten und fieberten dem Ereignis regelrecht entgegen. Das Versprechen, dass der Vermahner schon bald käme, war der Lichtblick bei den Mennoniten gewesen, die Hoffnung, die letzten harten Monate zu überstehen. Jetzt aber würde wegen des Toten Unfriede in der Herrlichkeit herrschen, und es war möglich, dass Leenard Bouwens ihnen in diesem Fall die Sakramente verweigerte oder womöglich gar nicht erst anreiste. Krechting hatte stundenlang darüber gesprochen, und Hiske hatte ihm am Ende nur noch mit halbem Ohr zugehört. Zu Beginn waren ihr die hasserfüllten Blicke Tommas nicht entgangen. In Tomma tobten böse Gedanken, die sie dem Juristen entgegenschickte, aber der war mit dem Toten so sehr beschäftigt, dass er diese Tatsache zu verdrängen schien und der Blaufärberin kaum Beachtung schenkte. Schließlich war Tomma ins Bett gegangen, und Hiske fühlte sich freier, mit dem Juristen zu plaudern. »Warum kommt Ihr zu mir?«, hatte sie gefragt, denn seine Vertrauten waren Coevorden, Goldschmidt und natürlich der Landrichter Wolter Schemering. Auch der Pfarrer Westerburg hatte für Krechtings Sorgen und Ideen immer ein offenes Ohr. »Ich wollte es Euch zuerst erzählen, damit Ihr es nicht als Gerücht in der Neustadt erfahrt und womöglich Angst bekommt, der Tote könne Jan Valkensteyn sein. Denn er ist es ganz sicher nicht«, hatte er geantwortet. Der Hebamme war der liebevolle und fürsorgliche Blick nicht entgangen. Sie war ihm dankbar dafür, dass er sie nicht unnötig verängstigen wollte.

Diese Gedanken hatten Hiske durch die Nacht getrieben. Sie war mehrfach um die Kate gelaufen, immer die Augen zum Himmel gerichtet, als könne sie dort eine Antwort auf all ihre Fragen bekommen. Gegen Morgen hatte sie schließlich Muße gefunden, ins Haus zurückzukehren. Wie lange sie nun schon vor dem Küchenfenster stand und in die Dunkelheit starrte, wusste sie nicht. Aber es war lange genug, denn sie zitterte vor Kälte, obwohl sie Schafswollsocken trug und ein wollenes Tuch um die Schultern gelegt hatte. Hiske wandte sich dem Feuer im Ofen zu, und eben, als sie nachlegen wollte, hörte sie Tommas Stimme von der Tür her. »Ich kann auch nicht schlafen.« Die junge Frau war fast lautlos eingetreten und stand mit einer flackernden Unschlittkerze in der Küche.

»Ich weiß nicht, was ich von dir und deiner Geschichte halten soll«, begann Hiske, während sie mit dem Haken die Glut schürte. »Hinzu kommt, dass ich seit Monaten auf den Mann warte, den ich ehelichen möchte, und mir nur noch eines in meinem Leben wünsche: Frieden.«

»Den will ich dir doch auch gar nicht nehmen«, entgegnete Tomma. »Ich muss wissen, was vor sechs Jahren mit meinem Vater geschehen ist, und ich weiß ganz sicher, dass Hinrich Krechting etwas damit zu tun hat.« Sie machte eine kurze Pause. »Hast du dich nie gefragt, warum deine Mutter sterben musste und dein Vater so urplötzlich das Weite gesucht und dich einfach zurückgelassen hat?«

Hiske zuckte zurück. »Doch, das habe ich, Tomma. Und wie ich mich das gefragt habe. Ich habe auch eine Antwort gefunden. Meine Mutter starb, weil es ihr Schicksal war, früh gehen zu müssen. Mein Vater hat den Schmerz nicht ertragen, dass seine geliebte Frau so zeitig ableben musste. Das schließe ich daraus, dass er nachfolgend versucht hat, ein Held zu sein, indem er in eine Schlacht gezogen ist und an der Seite Boing von Oldersums gekämpft hat. Er wollte die Pein mit Ruhm und Ehre bekämpfen, damit er mir anschließend wieder in die Augen sehen kann. Er hat sich wegen seiner ketzerischen Reden die Schuld an ihrem Tod gegeben, es als Gottes Strafe gesehen, das hat er mir in vielen Nächten unter Tränen erzählt. Er plante, wieder ein gläubiger Katholik zu werden, wenn er seine Buße getan hatte. Alles ist anders gekommen, weil er zu früh starb.« Hiskes Stimme zitterte, als sie weitersprach: »Ich habe mit meiner Vergangenheit abgeschlossen. Bitte zerstöre meinen Frieden nicht!«

Tomma lachte kurz auf, dabei flackerte die Kerze unruhig; das Wachs war übergetropft. »Ich bringe dir Unfrieden? Du hast deine Ausgeglichenheit doch noch gar nicht gefunden, warum sonst hast du eine solche Furcht vor der Vergangenheit, wenn du sie lange abgeschlossen hast?«

»Weil der Schmerz nie vergeht. Egal, was man herausfindet, egal, wie man es erklärt«, sagte Hiske. »Verstehst du? Es gibt aber kein Mysterium, das ich aufklären müsste. Also höre auf!«

Tomma schwieg.

»Ich möchte jedenfalls, dass du meine Kate so schnell wie möglich verlässt und dir eine andere Bleibe suchst. Es passt nicht mit uns.« Hiske hatte sich aufgerichtet und blitzte Tomma an.

»Bitte, Hiske! Schicke mich nicht fort!«, flehte die. »Ich muss dir meine Geschichte zu Ende erzählen! Dann wirst du verstehen, sei gewiss.«

Die Hebamme füllte den Kessel mit Wasser und stellte ihn auf die Platte. Sie ignorierte Tommas Flehen. »Du hast mir genug erzählt. Der Morgen naht. Ich setze ein Gebräu an und weiche die Graupen ein, damit wir nicht darben müssen. Ein paar Äpfel habe ich, die ich mitkochen kann.«

Tomma gab sich nicht zufrieden und umfasste Hiskes Handgelenk. »Hör mir zu!«

Hiske prüfte noch einmal die Glut und sagte, den Blick auf das lodernde Feuer gerichtet: »Ich gehe jetzt in den Stall, kümmere mich um die Hühner und die anderen Tiere. Danach kannst du mir sagen, was du unbedingt loswerden musst. Es ändert aber nichts daran, dass du meine Kate verlassen wirst.« Sie wischte Tommas Hand ab, spürte aber im Forteilen ein Brennen auf der Haut, das ihr Angst machte. Hiske war es, als zöge sich ein Ring um sie zusammen, dem sie nicht entkommen konnte.

Die warme Stallluft tat ihr gut. Die Ziege meckerte erstaunt, weil Hiske schon zu so früher Stunde hereinkam. »Alles ist gut!«, flüsterte Hiske und wusste doch, dass sie nicht die

Tiere, sondern eigentlich sich selbst beruhigen wollte. Sie ließ sich jede Menge Zeit für die Verrichtungen. Sie wollte Tommas Geschichte nicht hören, denn Krechting war ihr Beschützer und einer der engsten Vertrauten. Sie verspürte kein Verlangen danach, sich ein Leben ohne ihn in der Neustadt vorzustellen. Nach einer Weile gab es jedoch nichts mehr zu tun, und so ging sie zurück in die Kate.

Tomma hatte den Kessel mit dem kochenden Wasser vom Herd genommen, daneben standen in einem Topf die eingeweichten Graupen. Sie hatte sich also nützlich gemacht. Wenigstens etwas, schoss es Hiske durch den Kopf, denn für Entlastung war sie stets dankbar. Der Wortsammler lag noch in der Ecke der Küche auf seinem Strohsack und hatte sich von der frühen Unruhe nicht beirren lassen. Sie brühte den Kräutertrank auf, setzte sich an den Tisch und wollte eben Tomma rufen, als es klopfte und das Gesindemädchen Magda Dudernixens vor der Tür stand. »Die Herrin kommt nieder!«, piepste sie.

Fast dankbar packte die Hebamme ihr Bündel und ignorierte Tommas enttäuschten Blick, als sie an ihr vorbei in die morgendliche Kälte huschte.

Melchior Dudernixen war am Ende seiner Kraft. Wie er die Nacht in der Scheune überstanden hatte, war ihm noch immer ein Rätsel. Es war nur ein baufälliger Schuppen gewesen, durch die losen Bretter wehte ständig ein Hauch kalter Luft zu ihm herüber. Nachdem er wegen seiner Last am Tag so sehr geschwitzt hatte, kühlte er jetzt besonders stark aus. Weil die Wärme des Schafspelzes und der Decke nicht ausreichte, hatte er sich schließlich mit dem Toten gegen die Zugluft geschützt. In der Nacht war er mehrfach erwacht, weil das Wolfsrudel an der Tür schnupperte. Er hatte ihr

Hecheln gehört, ihr leises Jaulen. Anschließend waren sie verschwunden, und er hatte eine ganze Zeit nichts von ihnen bemerkt. Dennoch hatten sie wohl ein erschöpftes Reh oder ein anderes Wild erhascht. Blut und Knochen vor der Scheune zeugten von ihrem Mahl. Dudernixen hatte sich angewidert abgewandt, denn hätte er nicht rechtzeitig Schutz gefunden, wären das seine und Lambertus' Überreste gewesen. Es wunderte ihn ohnehin, dass er noch nicht zum Opfer ihres Hungers geworden war.

»Wölfe jagen Menschen nicht«, drang sofort Jans beruhigende Stimme an sein Ohr. Wie oft hatte Jan Valkensteyn das behauptet. Und wer sagte auch schon, dass diese Blutspuren tatsächlich von den Wölfen stammten. Der Bader verdrängte den Gedanken.

Dudernixen war jetzt schon wieder seit geraumer Zeit unterwegs, die wenigen Vorräte, die Hebrichs Reiter ihm dagelassen hatten, waren längst aufgebraucht. Ständig drehte er sich um, denn ihm war, als würde er verfolgt. Er spürte, dass er nicht allein war, es musste sich jemand an seine Fersen geheftet haben. Einmal glaubte er, hinter sich am Horizont einen großen Hund gesehen zu haben, aber sicher war er sich nicht. Dudernixen hoffte inständig, dass der Reiter aus der Herrlichkeit auf dem Weg hierher war. Vielleicht ahnte er einfach dessen Kommen und glaubte sich deshalb verfolgt. Es wäre ein Segen und ein Zeichen Gottes. Auch wenn es wärmer geworden war, so war der Bader mittlerweile dermaßen durchgefroren, dass er seine Gliedmaßen kaum mehr spürte. Er sandte einen flehenden Blick zum Himmel. Er gehörte zwar der mennonitischen Glaubensgemeinschaft an, doch hielt er nichts von allzu strengen Regeln, was ihn von den meisten seiner Brüdern und Schwestern unterschied. Hier in dieser Einöde aber brachte ihn allein sein Glaube dazu, nicht aufzugeben. Es gab tatsächlich Augenblicke, in denen er sein bisheriges Leben verabscheute und fürchtete, dass Gott ihm unter Umständen nicht mehr wohlgesonnen war. Er hatte viele unrechte Dinge getan, und er verharrte immer wieder im Gebet, um das abzumildern, was besonders scheußlich gewesen war. Die Einsamkeit trieb seine Gedanken zu Merkwürdigkeiten, die er nie erahnt hätte. Das Wort Reue hatte er schon lange aus seinem Wortschatz gestrichen, das Wort Buße war ihm ohnehin zu gewaltig. Und doch geisterten gerade diese beiden Begriffe durch seinen Kopf, quälten ihn und ließen ihn erschaudern, wenn er an sein Schicksal dachte.

»Gott ist groß! Tut Buße! Hosianna!« Aussprüche Krechtings aus früheren Zeiten. Damals, als er sie alle im Keller noch mit seinen Reden hatte fesseln können. Er war schon lange nicht mehr so voller Elan, und oft kam es Dudernixen in den Sinn, dass der Jurist sich mittlerweile ganz dem reformierten Gedankengut verschrieben und die Ideen der Täufer und Mennoniten vergessen hatte. Ihm aber würde das nicht passieren. Er war ein gläubiger Mann, und er würde als reuiger und geläuterter Mensch in die Neustadt zurückzukehren. Falls er überlebte. Er schloss in der Einsamkeit der Schneehölle einen Pakt mit Gott. Er, Melchior Dudernixen, wollte zukünftig als demütiger Mennonit wirken und ein größeres Ansehen in der Herrlichkeit erlangen, als es der Abtrünnige Krechting je konnte. Wenn er sich weiter so glaubensfern verhielt, waren seine Tage ohnehin gezählt, denn keiner der Täufer vertraute ihm mehr. Nachfolgend würde seine, des Baders, Zeit kommen. Er war es, der als führender Glaubensbruder Leenard Bouwens empfangen würde. Nicht der Reformierte Krechting, den man in diesen Dingen doch gar nicht ernst nehmen konnte.

Als Melchior sich jetzt auf einem Baumstamm niederließ, das Knurren seines Magens das lauteste Geräusch in der Umgebung war und er sich so allein fühlte wie nie zuvor, war es, als hätte er eine Erleuchtung. Von nun an wollte er sein Weib ehren, sein Gemächt nur ihr schenken, und vor allem würde er sich um das Kind kümmern. Es gehörte zu ihm, denn Magda war seine Frau. Sie hatte nichts Unrechtes getan, weil sie die Beine für den Kaufmann nicht freiwillig gespreizt hatte. Es war Gottes Wille, dass er, Dudernixen, sich seiner Verantwortung stellte. Vielleicht würde ihm dieses Balg dadurch nicht entrissen werden. Melchior weinte vor Ergriffenheit, als er die Schönheit der kargen Landschaft vor sich sah. Vor seinem inneren Auge liefen plötzlich die Bilder dessen ab, was er als erfülltes Leben gesehen hatte – und von dem er jetzt wusste, dass es sündig gewesen war. Er war wie Jesus Christus, der die Wüste durchquert hatte. Er war ein Prophet, weil er Ähnliches wie der Sohn Gottes erdulden musste. »Herr erbarme dich! Ich tue Buße! Ich kehre um! Gott ist groß! Hosianna«, sang er in einer nicht enden wollenden Litanei.

Nach einiger Zeit wurde der Bader ruhiger. Nicht mehr lange, und seine Unbill hatte ein Ende. Der Tote zu seinen Füßen war das letzte Ergebnis seiner vielen Irrwege. Er hätte nicht so dumm sein sollen, sich mit Jan Valkensteyn zu Fuß auf den Weg in die Herrlichkeit zu machen. Egal, was man ihm versprochen hatte: Lambertus de Wieck würde noch leben, und seine grausamen Schreie würden nicht sein Ohr, seine Erinnerungen, malträtieren. Er sah auf den Leichnam. Auch damit musste er sich nicht weiter abschleppen. Keiner würde seine Loyalität anzweifeln, er war ein Mann Gottes. Melchior wusste nicht, wie weit es bis Gödens war, denn in Wahrheit war er diesen Weg nur vor vielen Jahren einmal im

Sommer gegangen und nicht, wie er behauptet hatte, schon oft und erst recht nicht im Winter. Damals hatte ihre einzige Sorge den Mückenstichen gegolten, weil kaum eine Körperstelle verschont geblieben war. Als sie in Emden angekommen waren, hatte seine ganze Haut geblutet, der Juckreiz war unerträglich gewesen, und er hatte sich die Stiche aufgekratzt. Jetzt summten keine Mücken, dafür lief er Gefahr zu verdursten oder zu verhungern. »Ich lasse dich hier liegen, sollen die Bestien der Nacht dich doch zerfleischen. Der Bote hat gesehen, wie schlimm du zugerichtet bist.« Dudernixen gab dem Toten einen Tritt und stand auf. Von heute an war er nur noch eines: ein gottesfürchtiger Mann. Als er sich umdrehte, weil ihn erneut das Gefühl beschlich, beobachtet zu werden, wurde er gewahr, dass er sich nicht irrte. Keine zwanzig Fuß von ihm entfernt verharrte ein Tier mit gespitzten Ohren und gebleckten Zähnen. Speichel tropfte aus seinem Maul. Um welche Bestie es sich auch handelte: Sie war genauso hungrig wie er.

Magdas Wehen waren schon kräftiger, als Hiske es erwartet hatte. Sie lag in Schweiß gebadet auf ihrer Bettstatt. Die Hebamme bat das Gesindemädchen, saubere Tücher zu holen und Wasser zu erhitzen, damit sie sich Unterarme und Hände gründlich waschen konnte. Eben bäumte sich Magda auf, weil eine starke Wehe über sie hinwegrollte.

»Versuche ruhig zu atmen. Du hast doch schon ein Kind auf die Welt gebracht«, versuchte Hiske sie zu beruhigen.

»Das hat Gott gleich zu sich gerufen, und dieses hier wird Melchior töten. Ganz sicher wird er das.« Magda hatte große Furcht.

Hiske verstand das, denn der Bader war nicht zimperlich, wenn er seine Frau züchtigte, und sie konnte sich durchaus vorstellen, dass er dieses Kind, von dem er nicht wusste, ob es seinen Lenden entsprungen war, nicht am Leben ließ. Mit etwas Glück sah es ihm ähnlich, und sein Überleben wäre gesichert. Hiske untersuchte Magda in regelmäßigen Abständen, die Geburt ging rasch voran. Da Magdas Becken breit und gebärfreudig war, würde es vermutlich eine ebenso leichte Entbindung werden wie beim letzten Mal. »Du musst dich vor dem Fieber nicht ängstigen, das dein erstes Kind getötet hat. Das kommt nur im Sommer, wenn die Dämpfe aus dem Moor aufsteigen.«

»Dafür wird mich das andere dahinraffen. Das Wöchnerinnenfieber ereilt alle Weiber, egal, wie warm oder kalt es ist.« Magda schluchzte. Es war nicht nur die Furcht vor den vielen Krankheiten, denen die Menschen hier ausgesetzt waren, es war vor allem die Angst vor ihrem Mann, die sie quälte.

Nach einer Stunde konnte Magda bereits pressen, und schon bald glitt das Kind in Hiskes Hände.

»Was ist es?«, fragte die Badersfrau, als sie den ersten Schrei vernahm.

»Ein Mädchen.« Die Hebamme besah sich die Kleine. Obwohl sie schon so viele Kinder auf die Welt geholt hatte, empfand sie den Geruch eines Neugeborenen noch immer wie ein Wunder. Sie füllte die große Schüssel mit dem zuvor angewärmten Wasser und wusch dem Neugeborenen die weiße Schmiere ab. Anschließend wickelte sie das Kind in eines der sauberen Tücher und legte es Magda auf den Bauch. Das Mädchen suchte sofort nach der Brust, und als sie sie gefunden hatte, gebar die Badersfrau die Nachgeburt. Nach kurzer Zeit schlief das Neugeborene, und Hiske bettete es in die vom Gesindemädchen bereitgestellte Wiege. Eigentlich wäre die Aufgabe der Hebamme jetzt zu Ende, doch sie konnte sich noch nicht von Magda Dudernixen trennen, denn ihr brannten vielerlei Fragen auf den Lippen.

Die Badersfrau betrachtete eben ihre Tochter, und Hiske wollte sie nicht dabei stören. Sie wusste, wie wichtig gerade die ersten Stunden für eine enge Bindung zwischen Mutter und Kind waren. Viele Menschen unterschätzten das, aber da war Hiske sehr eigen. Sie hielt nichts davon, beide gleich nach der Geburt zu trennen und das Kind einer Amme zu übergeben. Wie oft hatte sie Weiber an der Trennung zerbrechen sehen. Außerdem weinten die Neugeborenen in der Nähe der echten Mutter weniger. In Zeiten wie diesen war es wichtig, dass eine Mutter ihr Kind liebte, denn sonst war es schwierig für die Kleinen, zu überleben. In dieser Hinsicht ließ Hiske keine andere Meinung gelten. Zwar war es für die Weiber schwerer, wenn das Kind dennoch starb, aber ohne Gefühle und den Instinkt, es in jeder Lebenslage zu schützen, waren die Neugeborenen verloren. Außerdem hatte Hiske beobachtet, wie viel seltener die Kleinen erkrankten, sofern sie die schützenden Arme einer liebenden Mutter um sich wussten.

»Sie sieht niemandem ähnlich«, sagte Magda mutlos, nachdem sie ihre Tochter ausgiebig betrachtet hatte. »Niemandem.«

»Das kommt noch«, sprach Hiske ihr zu. »Warte ein paar Tage. Ich glaube, es ist ganz sicher deines und Melchiors Kind.«

»Meinst du?« Der Zweifel in Magdas Stimme war unüberhörbar.

Die Hebamme stopfte der Badersfrau ein Kissen in den Rücken. Es war mit Daunenfedern gepolstert, auf Stroh schliefen die Dudernixens schon lange nicht mehr. »Komm du erst zu Kräften, dann ist dein Blick auch ein anderer. Ich könnte jetzt gehen, aber nun will ich von dir hören, was du über Tomma Everts weißt.«

Trotz der eben noch großen Sorgen gelang es Magda, triumphierend zu lächeln. »Hat der Mönch tatsächlich gequatscht, dass sie nicht erst seit Kurzem hier weilt?«

»Es ist egal, woher ich es habe. Ich möchte wissen, was du zu sagen hast. Und zwar alles. Wirklich alles!« Hiske baute sich vor der Bettstatt auf und nickte der Magd zu, die die blutigen Tücher einsammelte und hinausschleppte.

Magda ruckelte sich bequem zurecht. »Ich erzähle dir, was ich weiß. Das Weib hält sich seit einiger Zeit in der Neustadt auf, und ich glaube, sie führt nichts Gutes im Schilde.«

»Wie kommst du darauf?« Hiske zog sich einen Hocker heran und setzte sich.

»Ihr Erscheinen hat mit einem Schiff zu tun, das hier vor etlichen Jahren gestrandet ist. Der Schipper war unauffindbar, und ich bin mir ganz sicher, dass seitdem sein böser Dämon durch die Herrlichkeit geistert und deshalb all die Morde hier geschehen. Überlege doch, wie viele Tote es seit deiner Ankunft in Gödens schon gegeben hat. Das kann nicht mit rechten Dingen zugehen!« Magdas Stimme war nunmehr nur noch ein heiseres Flüstern, und ihr stand die Furcht ins Gesicht geschrieben.

»Das ist Blödsinn, das weißt du. Die Morde hatten allesamt einen Grund, und nicht selten steckte dein Mann mit drin. Niemals aber das junge Weib aus Jever oder gar der böse Geist ihres Vaters!« Hiske schüttelte über Magdas Unverstand den Kopf. »Und überhaupt: Was hat Tomma mit diesem Schiff zu tun?«

»Sie ist Blaufärberin, und Waidasche braucht man zum Färben, das ist auch dir bekannt. Tomma Everts ist hier, um sich zu holen, was nie bei ihr ankam. Und eines ist sicher. Sie ist nicht von dieser Welt, sondern will Rache. Und mein Melchior hat Böses getan.«

Hiske stand auf. Sie konnte nicht starr auf dem Stuhl sitzen bleiben, Magdas Geschwätz klang wirr, und sie wollte sich davon nicht beirren lassen. Das alles zeigte allerdings mehr als deutlich, wie wichtig es war, sich selbst ein Bild zu schaffen und sich Tommas Geschichte anzuhören. Mittlerweile war es Nachmittag geworden, und Hiskes Magen knurrte. »Ich glaube, ich habe genug gehört, und werde mich auf den Heimweg machen.« Sie nickte Magda zu, der vor Erschöpfung die Lider zufielen. Die musste jetzt ohnehin schlafen, denn in den nächsten Wochen würde sie von dem Neugeborenen noch häufig um ihre Ruhe gebracht werden. Im Vorfeld hatte die Badersfrau sich um eine Amme bemüht, aber die konnte sie sich am Ende doch nicht leisten, und so war sie dazu verdammt, ihr Kind selbst zu stillen.

Die Hebamme nahm vom Gesindemädchen die Bezahlung entgegen und verabschiedete sich von Magda. Bald würde diese Art der Entlohnung entfallen, denn Krechting plante, sie regelmäßig wöchentlich mit einem festen Gehalt zu bezahlen, wie man es auch anderswo immer häufiger handhabte. »Ich komme morgen früh wieder. Wenn etwas sein sollte, musst du dein Mädchen schicken.«

Hiske sah nach draußen, das Tauwetter hielt an. An geschützten Stellen bildeten sich bereits Pfützen, und der Schnee nahm zunehmend eine schmutzige Färbung an. Das Frühjahr war mit gewaltigen Schritten auf dem Vormarsch, und wenn es erst da war, wären viele Probleme, die jetzt noch groß und unlösbar schienen, klein und unbedeutend. Der Weg in die Neustadt würde heute allerdings nicht einfacher zu bewerkstelligen sein, weil die schlammigen Wege ihre Tücken hatten. Ein letzter Blick auf die nun schlafende Magda zeigte ihr, dass hier keine Schwierigkeiten zu erwarten waren.

Hiske schnappte ihr Bündel, trat vor die Tür und fuhr zusammen, als sie Hufgetrappel wahrnahm. Sofort erkannte sie Dudernixen in völlig verschlissener Kleidung. Sein Ärmel war blutgetränkt, er konnte sich kaum auf den Beinen halten. Zwei Reiter flankierten ihn und sorgten mit Seilen dafür, dass er sich überhaupt in aufrechter Haltung befand. An das rechte Pferd war eine Trage gebunden. Auf ihr lag der Tote.

»Magdas Mann kommt aus Emden zurück«, sagte Hiske zu sich. »Und er ist der Einzige, der mir etwas über Jans Wohlergehen sagen kann.« Die Hebamme zögerte, wandte sich aber doch um und huschte zurück ins Haus.

Hebrich von Knyphausen war unruhig. Warum hatte Krechting den Aufmarsch des Pöbels nicht verhindert? Es war unrecht, sie für den langen Winter und die damit verbundene Not verantwortlich zu machen. Sie tat nur ihre Pflicht, und die bestand nunmal auch darin, dass es ihrem Personal und ihrer Familie gut ging. Wie sonst sollte sie eine ausgeglichene Herrscherin sein, wenn das nicht gewährleistet war? Am Ende war es Krechting gelungen, die Leute fortzuschicken, und jetzt hatte Tauwetter eingesetzt. Infolgedessen würde es schon bald besser werden. Es klopfte an der Tür, und Hebrich fuhr zusammen, als ihre Zofe eintrat.

»Was will sie?«, herrschte Hebrich das junge Ding an, das unter den barschen Worten merklich zusammenzuckte. Die Häuptlingswitwe verwendete ihren Bediensteten gegenüber stets die dritte Person, um den Standesunterschied nicht zu verwässern.

»Es sind Männer im Burghof, Herrin«, piepste das Mädchen. »Es handelt sich um die Reiter, die dem Bader entgegenreiten sollten. Sie haben ihn bei seinem Weib gelassen, aber den Toten mitgebracht. Er ist völlig entstellt.«

»Also doch wieder«, flüsterte Hebrich. Sie streckte den Rücken durch. Niemals würde sie vor dem Personal Schwäche zeigen. »Lasse sie den Landrichter und Krechting auf die Burg holen!«, herrschte sie die Zofe von oben herab an, die sich augenblicklich verneigte und zurückzog.

Die Häuptlingswitwe indes trat in den Flur hinaus. Sie schleppte sich zur Treppe, umfasste das Geländer und bemühte sich, in angemessener Weise nach unten zu schreiten. Es wurde wirklich Zeit, die Geschäfte an ihren Sohn Edo abzugeben. Sie selbst fühlte sich, als lodere ein ewiges Feuer in ihr, das sie aber nicht anheizte und ihr Kraft gab, sondern eher das Gegenteil bewirkte und sie von innen her auffraß.

Den Toten hatten die Reiter in die Stallungen gebracht, seinen Anblick wollten sie Hebrich von Knyphausen offenbar nicht zumuten. Einer der beiden Reiter stand allerdings im Flur und sah zu Boden, als die Witwe sich vor ihm aufbaute. Sie war dankbar, dass ihre Stimme fest klang und kein bisschen erzitterte. »Weiß man, wer er ist?«

»Nein, Herrin.« Der Reiter verneigte sich und schwenkte das Barett.

»Was sagt Dudernixen? Er hat ihn doch von Emden aus mitgenommen, soweit ich von Krechting informiert bin.«

»Der Bader ist im Augenblick nicht ansprechbar.« Der Mann hielt kurz inne. »Entschuldigt, Herrin, aber der Anblick war äußerst grausam.«

»Raus mit der Sprache!«, herrschte Hebrich ihn an. Sie hatte keine Lust, sich Entschuldigungen anzuhören. Das Einzige, was sie interessierte, waren der Name des Mannes und der Grund, aus dem man ihn überhaupt tot und offenbar völlig entstellt nach Gödens geschleppt hatte. »Also?«

»Der Bader kann nicht sprechen, weil er schlimme Wunden hat. Ein Tier hat ihm schwer zugesetzt. Er selbst behauptet, man habe es auf ihn gehetzt. Ich weiß nicht, ob daran etwas Wahres ist.

»Es war kein Wolf?«

»Anscheinend nicht. Es soll ausgesehen haben wie ein Jagdhund, den man zur Wolfshetze nutzt.«

Hebrich verzog das Gesicht, denn diese Hunde waren teilweise scharf abgerichtet, aber es liefen auch verwilderte Tiere herum, die die Beißwut verbreiteten. »Weiter!«

»Wir konnten den Bader gerade noch retten. Die Bestie hatte ihn allerdings schon schlimm zugerichtet. Er hat ein paar schlimme Bisse abbekommen.« Der Mann begann zu würgen, bekam den Reflex aber rasch unter Kontrolle. »Wir haben ihn zu seinem Weib geschleppt. Dort war die Hebamme, denn die Badersfrau hat ein Kind zur Welt gebracht.«

Hebrich nickte. »Hiske Aalken kümmert sich also um den Kranken?«

»So ist es!« Der Reiter wollte sich eben zurückziehen, als hinter ihm Krechting auftauchte. Er musste sich unverzüglich auf den Weg gemacht haben.

»Wo ist der Tote?«, fragte Krechting.

»Im Stall. Folgt dem Mann, er hat ihn gemeinsam mit Dudernixen hergebracht. Ich will von der Sache nichts mehr hören. Es übersteigt meine Aufnahmefähigkeit an diesem Tag. Wie furchtbar, Krechting! Seit meiner Regierungszeit sterben die Menschen wie die Fliegen.« Sie winkte ab. »Kommt bitte später noch in den Saal. Ich möchte einen ausführlichen Bericht haben. Über alles!«, setzte sie nach. Als die Männer gegangen waren, sackte Hebrich in sich zusammen. Ihre bösen Vorahnungen hatten sie nicht getrogen. Über der Herrlichkeit Gödens braute sich nach diesem schrecklichen Winter gerade ein Unheil zusammen. Und sie mussten es hinnehmen wie den täglichen Aufgang der Sonne.

Hiske untersuchte Dudernixen. Er lag in der Gesindekammer auf einer Bettstatt, weil es die Hebamme beim Eintreffen der Reiter für besser befunden hatte, sein Weib noch nicht von seiner Rückkehr in Kenntnis zu setzen. Sie sollte sich erst von der Geburt erholen und schlief gerade tief und fest. Hiske bat die Magd inständig um Stillschweigen. Der Bader war in einer dermaßen schlechten Verfassung, dass die Hebamme nicht ausschließen mochte, er könne schon bald seinen Verletzungen erliegen. Tierbisse stellten stets eine große Gefahr dar, denn häufig entzündeten sich die Wunden so schlimm, dass eine Heilung unmöglich war. Dudernixen war nicht bei Bewusstsein, und so konnte sie die Verletzungen gut untersuchen. Da die Hebamme nicht sicher war, ob der Bader nicht doch von einem kranken Tier angegriffen worden war, blieb ihr keine Wahl: Sie musste die Wunden ausschneiden und mit Alkohol desinfizieren. Hiske kannte allerdings nicht einen, der den Biss eines beißwütigen Tieres überlebt hatte. Nach einiger Zeit kam das Fieber, dann folgten Speichelfluss und Krämpfe, ehe das Opfer seinen Verletzungen erlag. Aber auch ein einfacher Hundebiss konnte tödliche Folgen haben. Hiske kramte in ihrem Beutel und fand glücklicherweise noch Eisenkraut, Mädesüß und Melissenkraut. Mit Ersterem rührte sie einen Brei an, aus der Melisse und dem Mädesüß ließ sie einen Kräutertrank brauen. Beides würde den Bader beruhigen und ihm einen Teil der Schmerzen nehmen. Es war allerdings nötig, dass er erwachte, denn wie sollte sie ihm sonst das Gebräu einflößen? Dudernixen stöhnte hin und wieder auf, hielt aber die Augen fest geschlossen. Als Hiske ihn mit lauwarmem Wasser grob reinigte, regte er sich und sah die Hebamme mit glasigem Blick an. »Ihr hier?«

»Was ist geschehen?«

»Durst«, sagte der Bader, ohne auf ihre Frage einzugehen.

»Ich habe solchen Durst!«

Hiske flößte ihm zunächst Wasser ein, der Kräutertrank war noch zu heiß. »Sprecht, wenn Ihr könnt!«, forderte sie ihn auf und schob augenblicklich die Frage nach, die ihr am stärksten unter den Nägeln brannte. »Habt Ihr Jan in der letzten Zeit gesehen?«

»Ja, in Emden«, nickte der Bader, während er Hiske den Becher beinahe aus der Hand riss, weil er mehr trinken wollte. Seine Stimme klang schwach, aber dennoch lag unverkennbar Häme darin. »Hat sich dort mit einer Duuvke vergnügt. Ein Vollweib!«

Hiske fuhr zurück und nahm ihm das Wasser weg, zumal er die Hälfte bei seinen förmlich ausgespuckten Worten über dem schmutzigen Hemd verteilt hatte. Sie riss ein sauberes Hemd aus dem Gesindeschrank und tauschte es gegen das nasse und verdreckte. Er stöhnte dabei vor Schmerzen. Da es in der Gesindestube nur eine kleine Feuerstelle gab, war es empfindlich kalt, und Dudernixen durfte sich in seinem Zustand keinesfalls erkälten. Ein nasses Hemd könnte tödlich sein. »Ihr redet wirr, Bader.«

Der Mann schüttelte das Haupt, verzog dabei das Gesicht vor Schmerzen. »Nein. Ich weiß genau, was ich sage. Ich kenne das Duuvkehuus dort gut.«

Hiske schenkte Dudernixens Worten keinen Glauben. Niemals würde Jan ihr das antun. Sie versuchte, den Kopf des Baders auf dem Strohkissen in eine bequeme Position zu lagern, was schwierig war, denn das Bett in der Gesindekammer war nicht annähernd so komfortabel wie es sein eigenes sein würde. Dennoch – es war wichtig, dass er nicht einschlief, sondern ihr Rede und Antwort stand. Seine Stirn glühte, dennoch schien es ihm äußerst wichtig, seine Erlebnisse loszuwerden. »Ein Überfall. Schwarze Reiter«, flüsterte er. »Schwarze Reiter. Dabei starb Lambertus. Sie haben ihn getötet.« Seine Stimme erstarb.

Hiske gab ihm einen weiteren Schluck Wasser. Er sollte weitersprechen, aber nicht von dem Hinterhalt! »Geht es Jan in Emden gut? Bitte, bitte sagt es mir!«, flehte sie ihn an.

Der Bader schloss die Lider, seine Augäpfel bewegten sich hektisch darunter hin und her, seine Zunge versuchte, die spröden Lippen zu befeuchten. Hiske wusste selbst, dass es unmenschlich war, ihn in seinem Zustand so zu bedrängen, aber wenn Dudernixen die Nacht nicht überlebte, hatte sie die einzige Möglichkeit vertan, etwas über Jan herauszufinden.

»War ein schönes Weib. Es ähnelte Euch!« Der Bader warf den Kopf in den Nacken, bleckte die Zähne. Seine Schmerzen mussten unerträglich sein. Hiske flößte ihm nun den Kräutertrank ein, um sein Leiden zu lindern. Und um die vielleicht überlebenswichtigen Schnitte zu setzen. Sie würde außerdem einen Beißring aus Stoff benötigen, damit er diesem Schmerz gewachsen war.

Dudernixen befand sich längst wieder in seiner eigenen Welt. »Blut. Viel Blut ...« Der Bader riss die Augen auf, versuchte hochzukommen und ließ sich, von Schmerzen gepeinigt, sofort wieder nach hinten fallen. »Gott sei ihren Seelen gnädig. Der Herr ist groß. Tut Buße. Hosianna, seid reuige Sünder!« Er verlor sich in einer Litanei von Bibelsprüchen, woraus Hiske schlussfolgerte, dass Dudernixen von den Ereignissen so tief getroffen war, dass sein Gehirn sich weigerte, der Wirklichkeit ins Auge zu sehen.

»Ihr seid Vater geworden«, versuchte die Hebamme den Bann zu brechen. »Ein gesundes Mädchen, und Eurem Weib geht es gut.«

Dudernixen hörte auf vor sich hinzubrabbeln, wirkte einen

Moment klarer. »Ein Mädchen?« Sein Blick war verschleiert, aber Hiskes Worte schienen ihn erreicht zu haben.

Hiske nickte der Magd zu, die das Neugeborene aus der Kammer holte und es dem Bader zeigte. Er griff mit zitternden Fingern nach der kleinen Faust des Kindes, öffnete sie und streichelte die Handinnenfläche mit seiner Fingerkuppe. Allein diese Bewegung musste Melchior Dudernixen grausame Schmerzen bereiten, dennoch glitt ein Lächeln über sein gequältes Gesicht, und die Hebamme wusste, dass er diesem Kind nichts antun würde, falls er je genas. Er war ihm zugetan, vermutlich viel mehr, als es Magda war. Das Leuchten, das sie bei ihr vermisst hatte, zeigte sich nunmehr bei Melchior. »Deswegen habe ich durchgehalten«, flüsterte er. »Nur dafür. Ich bin ein gläubiger Mann. Von Gott auserwählt. Ich habe wie Jesus die Wüste durchwandert, ich bin ein Prophet.« Dudernixen stierte zur Decke und verfiel ein weiteres Mal in seine Litanei.

Hiske befürchtete, heute bei ihm nichts mehr zu erreichen, aber sie konnte und durfte nicht aufgeben. Auf des Baders Stirn zeigten sich große Schweißperlen, er schien Fieber zu bekommen, was mitnichten Gutes verhieß. Die Hebamme wies die Magd an, das Mädchen zurück in die Wiege zu legen. Dudernixen war nicht Herr seiner Sinne, und dennoch war Hiske sicher, dass die aufglühende Liebe zu seinem Kind echt gewesen war.

»Melchior?«, hakte sie erneut nach. »Was wisst Ihr von Jan? Ich will nur wissen, ob es ihm gut geht!«

Der Bader unterbrach sein religiöses Gestammel. Ein flüchtiges Grinsen überzog sein Gesicht, und für einen kurzen Moment glaubte Hiske, darunter den alten Bader wiederzuerkennen – jenen mit seiner an Dummheit grenzenden Falschheit, die niemals Gutes gebracht hatte. Die folgenden

Worte kamen denn auch beinahe genussvoll über seine Lippen. »Jan Valkensteyn war bei einer Hure in Emden, als ich ihn aufgegriffen habe. Gräm dich nicht, Weib. Er ist ein Mann.« Dudernixen hatte sich bei den wenigen Sätzen kurz aufgerichtet, sank dann aber sofort zurück.

Hiske schloss die Augen. So verwirrt der Bader auch wirkte, sie wusste, dass er dieses eine Mal nicht gelogen hatte. Dieses eine Mal nicht. Aber egal, was sie eben gehört hatte, sie musste diesem Mann das Leben retten. Sie flößte ihm den Kräutertrank ein, drehte ihn, nachdem er ruhiger geworden war, auf die Seite und fesselte ihn an die Bettstatt. Dann gab sie ihm vorsichtshalber ein Stück Leinen zum Draufbeißen und tat, was sie tun musste. Dudernixen schrie und schrie, bis ihn eine gnädige Ohnmacht von seiner Tortur befreite. Hiske versorgte die Wunden mit einer Paste aus Eichenrinde und legte ein sauberes Tuch darüber. Die Hebamme zweifelte, dass er überlebte.

Anschließend verließ sie wortlos die Kammer und erklärte der Magd im Flur, dass sie später zurückkommen würde, um die Verletzungen neu und besser zu verbinden. Jetzt wollte sie nur noch eines: das Baderhaus so rasch es ging zu verlassen.

8. Kapitel

Es dämmerte bereits, ehe der Hauptmann die Erlaubnis zur Rast erteilte. Er hatte ihnen bislang keine Pause gegönnt. Wegen des Tauwetters waren die Pfade rutschig und überaus gefährlich, sodass die Pferde ständig ausrutschten. Eines hatte sich sogar das Bein gebrochen und musste erstochen werden. Jan hatte das qualvolle Wiehern noch im Ohr.

»Es ist nicht mehr weit bis Oldenburg. Dort werden wir vorerst bleiben. Ruht Euch kurz aus. Die Reise ist bald geschafft.« Franz von Eisenberg holte ein Stück Speck aus seinem Beutel und hieb die Zähne hinein. Das Fett tropfte ihm auf den Umhang, doch das schien ihn nicht zu stören. Er schmatzte vor sich hin, klaubte auch noch einen Kanten Brot heraus. Er wirkte mit sich und der Welt völlig zufrieden.

»Was wollt Ihr in Oldenburg?«, hob Jan an. Bislang hatte ihm keiner die wahren Hintergründe seiner Entführung genannt.

»Wir werden unsere Ziele verfolgen. Seid gewiss, dass Euch und dem Hebammenweib nichts zustoßen wird, wenn Ihr genau das tut, was ich von Euch verlange.« Franz von Eisenberg trank einen Schluck Wein, den er ebenfalls in einem Schlauch aufbewahrte. Er ließ die Flüssigkeit lange in seinem Mund hin und her kreisen, schluckte langsam und lächelte zufrieden. Er schien kein Mann zu sein, der gern darbte.

»Was wird das sein?« Jan griff zu dem dargebotenen Fleisch, denn egal, wie schlecht es ihm ging, er musste bei Kräften bleiben, sonst war es unmöglich, das hier zu überstehen. Wie er Franz von Eisenberg einschätzte, gab der sich nicht mit Halbheiten zufrieden. Wenn Jan sich seinen Forderungen widersetzte, würde er nicht zögern, an Hiske Rache zu üben. Jan fühlte sich bereits schuldig an Liekes Tod, so blieb ihm keine Wahl, als den Anordnungen von Eisenbergs Folge zu leisten. Das war das Mindeste, was er für seine große Liebe tun konnte. So aß und trank er, bis seine Bedürfnisse gestillt waren. Er schloss die Augen, denn er war plötzlich so müde, dass er unfähig war, einen klaren Gedanken zu fassen.

Nach einer Weile rüttelte jemand an seiner Schulter. Mittlerweile war es stockdunkel, und es war merklich kühler geworden. »Aufstehen, Valkensteyn. Wir wollen das letzte Stück im Schutz der Dunkelheit schaffen. Das ist sicherer.« Franz von Eisenberg stand mit verschränkten Armen wie ein Koloss vor ihm. Hinter ihm reihte sich eine Horde Männer, die in der Mitte eine junge Frau führten. Franz von Eisenberg wies mit der Hand auf sie. »Außerdem möchte ich Euch meine Tochter Jelda vorstellen. Sie ist eben angekommen, wir haben hier auf sie gewartet.«

Aus dem Dunkel schob sich die zarte Gestalt ins Licht der Laterne, und Jan musste die Augen zusammenkneifen. Obwohl Jelda von Eisenberg einen Umhang trug und ihr Haar von der Kapuze verdeckt war, zweifelte Jan nicht daran, je eine schönere Frau gesehen zu haben. Ihre Wangenknochen standen hoch und rahmten die fein geschnittene Nase ein, und ihre Lippen verzogen sich zu einem unwiderstehlichen Lächeln, das eine Reihe ebenmäßiger Zähne freigab, die so perfekt aneinandergereiht waren, als habe sie Gott persönlich eingepflanzt. Die Augen hingegen schimmerten im Licht der Laterne grün. Fast schien es, als habe der Herr mit der jungen Frau etwas ganz besonders Schönes schaffen wollen. Als sie die Kapuze für einen Moment herunterzog, fielen hellblonde Locken über die zarten Schultern.

»Guten Abend, Jelda«, quetschte Jan heraus; irgendetwas musste er schließlich sagen, um von Eisenberg nicht zu verärgern.

»Du magst sie«, stellte der lapidar fest, so als spräche er von einem Gegenstand.

Und doch horchte Jan bei den Worten auf, spürte, dass von Eisenberg noch mehr loswerden wollte.

Und so geschah es auch. »Das ist gut, dass du sie magst. Du wirst sie nämlich ehelichen.« Damit ergriff er den Arm seiner Tochter und hievte sie auf ihren Schimmel, der gleich neben Jans Lager stand.

Jan erhob sich schleppend. Er glaubte, sich verhört zu haben, oder besser: Er wünschte es. Das, was Franz von Eisenberg verlangte, war unmöglich. Er liebte Hiske, egal, wie schön Jelda war. Sein Herz gehörte der Hebamme, was auch geschah. Er bestieg das Pferd, und während sie sich Stück für Stück der Stadt Oldenburg näherten, wurde ihm immer klarer, dass er keine Wahl hatte, wenn Hiske überleben sollte. Er musste Jelda von Eisenberg heiraten. Ob es ihm gefiel oder nicht.

Coevorden und Goldschmidt waren auf dem Weg zur Burg. Krechtings Knecht hatte vor einer Stunde vor ihrer Tür gestanden und sie gebeten zu kommen. Hinrich benötigte ihre Hilfe, weil er sich allein auf die Einschätzung des Landrichters nicht verlassen wollte. Es ging um den Toten, den Dudernixen angeschleppt hatte. Dieses Ereignis war in aller Munde. Seitdem der Arzt, den er sonst gern zu Rate gezogen hatte, nicht mehr in Gödens weilte, hatte er sich seinen beiden Freunden wieder enger angeschlossen. Sie bildeten eine eingeschworene Gemeinschaft, und als alte Weggefährten waren sie über diese Entwicklung froh. Immerhin hatten sie in Münster Seite an Seite gekämpft, und nur wenige ihrer Glaubensbrüder hatten den Ansturm der Truppen von Bischof von Waldeck überlebt, nur einigen war die Flucht nach Ostfriesland gelungen. Sie mussten zusammenhalten, denn noch immer war die Gefahr groß, dass sie doch eines Tages aufgespürt und von den Papisten zur Rechenschaft gezogen werden würden. Der Hass auf beiden Seiten war gewaltig. Nie konnte man sich sicher sein, ob man sich einem Freund oder einem Feind gegenübersah. Auch in der Herrlichkeit nicht. Immerhin duldete die Häuptlingswitwe einen Mönch.

Die beiden Männer trafen zeitgleich mit Krechting ein. Der wirkte nervös und nickte Coevorden und Goldschmidt flüchtig zu, sagte jedoch kein Wort. Der Leinenweber erahnte den Grund für die Anspannung. Wegen des Toten konnte es passieren, dass Leenard Bouwens nicht kommen würde, und so gäbe es für die Mennoniten weder Abendmahl noch Taufe. Krechting aber war auf das Wohlwollen dieser Gemeinde angewiesen. Es war ihm äußerst wichtig, dass sie ihn als ihresgleichen akzeptierten. Er hatte es eben nie ganz verwinden können, dass er mit dem Neuen Jerusalem gescheitert war. Seinen Wechsel zum reformierten Glauben hatten ihm etliche der Täufer nicht verziehen, selbst wenn sie die Notwendigkeit erahnten.

Es war mittlerweile dunkel geworden, und als die Männer mit ihren Laternen die Scheune der Burg betraten, mutete die Szenerie gespenstisch an. Die Weggefährten stellten sich andächtig vor den Toten, denn Krechting legte äußersten Wert darauf, den Verstorbenen auch nach ihrem Tod genügend Achtung entgegenzubringen. Nachdem sie eine Weile so ausgeharrt hatten, hob der Jurist das Tuch an und zuckte augenblicklich zusammen. »Nein«, stieß er hervor. »Das kann nicht sein. Das darf einfach nicht sein!«

Coevorden und Goldschmidt blickten ihn fragend an, wagten es aber nicht, sich von allein zu nähern. Krechting wirkte zutiefst ergriffen und brauchte eine Weile, ehe er sich gefangen hatte. »Männer, es wird ernst. Das hier ist«, er machte eine bedeutungsschwere Pause, »Lambertus de Wieck.«

Krechting entfernte das Tuch mit einem Ruck und starrte auf die blutdurchtränkte Kleidung sowie die Wunden, die man Lambertus zugefügt hatte. Das Leinen hielt er zitternd fest, aus seinem Gesicht war jegliche Farbe gewichen. Coevorden und Goldschmidt erstarrten ebenfalls, als sie den Toten ansahen.

»Sie haben unserem alten Freund das Fleisch aus dem Körper gerissen«, flüsterte Krechting. »Genauso, wie sie es mit unseren Brüdern in Münster getan haben. Mit Jan van Leyden, mit meinem Bruder Bernd und dem Bürgermeister Knipperdolling. Genauso!«

»Gott ist groß. Hosianna«, sagte Goldschmidt und sandte einen Blick zum Himmel. »Der Herr ist groß. Tut Buße, Brüder und Schwestern! Das ist ein Signum, wenn unsere Brüder so sterben wie der Prophet und die, die ihm nahestanden!«

Krechting reagierte nicht auf den Ausbruch seines Freundes, sondern wies stumm auf das Lederband mit einer Silbermünze, das der Verstorbene um das Handgelenk gewickelt hatte. Sie trug die Inschrift:

Ein Gott
Ein Glaube
Eine Taufe

»Das ist unser Spruch, Epheser 4,5«, flüsterte Krechting, und er wusste, dass Coevorden und Goldschmidt nun ähnliche Gedanken durch den Kopf gingen. Die Taufe, die Voraussetzung für die Aufnahme in die Gemeinde. Nur ein Glaube!

Ein einziger! Ihrer! Nicht der der Papisten oder der der Stehengebliebenen.

»*Denn wir sind durch einen Geist alle zu einem Leib getauft*«, sprach Goldschmidt aus. Eine merkwürdige Stimmung hatte sich bei den Worten aus dem Korintherbrief über die kleine Gruppe gelegt.

Die nachfolgende Stille war beinahe unerträglich.

»*Wer nicht von Neuem geboren wird, kann das Reich Gottes nicht sehen!*«, rezitierte Krechting nun das, was sie in Münster immer getan hatten. Glauben, einfach nur glauben, hoffen und warten. »Hosianna! Gott ist groß, meine Brüder!«

»*Es sind viele Anschläge in eines Mannes Herz, aber der Rat des Herrn bleibt stehen*«, ergänzte Coevorden. »Wir waren gesandt, den Glauben in die Welt zu bringen. Wir müssen es wieder tun!«

»Man hat uns bis heute nicht vergessen. Hosianna«, sagte Goldschmidt fast tonlos. »*Und das Wort ward Fleisch und wohnte unter uns und wir sahen seine Herrlichkeit, eine Herrlichkeit als des eingeborenen Sohnes des Vaters voller Gnade und Wahrheit!* Amen.«

Krechtings Gesicht war nach wie vor von unnatürlicher Blässe, und hinter seiner Stirn arbeitete es angestrengt. »Ich muss nachdenken«, flüsterte er nach einer Weile. Er wirkte gebrochen. Der Jurist blickte um sich, doch die drei Männer waren allein mit dem Toten. Der Leichnam strömte trotz der Kälte einen unangenehmen Geruch aus, und so war keiner der Bediensteten erpicht darauf, der Leichenschau beizuwohnen. Krechting nahm dem Toten das Lederband ab und ließ es in seinem Wams verschwinden. »Besser, das weiß noch niemand. Wir müssen erst wissen, wer dahintersteckt. So lange bleiben wir dabei, dass es sich um einen Mord bei einem Überfall handelt.«

Seine Freunde widersprachen ihm nicht. Als sie das Tuch gerade wieder über Lambertus de Wieck gezogen hatten, stürmte der Landrichter Wolter Schemering um die Ecke. Er blieb zunächst in der Stalltür stehen und taxierte die drei Männer. »Weiß man schon, wer der Tote ist?« Er war nicht korrekt gekleidet und wirkte, als sei er eben aus dem Bett gekrochen, denn sein Haar hing ihm wirr in die Stirn. Abwartend sah er seinen Ohm Krechting an.

»Ja, Neffe«, erwiderte der. »Es ist Lambertus de Wieck.«

»Oh mein Gott!«, stieß Wolter aus. »Wieso war der mit Dudernixen unterwegs?«

»Wir wissen es noch nicht. Er hat Wunden wie einst der Prophet und sein Gefolge.«

Wolter Schemering erbleichte. »Was für ein merkwürdiges Zusammentreffen. Ich habe heute eine Epistel erhalten, die mich arg beunruhigt hat. Was bedeutet das alles?« Wolter fuchtelte wild mit den Armen in der Luft herum. »*Amen, ich sage dir! Wenn einer nicht aus Wasser und Geist geboren wird, kann er nicht in das Reich Gottes kommen*. Das kennt Ihr ebenso gut wie ich.«

Die vier Männer sahen sich stumm an, bis Krechting mühsam sagte: »Diese Bibelzitate sind eine Warnung an uns alte Täufer aus Münster! Man will uns mit unseren eigenen Worten schlagen, und sie beanspruchen sie für sich selbst. Das kann nur von einer Seite kommen!«

»Bischof von Waldeck!«, ergänzte Wolter. Der Schein des Feuers tanzte in ihren Augen und offenbarte das Entsetzen, das in ihnen lag.

Hiske rannte zu Garbrands Haus. Sie musste dringend mit jemandem sprechen, dem sie vorbehaltlos vertraute. Zu Hause saß Tomma wie eine Spinne im Netz und war nur darauf aus, ihre Vergangenheit loszuwerden. Eine Geschichte, die Hiskes Welt zum Wanken bringen könnte und die sie deshalb nicht hören wollte. Dudernixen hatte behauptet, dass Jan bei einer Hure gewesen war. Wie sollte sie all das aushalten? Seitdem Tomma bei ihr eingezogen war, seit es diesen Drohbrief gegeben hatte, verliefen sämtliche Wünsche und Vorstellungen im Nichts.

Als sie in die Straße einbog, die zum neuen Siel führte, merkte sie, dass ihr Gesicht tränennass war. So konnte sie dem Mönch unmöglich unter die Augen treten, er würde sich zu sehr erschrecken. Folglich hielt sie inne und drückte sich in einen Hauseingang, bis das Schluchzen verebbte. Mit einem Mal hörte sie Fußtritte. Nikolaus schlich an ihr vorbei. Er glitt lautlos mit gesenktem Haupt übers Pflaster, blieb alle paar Schritte stehen, sah sich nach hinten um und lief dann weiter. Ganz eindeutig hatte er etwas unter seinem Umhang verborgen. Seinem Verhalten nach fürchtete er, jemand könne ihn entdecken. Hiske vergaß für einen kurzen Moment ihre eigenen Sorgen und folgte Nikolaus in sicherem Abstand. Sie wollte wissen, was er im Schilde führte. Von allen Menschen in der Herrlichkeit war der Mann ihr am unheimlichsten. Man konnte ihn nicht durchschauen, und obwohl Hiske eine gute Menschenkennerin war, blieb ihr sein Innerstes fest verschlossen. Hatte er etwas mit Tommas Auftauchen zu tun? Vorsichtig huschte Hiske ihm von Hauseingang zu Hauseingang hinterher. Nikolaus plante offensichtlich nicht, in der Neustadt zu bleiben, sondern verließ den Flecken in Richtung Burg Gödens, was auch immer er dort am späten Abend wollte. Hiske gab ihre Verfolgung auf. Sie wagte nicht, ihm in die Marsch nachzugehen; wer wusste schon, was er mit ihr anstellte, wenn er bemerkte, dass er beschattet wurde.

Mit gesenktem Kopf lief die Hebamme zum Haus Garbrands zurück. Zaghaft klopfte sie an dessen Kammer. Der Mönch wirkte seltsam aufgeräumt und hatte offenbar nicht getrunken. »Gott zum Gruße, Hiske!«

Sie sah ihn verwundert an, denn es war in den Jahren ihrer Freundschaft noch nie vorgekommen, dass er sie so begrüßt hatte. »Ist alles in Ordnung, Garbrand?«, fragte sie.

»Nein«, erwiderte er. »Nein, nichts ist in Ordnung.« Er senkte sein Haupt und wirkte plötzlich unglaublich verletzlich.

Hiske legte ihre Hand auf seine Schulter. »Sprich mit mir!«

Er hob den Blick, seine Augen waren tränenunterlaufen, die Augäpfel spiegelten ein unnatürliches Rot wider, und sein Körper zitterte. »Es wird nichts je wieder in Ordnung kommen, wenn ich nicht endlich meiner Bestimmung nachgehe. Aber ich vermag es nicht.« Der Mönch sackte erneut in sich zusammen. »Ich darf es nicht!«

Die Hebamme zog Garbrand auf den Stuhl und setzte sich ihm gegenüber auf die Bettstatt. Sie verstand auf Anhieb, was ihren Freund bewegte. »Du möchtest wieder als Katholik leben, und in der Herrlichkeit bleibt es dir verwehrt. Du musst fort? Ist es das?«

Garbrand nickte, machte jetzt einen wesentlich gefassteren Eindruck. »Nicht nur«, begann er dennoch zögerlich. »Ich wollte Gödens verlassen, plante nach Paris zu reisen und mich den Jesuiten anzuschließen. Doch dann kam diese Botschaft.« Er räusperte sich. »Es hat nämlich nicht nur der Brief vor deiner Tür gelegen.« Garbrand wartete Hiskes Reaktion ab.

»Nicht nur der Brief mit dem Stein?«, hakte sie vorsichtig nach. Sie konnte keine weiteren schlechten Nachrichten ertragen.

»Nein, leider. Es lag auch noch ein weiteres merkwürdiges Bibelzitat dabei. Es hat mir Angst gemacht.«

»Noch eins?«, unterbrach Hiske ihn.

Garbrand nickte. »Die Worte waren ganz schlicht auf einer Papierrolle verfasst, und gerade die Einfachheit hat mich stutzig gemacht. Mich geradezu beunruhigt. Warum fragst du?«

»Tomma hat auch so eine bei sich.« Die Hebamme sah zu Boden. »Ich habe in ihren Sachen gewühlt und sie zufällig gefunden. Ich musste doch mehr über sie wissen. Sie macht mir Angst!«, rechtfertigte sie sich.

Garbrands Hände schossen zur Decke, und er winkte ab. »Nur verständlich.«

»Warum aber hast ausgerechnet du es mir vorenthalten?«

»Ich wollte dich schonen, alles ignorieren, weil ich ohne schlechtes Gewissen verschwinden wollte. Doch plötzlich stand Magda Dudernixen vor mir. Sie hat mich bedroht. Sie hat behauptet, Tomma sei wegen eines alten Verbrechens hier. Und dass ich dich nie alleinlassen dürfte, denn du müsstest sterben, wenn du Tomma Gehör schenkst. Was ist, wenn es einen Zusammenhang gibt?«

»Sie war also nicht nur da, um dich von Tommas schon längerem Aufenthalt in Gödens zu unterrichten?«

Garbrand schüttelte den Kopf.

»Und was genau habe ich damit zu tun?«, fragte Hiske.

»Nun, die Botschaft lag vor deiner Tür. Und Tomma will dich auf ihre Seite ziehen.«

Die Hebamme überlegte. »Aber warum will Magda unbedingt, dass ausgerechnet du bleibst?«

Garbrand schnaubte wie ein altes Ross. »Weil sie ihre Freude daran hat, wenn mich die Mennisten zerquetschen. Krechting wird seine Vorstellungen mit aller Härte durchsetzen. Sie baut darauf, dass sich der Hass gegen Menschen meines Glaubens verstärken wird. Es wird die Zeit kommen, in der sie Papisten nicht weiter in der Herrlichkeit dulden werden. Ich habe von Gegenden in Ostfriesland gehört, wo es keinen Katholiken mehr gibt. Magda hofft, dass sie mich irgendwann lynchen werden. Sie genießt die Hetze gegen den Papst.« Garbrand stand auf, holte sich einen Becher Wasser, denn seine Stimme war von Satz zu Satz brüchiger geworden. »Sie will deswegen meinen Untergang. Sie täuscht sich nicht, weil sie mit mir das machen werden, was die Katholiken in anderen Gegenden mit Ketzern wie den Menschen hier tun. Das Land lechzt nach Blut, und alle glauben im Recht zu sein und in Gottes Namen zu handeln.«

»Gerade deshalb musst du gehen«, sagte Hiske ruhig. »Ich bin mit dir einer Meinung, dass es für dich in der Herrlichkeit Gödens, ja, in ganz Ostfriesland, keine geistige Heimat gibt. Und da ich erkenne, wie wichtig es für dich ist, wirst du diesen Weg einschlagen, ohne auf uns Rücksicht zu nehmen, denn es wäre nicht recht, das von dir zu fordern!« Sie zögerte. »Bislang glaubte ich dich hier sicher. Dachte, die anderen Katholiken werden dich lynchen, weil du unter Ketzern gelebt hast. Aber nun wendet sich das Blatt, und du musst tun, was deine Bestimmung ist, weil du auch hier nicht mehr geschützt bist.«

Garbrand blickte Hiske völlig verzweifelt an. Ihm zitterte vor Ergriffenheit noch immer die Stimme. »Solange Jan nicht da ist, werde ich dich nicht alleinlassen! Du und der Wortsammler, ihr seid die einzigen Menschen, die stets zu mir gestanden haben und denen meine Gesinnung egal war. Jetzt seid ihr vermutlich in großer Gefahr. Wie könnte ich da einfach nach Paris verschwinden und so tun, als wäre nichts?«

Hiske griff nach dem Unterarm des Mönchs. »Ich habe nie gewusst, wie sehr du deine Religion vermisst«, stellte sie fest. »Niemals. Du hättest sogar schon eher gehen müssen.«

Garbrand hatte sich in Rage geredet und war nicht mehr zu stoppen. »Ich sehne mich nach den Exerzitien, nach Disziplin. Je länger ich darüber nachdenke, desto sicherer bin ich, dass ich bei den Jesuiten endlich zur Ruhe kommen werde. Meine Seele wird gelabt werden, und das wird mir eine ungeahnte innere Freiheit bescheren. Ich werde mich mit Freuden dem Ritus der Vier-Wochen-Exerzitien unterziehen und mich danach geläutert fühlen.« Der Mönch zitterte vor Eifer.

»Alles wird gut!«, beruhigte Hiske ihn. »Um mich und den Knaben musst du dir keine Sorgen machen. Krechting wacht über uns.«

Garbrand kaute auf seiner Unterlippe, das Zittern seiner Hände hatte bei Hiskes tröstenden Worten merklich nachgelassen. Dennoch schüttelte er heftig den Kopf. »Ich kann nicht.«

»Warum? Was hält dich ab? Wir werden zeitlebens Freunde sein, nie wirst du aus meinem Herzen oder dem des Wortsammlers verschwinden. Sei unbesorgt. Auch die Briefzustellung klappt immer besser. Jetzt, wo kein Krieg herrscht.«

Garbrand indes hob ein weiteres Mal abwehrend die Hände. »Du unterschätzt die Bedrohung. Ich habe die Worte dieses Weibes so interpretiert, dass hinter Tommas Auftauchen eine wahrlich gefährliche Geschichte steckt. Das passt dazu, dass die Drohung zuerst bei dir ankam.«

Hiske schüttelte den Kopf. »Ich sehe nicht, warum ich da mit hineingezogen werde. Tomma wird morgen früh die Kate verlassen. Ich schenke ihren Worten keinen Glauben. Und du nimmst das nächste Schiff, wenn es wieder möglich ist zu reisen. Nach wie vor bin ich der Überzeugung, dass diese Drohung einzig mit dir als Katholik zu tun hat, und schon von daher ist es das Beste, du gehst, wenn es wirklich dein Wille ist.« Sie stand auf. »Krechting hatte das auch schon vorgeschlagen, da habe ich ihm aus Angst um dich diese Idee um die Ohren gehauen.«

Garbrand ergriff Hiskes Hand und strich mit dem Daumen über den Handballen. »Es wird keiner erfahren, wo ich gelebt habe. Ich bin ein verlorenes Schaf, das seiner Herde bedarf, und so werden die Jesuiten mich sehen.«

Hiske atmete erleichtert aus. »So soll es geschehen, Garbrand.«

»Magda Dudernixen ist und bleibt ein Otterngezücht«, stieß er schließlich aus. »Sie will nicht nur mich vernichten, ihr Hass gilt auch dir. Und sie behauptet, ihr Mann stecke auch mit darin.«

Hiske lachte auf. »Melchior Dudernixen hat doch überall seine Finger drin, wenn es um krumme Geschäfte geht. Das ist wahrlich kein Grund für dich zu bleiben.«

Garbrand nickte zustimmend. »Sie weiß, dass du nicht allen Neustädtern geheuer bist und etliche nach einem Grund suchen, einen Schuldigen für die Widrigkeiten des Lebens zu finden. Davor schützt auch die Reformation nicht. Bedenke nur, wie viele Weiber in Ostfriesland auf dem Scheiterhaufen enden! Und das, obwohl Gräfin Anna eine überzeugte Reformerin ist. Darauf wartet Magda Dudernixen, und sie will sich an deinem Leid weiden.«

»Ja, sie ist eine Schlange«, entfuhr es der Hebamme. »Was muss sie mich hassen, wenn sie sich das alles für mich wünscht.« In ihrer Stimme klang große Trauer mit. »Und doch nimmt sie meine Dienste in Anspruch.«

»Das tut sie«, bestätigte Garbrand. »Ihr gegenüber hast du dir nie etwas zuschulden kommen lassen.« Er machte eine kurze Pause. »Außer, dass ihr Mann dich begehrt, seitdem du den ersten Schritt auf Gödenser Boden gesetzt hast.«

»Ich habe ihn nie ermutigt!«

»Weshalb er dich vor allem haben will«, sagte Garbrand düster. »Sie verzeiht dir weder deine Schönheit noch deine Anmut, gleichwohl sie selbst eine Augenweide ist. Nur hat sie offensichtlich den Glauben daran verloren, weil ihr Mann nur fremde Weiber im Sinn hat.«

»Mich trifft es aber, dass sie so über mich urteilt«, seufzte Hiske. »Nun denn, egal, was sich das Badersweib erhofft: Du wirst deiner Berufung folgen und sobald es geht zu deiner Reise aufbrechen. Alles andere würde ich mir nie verzeihen.«

»Ich warte auf Jans Rückkehr, und hernach werde ich mein Leben als gläubiger Katholik beenden«, beharrte der Mönch auf seinem Plan. »Alles andere könnte ich mir nämlich nicht verzeihen.«

»Du musst nicht mehr ausharren, bis Jan kommt«, flüsterte Hiske. »Wer weiß, ob alles noch so sein wird, wie wir es uns wünschen.«

»Er liebt dich«, sagte Garbrand trotzig. »Warum sollte es sich verändert haben?«

Hiske drückte seine Hand. »Weil ... ich ...«, sie hielt kurz inne. Es fiel ihr schwer, die folgenden Worte auszusprechen. »… ich ihn nicht mehr will.«

Garbrand zuckte zusammen, als hätte man ihn geschlagen. Die nächste Frage brauchte er nicht auszuformulieren. Hiske beantwortete sie auch so. »Er war in Emden bei einer Hure!« Die Hebamme spuckte den Satz förmlich aus.

»Wer behauptet das?«

»Dudernixen. Und so wirr er erschien: Es klang verdammt ehrlich.«

Garbrand sprang so heftig von seinem Stuhl auf, dass er hintenüberkippte. »Der Bader ist zurück?«

Hiske erklärte ihm mit wenigen Sätzen, in welcher Verfassung Dudernixen in die Herrlichkeit gelangt war. Sie hatte es tatsächlich noch nicht erzählt, so sehr war sie von den anderen Ereignissen abgelenkt worden.

Garbrand schluckte. »Möglicherweise war Jan tatsächlich im Hurenhaus, aber er hat dich nicht betrogen und hat ganz sicher nicht das getan, was andere Männer dorthin zieht. Das würde er nicht tun. Du musst ihm vertrauen. Er liebt dich! Er liebt dich mehr als sein Leben, ich kenne ihn.« Er hob den Stuhl auf und setzte sich wieder hin. »Bedenke doch, wer dir diese Nachricht hat zukommen lassen. Der Bader!« Er lachte kurz auf. »Und dann überlege, was er schon immer getan hat, und denke an deine eigenen Worte eben. Er ist aus falschem Holz geschnitzt.«

Hiske schluckte. Sie schämte sich, weil Garbrand recht hatte. Es gab keinen Grund, Jan zu misstrauen. Wie sollte sie ihn heiraten, sofern sie jedem Gerücht Glauben schenkte? Vor allem, wenn es von Menschen kam, deren Lebensinhalt es war, Zwietracht zu säen. »Ich werde mit ihm nach seiner Rückkehr reden«, lenkte sie ein. »Aber das ändert nichts daran, dass du baldigst nach Paris gehen wirst.« Sie zögerte. »Du bist nicht mehr der Jüngste. Die Reise ist beschwerlich, und allein deines Alters wegen solltest du dich schon bald auf den Weg machen. – Wer sind diese Jesuiten? Ich habe noch nie etwas von ihnen gehört.«

Garbrand erzählte, was er wusste, kramte sogar die Schriften hervor. Hiske las sich alles durch. Sie fühlte sich in ihrer Meinung bestätigt, denn das, was sie über diese Mönche erfuhr, bestärkte sie darin, dass diese Glaubensgemeinschaft tatsächlich für ihren Freund eine neue Heimat werden konnte. »Ich freue mich, dass du deine Berufung gefunden hast, und ich werde die Letzte sein, die dich davon abhält. Am besten gibst du mir jetzt dieses Papier. Ich werde damit zu Krechting gehen, er kann sich darum kümmern. Du musst dir keine weiteren Sorgen um mich machen. Denn er wird mir vortrefflichen Schutz gewähren. Er schätzt mich, das weißt du. Lange dauert es bis zu Jans Rückkehr nicht mehr. Es wird von Tag zu Tag wärmer.«

Garbrand stand auf. »Ich gebe es dir. Es wird die beste Lösung sein.« Er schob die Decken samt Leinen beiseite und durchwühlte die Truhe. Schließlich richtete er sich auf. »Ich kann es dir nicht überreichen! Es ist fort.«

»Wer war in deiner Kammer, seitdem du es hast?«, fragte Hiske.

»Die Badersfrau«, überlegte Garbrand. »Sie war hier. Aber ich habe sie keinen Moment aus den Augen gelassen. Wie sollte ich auch bei diesem Weib? Womöglich ist sie bei mir eingedrungen, als ich weg war. Immerhin wusste sie bei ihrem Besuch auch von den Schriften der Jesuiten.«

»Magda also«, wiederholte Hiske. »Und wer noch? Wer könnte sich außerdem Zutritt verschafft haben?«

»Nikolaus«, sagten dann beide wie aus einem Mund.

»Er treibt sich ständig hier herum, auch wenn ich nicht da bin«, ergänzte Garbrand.

Hiske wandte sich zur Tür. »Kümmere du dich um ihn, ich habe ein Auge auf Magda. Ich muss jetzt ohnehin noch einmal zum Baderhaus, weil ich Dudernixens Verband kontrollieren will. Dabei kann ich gleich einen Blick auf die Wöchnerin und ihr Neugeborenes werfen. Wir werden die Botschaft finden.«

Der Mönch sah sie fragend an. »Ich kann dir nicht folgen. Du hast nicht alles erzählt. Das Kind ist schon geboren?«

Hiske nickte. Auch darüber hatte sie ihren Freund nicht unterrichtet. Sie wurde unkonzentriert, und das war in der momentanen Situation äußerst gefährlich. Sie musste wirklich achtgeben.

Der Mönch seufzte und griff nach Hiskes Hand. »Ich werde bleiben, bis sich alles aufgeklärt hat. Wie sollte ich mit der Ungewissheit über dein Schicksal glücklich werden?«

Hiske erkannte, dass Garbrand nicht umzustimmen war. »Dann schaue ich kurz nach dem Kind und den Verbänden und eile nach Hause. Der Wortsammler wird schon auf mich warten. Aber morgen suche ich Krechting auf und erzähle ihm, was ich nun weiß. Ich hoffe, er sieht einen Zusammenhang.«

»Ich begleite dich zu Dudernixen und zur Kate. So wie es aussieht, erscheint es mir besser, wenn du in der Dunkelheit keinen Schritt mehr allein machst. Und zu Magda sagst du nichts. Gehe morgen gleich als Erstes zu Krechting.«

Hiske nickte. »Ja, wir müssen so bald als möglich mit ihm reden. Noch bevor bei allen anderen etwas durchsickert. Ich glaube, wir stehen vor einem riesengroßen Problem.«

Krechting eilte mit gesenktem Blick von der Burg nach Hause. In seinem Kopf überschlugen sich wilde Gedanken, sein Herz raste. Die erste Eingebung, nachdem er vor einigen Tagen Hiskes Botschaft gelesen hatte, war richtig gewesen: Die Drohung galt nicht dem Mönch, dabei musste es sich um ein Versehen gehandelt haben. Sie war an sie gerichtet, die Täufer. Münster war nicht vergessen, das alte Neue Jerusalem lebte. Er ahnte, wer ihm und seinen Glaubensbrüdern nach dem Leben trachtete. Diese Warnungen würden nicht aufhören, bis die Mission ihrer Feinde erfüllt war. Hinrich verstand ebenfalls den Hintergrund der geschriebenen Worte und die Bedeutung dieser Münze am Handgelenk von Lambertus. Und er konnte die bösen Verletzungen genau zuordnen. Lambertus de Wiecks Tod glich dem des Propheten. All das war eine eindeutige Warnung an die noch Lebenden. Er hatte geglaubt, ihre früheren Mitstreiter wären alle in Münster untergegangen. Er fragte sich nur, was Lambertus de Wieck in die Herrlichkeit getrieben hatte, warum er ausgerechnet diesem windigen Hund, dem Bader, gefolgt war. »Dudernixen ist Mennonit, ein Glaubender aus der Herrlichkeit. Weshalb hätte er es nicht tun sollen«, grummelte er und sann weiter über die Zusammenhänge nach. Es musste von immenser Wichtigkeit sein, wenn er die Gefahren dieser Reise auf sich genommen und nicht das Einsetzen des Tauwetters abgewartet hatte.

»Vielleicht wollte er uns warnen«, fügte er hinzu. Krechting blieb stehen und lauschte in die beginnende Nacht. Es wirkte friedlich, ein leiser Wind zog durch die wenigen Büsche und Bäume, ein letzter Vogel schickte seinen verlorenen Abendgruß. Neben dem Weg hörte er das stete Tropfen des Schmelzwassers, eine Ente schnatterte flügelklatschend von dannen. Es könnte eine ruhige Nacht sein. Wenn nicht geschehen wäre, was unleugbar war. Auf die Herrlichkeit Gödens kam große Unbill zu, und noch passte kein Stein auf den anderen. Es galt, die Zusammenhänge zu erfassen, alles Unheil abzuwenden. Denn nur hernach war er befugt, Leenard Bouwens für seine Brüder und Schwestern ins Land zu holen.

Hinrich war froh, als die *Olde Krochtwarft* vor ihm aus dem Abendnebel auftauchte. Elske hatte das Feuer geschürt, aus dem Kamin quoll dichter Qualm. Er würde also gleich bequem in der Wärme sitzen und nachdenken können. Welch glückliches Leben führte er! Er könnte so dankbar dafür sein. Wären da nicht die Schatten der Vergangenheit, die ihn immer wieder einholten und die sich nun wie dunkle Wolken über ihn und seine Glaubensbrüder senkten. Denn wenn man die Münsteraner Täufer hier ausfindig gemacht hatte und sie bedrohte, würde es auch nur eine Frage der Zeit sein, ehe man die Mennoniten ebenfalls verfolgte. Er mochte den Namen seines Widersachers nicht denken, und doch war klar, dass nur ein einziger Mensch hinter allem stecken konnte: Bischof von Waldeck. Nachdem er seine Gedanken sortiert und am nächsten Morgen mit Wolter, Coevorden und Goldschmidt diskutiert hätte, wollte er Hebrich auf der Burg Rapport erstatten und sie zugleich um ihren Schutz bitten. Notfalls musste ihnen auch Gräfin Anna Unterstützung gewähren. Sie duldete keine Verfolgung ihrer Untertanen um des Glaubens willen. Nur deshalb war es den Täufern möglich gewesen, in Ostfriesland Asyl zu suchen. Lediglich die Papisten waren derzeit nicht wohlgelitten, wenngleich man nicht so weit ging, sie abzuschlachten, wie es beispielsweise die Anglikaner in England getan hatten. Es war von diesem Augenblick an Hinrichs wichtigste Aufgabe, die Glaubensbrüder vor dem Bischof und seinen Hintermännern, wer auch immer es war und wessen er sich auch immer in Gödens bediente, zu schützen. Notfalls mit seinem eigenen Leben, das er den Widersachern überantworten würde, wenn es keine andere Wahl gab.

Krechting betrat seine Hofstelle, hängte den Mantel weg und ging in die Stube, in der Elske schon auf ihn wartete. Sie hielt eine Schriftrolle in den Händen, die wie Espenlaub zitterten. Hinrich musste nicht nachfragen, was sein Weib so beunruhigte. Er ahnte es, als er sie ansah. »Wir auch?«, fragte er.

Elske nickte. »Du weißt davon? Was bedeutet das?«

»Ich habe noch keine Ahnung, aber ich werde es herausfinden.«

Elske reichte ihm wortlos das Papier herüber, dann eine Kupfer- und eine Goldmünze. »Der Tote, den Dudernixen angeschleppt hat, hängt ebenfalls damit zusammen, stimmt's? Ich lese es in deinem Gesicht.«

Hinrich war stets erstaunt über die rasche Auffassungsgabe seiner Frau. So beantwortete er ihre Frage auch nicht, denn sie wusste ohnehin, dass sie recht hatte. Er faltete die Schriftrolle auseinander, las die Zeilen, und erneut krochen ihm eiskalte Schauer den Rücken entlang. Dieses Mal waren es Worte aus der Offenbarung des Johannes:

Dann kam einer der sieben Engel, welche die sieben Schalen trugen, und sagte zu mir: Komm, ich zeige dir das Strafgericht über die große Hure, die an den vielen Gewässern sitzt. Denn mit ihr haben die Könige der Erde Unzucht getrieben, und vom Wein ihrer Hurerei wurden die Bewohner der Erde betrunken. Der Geist ergriff mich, und der Engel entrückte mich in die Wüste. Dort sah ich eine Frau auf einem scharlachroten Tier sitzen, das über und über mit gotteslästerlichen Namen beschrieben war und sieben Köpfe und zehn Hörner hatte. Die Frau war in Purpur und Scharlach gekleidet und mit Gold, Edelsteinen und Perlen geschmückt. Sie hielt einen goldenen Becher in der Hand, der mit dem abscheulichen Schmutz ihrer Hurerei gefüllt war. Auf ihrer Stirn stand ein Name: Babylon, die Große, die Mutter der Huren und aller Abscheulichkeiten der Erde. Und ich sah, dass die Frau betrunken war vom Blut der Heiligen und vom Blut der Zeugen Christi.

»Was bedeutet das, Hinrich? Ich habe Angst. So unglaubliche Angst wie seit Münster nicht mehr, als der Bischof seine Truppen sandte und uns belagerte.« Sie öffnete die Augen weit. »Ich schmecke wieder förmlich den Hering, den wir Brüder und Schwestern essen mussten. Es gab einfach nichts anderes außer diesem gottverdammten Fisch. Außer für Jan van Leyden und seine Huren. Ihm tropfte das Fett aus dem Mund, während wir darbten.«

»Still, Weib!«, wies Krechting sie an. »Es war, wie es war, und wir machen jetzt alles besser.«

»Ja?«, fragte sie mit schneidendem Unterton. »Haben wir deshalb Federkissen und Daunendecken, genügend Holz und eine gut gefüllte Vorratskammer, in der sogar gebrautes und kein Dünnbier lagert, während die meisten Menschen in der Neustadt nicht wissen, wie sie den kalten Winter überstehen sollen? Es hat sich nichts geändert, und wenn es hart auf hart kommt, dann muss das niedere Volk wieder in die Jauchegruben und aus Kot und Urin Salpeter für eure Kanonen gegen die Papisten gewinnen.«

Krechting zuckte bei Elskes Worten zurück. Welch Hass auf die Zeit in Münster schlummerte unter ihrer so ausgeglichen scheinenden Oberfläche.

Elske war noch nicht fertig. »Ich brauche meinen Frieden, Hinrich. Ich will, dass du den Weg als Reformierter weitergehst und dich als Armen- und Kirchenvorstand mehr als bisher für diese Menschen verwendest. Selbst wenn es bedeutet, dass unsere Vorräte in Zukunft schmaler sein werden. Nicht deine Macht, nicht deine Anerkennung sind von Wichtigkeit, sondern einzig und allein der Glaube und wie wir ihn leben. Wir haben uns versündigt an unseren Brüdern und Schwestern, indem wir uns mittels der bischöflichen Macht aus Münster gestohlen haben. Der Brief trifft es sehr genau.«

»Papistengeschwafel!«, stieß Krechting aus. »Dieses Geschmiere stammt ...«

»... aus der Bibel. Wort für Wort. Wir müssen uns dem stellen, ob es uns gefällt oder nicht. Unser Leben ist schon lange nicht mehr gottgefällig. Wir geben nicht das ab, was wir könnten und müssten.«

Krechting wandte sich ab. »Weibergeschwätz. Die Papisten wollen uns kleinkriegen. Du weißt es nicht besser. Der Tote ist Lambertus de Wieck, und er musste sterben wie der Prophet. Man hinterlässt uns allein damit ein großes Zeichen und untermauert es mit den Worten Gottes!« Er griff nach den Münzen und der Epistel.

»Und die Münzen? Ich dachte, sie wären alle vernichtet.«

»Ach, die Münzen. Damit will uns dieser Papist nur zeigen, dass wir genau das Richtige vermuten. Dass wir uns an die grausamen Stunden in Münster sehr genau erinnern.« Er verließ die Stube mit dem wärmenden Feuer, schlug die Tür hinter sich zu, und verzog sich ins kalte Schlafgemach. Er gab sich stark, war sich aber nicht sicher, ob Elskes Einschätzung nicht doch der Wahrheit entsprach.

Hiske schob sich fast lautlos in die Tür ihrer Kate. Es war doch spät geworden, die Verbände des Baders waren durchgeweicht gewesen und mussten erneuert werden. Glücklicherweise waren Magda und das Kind wohlauf. Tomma und der Wortsammler schliefen vermutlich längst. Glücklicherweise war der Knabe es gewöhnt, dass sie häufig erst nachts zurückkam oder um diese Zeit fortmusste, sodass es ihn nicht beunruhigte, wenn sie sich nicht ständig zu Hause aufhielt.

Garbrand hatte sich vor der Kate verabschiedet. Er wollte allein sein und war der Ansicht, der lange Weg zurück in die Neustadt täte ihm gut. Hiske hätte es lieber gesehen, er würde nicht allein durch die Nacht laufen, denn ihr erschien nichts mehr sicher. »Ich möchte aber nachdenken«, hatte er gesagt. »Und töten kann man mich auch allein in meiner Kammer, dazu muss sich derjenige keine kalten Füße holen.« Mit diesen Worten war er in die Nacht entschwunden.

Als die Hebamme die Küche betrat, saß Tomma im Schein des Feuers am Ofen und stocherte abwesend in der Glut. Als sie Hiske bemerkte, nahm sie den Schürhaken heraus und schloss die Luke. »Da bist du ja. Wir müssen reden.«

»Jetzt?« Hiske sah sie entgeistert an. »Es ist nach Mitternacht, ich möchte ruhen. Der Tag war sehr ereignisreich.«

»Das glaube ich dir gern. Doch du hast mir etwas versprochen.«

Die Hebamme merkte, dass Tomma ihr keine Möglichkeit bot, auszuweichen. »Also gut. Aber nicht zu lange, sonst schlafe ich direkt vor deinen Augen ein, und davon hast du auch nichts.« Sie setzte sich an den Küchentisch, schob die Malsachen des Wortsammlers beiseite und sah Tomma mit müdem Blick an.

»Ich habe viele Jahre gehofft, dass mein Vater zurückkommt und mich holt.« Die Stimme der jungen Frau klang wehmütig wie das traurige Lied eines Fiedlers. »Aber er kam nicht. Er kam einfach nicht!« Tomma begann zu weinen.

Hiske strich behutsam mit dem Finger über ihre Wange. »Und was passierte, nachdem man dich nach Thüringen geschickt hatte?«

»Ich habe in Thüringen Waid angebaut. Ihr hier kennt es als das Goldene Vlies. Ich habe Waid geerntet und aus dem Mus faustgroße Bälle geformt, die wir auf den Waidmärkten verkauft haben. Manchmal war es auch nötig, mich an die großen Waidhäuser auszuleihen, wenn die Arbeit überhandnahm. Dort haben wir diese Kugeln zu Pulver verarbeitet. Dazu wurden sie zerschlagen, mit Wasser und altem Urin übergossen, und anschließend musste alles gären. Das dauerte Monate und kostete viele Arbeitsgänge, doch am Ende konnten wir es filtern und hatten schönen blauen Farbstoff, der in den Handel kam. Diese Klumpen haben wir verschifft. Auch nach Friesland, und so hatte ich immer das Gefühl, einen Gruß in die Heimat zu schicken.«

Hiske gähnte, war bemüht, Tommas Erzählungen zu folgen.

»Als ich aus Thüringen floh und in Emden erfuhr, dass mein Vater von dort mit einem geheimnisvollen Mann in See gestochen war, habe ich nachgeforscht. Mein Vater hat öfter Waren mitgenommen und sie am Zoll vorbeigeschmuggelt, denn das hat uns die Existenz gesichert. Am Ende erfuhr ich, dass sie Kurs auf Gödens genommen haben. Und sie sind hier angekommen. Nur mein Vater ist seitdem fort. Und ich weiß, dass die Ladung des Kreyers, Waidasche und gepökeltes Pferdefleisch, in der Herrlichkeit verteilt wurde. Ich habe es dir bereits gesagt: Ich suche den Mörder meines Vaters.«

Hiske hob die Brauen. »Er könnte doch in Seenot geraten und dabei umgekommen sein. Du weißt, wie unberechenbar das Meer ist. Wenn ich mir vorstelle, dass er mit nur einem Mann Begleitung mit einem kleinen Kreyer durch die Nordsee geschippert ist ...« Sie hob abwehrend die Hände. »Deine Geschichte und deine Anschuldigungen sind hanebüchen!«

Tomma schüttelte vehement den Kopf. »Ich habe mit dem alten Meester gesprochen. Der wusste, wohin die Reise gehen sollte, und er hat mir etwas gegeben.«

Hiske wiegelte ab. »Warum kann der Meester sich so genau an eine Begebenheit erinnern, wenn sie schon sechs Jahre her ist? Das ist fast absurd! Du versuchst eine Geschichte zu ersinnen, denn du brauchst einen Schuldigen. Da kommt dir Hinrich Krechting gerade recht. Der Täuferführer, der böse Mann aus Münster, der nur dank seiner Verbindung zu seinem Neffen Wolter hier Unterschlupf gefunden hat, weil er ihm vorausgeeilt ist.«

»Das stimmt nicht. Der Meester und mein Vater waren alte Freunde. Mein Vater hat ihm von dem geheimnisvollen Mann erzählt. Der Meester hat nie wieder etwas von meinem Vater gehört, bis ich kam.« Tomma schloss die Augen.

Hiske lauschte dem Knacken des Feuers. »Das mag alles sein, aber was hat Krechting mit diesem Mann zu tun? Den Zusammenhang verstehe ich nicht. Er lebte doch zu der Zeit erst kurz in der Herrlichkeit – wenn überhaupt. Ich weiß es gar nicht.«

»Vielleicht war er der Mann auf dem Kreyer?«, stichelte Tomma. »Kannst du das ausschließen? Hinrich Krechting hat genau in dem Jahr die *Olde Krochtwarft* gepachtet.«

Hiske wollte davon nichts hören. »Ich gehe jetzt zu Bett.« Sie stand auf. Ihr reichte es. Tomma rannte einer wirren Idee hinterher. Einer Idee, die jeglicher Vernunft und Logik entbehrte, und sie, Hiske, hatte wahrlich genug andere Sorgen.

»Warte!«, stieß Tomma aus. »Ich weiß, was ich sage! Mein Vater hat ihm noch gesagt, wie unheimlich er den Kerl findet und dass er große Furcht hat, diese Reise nicht zu überleben. Hinrich Krechting ist ein imposanter Mann! Stell ihn dir vor, wenn er jemanden unter Druck setzt! Er wäre unheimlich! Meines Vaters Ziel war ursprünglich Jever!« Ihre Stimme überschlug sich fast. »Dort sollten die Waren hin, dort lebte ich, und mein Vater wollte zu mir, seiner kleinen Tochter. Gesunken ist sein Schiff aber hier! In der Herrlichkeit Gödens, wo die Täufer Unterschlupf gefunden haben. Die, die überall vogelfrey sind. Da stimmt doch etwas nicht.«

Hiske musterte Tomma. »Warum macht es dich so sicher, dass es ein Täufer war, der deinen Vater gezwungen hat, hierherzukommen?« Hiske hatte plötzlich Angst, dass die junge Frau recht hatte, denn mit einem Mal fügten sich die Behauptungen zu einem Bild, das sie nicht einfach ignorieren konnte. Obwohl sie mit Garbrand vereinbart hatte, das kleine Papierstück nicht zu erwähnen, konnte sie sich jetzt nicht mehr zurückhalten, denn sie ahnte, woher Tomma ihre Vermutungen hatte. »Ist es dieses außergewöhnliche Bibelzitat in deinem Samtbeutel, das dich so sicher macht?«

Tomma nickte müde. »Diese Sprüche, dieses ›Bruder und Schwester‹, dieses Hosianna. Und ihr Lieblingsspruch: *Das Wort ward Fleisch!* Oder: *Was Gott an uns will!*«

Hiskes Hals wurde trocken. »Ich habe eine ähnlich beunruhigende Epistel erhalten. Tomma Everts, ich möchte, dass du morgen mein Haus verlässt. Bitte kämpfe für dich allein weiter.«

Sie waren die ganze Nacht durchgeritten, und nun erstrahlten die Befestigungsanlagen Oldenburgs im hellen Morgenlicht. Hier hatte das Tauwetter offenbar schon früher eingesetzt, und wegen der großflächigen, bereits ergrauten Schneefelder, zwischen denen das Gras braun hindurchschimmerte, wirkte der Landstrich ausgenommen trist. Am Himmel zogen ein paar Wolken träge ihre Bahn und passten sich mit ihrer Geschwindigkeit Jans Gedankengängen an. Seit Franz von Eisenberg ihm befohlen hatte, seine Tochter zu heiraten, versuchte der Arzt zu begreifen, welchen Sinn das haben sollte. Ein Mann wie er tat nichts grundlos, und den Plan dahinter konnte er nicht erkennen. Seine Tochter würde er ohne Schwierigkeiten mit einem hohen Adelsherrn verkuppeln können. Sie war eine Schönheit, und er schien Rang und Namen zu haben. Er sprach gewählt, er hatte eigene Reiter, er trug feinstes Tuch und Samt. So gab sich kein Herr, der nicht über ein ausreichendes Vermögen verfügte.

Sie überquerten den Wall mit dem breiten Graben ohne Schwierigkeiten, Franz von Eisenberg musste sich nicht einmal ausweisen. Anschließend wandten sie sich nach rechts. Die Hufe der Pferde hallten auf dem Pflaster, es störte aber keinen der Bürger, denn nicht ein Vorhang schob sich beiseite, keine Tür öffnete sich. Franz von Eisenberg ritt in immer engere Gassen, an einigen Ecken lungerten Bettlerjungen herum, die selbst bei der feuchten Kälte barfuß liefen. Jan hätte ihnen gern einen Taler gegeben, doch er verfügte über keinen. Sie hatten ihm alles abgenommen. Er besaß gar nichts mehr außer seinem armseligen Leben, das er nun in eine Ehe verkaufen musste, damit er seine große Liebe schützte. Dennoch würde es Hiske das Herz brechen, wenn sie es erfuhr. Wer sollte ihr die Beweggründe erklären?

Nach drei weiteren Gassen waren sie angekommen. Die Glocke der Lambertikirche schlug sechsmal. Jan war vor vielen Jahren schon einmal in Oldenburg gewesen und wusste, dass sich die Wasserburg, die Graf Anton I. bewohnte, gleich hinter der Kirche befand. Die Häuser sahen in diesem Teil der Stadt nicht armselig aus, sprachen dennoch von keinem großen Wohlstand. Er glaubte nicht, dass Franz von Eisenberg hier lebte, aber er plante wohl zumindest, Jan in einer der Behausungen unterzubringen. Franz von Eisenberg nickte einem seiner Männer zu, die den Arzt nötigten, abzusteigen. Er stand vor einem einstöckigen Haus mit Sprossenfenstern, das einen gepflegten Eindruck machte. Man hatte sein Kommen schon erwartetet, denn Franz von Eisenberg musste nicht klopfen, die Tür wurde bereits vorher geöffnet. Eine alte Frau mit weißer Haube verneigte sich ehrerbietig vor ihrem Herrn und musterte den Besuch mit unverhohlenem Blick. Als sie Jan mit seinen schmutzigen Sachen in der Gasse stehen sah, glitt ein mitleidiges, aber durchaus warmes Lächeln über ihr Gesicht. »Ich bin Hulda, die Wirtschafterin«, stellte sie sich vor. »Willkommen in diesem Haus.«

Jan fühlte sich unwohl, weil er stank und seine Kleidung dreckig war. Hulda bemerkte das und bat ihn einzutreten, während sie die anderen Männer in den Stall schickte, damit sie dort die Pferde versorgten. Franz von Eisenberg und seine Tochter nickten Jan kurz zu und verschwanden, von Eisenberg war sich wohl sicher, dass Jan nicht einfach fliehen würde. Seine Drohung entsprach der Wahrheit, und der Arzt tat besser daran, seine Worte nicht anzuzweifeln. Jan blieb keine andere Wahl, als sich in sein Schicksal zu fügen, bis er die Lage genauer auskundschaftet hatte und vor allem, bis er wusste, in welcher Mission seine Entführer unterwegs waren. Hulda wirkte sanft, vielleicht würde sie ihm eines Tages mehr sagen, vielleicht gelang es ihm, ihr Vertrauen zu gewinnen. Vorerst aber brauchte er nur drei Dinge, um überhaupt einen klaren Gedanken fassen zu können: ein Bad, etwas zu essen und ausreichend Schlaf. Jan kam sich vor, als hätte er einige Becher Genever intus.

Hulda bereitete ihm ein Bad, schleppte mühelos die schweren Wasserkübel, die sie schon auf dem Herd angeheizt hatte, und leerte sie in einen Waschzuber. Sie legte einen Schwamm und eine nach Kräutern duftende Seife dazu und verließ den Raum.

Jan genoss das Bad, was ihn angesichts der misslichen Lage, in der er sich befand, wunderte. Kaum aber war er der Wanne entstiegen, hörte er einen zarten Gesang aus einem der Nebengelasse. Er schlüpfte in die Sachen, die Hulda ihm zum Anziehen hingelegt hatte. Er fühlte sich fremd darin, die Kleidung roch anders, sie sah herrschaftlich aus, und als er sie auf seiner Haut spürte, kam er sich vor wie ein ganz anderer Mensch. Vermutlich war genau das die Absicht, denn Franz von Eisenberg hatte nicht einen Moment so gewirkt, als plane er, ihn je nach Gödens oder Emden zurückkehren zu lassen. Der Gesang nebenan war noch nicht verstummt, und als Jan das Esszimmer betrat, saß Jelda dort neben der Wirtschafterin und spielte die Harfe, zu der sie sang. Sie erhob sich bei seinem Eintreten augenblicklich und bat ihn an den reichlich gedeckten Tisch. Jan zuckte zusammen, nahm aber Platz und ließ sich von Jelda eine Vielzahl an Köstlichkeiten auf den Teller legen. Es gab gebratenes Huhn, frisch gebackenes weißes Brot, dessen Duft das ganze Haus erfüllte, dazu zwei Sorten Kuchen, Äpfel, Birnen und vieles mehr. Jan griff zu wie ein Verhungernder.

Die beiden Frauen sahen ihm zu. Jelda kaute lediglich an einem Kanten Stuten, den sie mit Butter bestrichen hatte. Sie hatte überaus feingliedrige Finger, die selbst beim Halten dieses Brotkantens anmutig wirkten. Obwohl Jan es nicht wollte, konnte er nicht umhin, das junge Mädchen fast ununterbrochen zu beobachten. Sie bemerkte das sehr wohl, und sie genoss seine Blicke, die sie mit einem koketten Augenaufschlag kommentierte, richtete aber kein einziges Wort an ihn.

»Kann Jelda nicht wundervoll singen?«, fragte Hulda und schob Jan den Teller mit der Hühnerbrust herüber. »Sie ist eine große Künstlerin. Selbst Graf Anton ist von ihrer Stimme äußerst angetan.«

Sie preisen sie mir an wie ein Stück Ware, schoss es Jan durch den Kopf. Warum nur sollte er dieses Mädchen heiraten? Weshalb machte man Hiskes Wohlergehen davon abhängig, dass er blieb und es tat? Er war so unglaublich müde und wollte nicht weiter darüber nachdenken. »Ich danke Euch für die Gastfreundschaft«, sagte er schließlich, nachdem er sich ausreichend gestärkt hatte. »Es hat gut geschmeckt, ich möchte mich zurückziehen. Bitte zeigt mir meine Kammer. Den Grund meines Aufenthaltes werde ich vermutlich jetzt ohnehin nicht erfahren. Außer«, er warf einen Blick auf Jelda, dem sie mit großen Augen standhielt, »dass ich die junge Dame ehelichen soll, hat mir der Herr noch nichts über meine eigentliche Aufgabe mitgeteilt.«

In Jeldas Gesicht spiegelte sich Enttäuschung, sie hatte offensichtlich mehr Bewunderung erwartet. So wie sie es vermutlich von allen anderen Männern gewohnt war. Sie schob die Unterlippe vor und glich einem kleinen schmollenden Mädchen. Jan kam sich vor wie in einem schlecht inszenierten Stück eines Straßengauklers. Hulda hatte sich ebenfalls erhoben und wies mit der Hand zur Tür. Sie ging voraus in ein düsteres, mit dunklem Holz getäfeltes Treppenhaus. Oben angekommen, warfen die Sonnenstrahlen einen hellen Streif auf den Boden. Auf Jan wirkte es wie ein Hoffnungsschimmer. Wenn er ausgeschlafen hatte, würde er klären müssen, was man von ihm erwartete. Und er wollte Jelda klarmachen, dass eine Ehe mit ihm eine schlechte Idee war, denn er würde sie unglücklich machen. Er konnte ihr nichts bieten, erst recht nicht sein Herz. Das war von Hiske besetzt. Ob es Franz von Eisenberg gefiel oder nicht.

Als Jan sich die Decke über den Kopf zog und endlich in den wohlverdienten und gnädigen Schlaf fallen wollte, zuckte er zusammen. Er hatte Lambertus' Beutel doch unter seinem Wams gehabt. Der war seinen Entführern nicht in die Hände gefallen. Hulda würde ihn finden, wenn sie seine Sachen wusch. Das musste er unbedingt verhindern. So leise es ging, schlich er zur Tür und die Treppe wieder hinunter.

Hiske hatte in der vergangenen Nacht kaum geschlafen. Der Wortsammler war schon früh in ihre Kammer gekommen. Ihm waren Tränen über die Wangen gelaufen. Die Hebamme hatte ihn in den Arm genommen, bis der Tränenstrom versiegt war. Sie kannte das von dem Knaben. Es war ihm unmöglich, ihr zu sagen, warum er so unverhofft weinte. Zu Garbrand hatte er einmal gesagt, es liege daran, weil er die dunklen Wolken kommen sehe und nicht wisse, ob er ihnen entfliehen konnte. »Angst. Wortsammler große Angst.« Anschließend hatte er ein Bild gemalt, das überwiegend schwarz war. Nur am rechten Rand befand sich ein Streif Licht. Er kämpft mit seiner Vergangenheit, hatte Hiske gedacht. Ich möchte nicht wissen, was ihm damals im Moor zugestoßen ist, von dem wir nichts ahnen. Immer wieder bricht es hervor.

Der Wortsammler war eingeschlafen, aber die Hebamme musste aufstehen, denn die Euter von Schaf und Ziege waren gefüllt. Sie schlüpfte in ihre Sachen und huschte in den Stall. Hiske liebte die morgendliche Arbeit, empfand den Geruch nach Dung und Vieh beruhigend. Diese Tiere sicherten ihre Existenz. Mit ihnen hatte sie die Gewähr auf frische Milch, Käse und Butter. Das war mehr, als andere in der Neustadt hatten. Einmal war sie sogar gezwungen gewesen, einen Dieb fortzujagen, der ihr die Ziege entwenden wollte.

Sie nahm sich den Schemel und setzte sich vor das Schaf, das sich bereitwillig neben sie stellte. Hiske sprach mit beruhigenden Worten auf das Tier ein. »Tomma hat mir gestern nicht mehr erklären wollen, ob sie die Bedeutung der Botschaft kennt. Nur, dass sie von den Münsteraner Täufern stammt«, begann sie ihren Monolog. »Wie soll ich ihr vertrauen?« Hiske legte den Kopf an den Leib des Schafes und lauschte dem gleichmäßigen Herzschlag, der ihre aufgewühlte Seele beruhigte. Sie sog den strengen Duft ein. Es tat ihr gut. Die Milch war so wertvoll, wie vielen Kindern hatte Hiske schon damit das Leben gerettet.

»Diese Schriftrolle habe ich von dem Meester erhalten. Mein Vater gab sie ihm, bevor er verschwand.« Tommas Stimme drang schrill durch Hiskes Gedanken, sodass sie vor Schreck beinahe den Eimer umstieß. »Moment!« Die Hebamme hielt mit dem Melken inne, was das Schaf mit einem

Anstupsen quittierte. Die Hebamme ignorierte das. »Der Mann hat das ihrem Vater doch nicht freiwillig gegeben«, sinnierte sie weiter und versuchte sich zu erinnern, was Tomma ihr noch erzählt hatte. »Er hat es ihm dann entwendet und dem Meester zugesteckt. ›Wenn meine Kleine irgendwann nach mir fragt, weil ich nie zurückgekommen bin, wirst du ihr diese Schriftrolle geben. Diese Worte werden sie lenken. Sie weiß dann, was zu tun ist.‹« Das waren die Worte gewesen, die Tommas Vater vor seiner Abreise an den Meester gerichtet hatte. Tomma hatte mit den Worten geschlossen: »Ich bin hier, und ich werde aufdecken, warum mein Vater sterben musste.«

Hiske richtete sich auf. Das Euter des Schafes war leer, und sie hatte einen Entschluss gefasst. »Ich gehe gleich zu Krechting. Ich muss ihm von alldem berichten, ihn fragen, was er von dem Schiff weiß und was diese Zitate mit mir zu tun haben, wo doch zuerst eins bei mir vor der Tür gelegen hat und nun verschwunden ist.«

»Er kennt die Bedeutung der Worte ganz sicher.«

Die Hebamme schrak zusammen, weil Tomma den Stall unbemerkt betreten hatte. Hiske melkte auch die Ziege, dann erhob sie sich schwerfällig und sah Tomma an, die mit vor der Brust verschränkten Armen am Türrahmen lehnte.

»Sei nicht so selbstgefällig! Mach dir deutlich, dass man mich bedroht, obwohl ich damals noch nicht einmal in Gödens gelebt habe. Und ich habe mit dem Tod deines Vaters ganz sicher nichts zu tun!« Hiske nahm den Milcheimer und lief zurück ins Haus.

Tomma folgte ihr. »Warte! Wenn du zu Krechting gehst, dann nimm das hier mit!« Sie drückte der überraschten Hiske den roten Samtbeutel in die Hand.

Garbrand brütete in seiner Kammer. Er hatte Hiske versprochen, in Gödens zu bleiben, und schon jetzt wusste er um den begangenen Fehler. Ständig lauerte ihm Nikolaus auf und verlangte Zutritt zu seiner Kammer. Aber ihn wollte er nie wiedersehen, hatte der Mann ihn doch zu einer großen Sünde verführt. Und als wäre das noch nicht schlimm genug, plagte den Mönch auch noch die Erinnerung daran und vor allem die Begierde nach einer Wiederholung, und beides ließ seinen Alltag unerträglich werden. Ihm kam es wie ein Fingerzeig Gottes vor, dass er diesen Sündenpfuhl so schnell wie möglich verlassen sollte. Hiske würde es verstehen, und wenn Jan zurückkam, nahm das Glück für sie ihren Lauf. Er aber würde untergehen, handelte er nicht schnell und so, wie es sich für einen katholischen Gottesmann ziemte.

»Lass mich ein, Garbrand. Ich will mit dir reden!« Es war erneut Nikolaus, der vor seiner Kammer lärmte.

»Geh, bitte verschwinde!«

Nikolaus aber gab nicht auf. Er trommelte so lange, bis Garbrand ihn einließ. Der Blick ging ihm durch und durch, und der Mönch war machtlos gegen das Gefühl, das ihn augenblicklich beim Anblick des Mannes anfiel. Es war ein Fehler, ihn einzulassen. Das wusste er, und das wusste auch Nikolaus.

Krechting sah die Hebamme schon von Weitem auf die *Olde Krochtwarft* zueilen. Seit dem Morgen hielten sich auch Coevorden, Goldschmidt und Wolter Schemering bei ihm auf. Es herrschte eine gedrückte Stimmung. Der Tod von Lambertus machte ihnen schwer zu schaffen. Krechting hatte den Landrichter schlussendlich doch eingeweiht und ihm den Taler am Lederband gezeigt. »Er lag bei dem Toten. Er trug es ums Handgelenk gewickelt. Es geschehen merkwürdige Dinge in der Herrlichkeit. Auch ich habe gestern eine Botschaft und zwei Münzen bekommen. Die Hebamme erhielt eine Drohung, wobei ich davon ausgehe, dass das entweder fehlgeleitet war oder Papisten diesen Mönch warnen wollten, weil er ihrer Ansicht nach unter Ketzern lebt.«

Die vier Männer sahen sich schweigend an. Sie blickten kaum auf, als die Hebamme von Elske in die Stube geführt wurde. Die zögerte nicht, ihr Anliegen sofort vorzutragen. »Ich denke, Ihr seid wegen derselben Sache hier wie ich.« Sie öffnete ihre Hand und zeigte ihnen den Samtbeutel, aus dem sie die kleine Papierrolle fischte. Krechting nahm sie und legte sie zu den anderen Sachen. »Die katholische Kirche wird nie aufhören, uns zu bekämpfen.« Er sah zu Hiske. »Euer Mönch muss die Herrlichkeit sofort verlassen, ich kann für seine Sicherheit nicht mehr garantieren. Wenn die mennonitische Gemeinde mitbekommt, dass wir als Täuferführer bedroht werden, und das vermutlich von Männern seiner Gesinnung, dann hat er in Gödens keine Möglichkeit zu bleiben. Sie werden ihn lynchen. Weil sie wissen, dass sie die Nächsten sind, die die Papisten angreifen werden.«

Hiske schwieg. Sie wollte Krechting von Garbrands Plänen nichts verraten. »Es gibt vermutlich noch eine Schriftrolle mit einer Bibelbotschaft. Die lag meiner bei. Garbrand hat sie in Verwahrung genommen, und sie ist ihm gestohlen worden.«

Coevorden lachte bitter auf. »Der Absender selbst nimmt sein Material wieder an sich. Das grenzt an ein Gauklerspiel. Und Gaukler sind hier verboten, wie Ihr wisst.«

Hiske blitzte den Leinenweber an. Coevorden war ein stattlicher Mann mit breiten Schultern. Er konnte ziemlich Furcht einflößend sein, genau wie Goldschmidt, der sich allerdings stets zurückhaltender zeigte als sein Freund. »Werter Coevorden. Garbrand war in der Nacht bei mir, als ich die Botschaft erhielt. Er kann sie unmöglich vor die Tür gelegt haben. Bitte nehmt das zur Kenntnis.«

»Und von wem ist die Schriftrolle, die Ihr mitgebracht habt?«, fragte Goldschmidt.

»Sie gehört meiner Besucherin. Tomma Everts ist die Tochter des Schippers, dessen Kreyer einst im Brack sank. Sie hat sie von einem Meester in Emden erhalten, mit der Aufforderung, ihren Vater zu suchen. So ist meine Besucherin in die Herrlichkeit gelangt. Der Meester hatte die Worte wiedererkannt und das Mädchen damit auf die richtige Fährte, hier nach Gödens, gebracht.«

Das nachfolgende Schweigen war beinahe aufdringlich. Krechting glaubte den Angstschweiß der Männer zu riechen, und auch ihm war nach Hiskes Worten unwohl. Hatte er das Sinken des Schiffes bislang immer als Unfall abgetan, so war jetzt deutlich, dass es eine größere Bedeutung hatte als angenommen. »Ob noch mehr Münzen existieren als die, die Lambertus trug, und die beiden, die ich erhalten habe?«, fragte er in die Stille hinein. »Vielleicht eine, die die siebenundzwanzig Apostel mit sich geführt haben, als wir sie in die Welt schickten und sie nie zurückkamen.« Er klang ehrfürchtig.

»Ich glaube, diese Münzen sind jetzt unwichtig«, mischte sich Hiske ein. »Ich fürchte vielmehr den, der die Botschaften schickt und sie mit Euren alten Zitaten untermauert. Der Überbringer lebt hier. Es wird auch jemanden geben, der das alles steuert. Der Feind sitzt wie der Wolf im Schafspelz mitten unter uns.«

»Und lacht sich über unsere Gutgläubigkeit ins Fäustchen«, ergänzte Coevorden.

»Es ist schon merkwürdig, dass all das nun geschieht, wo doch der Vermahner endlich kommen soll«, meldete sich auch Krechting wieder zu Wort. »Wir haben so lange vergeblich auf Rothmann gewartet, der nicht mehr unter uns weilt. Warum tauchen diese Dinge gerade jetzt auf, wo wir es geschafft haben, unserer Religion oder wenigstens den Mennoniten Grund und Boden zu verschaffen?«

»Weil der Feind darüber informiert ist. Er will uns und vor allem dich schwächeln sehen. Sie wollen einen zu großen Einfluss der Täufer in Ostfriesland verhindern. Die Papisten sind überall, auch wenn man glaubt, sie lange hier vertrieben zu haben.« Goldschmidt hatte sich regelrecht in Rage geredet. »Warum auch immer sie noch Münzen von uns besitzen: Wir haben sie nur für uns geprägt, nicht für den Schlund des gierigen Papisten, damit der sich mit Gold überschüttet!«

»Das Wort Gottes, das sich auf diesen Schriftrollen und Episteln wiederfindet, ist groß!«, hob Krechting pathetisch an. »Die Wunden, die Worte, die Münzen: das Signum eines gescheiterten Fortschritts. Gescheitert an Bischof von Waldeck.« Den Namen des Geistlichen spuckte Krechting förmlich aus.

Hiske hatte mit offenem Mund zugehört. »Verstehe ich es richtig, dass diese Taler tatsächlich aus Eurer Zeit in Münster stammen? Und es verschiedene gab, die Ihr eigens dort geprägt habt?«

Krechting antwortete: »Das stimmt. Wir trugen die Kupfertaler als Symbol der Zugehörigkeit um den Hals. Manchmal nähten wir sie auch als Erkennungszeichen auf die Kleidung.«

»Und die verschiedenen Schriftzüge und die Gold- und Silbermünzen ...?« Hiske sah ihn fragend an.

Coevorden räusperte sich und übernahm das Wort. »Es gab Goldtaler, Silbertaler. Alle ohne Bilder, nur mit Schriften mit Gottes Wort.«

Hiske hatte sichtlich Mühe, diese Informationen zu sortieren. »Aber Ihr hattet doch den Grundsatz, dass es kein Geld und keine Besitztümer geben durfte. Dennoch gab es, wie Ihr eben sagtet, Münzen aus Silber und Gold.«

Jetzt ergriff Goldschmidt das Wort. »Man konnte davon nichts kaufen. Es waren andere Werte, die den Münzen innewohnten. In Münster gab es keine Unterschiede, was den Besitz anging. Alle hatten gleich viel.«

Hiske sah ihn zweifelnd an, und Krechting wusste, dass sie ahnte, dass es doch ein paar Ungleichheiten gegeben hatte. »Warum sind keine Bilder darauf zu sehen?« Die Hebamme besah sich die verschiedenen Prägungen. »Nur Schriftzüge. Ich hätte ein Lamm erwartet oder etwas Ähnliches.«

Krechting schüttelte entschieden den Kopf. »Wir waren radikale Bilderfeinde und wollten mit jeglicher Kirchentradition brechen. Auch jetzt findet Ihr in Dykhusen kein einziges Bildnis in der Kirche. Wir Reformer sind der gleichen Meinung.«

Hiske lächelte zum ersten Mal, seit sie das Haus des Juristen betreten hatte. Ihre Augen drückten Bewunderung für das aus, was die Männer ihr erzählten, denn sie erkannte den Mut und die Entschlossenheit, ja, die Begeisterung, die hinter alldem gestanden haben musste. Doch dann verhärtete sich ihr Gesicht, als sie die vier Münsteraner fragte: »Krechting sprach eben von den siebenundzwanzig Aposteln. Die habt Ihr tatsächlich in die Welt geschickt für eine aussichtslose Mission, die keiner überleben konnte?«

Krechting war unangenehm berührt und schwieg.

»Ich beginne, Eure Unruhe zu begreifen«, sagte die Hebamme schließlich. »Ihr glaubtet Euch hier sicher. Und nun werdet Ihr mit Bibelzitaten, die Ihr offenbar so gut kanntet wie Eure eigenen Gedanken, überschüttet, und der Tote, einer von Euch, trägt eine solche Münze. Ihr vermutet, Bischof von Waldeck macht noch immer Jagd auf Euch?«

Jetzt mischte sich Goldschmidt ein. »Ja, das glauben wir. Er will uns vernichten, er war unser größter Feind. Wir wissen nicht, wer in der Herrlichkeit für ihn arbeitet. Ich bin mir allerdings sicher, dass der Tod von Lambertus nur ein Anfang war.«

»Das ist der Tote, den Dudernixen angeschleppt hat und der, wie ich es aus Euren Gesprächen vorhin deute, auch noch die gleichen Wunden wie Euer Prophet hat?« Obwohl ihr keiner diese Frage beantwortete, hatte die Hebamme durchaus verstanden. »Es ist also so. Er starb wie Jan van Leyden«, gab sie sich selbst die Antwort.

»Fast. Ohne glühende Zangen. Feuer hatten sie wohl nicht.«

Hiske nickte. »Außerdem hat man ihn getötet, als er auf dem Weg zu Euch war. Garbrand wird bedroht, weil er unter Ketzern lebt. Ich denke auch, dass die Papisten dahinterstecken. Nur«, jetzt zögerte sie, »meinem Freund wurde das Papier gestohlen. Und zu seiner Kammer hat nur ein Mensch ungehindert Zutritt. Das ist Nikolaus. Und das Badersweib wusste verdammt viel über seine zukünftigen Pläne, die eigentlich noch geheim sind, weshalb ich sie nicht näher erläutern möchte. Ihr solltet beide nicht aus den Augen verlieren.«

Die Männer nickten. Es klang plausibel, was die Hebamme sagte. Und besorgniserregend. »Wir werden sie beobachten«, bot Krechting an.

»Ich unterbreite Euch folgenden Vorschlag.« Hiske senkte ehrerbietig den Kopf. »Lasst mich mit Dudernixen reden! Er ist schwer verletzt und war gestern kaum ansprechbar. Ich muss nachher ohnehin zu ihm und die Wunden versorgen. Ich werde ihm auf den Zahn fühlen und herausfinden, was genau auf der Reise passiert ist. Ich denke, es ist besser, ich übernehme das. Hoffentlich lebt er überhaupt noch, wenn ich komme, sein Zustand war bedrohlich.« Hiske räusperte sich. »Da Magda ihr Kind zur Welt gebracht hat, kann ich im Übrigen versuchen, etwas durch sie herauszufinden, denn auch sie obliegt meiner Obhut.«

Krechting musterte fragend die anderen Männer, die zustimmend nickten. »So soll es geschehen, Hebamme!«, sagte er, und Hiske huschte zur Tür hinaus. Vorbei an Krechtings Kindern, vorbei an Elske, die ihr hasserfüllte Blicke hinterhersandte.

Jan hatte bereits die gesamte Waschküche durchsucht, aber seine Anziehsachen nicht gefunden. Hulda musste sie in den Waschtrog geworfen und vermutlich bereits gewaschen haben. Den Beutel hatte sie wahrscheinlich entsorgt. Es half nichts, er würde auf diesem Weg nicht herausfinden, was Lambertus so sorgsam gehütet hatte. Jan ärgerte das trotz seiner Müdigkeit sehr, denn er wollte erfahren, was man hier mit ihm tat. Wieder dröhnte die Glocke der Lambertikirche herüber, sie befanden sich tatsächlich nicht weit entfernt von der Wasserburg. Ob Franz von Eisenberg etwas mit dem Grafen zu tun hatte und in seinem Auftrag handelte?

»Suchst du das?« Die helle Stimme Jeldas ließ ihn zusammenzucken, und nur kurze Zeit später spürte er ihre Fingerspitzen auf seinem Arm. Sie lächelte ihn spitzbübisch an, und im dämmrigen Licht der Waschküche wirkte sie reifer, was möglicherweise auch an dem traurigen Ausdruck ihrer Augen lag.

»Wo hast du es her?«, brach Jan den Bann und wollte ihr die Papierrolle aus der Hand nehmen. Sie musste sie aus dem Bündel entwendet haben.

»Das lag bei deinen Sachen, und ich finde es interessant, was du für Ketzerschriften mit dir herumschleppst.«

Jan war erstaunt, dass Jelda sich mit diesen Dingen auskannte. »Ketzerschriften?«, hakte er nach. »Was steht darin? Es gehörte dem Toten, und ich habe es an mich genommen, als die Reiter deines Vaters kamen.«

»Gib mir einen Kuss!«, forderte sie ihn auf. »Immerhin werden wir heiraten!«

»Das ist schändlich vor der Ehe!«, stieß Jan aus. »Das würde ich niemals tun.«

Jelda lächelte trotz der Zurückweisung. »Ich hatte nichts anderes erwarte, Medicus. Ich weiß, dass Ihr mich nicht liebt, und Ihr wirkt wie ein ehrenhafter Mann.«

»Was bezweckt er mit der erzwungenen Ehe?« Jan ließ die Hand sinken, er würde ohnehin abwarten müssen, bis Jelda die Schriftrolle freiwillig herausgab.

»Das hat gar nichts mit Euch zu tun.« Jetzt senkte das Mädchen den Kopf und lief tatsächlich rot an.

»Ich soll Euch heiraten, und Euer Vater scheint mir nichts ohne Anlass zu tun. Nur durchschaue ich die Gründe nicht. Ich verstehe nicht einmal, warum er mich gefangen hält und sogar meine große Liebe dafür als Pfand nimmt. Dahinter muss ein trefflicher Anreiz stecken!«

Jelda legte ihre Fingerspitzen an die Lippen. »Pst, nicht so laut. Wir sitzen im selben Boot. Ich will Euch sagen, was ich weiß. Aber dazu müsst Ihr mich ein einziges Mal küssen.«

In Jan tobte ein Widerstreit der Gefühle. Jelda war für ihn keine richtige Frau, sie war noch nicht aufgeblüht so wie Hiske, und doch umgab sie ein Zauber, dessen Schönheit man kaum in Worte fassen konnte. Sie verlangte einen Kuss, und er würde hernach endlich erfahren, was ihn hier festhielt. Er überlegte kurz und zog Jelda widerstrebend an sich heran. Ihr Körper war zart, ihr Duft süßlich und betörend. Jan schloss die Augen, dachte an Hiske und berührte Jeldas

Lippen, die sie augenblicklich öffnete. Ihre Zunge fand die seine, und ehe er sich versah, spielten sie miteinander.

Tomma sah Hiske auf die Kate zueilen. Die Hebamme war ziemlich aufgewühlt gewesen, als sie zu Krechting gegangen war. Was sie dort erfahren hatte, konnte sie nicht kaltgelassen haben. Es verlief alles zu Tommas Zufriedenheit. Man hatte ihr gesagt, sie solle sich an Hiske halten, weil dieses Weib keinen Stein auf dem anderen ließ, wenn sie sich für einen ihrer Freunde einsetzen musste. Hiske Aalken würde niemals locker lassen, ehe sie nicht ganz genau wusste, was diese Schriften bedeuteten. Sie würde beweisen wollen, dass ihr Gönner Krechting unschuldig war, und dabei würde sie Dinge erfahren, die sie nie für möglich gehalten hätte. Aber sie, Tomma, konnte sich endlich rächen. Sie und die Hebamme waren vom Wind und einem schlimmen Schicksal in die Herrlichkeit getrieben worden. Beide hatten ein böses Los erlitten und waren dazu verdammt, ihr Leben mit den Widrigkeiten im Gepäck zu meistern. In unmittelbarer Nachbarschaft in Jever geboren, hatten sich dort ihre Seelen als Kinder gestreichelt. Hiske war für Tomma schon damals ein großes Vorbild gewesen. Jetzt brauchte sie ihre alte Freundin ein letztes Mal, denn Tommas einziger Lebensinhalt bestand darin, herauszufinden, was dereinst auf dem Kreyer mit ihrem Vater geschehen war. Das schaffte sie nicht allein. Wenn sie Krechting endlich zur Rechenschaft gezogen hatte, wollte sie sang- und klanglos verschwinden, und Hiske konnte so leben, wie sie es sich wünschte. Es würde nicht mehr lange dauern, dann war das vollendet, was zu vollenden war.

Tomma hörte Hiske in der Kammer nebenan rumoren, anschließend knackte die Tür und die Hebamme hastete in Richtung Neustadt. Die Wege waren mittlerweile sehr schlammig, von der noch vor ein paar Tagen dichten Schneedecke erkannte man lediglich traurige Reste. Tomma hoffte, ihr Ziel rasch zu erreichen. Sie war es leid, keine Antworten auf die mannigfaltigen Fragen zu erlangen. Als sie vor die Tür trat, sah sie den Wortsammler im Stall verschwinden. Er ging ihr aus dem Weg, wann immer es möglich war. Sie sog die süßliche Luft ein, die zweifelsohne nach Frühling schmeckte. Vom Knaben hörte sie nichts mehr. Sie war ihm allerdings schon einmal gefolgt und hatte gehört, wie er sich mit den Tieren unterhielt. Es war Tomma vorgekommen, als würden sie ihm tatsächlich antworten. Zumindest reagierten sie in einer Weise, die diese Vermutung nahelegte. Die Ziege gab einen meckernden Ton von sich, das Schaf blökte, als der Wortsammler sie mit seinen unzusammenhängenden Worten angesprochen hatte. Von Hiske wusste Tomma, dass er im Moor aufgewachsen war, vermutlich hatte sich dort in der Wildnis die Gabe entwickelt, mit Tieren auf diese Weise in Kontakt zu treten. Dass es die Menschen in der Herrlichkeit allerdings verunsicherte und sie ihm magische Kräfte oder gar Irrsinn andichteten, wunderte Tomma nicht.

Sie ging zurück in die Kate, nahm die Spindel und begann zu spinnen. Hiske hatte sie ihr gegeben, es war gut, sich nützlich zu machen. Zwar hatte die Hebamme ihr die Gastfreundschaft aufgekündigt, doch sie würde sie niemals auf die Straße werfen, solange sie noch keine neue Unterkunft gefunden hatte. Hiske hatte vorgeschlagen, dass Tomma bei Magda Dudernixen Unterschlupf fand, denn in ihrem Haus war viel Platz, und sie würde Hilfe brauchen können. Weil Magda aber nun gestern ihr Kind bekommen hatte und ihr Mann schwer verletzt war, war es im Moment für Tomma unmöglich, dort wegen eines Bettes anzufragen, weshalb Hiske nicht weiter auf ihren Auszug gedrängt hatte. Tomma wollte sie nun unterstützen, soweit es ging. Es war wichtig, dass sie genau hier wohnen blieb, denn es war der einfachste und sicherste Weg, ihre Ziele zu verfolgen. Sie saß mittendrin in dem Netz aus Lügen und Intrigen, konnte aber gleichzeitig aus dem Verborgenen handeln. Und mit etwas Glück würde ihre Mithilfe Hiske gnädig stimmen.

Tomma stand noch einmal auf und nahm einen Schluck Dünnbier. Gerade als sie sich setzen wollte, erblickte sie das Bild, an dem der Irre die letzten Tage wie besessen gemalt hatte. Das, was sie darauf erkannte, war für sie wenig schmeichelhaft. Das Bild war eine eindeutige Warnung an Hiske, sich nicht weiter mit ihr, Tomma, einzulassen, und es erzählte so viel über sie, dass es sie erschreckte. Tomma ergriff die Zeichnung rasch mit spitzen Fingern, öffnete die Ofentür und übergab das Blatt den Flammen, die es binnen kürzester Zeit gierig fraßen. Erst dann nahm sie die Spindel erneut in die Hand, griff in den Korb mit der gewaschenen, kardierten Wolle und begann zu spinnen. Tomma hatte dieses Handwerk von klein auf gelernt. Gerade als sie sich vornüberbeugte, hörte sie ein Geräusch. Sie war sicher, dass es nicht vom Wortsammler stammte. Mittlerweile war es dämmrig geworden, und sie hatte eine Kerze angezündet. Sie hielt die Luft an, als sich jemand an der Haustür zu schaffen machte. Es waren verhaltene, vorsichtige Geräusche. Ganz offensichtlich wollte die Person vor der Tür nicht entdeckt werden. Tomma verharrte still. Weder Hiske noch Garbrand hätten einen Grund, heimlich nach Hause zu kommen, es musste sich um jemand anders handeln, der sich Zutritt in die Kate verschaffte. Tomma hielt die Luft an. Sie wusste, wer es war. Die Vergangenheit hatte sie eingeholt. Ein dunkler Schatten warf sich auf die junge Frau, die in diesem Augenblick nicht einmal mehr Angst fühlte. Sie öffnete den

Mund und wollte schreien, doch kein Ton kam über ihre Lippen. Einen kurzen Moment sah sie das Gesicht, bevor es sich wieder abwandte. Sie glaubte plötzlich, die Stimme ihres Vaters zu hören, der sie warnte und immer wieder warnte und der doch nichts für sie tun konnte. Ihr wurde klar, dass der Teufel einen Bruder hatte, dass er ihr bereits in Jever, kurz bevor man sie wegschickte, begegnet war. In dem Augenblick wünschte Tomma sich, sie hätte all ihre Fragen niemals gestellt.

9. Kapitel

Hiske rutschte immer wieder aus, wenn sie auf eine sehr schlammige Stelle trat. Noch nie war ihr der Weg in die Neustadt so weit erschienen wie heute Nachmittag. Hin und wieder blieb sie auch im Matsch stecken, und es bereitete ihr große Mühe, den Fuß herauszuziehen und sich weiterzukämpfen. Immer wieder musste sie innehalten und sich ausruhen. Diese Pausen nutzte sie, um ihre Gedanken zu sortieren. Ihr kam es so vor, als löse eine Pein die andere ab. Nichts ging voran, und kaum glaubte sie, ein Stück weitergekommen zu sein, rollte die nächste Welle an Schwierigkeiten auf sie zu. Jetzt komme ich mir wirklich so manches Mal vor, als sei ich verhext, dachte Hiske und haderte gleichzeitig mit sich, solche Gedanken zu haben. »Es gibt keine Hexerei«, schimpfte sie. »Alles entspricht der Wirklichkeit.« Von Weitem sah sie Nikolaus auf sich zueilen. Es war nur zu offensichtlich, dass er nicht gesehen werden wollte und bemüht war, ihr aus dem Weg zu gehen. »Er läuft stets gebückt, er sieht niemandem direkt in die Augen«, sagte sie zu sich. Der hünenhafte Mann verschwand in Richtung der Burg. Kurz vor der Neustadt wurde sie von Coevorden und Goldschmidt eingeholt, die hastig an ihr vorbeieilten. »Gott zum Gruße, Hebamme«, nuschelten sie. Die Welt ist rastlos, dachte Hiske. Und ich schlage mit Arbeit den Tag tot, weil ich auf die Stunde warte, in der Jan zurückkommt.

Endlich sah sie die Dächer der Neustadt. Mittlerweile hatten Wolken den Himmel verdichtet, und ein kräftiger Wind blies über die Marsch. Hiske knotete den Schal fester. In der Neustadt herrschte seit Tagen ein reges Treiben. Das Tauwetter hatte die Bewohner dazu verlockt, aus ihren Häusern zu kommen. Sie fegten die Straßen und befreiten sie von den Schneeresten. Alle grüßten die Hebamme freundlich und mit einem Kopfnicken, gingen aber unvermindert ihrem Tagwerk nach. Die Handwerker schrubbten und wienerten ihre Manufakturen und Läden, die Weiber lüfteten die Strohsäcke, und wer sich Federkissen leisten konnte, hatte sie in die Fensterrahmen zum Lüften gelegt. In einigen Gärten wehte Wäsche an der Leine, doch Hiske bezweifelte, dass sie bei der feuchten Brise trockneten, zumal es nach Regen aussah. Aber das störte sie nicht. Sie war froh, dass der Flecken nicht mehr wie ausgestorben wirkte. Dieses Leben zeugte vom herannahenden Frühling, und mit ihm würde Jan kommen. Die Botschaften, sämtlicher Verdruss, wären nicht weiter wichtig, denn mit dem Arzt an ihrer Seite war alles zu meistern. Wenn sie bei den Dudernixens fertig war, wollte sie noch einmal zum neuen Siel gehen und schauen, ob das Schwarze Brack auch auftaute. Jede Schicht Wasser, die sich über die Eisschicht legte, brachte ihr Jan näher. Er würde kommen, sobald er konnte. Dudernixen hatte Unsinn erzählt.

Sie klopfte nicht an, als sie das Baderhaus betrat. Das Gesindemädchen grüßte sie scheu, sie hatte großen Respekt vor der Hebamme. »Dem Kind und der Wöchnerin geht es gut«, piepste sie. »Der Bader aber hat Fieber, und es stinkt in seiner Kammer. Ich habe der Badersfrau noch immer nichts von seiner Rückkehr gesagt, ganz wie Ihr es befohlen habt.«

»Gut gemacht!«, lobte Hiske das Mädchen, das vor Stolz errötete. Lob war im Baderhaus nicht an der Tagesordnung. Magda führte ein strenges Regiment, und wenn es nicht nach ihren Vorstellungen lief, rutschte ihr schon mal die Hand aus. »Nun setze bitte eine kräftige Brühe an, deine Herrin wird sie in den nächsten Tagen brauchen und der Herr auch. Hast du was im Haus?«

Das Mädchen nickte beflissen und verschwand.

Hiske sah in die Kammer des Baders, der zwar fieberte, aber dennoch schlief. Da sie fürchtete, die bösen Säfte, die ihn quälten, auf das Neugeborene und die Wöchnerin zu übertragen, beschloss sie, sich zuerst um die junge Mutter und das Kind zu kümmern. Das Mädchen trank eben mit kräftigen Zügen aus der Brust, Magda wirkte aufgeräumt und zufrieden. Sie erscheint glücklich, schoss es der Hebamme durch den Kopf. Die Badersfrau sieht zum ersten Mal, seit ich sie kenne, glücklich aus. Sie strahlte von innen, und Hiske verspürte einen Anflug von Neid. Wie gern wäre sie auch Mutter und würde ihr eigenes Kind stillen. Sie riss sich zusammen, jetzt galt es, ihre Arbeit zufriedenstellend zu erledigen. Anschließend musste sie sich um den verletzten Bader kümmern.

Als das Mädchen gesättigt war, ließ es die Brust los und sah Hiske mit dem wissenden Blick eines Neugeborenen an. »Sie ist gut gestellt«, sagte sie, nachdem sie die Kleine angesehen und gewickelt hatte. »Um sie muss ich mich nicht sorgen, und, wie ich sehe, kommst du auch gut zurecht.«

Die Badersfrau nickte. »Ich liebe diesen Wurm. Wer hätte das gedacht«, flüsterte sie mehr zu sich selbst.

Hiske beschloss, dass nun der rechte Zeitpunkt gekommen war, Magda darüber aufzuklären, dass ihr Mann zurück war, wenn auch schwer verletzt. Sie fasste die Geschehnisse, soweit sie ihr bekannt waren, mit wenigen Worten zusammen. Die Badersfrau reagierte zu Hiskes Erstaunen kaum. Sie hing mit ihrem Blick an der kleinen Tochter fest. »Mach ihn gesund, Hebamme! Er ist ein Hurenbock, aber eben auch mein Gemahl, und er muss für uns sorgen. Ob es ihm gefällt oder nicht.«

»Ich werde tun, was ich kann«, begann Hiske. »Doch eine Frage bleibt: Was weißt du über Garbrand und seine Pläne?«

Magda zuckte merklich zusammen. Ihre Antwort kam dennoch wie ein Wasserfall, sie brauchte nicht zu überlegen, was sie sagte. »Von Garbrand weiß ich, dass er noch immer ein widerlicher Papist ist, der auf Männer steht und deshalb in der Herrlichkeit seine Strafe erhalten wird. Sie werden ihn lynchen, und ich werde die Erste sein, die applaudiert!«

Hiske verzog bei diesen Worten angewidert das Gesicht. »Und was kannst du mir über die gestohlene Schriftrolle mit dem Bibelzitat sagen?«

Magda krauste die Stirn. »Was für ein Bibelzitat? Davon weiß ich nichts. Es grenzt allerdings an ein Wunder, dass Melchior zurückgekommen ist, jetzt wo das Weib, das bei dir wohnt, diese alte Sache wieder aufgerissen hat. Ich habe einen Mann geehelicht, der so viel Dreck am Stecken hat, dass seine Lebenszeit für die ausstehenden Strafen nicht ausreichen wird.« In Magdas Augen blitzte es verdächtig.

»Du weißt längst, dass er zurück ist«, stieß Hiske aus.

»Ich bin bekanntlich nicht dumm«, antwortete Magda verächtlich. »Ich habe letzte Nacht bereits mit ihm gesprochen, weil ich mein Kind vor ihm schützen muss. An seinen Händen klebt so viel Blut, wie du es dir überhaupt nicht vorstellen kannst.« In Magdas Augen lag etwas Boshaftes, fast Lauerndes, und sie weidete sich an dem Schmerz, den sie in Hiske erkannte. Denn die Hebamme hatte auf Anhieb begriffen, worauf die Badersfrau hinauswollte.

»Was ist mit Jan?«, fragte sie auch sofort. »Was hat dein Gatte mit Jan Valkensteyn getan?«

»Dein Medicus? Der ist verschollen. Und ich glaube nicht an die Entführungsgeschichte, die mein Mann mir weismachen wollte. Er hat sich mal wieder in Dinge eingemischt, von denen er besser die Finger gelassen hätte. Das war ja schon vor seiner Reise sein Plan. Er ist nun mal ein schlechter

Mensch! Und was er Jan angetan hat, das weiß nur Gott!« Magda fuhr sich mit der Handkante den Hals entlang und ließ sich lachend in ihr Kissen zurückfallen, während Hiske in die Nebenkammer zum Bader stürzte.

Der Wortsammler strich der Ziege übers Maul. Sie leckte seine Hand, und er war glücklich. Wie er überhaupt seit langer Zeit glücklich war, vor allem, wenn er malen durfte. Er liebte es, die Farben zu mischen und seine Gedanken, die nur schwer in Worte zu fassen waren, auf diese Weise zu Papier zu bringen. Es ging immer sicherer, und je mehr er malte, desto besser gelang es ihm, zu sprechen. Es war sogar schon zu ausgiebigen Gesprächen zwischen ihm, der Lebenspflückerin und Garbrand gekommen. Wie gern hätte er sie nun vor der Feuerseelenfrau gewarnt, doch gerade jetzt fehlten ihm die Worte. Er hatte Hiske in den letzten Tagen ein Bild gemalt, weil er in die Feuerseelenfrau hineinsehen konnte und er nicht wollte, dass sie Hiske mit ihrem Hass verbrannte. Die Zeichnung würde Hiske warnen, und so wäre sie in der Lage, die richtige Entscheidung im Umgang mit dem Weib zu fällen. Es war schon gut, dass sie die Kate verlassen sollte.

Die Feuerseelenfrau hatte zwei Seiten. Die eine war weich und tief verletzt, die andere aber war dunkel und voller Hass. Sie machte ihm Angst, denn wenn diese Seite überhandnahm, veränderten sich die Augen der Frau zu einem schwarzen See, in dessen Mitte ein Feuer loderte, das alles zu vernichten schien. Der Knabe war ein guter Beobachter, hatte er doch zeitlebens gelernt, Menschen zuzuschauen, ihre Regungen und Gesichter zu deuten und daraus seine Schlüsse zu ziehen. Hätte er diese Gabe nicht besessen, wäre er vermutlich schon lange tot. Das Feuer im tiefen Schwarz ihrer Augen ließ ihn nicht los. Es glühte von Tag zu Tag heftiger.

Menschen mit einer brennenden Seele waren nicht zwangsläufig böse, aber gefährlich für diejenigen, die sich ihnen in den Weg stellten. In dem Mann, den die Lebenspflückerin Krechting nannte, loderte es ähnlich, und es zerfraß ihn. Die Lebenspflückerin hingegen strahlte von innen, ganz gleich, was sie schon durchgemacht hatte, genau wie Garbrand und der Medicus.

Der Wortsammler ging eine Box weiter und bohrte seine Nase ins Fell des Schafes. Es roch süßlich, ein bisschen streng, aber er liebte den Duft der Tiere. Er war so unverfälscht, das gab ihm Sicherheit. Er wollte noch nicht zurück in die Kate, denn dort wartete die Feuerseelenfrau wie eine Spinne im Netz, als warte sie nur darauf zuzubeißen. Er hoffte, dass die Lebenspflückerin seine Zeichnung richtig zu deuten vermochte. Andernfalls, so fürchtete er, kam in der Person von Tomma das Verderben direkt auf Hiske zu, während er sich selbst hilflos danebenstehen sah. Von draußen glaubte er für einen Moment ungewohnte Geräusche wahrzunehmen, doch wollte er sich nicht darum kümmern; sicher hatten sie nichts zu bedeuten. Er sehnte sich nach Ruhe und Frieden, unterschied sich darin kein bisschen von der Lebenspflückerin. Doch schließlich musste er zurück in die Kate gehen, denn der Abend nahte, und er war verantwortlich, dass genügend Holz im Haus war und dafür, das Feuer ständig zu schüren. Der Wortsammler nahm die ihm zugewiesenen Aufgaben ernst und wollte ihnen auch jetzt nachkommen, selbst wenn er sich vor der Feuerseele fürchtete.

Lautlos schlüpfte er durch die Stalltür ins Freie. Es hatte sich merklich abgekühlt, und auf dem Weg glitzerte der Reif. Die Sonne war bereits untergegangen, und der Mond zeigte sich am Himmel. Es war ein fast sternenklarer Abend. Irgendwo bellte ein Hund, und der Schrei eines einsamen

Kauzes verlor sich in der einbrechenden Dunkelheit. Der Knabe holte zunächst einen Armvoll Holzscheite aus dem Verschlag. Er lief auf die Kate zu, doch etwas ließ ihn stutzig werden. Mit dem Instinkt eines Wildtieres blieb er stehen und hob die Nase in die Luft. Er kniff die Augen zusammen und konzentrierte sich auf die Umgebung. Er war nicht allein, und es waren weder die Lebenspflückerin noch Garbrand, die er spürte. Etwas stimmte im Haus der Hebamme nicht. Die vorhin vernommenen Geräusche waren nicht harmlos gewesen.

Der Wortsammler näherte sich geräuschlos wie eine Katze, schlich mit leicht vorgebeugtem Körper ans Fenster und linste durch den nicht ganz geschlossenen Fensterladen ins Innere der Kate. Das Feuer im Herd war fast erloschen, aus dem Schornstein drang nur noch wenig Qualm. Der Knabe bemühte sich, mehr vom Raum zu erkennen, doch es war unmöglich. Er schrak zusammen, als hinter ihm ein Ast knackte, so, als sei jemand darauf getreten.

»Warum schleichst du vor der Kate herum und gehst nicht rein?«, fragte eine dunkle, ihm wohlbekannte Stimme. Er musste sich nicht umdrehen, um den großen Mann, den Hiske Krechting nannte, zu erkennen. Der Knabe duckte sich, fühlte sich ertappt und wusste doch nicht wobei. Er hatte nichts getan, nur ängstlich war er gewesen. Ein wenig war er auch erleichtert, dass es sich um Krechting handelte und nicht um einen Fremden, der ihm richtig Angst gemacht hätte. Dennoch ging von dem großen Mann ein Geruch aus, den er noch nie an ihm wahrgenommen hatte, und das irritierte den Knaben. Mittlerweile war der große Mann durch die Gartenpforte getreten und verharrte dort wie eine Statue. Er schien unschlüssig zu sein, wie er weiter vorgehen wollte, und so wartete er ab.

Der Wortsammler versuchte, die Gedanken zu sortieren, aber wie immer, wenn er aufgeregt war, gelang es ihm nicht, auch nur ein Wort hervorzubringen. Es war, als wirbelten alle Buchstaben durch seinen Kopf, setzten sich, standen wieder auf und tanzten wild. Er bekam die Reihenfolge nicht hin, wenngleich seine Überlegungen eben noch ganz klar gewesen waren. Der Knabe ließ das Holz polternd fallen, suchte nach einem Halt, griff hinter sich ins Efeu und wurde von einer Ladung Schnee getroffen, die vom Dach herunterrutschte. Er schüttelte das Nass ab und öffnete den Mund, doch kamen lediglich unkontrollierte Laute über seine Lippen. Der große Mann winkte ab. Der Wortsammler konnte in seinem Gesicht lesen, dass er ihn nach wie vor für irre hielt.

»Du weißt also nicht, warum du draußen vor der Tür herumlungerst?«, sagte er nach einer Weile. »Kannst du mir denn sagen, wo die Lebenspflückerin sich aufhält?«

Der Wortsammler war überrascht, dass der große Mann diese Bezeichnung, die der Knabe für die Hebamme erfunden hatte, gebrauchte, aber vermutlich glaubte er ihn damit besser zu erreichen. Letztlich war es auch so, denn jetzt formte sich in seinem Kopf das erste verständliche Wort. »Angst.« Nachdem er das ausgesprochen hatte, kam das zweite hinterher. »Feuerseelenfrau.« Und endlich gelang es dem Wortsammler, sich zu artikulieren. »Angst. Feuerseelenfrau. Krach. Böse Augen. Böse Frau. Liebe Frau. Zwei Seelen.«

Der große Mann hob die Brauen. Er wurde ganz offensichtlich nicht schlau aus den Worten. »Geh rein! Es ist kalt draußen. Sammle dein Holz auf und heize gut ein, damit es bei der Rückkehr der Lebenspflückerin warm ist.« Er bückte sich und half dem Wortsammler dabei, die Scheite auf dem Arm zu stapeln. »Verschließe die Tür, die Hebamme wird klopfen, wenn sie Einlass begehrt!«

Der Knabe tat wie ihm der große Mann geheißen, klemmte das oberste Holzstück mit dem Kinn fest und ließ sich die Tür öffnen.

»Lege den Riegel vor und bleib darinnen. Ganz gleich, was passiert!«, befahl der große Mann, nachdem er kontrolliert hatte, dass der Wortsammler das Holz in der Küche abgelegt hatte. Noch im Türrahmen drehte er sich um. Seine Stimme klang besorgt: »Du machst, was ich dir gesagt habe, egal, was du siehst und hörst! Bitte!«

Der Knabe lehnte sich einen Augenblick mit dem Rücken gegen die Tür und wartete, bis sich die kräftigen Schritte entfernt hatten. Anschließend huschte er in die Küche und heizte das heruntergebrannte Feuer im Herd ordentlich an. Sofort erwärmte sich der Raum, und der Wortsammler rieb seine Hände über dem Ofen. Allerdings hielt das Gefühl der Geborgenheit nur für kurz an. Noch während sich der Knabe der wohligen Wärme hingab, kroch die Ahnung einer Gefahr wie eine bösartige Spinne heran, lähmte seine Atmung, beschleunigte den Herzschlag. In der Kate stimmte etwas nicht. Ganz und gar nicht. Langsam wandte er sich um, gewappnet, die Feuerseelenfrau in der Tür stehen zu sehen, doch er war allein in der Küche. Wieder schrak er zusammen, als das Feuer knisterte, weil es das einzige Geräusch neben seinem hektischen Atem war. Lautlos formte er das Wort »Lebenspflückerin«, in der Hoffnung, dass sie gleich aus dem Dunkel der Kammer nebenan auftauchen würde. Er wagte es aber nicht, auch nur einen Ton auszustoßen. Unruhig schweifte sein Blick zur Tür, blieb am Riegel hängen, der ihm jegliche schnelle Flucht unmöglich machte.

Nach einer Weile traute sich der Wortsammler, einen Schritt auf den Tisch zuzumachen, die Unschlittkerze zu greifen und sie anzuzünden. Das Wachs war noch warm, so als habe die Kerze vor nicht allzu langer Zeit gebrannt. Das flackernde Licht erhellte die Küche zwar nur spärlich, vermittelte ihm jedoch sofort ein Gefühl der Sicherheit. Er wagte sich bis in den Flur und von dort in die dahinterliegende Kammer, in der die Feuerseelenfrau wohnte. Die Tür war verschlossen, und der Wortsammler überlegte einen Moment, es dabei zu belassen, denn etwas sagte ihm, dass die Bedrohung genau dahinter schlummerte. Aber er hatte es sich zum Ziel gemacht, die Lebenspflückerin zu schützen, egal was geschah. Wenn von der Feuerseelenfrau eine Gefahr ausging, war es seine Aufgabe, die Lebenspflückerin vor ihr zu bewahren, erst recht, wo er sie nicht rechtzeitig erkannt hatte.

Der Knabe drückte die Klinke herunter und stieß die Tür mit dem Fuß auf. Es roch muffig in der Kammer, aber darunter mischte sich ein Geruch, den er verabscheute. Der Wortsammler schob sich mit seinem ganzen Körper hinein, und als er erkannte, was es war, das er da sah, stieß er einen markerschütternden Schrei aus.

Dudernixen lag mit fiebrigen Augen im Bett. Hiske hatte Tücher aus Hanf mitgebracht, die sie nun in dem von der Magd bereitgestellten Rotwein tränkte. Die Hebamme hatte zunächst versucht, seine Schmerzen mit weiteren Kräutergaben zu stillen, aber der Bader hatte ihr alles vor die Füße gespuckt. Die ihn plagende Hitze könnte allerdings auch auf die Erfrierungen und die starke Erschöpfung zurückzuführen sein.

Hiske war unruhig, am liebsten hätte sie ihn mit ihren Fragen gelöchert. Sie wollte wissen, ob Magda mit ihren Anschuldigungen recht hatte, doch sie musste sich in Geduld üben, bis der Mann von ihr versorgt worden war. Bevor sie in der Lage war, die Wunden weiter zu behandeln, war es notwendig, dass Dudernixens Schmerzen nachließen, und so redete sie mit einer Engelsgeduld auf ihn ein, bis er schließlich den Mund öffnete und das Kraut kaute, das sie ihm zwischen die Lippen steckte. Nach einer Weile wagte sie es, die Wunden zu versorgen. Hiske befürchtete, dass Dudernixen eher sterben könne, als ihr lieb war. Geschah das, lief sie Gefahr, dass man ihr vorwarf, sie habe nicht alles getan, was in ihrer Macht stand. Doch egal, was für einen Charakter der Bader auch hatte, sie würde um sein Leben kämpfen. Die Hebamme rettete, wen immer sie retten konnte. Selbst Menschen wie Dudernixen, obwohl er ihr zuwider war.

Sie nahm vorsichtig das Leinen herunter. Es war blutgetränkt, erste Anzeichen von Eiter zeigten sich. Einer der Bisse war schon grünlich-gelb überzogen. Diese Wunde verströmte einen schier unerträglichen Geruch. »Ihr müsst jetzt tapfer sein, Bader«, sagte sie, und er flehte sie an, ihn bloß nicht zur Ader zu lassen.

Hiske winkte ab. »Ganz sicher nicht, das würde Euch in Eurem Zustand vermutlich umbringen.« Insgeheim dachte die Hebamme, dass Dudernixen genau das mit seinen Patienten getan hätte, weil er kaum etwas anderes konnte als seine Scharlatanerien. »Ich muss noch einmal eine Paste auf die Wunden geben. Das wird unangenehm, aber anschließend mache ich einen heilenden Umschlag, der sicher den Schmerz lindert.« Hiske griff in ihren Beutel.

Dudernixen schrie und weinte, biss sich in den Handrücken und stieß die übelsten Flüche aus. Doch er ließ sie gewähren, denn er wusste genau, dass die Hebamme, so sehr er sie auch verabscheute, seine einzige Hoffnung auf Genesung war. »Hauptsache, Ihr bringt mich nicht absichtlich um, Hexenweib. Ihr Toverschen seid schließlich alles andere als vertrauenswürdig.«

Nach diesen Anschuldigungen hätte sie ihn am liebsten in seinem Gestank und Dreck liegen lassen, doch das verbot ihr die Moral. »Ich streiche nun Honig auf die Wunden und lege dann in Rotwein getränkte Lappen auf. Ihr werdet sehen, dass es bald hilft.« Hiske hoffte, dass ihre Worte mehr Zuversicht ausstrahlten, als sie selbst empfand. Nachdem sie die rot geschwollenen Wunden versorgt hatte, untersuchte sie Dudernixen. In seinen Leisten und in den Achselhöhlen waren die Knoten verdickt, ein Hinweis darauf, dass sich die Infektion ausbreitete und der Körper dagegen ankämpfte. Die Hebamme befürchtete eine Blutvergiftung, wenn die Abwehrkräfte des Mannes nicht ausreichten. »Seid Ihr in der Lage, einen Schluck warme Brühe zu Euch zu nehmen?«, fragte sie ihn.

Dudernixen nickte schwach.

Hiske rief nach der Magd und wies sie an, die Suppe zu erwärmen. Sie hoffte, dass das Mädchen ihre Anweisungen vom Vortag befolgt und die Knochen bereits ausgekocht hatte. Glücklicherweise darbte man im Haus des Baders noch nicht. Es war genauso wichtig, dass auch Magda sich stärkte.

Kurze Zeit später strich der Duft von deftiger Brühe durch die Kammer. Hiske spürte ihren eigenen Hunger, sie hatte seit dem Morgen nichts mehr gegessen. Sie würde das Gesindemädchen bitten müssen, ihr eine Schale abzugeben. Sie war zu erschöpft, um den langen Weg bis zur Kate mit leerem Magen zurückzugehen. Zunächst aber flößte sie dem Bader die Suppe ein und bat das Mädchen, dasselbe mit Magda zu tun. Nachdem Dudernixen gesättigt war, wagte Hiske es, sich selbst eine Schale zu nehmen. Gierig schluckte sie den Sud herunter, fühlte sich anschließend besser. Und bereit für ihre Fragen, die ihr unter den Nägeln brannten.

Sie stellte sich neben die Bettstatt und musterte den Bader. »Was wisst Ihr über Jan?«, fragte Hiske ganz direkt. Ihre

Stimme zitterte, und sie hoffte, dass Dudernixen ihre Schwäche nicht bemerkte. Sie beobachtete seine Reaktion genauestens, doch der Mann war eine Ausgeburt an Falschheit, sodass er zunächst keine Regung zeigte.

»Dudernixen, ich will jetzt nichts über die Hure wissen, sondern einzig, ob er noch lebt!« Immerhin hatte Magda das angedeutet.

Der Bader wandte den Kopf, sein Gesicht verzog sich zu einer Fratze, als er mit den Schultern zuckte. »Was weiß denn ich. Er war plötzlich weg.«

»Was heißt das?«, fragte Hiske mit heiserer Stimme. »Hat er Euch doch auf der Reise begleitet?«

Dudernixen nickte. »Er wollte zu Euch.«

»Und alles andere war eine Lüge?«

»Nein, er war bei der Hure.« Es ging Dudernixen wirklich dreckig, und dennoch weidete er sich an dem offensichtlichen Schmerz der Hebamme.

»Wann habt Ihr ihn verloren?« Hiskes Stimme war nur noch ein einziges Hauchen. Sie musste sich an der Wand abstützen, denn all das, was Dudernixen ihr nun sagte, war nicht das, was sie sich erhofft hatte.

»Er war bei dem Überfall dabei. Lambertus haben sie gleich getötet. Er hat geschrien.« Der Bader hielt vor Schmerz inne. Es dauerte, ehe er in der Lage war weiterzureden. »Valkensteyn sollte sich zusammen mit mir wehren, ich hatte wenigstens einen Dolch in der Tasche. Aber er«, Dudernixen gelang es selbst unter diesen Umständen, empört zu wirken, »er sagte, er würde keine Menschen töten, er sei Medicus oder so etwas. Pah! Da lässt er sich lieber abschlachten.«

»Wann habt Ihr ihn das letzte Mal gesehen?«, fragte Hiske, ohne auf die Vorwürfe einzugehen. Jan war also auf dem Weg zu ihr gewesen. Sollte er dieses gefährliche Unterfangen tatsächlich nicht überlebt haben, würde sie sich das niemals verzeihen.

»Kurz bevor sie mir eins über den Schädel gegeben haben«, sagte Dudernixen. Seine Stimme wurde schwächer. »Als ich aufwachte, war Lambertus tot und er verschwunden. Ich weiß nicht, was sie mit ihm gemacht haben.«

Hiske sah ihn an. Irgendwie hatte sie Zweifel, ob sich diese Sache wirklich so abgespielt hatte. »Er könnte also noch leben?«

Der Bader nickte. »Eventuell. Möglicherweise haben sie ihn mitgenommen.«

»Wer sind ›sie‹?«

Dudernixen schloss die Augen und beantwortete die letzte Frage nicht.

Jan lag wach und lauschte in die Dunkelheit. Er hatte Jelda wütend zurückgestoßen, er wollte sich keineswegs von ihr um den Finger wickeln lassen. Dieses Weib war noch undurchschaubarer als ihr Vater. Sie hatte auf seine Zurückweisung auch nicht böse, sondern eher amüsiert reagiert. »Du liebst sie wirklich«, war ihr Kommentar gewesen. »Dann passen wir zusammen, und ich glaube, wir werden miteinander klarkommen.«

Wie sie zu dieser Erkenntnis gelangt war, hatte Jan nicht verstanden. Sie waren von Hulda unterbrochen worden, die sich die Treppen herunterquälte. Dank ihres schweren Trittes hatte Jan überhaupt die Möglichkeit gehabt zu verschwinden, ehe sie bei ihnen angelangt war.

»Wir reden später«, hatte Jelda ihm zugeflüstert. Dabei war es geblieben, und so wusste Jan noch immer nicht, warum von Eisenberg ihn festhielt und warum er seine Tochter so dringend heiraten sollte.

»Ich muss jetzt ruhen«, sagte Jan halblaut zu sich, wälzte sich aber doch nur von einer Seite auf die andere. Gerade als er gegen Morgen endlich von einem gnädigen Schlaf übermannt wurde, trat Franz von Eisenberg ein und rüttelte ihn an der Schulter. »Aufstehen, wir benötigen Eure Hilfe!«

Jan brauchte einen Moment, um wach zu werden, und erkannte dann nicht nur von Eisenberg, sondern auch vier seiner Gefolgsmänner, die mit Laternen vor der Kammer standen. »Wo geht es hin?«

Franz von Eisenberg antwortete ihm nicht. Er wies mit dem Kopf zu seinen Leuten und zischte Jan zu, er möge sich rasch etwas überziehen. »Wir haben keine Zeit zu verlieren.«

Vor dem Haus warteten fünf gesattelte Pferde, deren Hufe mit Stofflappen umwickelt waren, damit die Tritte auf dem Pflaster nicht hallten. Weil es erneut gefroren hatte, rutschten die Tiere mehrfach aus, und nur mit viel Glück gelangten sie ohne einen Unfall zum Stadtrand. Franz von Eisenberg stellte sich in den Bügeln auf, legte den Zeigefinger an die Lippen und lauschte. Nach einer Weile tauchte eine mit einer schwarzen Robe bekleidete Gestalt aus der Dunkelheit auf, die mit einem Arm ruderte. Franz von Eisenberg nickte den Männern zu, und so folgten sie ihr. Die Gruppe schaffte es, unbehelligt aus Oldenburg herauszukommen. Als sie die Stadt ein Stück hinter sich gelassen hatten, gestattete Franz von Eisenberg seinen Leuten, den Stoff von den Hufen zu entfernen. Danach kamen sie besser voran, und, obwohl es weiterhin rutschig war, fanden die Pferde mehr Halt.

Nach einem längeren Ritt in Richtung Nordwesten gelangten sie zu einer kleinen Ansiedlung armseliger Hütten, deren Fenster schief in den Angeln hingen. Ein paar gefleckte Hunde stromerten über den Hof, bleckten knurrend die Zähne, zogen sich aber zurück, nachdem Franz von Eisenberg sie angeherrscht hatte. Sie wurden bereits erwartet, denn kaum waren sie abgesprungen, öffnete sich die Tür und eine dickliche Frau wackelte ihnen entgegen. Sie rief etwas ins Innere der einen Behausung, woraufhin sich ein Junge mit zerschlissenen Hosen dazugesellte und die Pferde in einen Unterstand führte.

In der Hütte nebenan brannte eine Kerze auf der Fensterbank. Es wirkte wie eine Einladung, und die Reiter verschwanden kommentarlos hinter der Tür. Jan hingegen wurde von Franz von Eisenberg gebeten, ihm zu folgen. Er betrat eine andere Kate. Sie mussten kurz die Luft anhalten, als sie der stickige Geruch umfing. Das gesamte Haus war voller Qualm und Ruß, es schien keinen vernünftigen Abzug zu geben. Ein Feuer brannte in der Mitte des Raumes, abgenutzte Decken und Strohsäcke lagen verstreut herum. Jans Augen brauchten eine Zeit, bis sie sich an die Dunkelheit gewöhnt hatten. Dann erkannte er einen jungen Mann, der rechts neben der Feuerstelle lag und stöhnte.

»Sie haben ihm ihre Lanze in die Flanke gebohrt«, erklärte Franz von Eisenberg. »Er ist ...«, er zögerte, »er ist einer unserer wichtigsten Männer. Seht zu, dass er wieder auf die Beine kommt!«

Jan untersuchte den Verletzten und schaffte es schließlich, die Blutung zu stillen. »Mehr kann ich nicht für ihn tun«, sagte er abschließend. »Ich weiß nicht, wie viel Blut er bereits verloren hat und wie dreckig die Spitze der Lanze war.«

Franz von Eisenberg klopfte ihm auf die Schulter. In seinen Augen lag tiefe Trauer. »Das ist mir klar, aber ich hoffe sehr, ihm ist damit geholfen!«

Jan drehte sich zu von Eisenberg um. Unter Umständen war das die einzige Möglichkeit, ihm eine Information zu entlocken, denn in diesem Moment wirkte er angreifbar. »Ich helfe Euch, weil Ihr mir keine andere Wahl lasst. Weil ich die

Frau liebe, die Ihr sonst töten wollt. Aber was zum Teufel mache ich hier? Ich will eine Antwort. Jetzt!«

Franz von Eisenberg winkte der Alten, die Dünnbier bringen ließ. Dieses Gesöff hatte Jan zuletzt im Sommer in Gödens getrunken. Es schmeckte damals nicht, und es schmeckte auch heute nicht. Allerdings erweckte es in ihm schmerzvolle Erinnerungen. Für einen Augenblick war er versucht, einfach aufzuspringen, sich auf das Pferd zu werfen, ihm die Sporen zu geben und auf dem schnellsten Weg zu Hiske zu reiten. Das war natürlich völlig ausgeschlossen, wollte er ihr Leben nicht gefährden. Jan wusste nicht, wer in der Herrlichkeit eine Verbindung zu von Eisenberg pflegte, aber es war besser, er glaubte ihm.

Nachdem sie die Becher geleert hatten, verlangte von Eisenberg nach Brot und Speck. Das dicke Weib tat augenblicklich wie ihr geheißen. »Ich kann mit leerem Magen nicht reden und Ihr vermutlich nicht zuhören.«

Jan sah seinen Widersacher abwartend an, der nach außen hin stark tat, auch wenn seine Augen etwas anderes sagten.

»Was wisst Ihr von Krechting?«

»Er ist Jurist in der Herrlichkeit Gödens, und er zeigt sich verantwortlich für den Bau der Neustadt und des Siels. Hebrich von Knyphausen hat ihn außerdem zum Armen- und Kirchenvorstand der reformierten Kirche berufen. Warum wollt Ihr das wissen?«

Franz von Eisenberg hieb seine Zähne in das Brot, das das Weib ihnen hingestellt hatte. Er schwieg.

»Wer seid Ihr?«, hakte Jan nach.

Sein Gegenüber runzelte die Stirn. »Das tut nichts zur Sache, Medicus. «

Jan lag eine Antwort auf den Lippen, aber dem scharfen Ton des Mannes nach duldete der keine weiteren Fragen in diese Richtung. Er langte nun ebenfalls zu, denn sein Magen knurrte nach dem frühmorgendlichen Ritt. Der Raum erhellte sich zusehends, die aufgehende Sonne hatte die Nacht verdrängt. »Ich kenne die Gefahr, bin kein Feigling«, hob Jan schließlich an. »Ich habe einst eine Botschaft des Predigers Rothmann nach Gödens gebracht.«

»Ich weiß. Krechting hat ihn damals erwartet.«

»Er ist ein guter Mann. Er stellt sich schützend vor seine Brüder und Schwestern. Ohne ihn hätten die Täufer dort sicher einen schwierigeren Stand.«

»Krechting ist ein Verräter«, entfuhr es von Eisenberg. »Ein mieser Hundsfott, für den selbst der Tod zu schade ist.«

Jan schlussfolgerte, dass er einer Gruppe extremer Papisten in die Hände gefallen war. Alte Weggefährten, die sich an Krechting rächen wollten. »Warum habt Ihr meinen Reisegenossen ermordet?«, setzte er nach.

»Lambertus de Wieck wollte Krechting aus einer alten Verbundenheit heraus warnen. Das konnten wir nicht zulassen. Er musste auf ähnliche Art sterben wie der Münsteraner Prophet.«

Jan blieb der Bissen im Hals stecken. »Ihr habt ihn mit Zangen gefoltert und anschließend erdolcht?«

Franz von Eisenberg gab sich ungerührt. »Wir haben ihm bei lebendigem Leib das Fleisch herausgerissen, bevor er den Gnadentod fand.« Er biss noch einmal herzhaft in den Speck und kaute genüsslich, während Jan erschauderte, als er sich an die grausamen Schreie seines Weggefährten erinnerte.

»Erschreckt?«, lachte von Eisenberg. Ihm tropfte das Fett aufs Hemd, und er wischte sich den Mund ab.

»Entsetzt«, sagte Jan. »Ich kannte Lambertus kaum, und er hat sich mir nicht anvertraut. Dennoch war mir klar, dass er in geheimer Mission unterwegs sein musste, sein Gebaren sprach für sich. Nur – gibt es einen einzigen Menschen auf der Welt, der einen solch grausamen Tod verdient hat? Auch nur einen?« Jan war aufgesprungen und rannte auf und ab. Er wollte am liebsten alles um sich herum zerschlagen, nur hätte ihn das nicht einen Deut weitergebracht. Franz von Eisenberg würde seine Drohungen gegen Hiske wahrmachen. Er hatte ihn in der Hand, und er, Jan, musste tun, was von Eisenberg verlangte. Dieser Mann zögerte nicht, einen Menschen umzubringen, um seine Interessen durchzusetzen. Ein Leben galt ihm nichts, wenn derjenige sich seinen Vorstellungen widersetzte. »Warum lasst Ihr mich nicht gehen? Ich bin keiner von Euch, und ich diene Eurer Religion nicht.«

»Wir brauchen einen Medicus, und Ihr habt genau das Wissen, das uns dienlich ist. Fragt also nicht weiter nach. Ihr werdet bei uns weilen, solange ich es für nötig halte.«

Jan stellte sich von Eisenberg mit vor der Brust verschränkten Armen gegenüber. Er hatte noch niemals in seinem Leben einen Menschen gehasst. Nicht einmal den Bader, der ihm weiß Gott genug zugesetzt hatte. Aber Franz von Eisenberg war sich vermutlich nicht darüber klar, in welcher Gefahr er sich befand und was für Gefühle Jan gegen ihn entwickelte. »Warum zum Höllenfeuer«, Jan spuckte das letzte Wort förmlich aus, »warum soll ich auch noch Eure Tochter heiraten?«

Franz von Eisenberg begann schallend zu lachen. »Ihr stellt Fragen!«, stieß er schließlich aus und wieherte erneut los. »Natürlich, damit Ihr Euch ein wenig stärker verpflichtet fühlt zu bleiben.« Er griff sich an die Brust, bis sich sein Atem beruhigt hatte. »Meine Tochter hat sich in einen Taugenichts verliebt, und diese Liebschaft werde ich verhindern. In jedem Fall. Mit Eurer Hochzeit aber schlage ich zwei verdammte Fliegen mit einer Klappe. Ihr werdet hernach bleiben, weil

Ihr ein Ehrenmann seid und Eure junge Ehefrau niemals alleinlassen und dadurch entehren würdet. Das habt Ihr, wenn ich mich recht erinnere, mit Lieke schon hinter Euch.«

»Woher wisst Ihr von Lieke?«, unterbrach Jan ihn, aber von Eisenberg winkte ab und sprach ungerührt weiter: »Und Ihr werdet die Frau, die eigentlich Euer Herz besetzt, nicht der Folter meiner Männer aussetzen. Ihr würde das gleiche Schicksal blühen wie Lambertus de Wieck. Ich sichere mich immer doppelt ab, überlasse nichts dem Zufall. Wenn ich etwas in Angriff nehme, bin ich unschlagbar. Diese Zielstrebigkeit unterscheidet mich ausgesprochen von Eurem Freund Krechting, der sein Leben damit gestaltet, faule Kompromisse einzugehen.«

»Was habt Ihr mit ihm vor?«, quetschte Jan heraus.

Franz von Eisenberg war in seiner Selbstherrlichkeit einfach nur widerwärtig. Jan aber würde nichts tun können, selbst wenn er ihn eigenhändig erwürgte: Hiske wäre die Leidtragende. Jan saß gefangen in einer Falle, aus der er ohne seinen größten Feind nicht herauskommen konnte.

»Er wird verfaulen an seinen Kompromissen«, lachte von Eisenberg wieder. Er hatte offensichtlich eine diebische Freude daran, Jan zu drangsalieren, aber auch daran, sich an den Qualen anderer Menschen zu erfreuen. Jetzt hatte er ganz klar Hinrich Krechting vor Augen, wie seine Männer ihm den Garaus machten. Es war unvorstellbar, dass er sich als gläubige Person, ja, gar als Führer einer Glaubensgemeinschaft sah.

»*Selig sind die Friedfertigen, denn ihrer ist das Himmelreich*«, zitierte Jan ohne nachzudenken, weil seine Wut in ihm überschäumte. Schon als er diese Worte aussprach, wusste er, dass er damit ein Feuer schürte, das gefährlich werden konnte. Wie hoch die Glut allerdings auflodern würde, war ihm nicht klar, und so war er auch nicht auf den Fausthieb gefasst, der ihn an der rechten Wange traf und ihn zu Boden gehen ließ.

Hiske war müde. Sie hatte den Rest der Nacht an Magdas Bett verbracht, denn deren Milch war eingeschossen, und sie hatte dabei eine Hitze entwickelt, die die junge Mutter regelrecht in Panik versetzt hatte, erinnerte es sie doch stark an das Marschenfieber, das ihr letztes Kind kurz nach der Geburt in den Tod gerissen hatte. Es war schwer für Hiske, Magda davon zu überzeugen, dass das Fieber dieses Mal mit der Milch zusammenhing und daher ungefährlich war. Sie machte der Badersfrau kalte Wickel. Zwischendurch sah sie auch immer wieder nach dem Bader, der sich gleichermaßen mit schlechten Fieberträumen plagte.

Gegen Morgen fiel Magda endlich in einen unruhigen Schlaf, aus dem sie ständig hochschreckte und Hiske weckte, die ebenfalls die Augen kurz geschlossen hatte. »Ich hätte das nicht sagen sollen«, flüsterte sie. Hiske legte ihr ein feuchtes Tuch auf die Stirn, bis sie sich beruhigt hatte, doch es half nur eine kurze Zeit. Magda wurde von schlimmen Albträumen durch den Schlaf getrieben, ihr brach der Schweiß aus, dann schoss sie hoch, warf sich zurück, um anschließend wild um sich zu schlagen. »Ich hätte das nicht tun sollen! Ich habe ihn verraten, und er wird sterben!«, schrie sie immer wieder. »Aber ich musste es tun. Ich musste es tun ...«

»Was, Magda, was musstest du tun?«

»Der Tod ist überall, und ich habe nur ein Leben.« Sie setzte sich erneut aufrecht hin und riss die Augen auf. »Lebt er noch?«

»Wer?«

Die Badersfrau fiel hintenüber, und aus ihr war kein Wort mehr herauszubekommen.

»Redest du von Melchior, weil du ihn beschuldigt hast, Jan getötet zu haben?«, fragte Hiske, die sich ansonsten keinen Reim auf das wirre Gerede machen konnte.

Die Badersfrau schlug weiter wild um sich. Magda und ihr Mann waren ein seltsames Gespann. Es war ihnen unmöglich, miteinander zu leben, ohne sich gegenseitig das Dasein zur Hölle zu machen, doch es schien auch ausgeschlossen zu sein, auf den anderen zu verzichten. Als Hiske schließlich aufstand, um zu gehen, schoss ihr eine weitere Möglichkeit durch den Kopf, die sie bislang noch nicht bedacht hatte. »Oder sprichst du von Garbrand, den du bestohlen und verraten hast, weil er einfach nur nach seiner Fasson leben will?«

In diesem Augenblick verhielt Magda in ihren Bewegungen. Hiske wartete ab, doch blieb die Badersfrau ihr erneut eine Antwort schuldig. Wen auch immer sie glaubte ans Messer geliefert zu haben, sie war nicht krank genug, um sich zu verplappern.

Jan Valkensteyn schmerzte die Wange. Franz von Eisenberg hatte ihm Schnee bringen lassen, mit dem er die Schwellung kühlte.

»Wir müssen gleich nach Oldenburg zurück. Ihr bleibt hier. Ich lasse Euch einen meiner Männer da. Dass es unnütz ist zu fliehen, habe ich deutlich genug gemacht.«

Jan nickte. Er schmeckte Blut, als er mit der Zunge vorsichtig von innen über die Schleimhaut fuhr. Er hätte sich nicht zu diesen Äußerungen hinreißen lassen sollen, denn ihm war die Gefährlichkeit seines Gegners bewusst gewesen. Es war dumm, sich so zu verhalten.

»Bitte seht noch einmal nach ihm!« Franz von Eisenberg deutete auf den Verletzten. »Ich möchte gern Eure Einschätzung haben, bevor ich reite.«

Jan raffte sich auf und untersuchte den Kranken. Der junge Mann war kaum bei Bewusstsein. Der Arzt richtete sich auf, Franz von Eisenberg stand abwartend hinter ihm. »Und?«

Jan schüttelte den Kopf. »Es ist ernst. Ich muss ihn weiter behandeln, und selbst dann will ich Euch keine großen Hoffnungen machen.« Er sah sich in der armseligen Hütte um. »Die hygienischen Verhältnisse sind grauenhaft, dazu frage ich mich, wie ich an Medizin herankommen soll und wie es um saubere Lebensmittel und Wasser bestellt ist.«

»Wasser kommt aus dem Brunnen, darum kümmert sich die Alte, sie schürt auch das Feuer. Zu Essen lasse ich herschaffen, denn der Junge darf keinesfalls sterben. Er muss bei Kräften bleiben. Tut, was Ihr könnt, Valkensteyn!« In die Stimme von Eisenbergs hatte sich ein seltsamer Ton eingeschlichen, der Jan hellhörig werden ließ.

»Und woher bekomme ich Medikamente? Die wenigen sauberen Leinen sind schnell durchgeblutet, und ich habe nichts, womit ich ihn behandeln kann, denn die paar Salben, die ich mit auf der Reise hatte, sind längst in Euren Besitz übergegangen, als Ihr mich gefangen nahmt.«

Franz von Eisenberg wandte den Kopf, und aus dem Dunkel der Zimmerecke tauchte ein Mann auf, so als hätte er nur auf seinen Einsatz gewartet. In der Hand hielt er eine Ledertasche. Er öffnete sie, und Jan glitzerten chirurgische Instrumente und verschiedenste Tiegel entgegen. »Ich nehme an, das beantwortet all Eure Fragen. Wenn Ihr sonst noch etwas zur Wundversorgung braucht, lasst es mich wissen. Täglich wird ein Bote vorbeikommen, dem Ihr Eure Wünsche mitteilen könnt. Nichts ist zu teuer, nichts ist unmöglich. Wichtig ist einzig und allein, dass er überlebt.« Franz von Eisenberg warf einen liebevollen Blick auf den jungen Mann; das zeigte eine Seite an ihm, die Jan bislang verborgen geblieben war.

Zwischen ihm und dem Verletzten herrschte eine besondere Verbindung, daran bestand kein Zweifel. Jan betrachtete den jungen Mann genauer, er ließ seinen Blick zwischen ihm und seinem Entführer schweifen und stellte eine gewisse Ähnlichkeit der beiden fest.

Franz von Eisenberg bemerkte das sehr wohl, wandte sich ab und sagte knapp: »Ja, er ist mein Sohn. Und ich will, dass er lebt!« Er ging hinaus und schloss die Tür nachdrücklich. Kurze Zeit später entfernten sich die Pferde, zurück blieben, neben Jan, der Verletzte, die Alte und einer der Männer.

Der Arzt durchwühlte die Tasche. Es lagen saubere Bandagen darin, dazu Rosenöl und Terpentin, die er zusammen mit einem Ei zu einer Wundsalbe mischen konnte. Weiter fand er eine Nadel und eine Schere und andere Dinge, die er zur Versorgung der Kranken brauchte. Ob es ihm hier überhaupt nützte, stand allerdings in den Sternen.

Die Alte stellte ihm Dünnbier auf den Holztisch, der lange nicht mehr gescheuert worden war. Auf dem Holz klebten Milchreste, daneben schimmelten Brotkrumen. Es kostete ihn große Überwindung, hier zu essen. Er dachte an Hiskes stets mit Sand gescheuerten Tisch, und wie sie so manche Mahlzeit dort zu sich genommen hatten. Ungeachtet seines Ekels knallte ihm die Alte einen Kanten dunkles Brot hin und reichte eine Schale Käse herüber, der zumindest einen aromatischen Duft verströmte. »Iss, was anderes haben wir nicht«, sagte sie. »Heute Mittag gibt es Brühe, ich muss das Huhn noch ausnehmen.« Sie deutete in die Ecke, und erst jetzt sah Jan das tote Tier, das mit verrenktem Kopf auf einem Strohhaufen lag. »Salz und Gewürzkräuter habe ich nicht. Franz von Eisenberg isst zwar gern, aber er weiß nicht, was man wirklich dazu benötigt.« Die Alte warf Jan eine muffige Decke herüber, die unverkennbar nach Schaf roch. Sie kratzte, als der Arzt sie aufhob, und bei näherem Hinsehen merkte er, dass die Wolle nur so von Läusen wimmelte. »Raus mit dem Ding!«, sagte er. »Ich bin Euer Gefangener, Ihr müsst mich nicht gut behandeln, aber was glaubt Ihr, was geschieht, wenn ich von Eisenbergs Sohn die Schädlinge übertrage und sein Kopf zu ihrem Nest wird? He?«

Die Alte blickte Jan unruhig an, nahm die Decke wortlos und warf sie in die Glut der Feuerstelle. Die Flammen loderten auf und verrußten den Raum erneut. »Ich hole etwas anderes«, erklärte die Alte, verschwand und kam nach einer Weile mit einem Strohsack, der zwar nicht bequem, aber wenigstens sauber wirkte, und einem dicken Leinentuch zurück. »Damit müsst Ihr vorliebnehmen«, sagte sie. »Ich habe nur das.«

»Und womit werdet Ihr Euch zudecken?«, fragte Jan argwöhnisch.

»Mit meinem Umhang«, antwortete sie. »Ich habe noch meinen Umhang.«

Jan winkte entschieden ab. »Behaltet die Decke, ich kann meinen Mantel nehmen und mich nah ans Feuer legen. So schnell erfriere ich nicht.« Ich habe schon eine ganz andere Kälte überlebt, dachte er.

Das Gesicht der Alten wurde angesichts seiner Zugeständnisse weicher. Jan vermutete, dass ihr lange keiner mehr mit Respekt begegnet war, egal wie sehr sie sich für von Eisenberg abschuftete. Er wagte den Versuch, ihr eine entscheidende Frage zu stellen. »Sagt Euch der Name Lambertus de Wieck etwas?«

Jetzt zuckte die Alte zusammen. Sie sah Jan ängstlich an, zögerte und schüttelte heftig den Kopf. Dann huschte sie zur Feuerstelle und warf zwei Holzscheite hinein, dass die Funken stoben.

»Ihr kanntet ihn«, sagte Jan und nahm einen Schluck Bier. Sein Magen knurrte, er würde auch das Brot und den Käse essen, denn es half keinem, wenn er nicht bei Kräften war.

»Er war ein guter Bruder«, nuschelte die Alte. »So lange, bis er fiel.«

Jan sah sie fragend an, ihre Formulierungen irritierten ihn.

»Hosianna, ich darf nicht darüber sprechen, sonst ergeht es mir wie ihm, und ich möchte im Schoße meiner Brüder und Schwestern sterben.« Die Alte ließ sich auf dem Schemel gegenüber Jan fallen und japste nach Luft.

Der Arzt warf einen Blick auf den Sohn von Eisenbergs, der fest schlief. »Wie heißt er?«

»Jakob. Er ist ein guter Junge, viel zu ungestüm, wie Ihr seht. Er wird seine Verletzungen nicht überleben, ich weiß es.«

Jan musste der Alten insgeheim recht geben, aber er zog es vor zu schweigen. Man wusste nie, wie viel auch Schwerkranke von ihrer Umgebung mitbekamen. Um sich abzulenken, kostete er vom Käse, der gut schmeckte, während dem Brot ein muffiger Geschmack anhaftete. Nachdem er sich gesättigt hatte, beugte er sich zu der Alten und flüsterte mit einem Seitenblick auf Jakob: »Ihr wisst genau, wer Lambertus de Wieck war und wohin er unterwegs war.«

Die Alte nickte. »Er war einer von uns. Ich bin erst später zu ihnen gestoßen. Sie haben mich aufgenommen, mir zu Essen, Kleidung und ein Zuhause gegeben.«

Jan sah sich in der Hütte um und fragte sich, warum sie für diese undichte Bruchbude, wo es durch jede Ritze zog, dankbar war.

Die Alte winkte rasch ab. »Nein, das ist nicht mein Heim. Hier halten wir nur Jakob versteckt, weil es ein sicherer Ort ist und ihn keiner hier vermutet. Wir geben alle, was wir können, deshalb kümmere ich mich um ihn. Meine Kraft reicht für den Kampf nicht.«

Jan runzelte die Stirn. »Sie, wer auch immer ›sie‹ sind, haben Euch also aufgenommen. Was musstet Ihr dafür tun?«

»Ich war eine armselige Bettlerin, die am Rand der Straße dahinvegetierte. Ein Weib, auf das die Menschen spuckten, wenn sie mich liegen sahen, und mit etwas Glück bekam ich einen Knust verschimmeltes Brot zugeworfen, das sie selbst den Schweinen nicht mehr zu fressen geben wollten.«

»Wer hat Euch aufgegriffen?«

»Von Eisenbergs Männer. Und Jakob.« Sie warf auf den zusammengekrümmten jungen Kerl einen Blick, der so voller Zuneigung war, dass es Jan das Herz zerriss, denn die Alte schien ihn zu lieben wie einen Sohn. »Sie haben mir gesagt, dass zukünftig keiner mehr auf mich treten dürfe, wenn ich Gott mein Leben weihte. Selbst als ich ihnen sagte, dass ich eine verlotterte alte Hure war, haben sie mich nicht fallen gelassen. ›Komme mit uns und alles, was nun folgt, wird gut.‹« Die Augen der Alten strahlten, als sie von ihrer ersten Begegnung mit von Eisenbergs Gefolgsleuten sprach. »Zunächst habe ich es nicht geglaubt, aber kaum war ich im Hause von Eisenbergs, bekam ich warme, saubere Kleider, einen Teller Suppe und sogar Schuhe. So etwas hatte ich so viele Jahre nicht mehr. Seitdem hat mein Leben eine neue Wendung bekommen. Ich bin ein glücklicher und freier Mensch.«

Jan glaubte zu verstehen, worin die Faszination der Gruppe bestand, nur wüsste er gern, welcher Hintergrund dem Ganzen zugrunde lag. Es gab die andere, diese dunkle Seite, die Lambertus de Wieck hatte ermorden lassen und die seinen alten Freund Krechting gefährdete, wenn man ihn nicht warnte. Vor wem und weshalb auch immer.

»Ihr wisst schon, dass von Eisenbergs Männer ihre Feinde gnadenlos niedermetzeln?«

Die Alte nickte. »Sie töten, die anderen töten, so ist das. So wie er es tat.« Ihr Blick wanderte zu Jakob, der gerade laut stöhnte. »Aber wir sterben für Gott, und das ist der einzige Grund, warum man all das tut. Weshalb sonst sind wir auf der Welt, Medicus?«

»Ich lebe, um Menschen zu heilen. Und um die Frau zu ehelichen, die ich liebe.«

Jetzt stutzte die Alte. »Ihr sprecht nicht von Jelda.« Es war eine Feststellung, keine Frage.

»Nein«, entgegnete Jan. »Meine Auserwählte lebt in der Herrlichkeit Gödens, und sie ist eine Hebamme mit großem Herzen. Wenn ich aber Franz von Eisenberg nicht zu Diensten bin, wenn ich Jelda nicht heirate, wird man Hiske töten und zwar genauso, wie sie Lambertus hingerichtet haben und genauso, wie sie es mit meinem Freund Krechting tun werden.« Jans Stimme erstickte. Er lehnte sich abrupt zurück, wäre beinahe vom Hocker gefallen. Er saß in der Einöde mit einer alten Frau und einem halb toten jungen Mann fest. Aus der Ecke stierte sie ein Hüne mit bösen Augen an, dem ihre Unterhaltung sichtlich nicht behagte. Das bemerkte die Alte jetzt auch und stand auf. Sie räumte die Essensreste mit fahrigen Bewegungen ab und war vorerst zu keinem weiteren Gespräch mehr bereit. Als der Bewacher den Raum für einen Augenblick verließ, drehte sich die Alte noch einmal zu Jan um, der mit aufgestütztem Kopf am Tisch saß und um Fassung bemüht war.

»Ihr dürft Jelda nicht heiraten«, flüsterte sie. »Es würde nicht nur Euch, sondern auch sie unglücklich machen.«

»Weil sie ebenfalls ihr Herz verschenkt hat?«

Die Frau schwieg. »So etwas geht nicht gut. Ihr seid nicht einmal desselben Glaubens. Sie sollte mit einem von uns vermählt werden. Alles andere ist ein Fehler und Gottesfrevel.«

Jan sah die Alte fragend an, er hatte Mühe, ihr zu folgen, aber vermutlich lag es auch an der durchwachten Nacht und dem Schlag, der seine Wange noch immer schmerzen ließ. »Wer seid Ihr? Raus mit der Sprache?«

Die Alte schlug sich die Hand vor den Mund. »Das darf ich nicht sagen, dann ist mein Kopf der nächste, der durch den Schnee rollt.« Sie holte kurz Luft und knüpfte anschließend nahtlos an ihre vorherigen Ausführungen an. »Ihr seid keiner von uns, sondern gleicht einem schwarzen Kiesel inmitten von weißen. Man wird Euch, nachdem Ihr ausgedient habt, entfernen. Die Gefahr ist zu groß, einen Nichtgläubigen unter uns zu haben, Ihr müsst fliehen!«

Jan lachte bei diesen Worten bitter auf. »Das kann ich nicht. Wenn ich die Flucht ergreife, wird Franz von Eisenberg Hiske foltern und töten. Er weiß, dass ich das niemals zulassen werde. Eher sterbe ich. Aber nicht einmal den Freitod würde er mir verzeihen, auch in diesem Fall wäre es Hiske, die leiden würde. Mir bleibt keine Wahl, als das zu tun, was er von mir verlangt.« Jan war aufgesprungen, er konnte einfach nicht länger sitzen bleiben, egal wie sehr ihm der Schädel dröhnte. »Ich muss gehorchen. Bis zu meinem Tod, über den Euer Anführer entscheidet!« Jan spuckte das Wort aus, griff nach seinem Mantel und stürzte vor die Tür. Er brauchte dringend frische Luft.

Draußen warteten die gefleckten Hunde, und er zog es vor, sich ihren gefletschten Zähnen zu beugen und sich zurückzuziehen.

Hiske eilte am nächsten Morgen aus der Neustadt nach Hause. Sie war am Ende ihrer Kraft. Jan hatte also Dudernixen begleitet, war aber nicht mit ihm in Gödens eingetroffen. Hatte der Bader ihn tatsächlich, wie Magda behauptete, umgebracht? Oder war er von diesen schwarzen Reitern entführt worden? Wenn ja, wo befand er sich? Hatten sie ihn am Leben gelassen? All diese Fragen hämmerten durch Hiskes Kopf, und je weiter sie die Neustadt hinter sich ließ, desto mehr löste sich der Knoten, und sie begann zu weinen. Hiske weinte um die Stunden, die sie und Jan mit Streit vergeudet hatten, sie weinte um die Augenblicke, in denen sie es versäumt hatten, sich zu berühren und sich ihre Liebe einzugestehen. War jetzt alles zu spät? Gab es für sie und Jan eine gemeinsame Zukunft?

Hiske hastete weiter, achtete weder auf den Weg noch auf das, was um sie herum geschah. Und so rannte sie geradewegs in Krechtings Arme. Auch er wirkte übernächtigt, sah aus, als sei er dem Unheil persönlich begegnet. Dennoch bemühte er sich um Haltung, gab seiner Stimme den gewohnt kräftigen Hall, als er fragte: »Ihr seht müde und geschafft aus, Hebamme. Wart Ihr beim Bader?«

Hiske sah den Juristen mit tränenüberströmtem Gesicht an und nickte stumm. Erst da erkannte sie Coevorden und Goldschmidt, die sich dicht hinter Krechting hielten. Auch sie wirkten nicht, als hätten sie viel Schlaf gehabt, und wenn sie zu so früher Stunde auf dem Rückweg von der Burg waren, mussten sie sich entweder am Vorabend oder aber heute Morgen schon auf den Weg dorthin gemacht haben. Denn gestern, als sie auf dem Weg zum Bader war, hatten sie die Hebamme noch überholt.

Krechting griff nach Hiskes Arm. »Was hat Dudernixen gesagt? Was genau ist mit Lambertus geschehen?«

»Er hat erzählt, dass Jan mit ihm gereist sei und dass ihn schwarze Reiter entführt haben.« Sie sah die drei Männer der Reihe nach durchdringend an. »Kein Mensch weiß, ob Jan noch lebt. Niemand kann es sagen.«

Krechting erbleichte. »Sie haben den Medicus mitgenommen?«

Hiske schluchzte kurz auf, riss sich dann zusammen und flüsterte: »Magda behauptet sogar, ihr Mann habe Jan getötet. Doch sie redet wirr, ich glaube und hoffe, dass er noch lebt.« Sie sammelte sich und sah Krechting direkt in die Augen. »Was zum Teufel verheimlicht Ihr mir? Ich sehe genau, dass Ihr ahnt, wer uns all diese Dinge antut. Und Ihr wisst, was mir Jan Valkensteyn bedeutet. Also lasst mich mit meinen Vermutungen und Hoffnungen nicht allein. Redet mit mir!«

Die Männer blickten betreten zu Boden. In ihren Gesichtern spiegelten sich Panik, Entsetzen und Furcht. »Wir wussten nicht einmal, dass Lambertus sich auf den Weg in die Neustadt gemacht hat«, versuchte Coevorden die Situation zu retten. »Wir sind selbst überrascht und tappen, genau wie Ihr, im Dunklen.«

Hiske fragte mit scharfer Stimme: »Wer ist eigentlich Lambertus de Wieck?« Sie hatte nichts mehr zu verlieren. Jan war nur zu retten, wenn sie die Wahrheit kannte, und wenn er bereits gestorben war, war ohnehin alles zu spät.

»Lambertus de Wieck ist ein Glaubensbruder aus alten Zeiten«, erklärte Krechting.

»Er ist ein Täufer?«, entfuhr es Hiske. »Ich frage mich einerseits, was er hier wollte, und andererseits, warum man ihn getötet hat?«

Der Jurist schluckte, aber Goldschmidt übernahm das Wort, ehe Krechting etwas sagen konnte. »Das können nur die Papisten getan haben. Wer sonst hat einen solchen Hass auf uns Brüder und Schwestern?«

Die drei nickten im Gleichtakt, erleichtert, dass Goldschmidt diese Worte gefunden hatte. Hiske musterte die Männer jedoch erneut. Ihr kam es so vor, als diente Goldschmidts Aussage lediglich dazu, sie zu beruhigen. Hiske aber wollte nicht beruhigt werden, sie musste Gewissheit haben. »Ich bin mir ganz sicher, dass Ihr mir Wesentliches verschweigt, und ich stelle mir die Frage nach dem Grund. Sollten sich meine Ahnungen bestätigen und Ihr habt mit alldem zu tun ... Wenn Jan etwas zustößt, weil Ihr mir die Wahrheit verschwiegen habt, dann gnade Euch Gott!« Bei ihren Worten waren die Männer auf Abstand gegangen, doch Hiske war noch nicht fertig. »Tomma hat bereits angedeutet, worin die Ursache liegen kann. Was hat der gesunkene Kreyer mit allem zu tun?«

»Tomma Everts vermutet das Falsche«, mischte sich Coevorden wieder ein.

»So, tut sie das?« Hiske wischte die letzten Tränen mit dem Handrücken aus dem Gesicht.

Krechtings Hand zitterte leicht, als er sie abwehrend erhob, aber er hielt Hiskes Blick stand. »Ich habe keine Ahnung, warum dieses Schiff in der Herrlichkeit gestrandet ist, und ich weiß auch nicht, weshalb Lambertus den Tod gefunden hat. Das müsst Ihr mir glauben.« Er hatte mit jedem Wort etwas von seiner Überheblichkeit eingebüßt.

Hiske winkte ab. »Und die Botschaften? Was hat es mit den Botschaften auf sich? Ich habe als Erste eine erhalten, und kurz darauf kam Tomma zu mir.«

Sie erntete ein fast gleichzeitiges Schulterzucken. Die Männer würden ihr doch nicht die Wahrheit sagen, egal was sie wussten. Und dass Hinrich Krechting log und ein schlechtes Gewissen hatte, war nicht zu leugnen. »Ich hätte Euch nicht für dermaßen feige gehalten. Geht Eures Weges, meiner führt mich nach Hause. Dort verriegle ich die Tür und sammle meine Gedanken und Kräfte. Ich werde mich nicht vom Schmerz übermannen lassen, solange es Hoffnung gibt, dass Jan Valkensteyn lebt und ich ihn retten kann. Das, was Eure Aufgabe wäre, Ihr aber nicht wagt, weil Ihr Euch vor langer Zeit einer Sache schuldig gemacht habt, für die Ihr nun den Kopf nicht mehr hinhalten wollt.«

»Hiske Aalken, Ihr irrt«, warf Krechting ein, doch die Hebamme hatte sich schon ein paar Schritte entfernt. Sie blieb kurz stehen, hob die Nase und verkündete: »Ich werde wiederkommen, Hinrich Krechting, und Fragen stellen. So lange, bis Ihr beantwortet habt, was ich wissen muss. Das könnt Ihr mir glauben!« Hiske raffte ihren Rock und stolperte weiter. In ihr schwelte keine Trauer mehr, sondern bodenlose Wut. Sie hasste die Ignoranz der Obrigkeit, für die ein Menschenleben wie Jans nicht den geringsten Wert hatte. Sie aber würde nun Tomma löchern, sie wollte alles über Hinrich Krechting herausfinden.

Es lag ebenfalls in Hiskes Hand, Jan zu befreien, wo auch immer er gefangen gehalten wurde und gleich, wer ihr Gegner war. Ihr Leben war zu häufig gekippt, zu oft hatten Ungerechtigkeiten das zerstört, was ihr wichtig war, und das konnte sie kein weiteres Mal dulden. Es war an der Zeit, sich und Jan, zusammen mit dem Wortsammler, endlich das Zuhause zu geben, das ihnen zustand. Und sie wünschte, dass Garbrand seinen Glauben praktizieren durfte. Dafür würde sie alles in ihrer Macht Stehende tun. Und damit wollte sie augenblicklich beginnen, denn es galt keine Zeit zu verlieren. Magdas böse Andeutungen verdrängte sie. Diesen Schmerz könnte sie nicht ertragen.

Sie stapfte schneller, jetzt nahm sie sowohl die grauschmutzigen Schneewehen wahr als auch den scharfen Ostwind, der aufgefrischt hatte. Sie hob die Nase an, dachte an Jans Geruch, der immer ein wenig herb roch, an seine sonore Stimme und an seine Hände, die sie bislang nur leichthin berührt hatten. Sie wollte nicht, dass es das Einzige war, was ihr von ihm blieb. Zunächst formte sich nur ein flüchtiger Gedanke, der mit jedem Schritt klarere Formen annahm. Als sie vor ihrer Kate stand, hatte sie einen unumstößlichen Entschluss gefasst. Mit dem nächsten Schiff, das in See stach, würde sie nach Emden reisen und Jan suchen. Kein Mensch auf dieser Welt konnte sie davon abhalten. Keiner.

10. Kapitel

Der Wortsammler hockte seit dem Abend in der Ecke der Kammer. Die Feuerseelenfrau rührte sich nicht, ihr Blick war starr zur Decke gerichtet. Auf ihrer Brust prangte ein rundes rotes Loch. Was noch unter dem blutgetränkten Leinen zu sehen war, wollte der Knabe nicht wissen. Sie hatte keine Seele mehr, die war längst in die Unendlichkeit geflüchtet. Dorthin, wo Schmerzen unbekannt waren, dorthin, wo die Menschen sich mochten. Das hatte ihm die Lebenspflückerin so erklärt, und doch fürchtete er sich vor dem kalten Leib und vor den starren Augen. Denn was mit den toten Körpern geschah, hatte sie nicht gesagt. Menschen verscharrte man in der Erde. Dabei faltete man die Hände und rief einen Mann im Himmel an, der sich der Verstorbenen gnädig annehmen sollte, damit die Seele ankam. Der Knabe aber wusste nicht, wie das ging, und so hatte er große Angst, dass die Feuerseele dieser Frau doch zurückkommen würde, weil mit ihrem brennenden Inneren für sie bestimmt kein Platz an einem friedlichen Ort war.

Der metallische Geruch durchzog die Kammer, aber der Knabe rührte sich nicht vom Fleck. Der große Mann hatte ihm befohlen, hier zu warten, bis die Lebenspflückerin zurückkam. So war die Nacht verstrichen, dann der frühe Morgen, der sich fröhlich mit den ersten Vogelstimmen gemeldet hatte. Der Frühling zog ins Land und verdrängte den Winter, den alle Menschen so satt hatten, wenngleich die Kälte immer wieder aufbegehrte. Der Knabe mochte es, wenn das Gras grün wurde, die Marsch in ihrer Pracht erstrahlte. Er liebte die Blumen, die täglich ihren Kopf aus der Erde steckten, und er lauschte gern der Musik der Bäume beim Hindurchstreichen des Windes. An all diese Dinge hatte der Wortsammler gedacht, in der Hoffnung, dass die Lebenspflückerin bald zu ihm zurückkam. Er wollte gehorchen, denn sie hätte von ihm erwartet, dass er dem Geheiß des großen Mannes Folge leistete. Sie vertraute Krechting, wie sie ihn nannte, und obwohl der Knabe ihn eher fürchtete und ihm aus dem Weg ging, wann immer es möglich war, nahm er dessen Weisung widerspruchslos hin.

Die Stunden waren verstrichen, die Lebenspflückerin war noch immer nicht zurück. Der Wortsammler weinte. Er hatte Angst, neben einer Toten zu sitzen. Immer wieder lauschte er, ob er fremde Schritte hörte, doch wenn welche zu vernehmen waren, hielten sie an der Kate nicht inne. Niemand ahnte etwas von dem grausamen Verbrechen, keiner wusste, dass der Knabe die Totenwache einer jungen, verstümmelten Frau hielt.

Endlich vernahm er das erlösende Geräusch. Die Lebenspflückerin näherte sich dem Haus, blieb kurz vor der Tür stehen und schien sich zu wundern, dass sie offen stand. »Wortsammler? Tomma?«, rief sie. Mit ihr stimmte etwas nicht, das spürte der Knabe, denn ihre Stimme klang anders. Bedrückt und gleichzeitig voller Wut. Der Wortsammler mochte nicht antworten. Er presste die Stirn auf die Knie und wackelte mit dem Kopf in der Hoffnung, dass die Tränen so versiegten. Angesichts der Erleichterung darüber, dass die Lebenspflückerin endlich da war, begannen die Tränen jedoch jetzt erst recht zu fließen. Es dauerte nicht lange, bis Hiske in der Tür stand. »Da bist du ja«, begann sie. Sie brach ab, als ihr Blick auf die tote Tomma fiel. »Nein!«, stieß sie aus. »Nein, nein!« Sie hielt sich am Türrahmen fest, ihre Knie drohten nachzugeben. Der Wortsammler sah durch seinen Tränenschleier, dass die Lebenspflückerin langsam auf ihn zuwankte, ihn vom Boden und aus der Kammer zerrte, bevor sie in einen Weinkrampf ausbrach.

Jan verarztete Jakob. Der junge Mann würde bald seinen Verletzungen erliegen, daran konnte es keinen Zweifel mehr geben. Die Atmung war schwächer und unregelmäßiger geworden, das Fieber stieg weiter an.

»Er schafft es nicht«, sagte die Alte. »Er starb für Gott. Und für den wahren Glauben.«

Jan verabscheute solche Worte, viel zu viel Blut war bereits im Namen des Herrn geflossen, und nicht ein Menschenleben war es seiner Meinung nach wert gewesen. Er hatte es aufgegeben, nach dem richtigen Bekenntnis zu suchen, nachdem er vor drei Jahren kurze Zeit mit den Täufern sympathisiert hatte, sich jedoch auch ihnen nie angeschlossen hatte, weil er ihren Ideen schlussendlich doch nicht folgen konnte. Er tolerierte sämtliche Richtungen, wollte selbst jedoch nirgendwo dazugehören. Eine solche Einstellung war nicht wohlgelitten, nur hatte es bislang keiner gewagt, ihn deswegen zu kritisieren. Ein Medicus wie er hatte einen anderen Stand, und jeder war froh, wenn er in der Nähe weilte und sich mit seinem ganzen Wissen und Geschick den Kranken widmete. Nur deshalb war er jetzt hier, nur aus diesem Grund akzeptierten sie ihn.

Doch er schwieg, was sollte er sich mit einer alten Frau anlegen, die ihren Frieden bei Gott, welchen auch immer sie anbetete, gefunden hatte. Jedem das Seine. Für ihn war einzig wichtig, wie er zu fliehen vermochte, ohne Hiske zu gefährden. Nach den Worten der Alten hatte er das Gefühl, sie könne ihm nützlich sein. Sie wollte für Jelda alles andere als eine unglückliche Ehe, denn sie schien ihr sehr zugetan.

Etwas sagte ihm, dass genau das die Lösung sein könnte. Er wandte sich erneut Jakob zu. Dieser atmete immer flacher, immer mühsamer, es war bald vorbei. Jan hoffte nur, dass ihm von Eisenberg nicht die Schuld an dem Tod seines Sohnes geben würde. Aber jedem Menschen mit ungetrübtem Menschenverstand sollte klar sein, dass die Verletzungen Jakobs tödlich waren; es hatte von vorneherein keine Hoffnung für ihn gegeben.

Die Alte hatte sich neben Jan gekniet und die Hand des jungen Mannes ergriffen. Sie war feucht und kalt, das Leben bereits auf dem Rückzug. Jan musste es dem Weib nicht erklären, sie begriff auch so, dass das Ende nahe war und dass für einen langen Abschied keine Zeit mehr blieb. Sie küsste Jakob auf die Wange und strich ihm die Haarsträhne aus dem Gesicht. »Hosianna! Du gibst dein Leben für uns, hast Buße getan. *Das Wort ward Fleisch und wohnte unter uns und wir sahen seine Herrlichkeit, eine Herrlichkeit als des eingeborenen Sohnes des Vaters voller Gnade und Wahrheit!* Hosianna!« Sie bettete ihren Kopf an seiner Brust und wartete, bis seine Seele sich aus dem Körper gestohlen hatte. Jan schloss dem jungen Mann die Augen und verneigte sich vor ihm. Das tat er vor jedem Verstorbenen, um ihm damit die letzte Ehre zu erweisen. Obwohl die Alte nicht weinte, war ihr Schmerz unsagbar tief. Jan konnte den traurigen Blick kaum ertragen. Ihre Iris schimmerte tiefdunkel, die Wangen waren eingefallen, und ihre Falten hatten sich vertieft. Ein Bild der Hoffnungslosigkeit. Jan befürchtete, dass sie gleich neben Jakob zusammenbrechen und mit ihm gemeinsam die Reise ins Jenseits antreten würde, vor allem als sie auch noch zu zittern begann und ihr der Schweiß ausbrach. Er fasste ihren Arm, legte sie auf eine Strohstelle, und sie ließ es sich gefallen, als sei sie gar nicht von dieser Welt. »Ihr müsst verschwinden. Franz von Eisenberg wird Euch töten, wenn er sieht, dass Ihr Jakob nicht habt retten können. Er war seine Hoffnung.« Sie unterbrach sich und sah Jan an. »Er war sein Sohn und sollte der zukünftige Prophet sein. Er wird Euch beseitigen. Hosianna. Eure Buße wird seinen Zorn nicht mehr aufhalten, Ihr seid ein Ungetaufter.« Sie rollte mit den Augen und verlor sich in einem ihrer Bibelsprüche, die so fließend und monoton über ihre Lippen krochen, dass Jan sich fragte, ob sie deren Inhalt wirklich begriffen hatte. »Amen, ich sage dir: *Wenn einer nicht aus Wasser und Geist geboren wird, kann er nicht in das Reich Gottes kommen.*« Sie redete ununterbrochen weiter.

Jan stutzte angesichts ihres Sermons, denn das, was die Alte von sich gab, klang nicht wie Papistengeschwafel. Es erinnerte ihn zu sehr an andere Worte. Worte, die vor langer Zeit schon einmal viele Leben zerstört hatten. In jedem Fall hatte Franz von Eisenberg sein Gefolge gut im Griff und ihnen die Bibelworte so eingebläut, dass sie vermutlich alle Gruppenmitglieder in ähnlicher Form von sich geben konnten.

Die Alte schlief nach einer Weile ein, und Jan blieb nichts anderes übrig, als auf Franz von Eisenberg zu warten, der sein Kommen oder das eines seiner Gefolgsmänner angekündigt hatte. Der Aufpasser hatte sich ins Nebenhaus verdrückt und harrte der Dinge. Jan legte sich nach einer Weile ebenfalls nieder, was sollte er auch sonst tun. Doch schon kurze Zeit später schreckte er auf: Eine zarte Hand strich ihm über die Wange. Als er die Augen aufschlug, erkannte er Jelda. »Was willst du?«, herrschte er sie an und erinnerte sich an den erzwungenen Kuss, der ihm aber keine Information eingebracht hatte. »Und wo kommst du plötzlich her?«

Sie legte den Zeigefinger an die Lippen und bedeutete ihm, sich still zu verhalten. »Sie schläft«, flüsterte sie mit einem Seitenblick auf die Alte. »Und sie wird ihren Mund halten, weil sie mich genauso liebt, wie sie Jakob geliebt hat.«

»Und was ist mit dem Wachmann?«

»Tot«, sagte Jelda. Ihre Stimme klang kalt. »Ich habe ihm mit dem Beil eins über den Schädel gezogen. Er war ohnehin besoffen.«

Jan erkannte die Blutspritzer an ihrem Gewand und ihrer Wange. Die Augen der jungen Frau glänzten wie im Fieber. Sie war irre, von einem Wahn besessen, der jenseits seiner Vorstellungskraft lag. Jan überkam eine Gänsehaut. »Was willst du?«, wiederholte er.

Jelda lächelte entrückt, hinter ihrer Stirn arbeitete es. Sie schien keine Trauer über den Tod ihres Bruders zu empfinden. Sie war skrupellos und zu allem fähig, wenn sie ihre Vorstellungen durchsetzen wollte. »Dich«, lachte sie.

Jan stieß Jelda fort. »Dein Bruder ist tot!«

»Ich weiß«, sagte Jelda lapidar. »Ich pflege aber nicht zu trauern.«

Jan stieß aus: »Wie kannst du nur! Schlage dir mich aus dem Kopf! Du weißt, ich liebe ein anderes Weib, egal was dein Vater von mir verlangt.« Er schob sie weg. Jelda ekelte ihn. Ihre Schönheit hatte keinerlei Liebreiz. Das Mädchen war kalt wie Eis und berechnend wie ihr Vater. »Geh und lass mich in Frieden. Ich werde nichts tun, was Hiske verletzen könnte.«

Jelda lachte auf. »Du würdest gut zu uns passen mit deinen Idealen. Also gut, selbst wenn du mich jetzt schmählich mit deiner Zurückweisung verletzt.« Sie strich sich über die Rundungen und streifte seinen Arm mit ihren Lippen. Jan wich zurück. An ihrem Kleid klebte Blut. Eben noch hatte sie einen Menschen getötet. Sie ignorierte Jans Abwehr und setzte sich zu ihm. »Du willst mich tatsächlich nicht, Medicus. Ich hoffe doch sehr, dass du ein echter Mann bist, der es einer Frau besorgen kann. Immerhin planst du dieses Hebammenweib zu ehelichen, und sie wird schon erwarten, dass du«, sie machte eine amüsierte Pause, »es hinbekommst.«

Jan presste die Lippen aufeinander.

»Nun denn. Ich möchte, dass du mich entführst. Vater hat eben seinen Sohn verloren, und von dem Moment an, wo er es erfährt, wird ihn die Trauer zerfressen. Jetzt hat er nur noch mich und wird alles daransetzen, dass es seiner Prinzessin gut geht. Welche Pein, wenn sie entführt wird! Er wird deiner Hiske, so heißt sie doch, nichts tun, weil er weiß, dass ich in dem Fall auch sterben werde. Du hast ein Pfand.«

»Und was hast du davon? Ich will dich nicht.«

»Sobald du in Gödens bist, werde ich dich verlassen und den Mann heiraten, den ich mir ausgesucht habe.«

»Ich und Hiske werden vor dem Gefolge deines Vaters nie sicher sein, das weißt du.«

»Oh doch, das wirst du. Ich werde mich für dich einsetzen, und Vater und der Mann, den ich ehelichen werde, schlagen mir keinen Wunsch mehr ab. Ich bin die zweite Divara.«

»Divara?«, hakte Jan nach und erinnerte sich, dass das die Geliebte von Jan Matthys und später von Jan van Leyden gewesen war. Jelda sprach von den Münsteraner Täufern und bestätigte damit seine Ahnung. Er befand sich vermutlich nicht bei den Papisten und Gefolgsmännern des Bischofs. »Divara«, wiederholte er ein zweites Mal. Man sagte dieser Frau einen großen Einfluss auf die Propheten nach, aber ob Jelda das bei ihrem Vater und dessen Gefolgsleuten gelingen würde, bezweifelte er. Auf der anderen Seite war ihr Vorschlag die einzige Möglichkeit, hier heil rauszukommen. Wenn er erst bei Hiske war und unter dem Schutz Hebrichs von Knyphausen stand, konnte er weitersehen. Blieb er, war es unmöglich, Hiske zum Weib zu nehmen, und er war zu einem Leben in Sklaverei verdammt. Vielleicht würde er während der Flucht von Jelda die wahren Gründe über das Gefolge und die Ziele Franz von Eisenbergs erfahren. »Dann stimmt es, was die Alte sagte. Du liebst einen Mann, der deinem Vater als Ehemann nicht gefällt?«

Jelda nickte. Sie sah aus wie ein Kind, das mit dem falschen Spielzeug vorliebnehmen musste.

»Aber warum soll ich dich küssen, weshalb biederst du dich mir an?« Jelda wirkte nicht nur wie ein kleines Mädchen, sie war auch eines, und sie hatte den Ernst des Lebens noch lange nicht erfasst.

»Weil ich nicht unerfahren in die Ehe gehen will. Mein Zukünftiger hat schon etliche Frauen gehabt. Ich möchte ihm ebenbürtig sein, damit ich ihn halten kann. Nur hübsch zu sein, reicht nicht, das glaube mir.«

Jan schluckte. »Von wem sprichst du? Nenne mir den Namen deines Auserwählten.«

Jelda winkte ab. »Besser, das weißt du nicht. Ich werde es noch für mich behalten, bis die Zeit reif ist. In deiner Heimat gibt es jemanden, der deiner Hebamme nach dem Leben trachtet. Sonst könnte mein Vater dich nicht knechten.«

»Dein zukünftiger Mann ist ebenfalls mein Feind?« Jan hatte Schwierigkeiten, Jeldas Gerede zu verstehen.

»Du ahnst nicht, wer alles deine Gegner sind, weil du Krechting treu ergeben bist.«

»Du sprichst in Rätseln, Jelda. Aber lassen wir das und kommen zu meinem Risiko zurück. Was ist, wenn du deinen Einfluss nicht geltend machen kannst? Was ist, wenn der Mann dich nicht heiratet?«

Jelda zuckte mit den Schultern. »Diese Unwägbarkeit müssen wir eingehen, doch schau mich an: Außer dir gibt es wohl kaum einen Mann, der sich mir entziehen würde. Ich bin die Divara des künftigen Neuen Jerusalem, in das er mir folgen wird, weil er dort mit meiner Hilfe zu noch mehr Macht und Einfluss kommen wird.«

Jan schluckte. Er befand sich tatsächlich nicht unter Papisten. Er befand sich unter alten Täufern, die daran arbeiteten, das Neue Jerusalem wiederaufzubauen. Ihm schnürte sich vor Angst das Herz zusammen, vor allem deshalb, weil er die Verbindungen nicht erfassen konnte. Krechting war doch einer von ihnen, weshalb trachteten sie ihm nach dem Leben?

»Wenn dein zukünftiger Gemahl einer von euch ist, warum hat dein Vater etwas gegen diese Ehe?«, hakte Jan nach.

Jelda lachte auf. »Du hast nicht aufgepasst, Medicus. Ich sagte, er ist noch keiner von uns. Er ist einer von denen, die stehen geblieben sind und die das wirkliche Ziel erst erkennen müssen.«

»Ein Reformer also«, murmelte Jan. Er erinnerte sich an Worte Rothmanns, die die Reformer als Stehengebliebene bezeichnet hatten. Er entsann sich ebenfalls, dass die Täufer sehr radikal gegen ihre Widersacher vorgingen. Die in Gödens lebenden Mennoniten hingegen waren friedlicher Natur, und sie würden keinen ihrer Brüder oder Schwestern angreifen. Selbst die anderen Glaubensrichtungen tolerierten sie.

Jelda amüsierte sein Nachdenken ganz offensichtlich. »Ich erzähle dir mehr von ihm, dem Mann, den ich liebe, aber dann müssen wir aufbrechen.«

Jan nickte abwesend, er musste erst verdauen, was ihm eben klar geworden war.

»Von dem Augenblick an, als ich ihn gesehen habe und er mich geküsst hat, dass mir Hören und Sehen verging, bin ich ihm verfallen.« Jelda schlug die Augen nieder »Er hat mich an der Brust und zwischen den Beinen unsittlich berührt.« Sie kicherte. »Mir hat es gefallen, doch ist Hulda dazwischengegangen und hat es meinem Vater erzählt. Nur die

Alte da hat Verständnis.« Jeldas Stimme brach, sie heuchelte Trauer. »Sie weiß schließlich, wie das mit den Männern ist.«

Jans Gedanken überschlugen sich. Sollte er sich auf dieses Mädchen wirklich einlassen? Waren ihre Ideen tatsächlich durchzusetzen? Sie kam ihm oftmals beinahe gestört vor, und er tanzte auf Glatteis, wenn er sich in ihre Hände begab. Obwohl es Jan abstieß, war er von der Abgebrühtheit des Mädchens gleichzeitig fasziniert. Sie hatte eben kaltblütig den Wachmann erschlagen und redete mit ihm über ihre Entjungferung und all diese Dinge, als erkläre sie ihm ein Kuchenrezept. Dazu plante sie die Flucht gegen den Willen ihres mächtigen Vaters. Dass er sie nachfolgend auf Händen tragen würde, stand für Jelda außer Frage. Das machte den Arzt beinahe fassungslos.

Jelda bemerkte dies nicht und plapperte unbekümmert weiter. »Er ist so männlich gebaut und seine Stimme so tief wie die eines Bären. Sein Gesicht trägt Narben, was ihm eine unglaubliche Ausstrahlung gibt. Und er ist reich und voller Einfluss auf die Obrigkeit.«

»Lebt dein Angebeteter in der Herrlichkeit?«

»Das habe ich nicht gesagt. Nur, dass er dort die Macht hat, die ein Mann seines Standes haben sollte. Sein Arm reicht weit. Er lebt in Emden. Ich muss auf dem schnellsten Weg dorthin.«

Jan horchte auf. »Du willst mit mir zunächst nach Emden?«

Jelda nickte. »Ich habe mich erkundigt. Von da kommt man am besten nach Gödens.« Sie zog die Stirn kraus und setzte ein spitzbübisches Lächeln auf. »Heute Morgen ist die erste Kraweel aus der Stadt ausgelaufen. Die See ist wieder befahrbar, sagt der Bote. Worauf warten wir noch?«

Jan schüttelte den Kopf. In was war er da hineingeraten? Er war umgeben von völlig fanatischen Glaubensleuten, die ein freundlich wirkendes Scheusal großgezogen hatten, das nicht einmal vor einem Mord zurückschreckte, um seine Ziele zu erreichen. Dennoch: Was Jelda sagte, war plausibel. »Nun mach, Medicus! Nicht dass mein Vater hier aufkreuzt, weil ihm mein Verschwinden aufgefallen ist und er ahnt, was ich vorhabe. Oder bevor die Alte wach wird und Alarm schlägt.« Sie hob theatralisch die Hände in Richtung Zimmerdecke.

Jan schluckte. Er hatte keine Wahl. Wenn er ihrem Vorschlag nicht zustimmte, musste er sie heiraten und würde Hiske vermutlich nie wiedersehen.

Jelda zupfte einen Brief aus ihrem Ausschnitt und legte ihn vor die schlafende Alte. »Darin steht, dass du mich entführt hast und ich sterben werde, wenn du nach Gödens gelangst und Hiske nicht mehr lebend vorfindest.«

»Wer gehört in der Herrlichkeit zu euren Leuten? Ich muss das wissen, damit ich mich dort schützen kann. Welcher Mann ist es?«

»Mann oder Weib ... ist es nicht egal, wer alles für uns arbeitet?« Jelda stockte.

»Wer ist derjenige, den dein Vater in Gödens auf Hiske angesetzt hat?«

»Der oder die. Ich verrate es dir nicht, weil ich dir nicht vertraue, Jan Valkensteyn. Bring mich erst zu meinem Liebsten. Danach erzähle ich dir, wer hinter alldem steckt.«

Jan rollte mit den Augen. »Wir müssen uns einigen. Ich werde dich nur begleiten, wenn ich zumindest weiß, wen du heiraten willst. Ich fürchte, er ist nur einer meiner Gegner. Oder habe ich deine Worte falsch verstanden?«

Jelda zögerte. »Nein, das ist richtig. Dein wahrer Feind sitzt wie eine Spinne im Netz in Gödens und wartet darauf, dich und deine Braut zu verspeisen, wenn mein Vater das Signal gibt.«

»Und du weißt nicht, ob es ein Weib oder ein Mann ist?«

»Doch, aber ich will es noch nicht preisgeben. Ich sage dir jetzt ein paar Dinge zu meinem zukünftigen Gemahl, das muss reichen. Also: Er gehört zu Mennos Volk, ist folglich kein wahrer Täufer.«

»Das hast du schon angedeutet. Er ist Mennist? Davon gibt es in der Seehafenstadt zuhauf. Das hilft mir nicht weiter. Ich möchte seinen Namen!«

»Er arbeitet seit langer Zeit mit Vater zusammen und teilt ihm mit, was er wissen muss, um seinen Einfluss in alle Richtungen geltend zu machen.«

Jan zuckte zurück. »Ein Mann, der seine Brüder verrät, ist nicht ehrenhaft, Jelda. Was bekommt er dafür?«

»Vater zahlt gut, aber er geht auch ein großes Risiko ein.« Jeldas Blick wurde schwärmerisch, während Jan fieberhaft überlegte, welcher Emder Mennonit Verbindungen zu Franz von Eisenberg haben könnte. Er zuckte zusammen. Hatte nicht Lübbert Jans Kremer etwas von einer drohenden Gewitterwolke, die auf seine Glaubensbrüder zuströmte, gesprochen? Er wollte deshalb nicht mit nach Gödens reisen. Nur war Kremer kein Mann, der sich Mätressen hielt, auch würde er ein so junges Ding niemals unsittlich berühren. Allerdings: Er war von stattlicher Statur und sein Gesicht von Narben überzogen, außerdem war er reich, weil er stets kluge Geschäfte getätigt hatte. Und dennoch, für Jan war es ausgeschlossen, dass dieser Mann derjenige war, der Jelda den Kopf verdreht hatte. Er war ein tiefgläubiger Mennonit und ein Verfechter von Krechtings asketischem Gedankengut.

»Ihr überlegt, von wem ich rede, stimmt's?« Jelda lächelte.

»Sagt es mir!«

»Er heißt Melchior und ist Bader!«

Es war einige Zeit verstrichen, ehe Hiske in der Lage war, sich dem Wortsammler zuzuwenden. Zuvor hatten sie sich aneinandergeklammert wie Ertrinkende, und genau das Gefühl war es, das sie durchströmte. Sie wussten weder, wo das Ufer war, noch ob sie es je erreichten. Mit Tommas Tod hatte sich ein schwarzes Leichentuch über die Kate gelegt, und es vermittelte pure Hoffnungslosigkeit. Die beiden nahmen nichts um sich herum wahr, nicht die Geräusche, die von draußen hereindrangen, nicht die in der Hütte aufgrund des erloschenen Feuers herrschende Kälte. Sie hatten nur einander, und als Hiske es nun wagte, dem Knaben in die Augen zu schauen, erkannte sie plötzlich, dass er kein Kind mehr war. Sie las darin eine Weisheit, die der eines Erwachsenen ebenbürtig war. Trotz seiner andersartigen Denkweise, trotz seiner fehlenden Fähigkeit sich auszudrücken, verfügte der Knabe über das, was sie bei so vielen Menschen vermisste. »Du bist nicht irr und nicht zurückgeblieben. Du bist einzigartig und klug. Ich weiß schon lange, dass du Verantwortung übernehmen kannst und in jeder Lebenslage zuverlässig bist. Daran wird sich nie etwas ändern, gleich wie übel das Leben mit uns spielt. Wir gehören zusammen. Für ewig. Mein Sohn.«

Der Knabe verstand die tiefe Liebe und Bedeutung dieser Worte, drückte Hiskes Hand und erhob sich. Er heizte nun wie selbstverständlich das Feuer neu ein, stellte Wasser auf die Herdplatte und gab getrocknete Kräuter in einen Krug. Hiske setzte sich an den Küchentisch. Der Junge verschloss die Tür zu Tommas Kammer nachdrücklich, goss den Sud auf und gesellte sich damit zu der Hebamme. Die strich ihm geistesabwesend übers Haar: »Stell dir vor, sie hätten dich oder mich getötet.« Ihr lief ein kalter Schauer den Rücken hinunter. »Sie sind hinter Garbrand her, werden ihm den

Garaus machen, weil er unter Ketzern lebt. Und sie wollen Krechting und die anderen für das strafen, was sie in Münster mit den Katholiken, den Mannen Bischof von Waldecks, getan haben.« Sie schnellte hoch. »Verdammt, wie geht es ihm, Garbrand?«

Der Knabe sah Hiske ratlos an und schob ihr den Krug mit dem Kräutersud rüber. Es roch verführerisch nach Salbei und Minze. Ein tröstlicher Duft an einem Tag wie diesem, der so entsetzlich war. Hiske trank einen Becher, fühlte sich danach besser. Der Wortsammler schnitt zwei Stücke Brot aus dem Laib. So gestärkt gelang es Hiske, zu ihrer üblichen Ruhe zurückzufinden und die Gedanken zu ordnen.

»Wohin gehen wir als Erstes? Krechting wollte sich um den Schutz Garbrands kümmern, ich fürchte, er hat es nicht getan. Dennoch müssen wir zuerst ihn informieren, dass Tomma tot in der Kammer liegt, damit er es an den Landrichter weitergeben kann.« Hiske schlug die Hände vors Gesicht.

Der Knabe nahm sie in den Arm und sagte: »Feuerseelenfrau tot. Wortsammler blieb, bis Lebenspflückerin kommt.«

»Danke, dass du sie nicht alleingelassen hast«, erwiderte die Hebamme und überlegte, wo der Junge zur Zeit des Mordes gewesen sein mochte. Sie betete, dass er es nicht hatte mit ansehen müssen, denn schon das, was sie für diesen kurzen Moment gesehen hatte, war dermaßen grauenhaft, dass sie den Augenblick fürchtete, in dem sie die Kammer ein weiteres Mal betreten musste. Tomma war völlig entstellt gewesen. Sie war erdolcht worden, und durch das zerrissene Kleid waren die Stellen zu sehen, an denen man ihr mit Zangen das Fleisch herausgerissen hatte. Hiske hoffte, dass sie vorher hatte sterben dürfen. Vermutlich war es so, denn ihre Schreie wären so laut gewesen, dass man sie sicher bis zur Burg gehört hätte. Das Wagnis wäre für den Mörder zu groß gewesen. Und doch ist sie gestorben wie Lambertus de Wieck, ging es ihr durch den Kopf. Als ob der Mörder sein Signum hinterlässt.

»Wir gehen augenblicklich zu Krechting und bitten um seinen Schutz. Er muss uns zu Garbrand begleiten, denn der ist in höchster Gefahr. Wir werden seit Tagen bedroht, der Brief war nur der Beginn.«

Jetzt riss der Wortsammler die Augen auf und schüttelte vehement den Kopf. »Nicht großer Mann. Nicht großer Mann.«

»Aber warum nicht? Er ist doch der Einzige, der uns helfen kann!«

Der Knabe erhob abwehrend die Arme. »Letzten Abend«, stieß er aus, »letzten Abend. Wollte, dass ich bleibe, bis du kommst.«

Hiske wich zurück. »Hinrich Krechting war hier in der Kate?«

»Ja, und er war böse auf den Wortsammler. Sehr, sehr böse.«

Hiske drückte den Knaben noch einmal. »Tomma hat immer gesagt, Krechting sei schuld am Tod ihres Vaters. Nur deshalb war sie in Gödens. Was ist, wenn sie nicht irrte und Krechting wirklich etwas mit dem gesunkenen Kreyer zu tun hat?« Sie schluckte, wagte es kaum, die nächsten Worte auszusprechen. »Und wenn er sie zum Schweigen bringen musste, damit nicht das ans Licht kam, was er von Beginn an zu verbergen versuchte?« Sie biss sich auf die Lippen. »Was hat Krechting mit den Botschaften zu tun? Was mit dem Tod von Tommas Vater? Und was mit dem Toten, den Dudernixen angeschleppt hat? Wenn er in alldem mit drinhängt, dann weiß er, wo Jan steckt und warum sie ihn gefangen halten.« Sie erhob sich und warf sich ihren Mantel über. »Ich gehe zu ihm, Wortsammler. Und du kommst mit, denn ich will nicht, dass du auch nur einen Augenblick länger als nötig allein in der Kate bleiben musst. Wir werden ihm diese Fragen stellen, und dieses Mal wird er sie beantworten, das sage ich dir!«

Der Knabe fürchtete sich davor, die Hebamme zu begleiten. Er sträubte sich mit jedem Schritt, mit dem sie sich der *Olden Krochtwarft* näherten. Der Hof lag friedlich von der Mittagssonne angestrahlt, eine getigerte Katze hatte es sich auf der untersten Stufe vor der Haustür bequem gemacht. Aus dem Kamin quollen kleine Dampfwolken, es roch nach verbranntem Holz. Im Hause Krechting schien man keinen Mangel zu kennen. Hiske sah sich zuerst draußen um, ob der Jurist im Stall oder bei den Bienenkörben war, denn sie wusste, wie sehr er es liebte, dort zu sein, selbst wenn er für die Arbeiten einen Knecht und eine Magd beschäftigte. Doch der Hof lag verlassen vor ihnen, lediglich eine Taube pickte sich über den Hof, flog aber enttäuscht fort, weil sich unter den Schneeresten keine Nahrung befand, die ihr passend erschien. Der Wortsammler drückte sich eng an Hiske und weigerte sich, mit hineinzugehen. Die Hebamme überlegte nicht lange und schickte den Knaben in den Stall, denn dort bei den Tieren würde er sich am schnellsten beruhigen. Sie selbst scheuchte die Katze von der Treppe und klopfte an.

Das Gesindemädchen öffnete. »Bitte kommt rein!«, forderte sie Hiske auf und geleitete sie in die Stube, in der das Feuer anheimelnd knisterte. Krechtings Weib Elske stand davor und starrte in die Flammen. Sie wandte kaum den Blick, als Hiske eintrat, obwohl sie sehr genau wusste, wer eben den Raum betreten hatte. »Gott zum Gruße, Hebamme. Mein Mann ist nicht da. Die See ist wieder befahrbar.«

»Er ist abgereist?«, fragte Hiske mit scharfer Stimme nach. »Was will er dort?«

»Ich weiß nicht, was das ein niederes Weib wie Euch angeht. Ihr habt meinen Gemahl genug verhext und ihm schöne Augen gemacht.«

Die Hebamme schnappte angesichts dieser Beschuldigung nach Luft. »Werte Frau Krechting. Ich habe kein Interesse an Eurem Mann und er nicht an mir. Uns verbinden lediglich freundschaftliche Gefühle, er gleicht dem Vater, den ich nie hatte.«

Elske sah Hiske verächtlich an, Hass tanzte über ihr Gesicht. Sie wandte sich ab und stocherte mit dem Schürhaken in der Glut, sodass die Funken stoben. Die Hebamme zuckte unwillkürlich zurück, mit einer solchen Ablehnung hatte sie kaum gerechnet. »Bitte hört mir zu!«, begann sie von Neuem. »In der letzten Nacht ist Tomma Everts, die junge Frau, die bei mir Unterschlupf gefunden hat, auf grausame Weise ermordet worden. Man hat ihr das Fleisch vom Körper gerissen. Und bei mir ist eine denkwürdige Epistel mit einer Schrift aus der Offenbarung und einem Bibelzitat aufgetaucht. Beides war Eurem Mann und seinen Freunden aus Münster bekannt. Ich habe Angst. Um mich, um den Wortsammler und auch um meinen Freund Garbrand.«

Elske fuhr herum, den Schürhaken noch immer in der Hand. Ihr Haar hatte sich unter der Haube gelöst. »Mein Gemahl hat nichts mit alldem zu tun. Er weiß schon wegen Lambertus de Wieck kaum noch ein und aus. Er will der Sache in Emden auf den Grund gehen, denn von dort ist sein alter Weggefährte mit Dudernixen gekommen.«

»Und mit Jan Valkensteyn«, unterbrach Hiske die Juristenfrau. »Er ist entführt worden, keiner kann mir sagen, ob er lebt. Auch ich weiß kaum noch ein und aus. Wann legt das Schiff ab?«

Elske lächelte siegessicher. »Die Kraweel, die die ganzen Wochen hier festlag, ist schon unterwegs. Ihr werdet meinen Mann nicht mehr erwischen.«

Hiske näherte sich Elske, auf deren Stirn sich Schweißperlen bildeten. Sie hatte ganz offensichtlich Angst vor ihr. Als sie dicht vor der Frau stand, nahm sie den leicht modrigen Geruch wahr, der die Gemahlin Krechtings umgab. Sie roch nicht nur nach Furcht. Elske war krank, und sie plagte eine Krankheit, die sie von innen her auffraß. Ob Krechting wusste, dass sein Weib nicht mehr viele Jahre an seiner Seite weilen würde? Hiske schob das aufkommende Mitleid beiseite. Es war nicht an der Zeit, so zu fühlen. Elske war schließlich auch nicht von Bedauern erfüllt. Nein, Hiske wollte endlich erfahren, was es mit all den mysteriösen Vorkommnissen der letzten Zeit auf sich hatte. »Gut, wenn Euer Mann das Weite gesucht hat, dann beantwortet Ihr mir die Fragen, die mir seit Tagen auf der Seele brennen. Ihr kennt Euren Gemahl, Ihr wisst alles aus seiner Vergangenheit, denn Ihr weilt lange genug an seiner Seite.«

»Ihr erwartet von mir, dass ich Euch Antworten gebe, die Euch mein Mann verweigert hat? Ich bin keine Verräterin, habe stets treu an seiner Seite gestanden und werde das auch jetzt tun. Er hat seine Gesinnung und wird dafür gehasst. Nicht zuletzt hat er das getan, um auch Weiber wie Euch Toversche und diesen papistischen Hurenbock zu schützen!« Elske war laut geworden, die Dienstboten würden jedes einzelne Wort verstehen.

Dennoch ließ Hiske sich nicht beirren. Verstand Elske Krechting nicht, was hier geschah? »In meiner Kate wurde in der letzten Nacht eine Frau bestialisch ermordet. Ich werde bedroht, seltsame Botschaften überfluten die Herrlichkeit, und Euer Gatte verschwindet in einer Nacht- und Nebelaktion, während mein zukünftiger Mann entführt wird. Wir müssen herausfinden, wer hinter dem Ganzen steckt!«

Elske winkte lapidar ab. »Verlasst mein Haus! Ich habe nichts zu sagen. Meldet Eure Tote dem Landrichter, Ihr kennt den Weg.«

»Schwört bei Gott, dass Euer Gemahl nicht der Mörder des Schippers auf dem Kreyer ist!« Hiskes Stimme hatte von Wort zu Wort an Schärfe zugenommen. Sie kannte sich selbst kaum wieder.

Elskes Blick flackerte, ihr Mund klappte kurz auf und zu, danach hatte sie sich wieder in der Gewalt. »Mir ist nicht wohl«, sagte sie. »Bitte entschuldigt mich, ich muss mich hinlegen.« Sie verließ die Stube.

Hiske blieb keine Wahl, als das Haus zu verlassen, denn sie musste nun, da Krechting abgereist war, dem Landrichter selbst Meldung machen. Sie trat vor die Tür, sog die Luft ein und sah gerade noch, wie sich Nikolaus von der *Olden Krochtwarft* schlich. Er hatte den ganzen Streit mitgehört.

Franz von Eisenberg steuerte auf die kleine Ansiedlung zu. Es war viel zu still, als dass es ihn nicht beunruhigt hätte. Er ahnte es, bevor er die Klinke der Tür herunterdrückte. Die Alte saß vor Jakobs Lager, hob nicht einmal das Haupt, als er eintrat. Jakob war bleich, sein Mund leicht geöffnet und es war eindeutig, dass er nicht mehr lebte.

»Wo ist der Medicus?«, herrschte von Eisenberg die Alte an.

Jetzt hob sie langsam den Kopf, Tränenschleier vernebelten ihren Blick. »Sie sind fort, Herr.«

»Sie?«, hakte er nach.

»Jelda war hier«, flüsterte die Alte.

»Ich fasse es nicht«, stieß er aus. »Wie hat dieses Gör es geschafft, sich allein hierher durchzuschlagen?« In seine wütende Stimme hatte sich unterschwellig ein Funken Stolz gemischt. »Sie ist eben ein mutiges Mädchen, eine echte von Eisenberg!« Er holte tief Luft und polterte anschließend los: »Aber wie kommt sie dazu, einfach abzuhauen?«

»Sie ist mit ihm fort, Herr«, erklärte die Alte noch einmal, denn Franz von Eisenberg hatte offenbar nicht richtig zugehört. Sie schob ihm Jeldas Gekritzel herüber.

Franz von Eisenberg warf zunächst einen flüchtigen Blick darauf, dann noch einen, dieses Mal ein wenig länger. »Er hat sie entführt? Dieser Hurensohn! Dieser vermaledeite Hurensohn! Ich breche ihm sämtliche Knochen! Das wird er nicht überleben und seine Hebamme auch nicht.«

»Jelda ist in seiner Gewalt, Herr. Wenn Ihr seiner Verlobten etwas antut, wird er sie töten.«

Franz von Eisenbergs Wut wuchs unter diesen Worten ins Unermessliche, war er sich doch bewusst, dass er keinen Handlungsspielraum hatte. Das Blatt hatte sich gewendet, und so, wie es nun aussah, hatte Jan Valkensteyn das Zepter übernommen. »Der Hund hat mich in der Hand. Warum bin ich nicht auf die Idee gekommen, dass ihm so etwas einfallen würde? Niemals setze ich das Leben meiner Tochter aufs Spiel. Sie ist das Einzige, was mir in diesem Ränkespiel geblieben ist.« Er warf einen Blick auf seinen toten Sohn, kniete vor ihm nieder und strich über seinen Handrücken. Er nahm jeden einzelnen Finger in seine Hände, streichelte und liebkoste ihn. Dann hauchte er Jakob einen Kuss auf die eingefallenen Wangen. »Er ist tot, und Jan Valkensteyn hat meine Tochter. Der Mann, der meinem größten Feind nahesteht. Dank Hinrich Krechting habe ich alles verloren. Alles, was für einen Mann von Belang ist. Ich werde mich rächen. Auf das Übelste rächen. Ich werde diesen Hurenbock finden, ihm das Herz bei lebendigem Leib aus dem Körper reißen.

Vor meinem Auge wird er sterben, und ich werde mich an seinem brechenden Blick weiden. Wo ist mein Knecht?«

Die Alte wagte es kaum, ihren Herrn anzusehen. »Er ist tot!«

Franz von Eisenberg richtete sich zu seiner vollen Größe auf. Sein Gesicht zeigte unverhohlenen Hass, jede andere Regung hatte darauf keinen Platz mehr. »Ich reite noch heute nach Emden. Denn da wird der Medicus eines Tages ankommen, von dort nach Gödens reisen und sein Weib ehelichen. Ich werde ihm folgen, und in dem Augenblick, wo ich Jelda in Sicherheit weiß, werde ich Hiske Aalken den Kopf abschlagen. Noch während er weinend ihren Leichnam in den Händen hält, so wie ich jetzt Jakobs, werde ich die Dinge tun, die ich angekündigt habe. Ich werde seinen angstvollen Blick genießen, bevor ich auf sein herausgerissenes, pulsierendes Herz treten und so lange warten werde, bis es zu schlagen aufhört.« Er ließ seine Augen schweifen, verharrte schließlich auf der Alten, die sich in die Ecke der Hütte gekauert hatte, als wolle sie sich dem hasserfüllten Redeschwall entziehen. Franz von Eisenberg sah nur noch rot. Er hatte seine Wut nicht mehr unter Kontrolle, sie riss ihn mit sich wie ein Ast, der von einem aufgewühlten Fluss ziellos weitergetrieben wird. Er näherte sich mit langsamen Schritten der Alten, die weiterhin demütig den Blick gesenkt hielt. Abwartend, wie der Herr nun mit ihr verfahren würde, wissend, dass sie ihm nicht entkam.

»Du hättest es verhindern müssen, dass er sie mitnimmt, dass er meinen Sohn sterben lässt. Ich habe dich aufgenommen und genährt. Und doch warst du nicht in der Lage, meine Kinder zu schützen.« Franz von Eisenberg zückte sein Schwert und hieb der Alten mit einem gezielten Streich den Kopf ab.

Garbrand hatte gepackt. Die Sonne versank bereits, und er würde mit dem erstbesten Schiff verschwinden. Ihm war zu Ohren gekommen, dass die Kraweel das neue Siel verlassen hatte, die Herrlichkeit war somit nicht mehr von der Außenwelt abgeschnitten. Nikloaus war gestern nur kurz geblieben. Sein Besuch war erniedrigend für Garbrand gewesen. Er hasste sich für seine Schwäche und dafür, wie sehr er das Zusammensein mit ihm genossen hatte. Sie hatten einfach da gelegen und einander berührt. Mehr nicht. Dennoch war genau das schön gewesen. Obwohl er keine Gefühle für Nikolaus hegte. Ihr Entsetzen war von Sekunde zu Sekunde gewachsen. Nikolaus hatte seine Beinkleider hochgerissen und war aus der Tür gestürzt, als sei der Teufel persönlich hinter ihm her. Garbrand hingegen war klar, dass er von nun an in der Herrlichkeit kein Bein mehr auf den Boden bekommen würde. Dass es an der Zeit war zu verschwinden, und das, so schnell es ging. Egal was mit der Hebamme war, egal ob Jan Valkensteyn je zurückkehrte. Wer auch immer Nikolaus auf ihn gehetzt hatte, hatte es mit Bedacht und Absicht getan.

Obwohl es ihm das Herz zerriss, den Wortsammler und Hiske zurückzulassen und beide nie wieder zu sehen, hatte er von diesem Tag an keine Wahl mehr als zu gehen. Während er seine Kammer auskehrte, rannen ihm Tränen die Wangen herunter. Er hatte in Erfahrung gebracht, dass morgen früh eine weitere Kraweel kommen und kurz darauf in Richtung Emden ablegen würde. Von dort aus war es leichter fortzukommen. Er wollte über Köln reisen und sich anschließend nach Paris durchschlagen.

Der Mönch stellte den Besen in die Ecke und griff nach einem Kanten Brot, den er in ein Tuch wickelte, denn für Proviant musste er sorgen. In der Seehafenstadt war es einfach, an Vorräte zu kommen, weil das Angebot um vieles reichhaltiger als in der Neustadt war. Ein paar Schap hatte er sich mit Hütearbeiten oder Holzhacken verdient. Bis er in Emden anlangte, waren längst wieder Schiffe dort eingelaufen, die genug Handelsgüter gebracht hatten, und der beschwerliche Winter war schnell vergessen.

Von der Straße her hörte er eilige Tritte auf dem Pflaster. Sie verhielten vor seinem Haus, polterten die Treppen hinauf, und kurz darauf standen Hiske und der Wortsammler vor seiner Tür. Die Hebamme wirkte aufgelöst, ihr Haar hing wirr in die Stirn, der Mantel war verdreckt, sie hatte ganz offensichtlich nicht eine Pfütze umrundet, sondern war mittendurch gelaufen. Sie trat ein und schloss nachdrücklich die Tür hinter sich. »Setz dich bitte, Wortsammler.«

Der Knabe gehorchte widerspruchslos. Auch er machte einen verstörten Eindruck.

Garbrand wies auf einen Schemel, auf den sich Hiske augenblicklich fallen ließ.

»Kannst du uns einen Schluck Wasser reichen? Wir sind völlig ausgetrocknet.«

Der Mönch holte den Krug und schenkte ihnen ein, während Hiskes Blick durch die Kammer wanderte. »Du wirst uns also doch alsbald verlassen?« Sie hatte auf Anhieb erkannt, was los war.

»Ja, ich reise morgen mit einer Knorr nach Emden, und von dort werde ich nach Paris aufbrechen.«

Hiske sah ihren alten Freund an. »Das ist gut. Wir werden dich nämlich begleiten.«

»Nach Frankreich?«, stieß Garbrand fassungslos aus.

»Nein, nur bis Emden«, erklärte Hiske und erzählte mit wenigen, müden Worten, was sich zugetragen hatte und ließ auch Krechtings Auftauchen an ihrer Kate am Abend des Mordes an Tomma nicht aus. »Im Augenblick schafft der

Landrichter sie mit seinen Leuten aus meinem Haus, und die Bediensteten aus dem Schloss beseitigen das Blut.«

Garbrand war fassungslos. Er hatte gesündigt, und nur wenig entfernt ... »Wann ist es passiert?« Er konnte den Gedanken der Gleichzeitigkeit nicht ertragen.

»Gestern Abend irgendwann. Als ich bei den Dudernixens war.«

Garbrand war erleichtert, dass der Mord schon vorher geschehen war. »Letzten Abend also.«

Hiske sah ihn forschend an, sie schien zu bemerken, dass mit ihm etwas nicht stimmte.

Garbrand schüttelte unmerklich den Kopf, und die Hebamme begriff sofort, dass sie besser nicht weiterfragte.

»Ich bleibe so lange in Emden, bis wir Jan gefunden haben und bis wir wissen, was Krechting mit dem Tod von Tommas Vater zu tun hat.« Garbrand hatte seine Fassung zurückerlangt. Sein Blick war bei ihren Worten grimmig geworden. »Außerdem helfe ich dir, Jan zu finden. Alles läuft in Emden wie in einem Trichter zusammen, und unser großer Jurist scheint alle Fäden in der Hand zu halten und die Handlung wie ein Marionettenspieler zu lenken.«

»Nicht nur das«, sagte Hiske, »wir müssen auch herausfinden, was Dudernixen mit alldem zu tun hat, denn ich befürchte, er hat Jan bewusst in eine Falle gelockt. Dazu passen auch Magdas Worte, die ich bislang nicht zuordnen konnte. Sie wusste von allem und hat ihren eigenen Mann beschuldigt, warum auch immer. Und scheint im Fieberwahn nun ein äußerst schlechtes Gewissen zu haben.«

»Die Botschaften und Drohungen haben mit mir als Mönch nichts zu tun. Das haben sie nur gesagt, um von dem abzulenken, worum es tatsächlich geht«, erklärte Garbrand. »Krechting steckt da in einer alten Geschichte. Das würde auch den Zusammenhang mit Tommas Tod erklären. Vermutlich hat er sich die Finger schmutzig gemacht, so schnell wie er jetzt verschwunden ist. Klar ist: Vor sechs Jahren ist hier etwas geschehen, das diese Unglückskette in Gang gesetzt hat. Und unser Herr Jurist war offenbar nicht unschuldig daran.«

Hiske schluckte. Sie konnte den Gedanken nicht ertragen, dass Hinrich Krechting, der Mann, der stets zu ihr gehalten hatte, der ihr Schutz und Wohnrecht gegeben hatte, als sich die ganze Welt gegen sie verschworen glaubte, ein Verbrecher war. Dennoch wies alles darauf hin. Vermutlich hatte er auch mit dem Mord an Tomma zu tun, immerhin war er an ihrer Kate gewesen. Wenn er allerdings Jan auf dem Gewissen hatte, dann hätte er in Hiske die schlimmste Feindin, die er sich vorstellen konnte. Das verzieh sie ihm niemals, da war sich der Mönch sicher.

»Wir finden heraus, was hier passiert«, sagte Garbrand. »Und erst dann fahre ich nach Paris.« Und ich kläre ebenfalls, was Nikolaus mit alldem zu tun hat, dachte er. Nur war es besser, dass das Hiske nicht erfuhr. Er betrachtete die Hebamme. »Du hast doch noch etwas auf dem Herzen!«

Sie nickte. »Ja, habe ich. Als ich gestern Nachmittag in die Neustadt ging, kam mir Nikolaus entgegen, und er war auf dem Weg in Richtung Burg. Er wollte keinesfalls gesehen werden. Und als ich heute bei Krechting war, schlüpfte er gerade heimlich von der *Olden Krochtwarft*. Ich weiß nicht, welche Rolle er in diesem Ränkespiel innehat.«

»Nikolaus«, murmelte Garbrand. Immer wieder Nikolaus.

»Hingen deine Tränen und dein Besäufnis mit ihm zusammen?«

Garbrand senkte den Kopf. »Bitte frag nicht, ich mag nicht darüber reden, es war Sünde.«

Hiske begriff auch so, was in ihrem alten Freund vor sich ging, und nickte verständnisvoll. »Ich werde für mich und den Wortsammler ein paar Sachen zusammenpacken und mich darum kümmern, dass jemand die Tiere versorgt. Morgen fahren wir los. Kann der Knabe derweil bei dir bleiben? Ich möchte ihm den Schrecken der Kate nicht noch einmal zumuten.«

Jan und Jelda waren schon ein ganzes Stück geritten, die Sonne hatte die Wege weitgehend getrocknet, die wenigen noch nicht geschmolzenen Schneewehen beeinträchtigten ihren Weg nicht. Es würde nunmehr schwierig werden, durch die Moore zu gelangen. Jan kannte den Weg nicht, und er befürchtete, dass auch Jelda keine Ahnung hatte, welche Richtung sie einschlagen mussten. Zumindest war Jan in der Lage, den ungefähren Reiseweg nach dem Sonnenstand und den Sternen zu bestimmen. Immer wieder wandte er sich um, in der Angst, schon bald von den Reitern von Eisenbergs aufgespürt zu werden. Je länger der Arzt über seine Flucht nachdachte, desto mehr fürchtete er, das Ganze nicht heil zu überstehen. Wenn Hiske seinetwegen etwas zustieße, es war kaum auszudenken. Sobald er Kunde von ihrem Tod hatte, würde er sich einen Dolch zwischen die Rippen jagen. Den Schmerz um eine verlorene, geliebte Frau konnte man nur einmal im Leben ertragen.

Jelda hingegen schien unbekümmert. Sie freute sich auf das Abenteuer und darauf, ihre große Liebe wiederzutreffen. Darunter mischte sich die Häme, ihrem Vater eins auszuwischen. Jelda war wirklich ein Kind, sie zweifelte nicht eine Sekunde am Gelingen dieses Unterfangens. Jan war sich sehr wohl bewusst, dass er sich auf ein unkalkulierbares Risiko eingelassen hatte, aber eine Alternative gab es nun mal nicht.

»Was ist, wenn Franz von Eisenberg vor Wut die Alte tötet?« Jan sprach bewusst nicht von ihm als Jeldas Vater.

»Dann ist sie eben tot. Sie hat bei uns ein schönes Leben gehabt, musste sich nicht mehr verkaufen und nicht in der Gosse schlafen. All diese Menschen haben für mich kein Gesicht. Sie sind wie Ameisen, die sehen auch alle gleich aus.«

Jan verschlug diese Kaltschnäuzigkeit die Sprache. »Sie liebt dich, hat sie gesagt. Und da ist dir ihr Tod völlig egal?«

Jelda zuckte mit den Schultern und strahlte ihn an. »Wer liebt mich nicht?«

Ich tue es nicht, dachte Jan und biss sich auf die Lippen. Besser, er schwieg, wer wusste schon, wie sie reagierte, wenn man nicht wie ein Schoßhündchen aus ihrer Hand fraß. Jan war mehrmals versucht, ihr die Wahrheit über Melchior Dudernixen zu sagen. Dass er nicht in der Seehafenstadt lebte, dass er sie niemals heiraten konnte, weil er bereits ein Weib hatte und mit großer Wahrscheinlichkeit mittlerweile auch ein Kind. Es reichte, wenn sie es vor Ort erfuhr. Er war nicht für ihre Fehler verantwortlich, es galt einzig, seines und Hiskes Leben zu retten. So wie es aussah, war Dudernixen ohnehin ein Denunziant, und dieses Mal konnte er ihm alles nachweisen. Das würde ihn seinen Kopf kosten, denn Verrat ließ Krechting keinesfalls ungesühnt. Nie wieder sollte dieser Mann sein Unwesen treiben. Nie wieder.

Es dämmerte, der Boden wurde matschiger, sie näherten sich dem ersten Moorgebiet. Jan hatte sich bereits zweimal in seinem Leben in einem Moor verlaufen, er kannte die Tücken dieser Landschaft.

»Wir müssen uns ein Nachtquartier suchen«, sagte er. »Es ist riskant, bei Dunkelheit weiterzureiten.«

»Was soll schon passieren? Die Pferde werden merken, wenn Gefahr droht. Ich für meinen Teil habe es eilig.«

Jan platzte der Kragen angesichts Jeldas Starrsinn und ihrer herrischen Art, alle Warnungen in den Wind zu schlagen. »Schluss, Jelda von Eisenberg! Wir rasten hier und jetzt!«

Die junge Frau war erstaunt über seinen Ausbruch, fügte sich aber doch. Sie sprang von ihrer Stute, führte sie an den Rand eines kleinen Wäldchens und band sie an einem Baum fest. Jan tat es ihr gleich, und so vertilgten sie zunächst gemeinsam, was sie an Proviant auf die Schnelle eingepackt hatten.

»Wir müssen uns nach einem sicheren Schlafplatz umsehen. Hier am Waldrand sollten wir nicht bleiben, so schön der Blick über die Fläche auch ist.«

»Wie weit mag es noch sein bis nach Emden?«, fragte Jelda und legte den Kopf in den Nacken. »Sieh nur, wie hell die Sterne leuchten!«

»Es wird eine frostige Nacht werden. Gut, dass die schlimmste Kälte vorbei ist. Dennoch dürfen wir die Gefahr zu erfrieren nicht unterschätzen.« Jan sah besorgt zum Himmel. Anschließend suchte er nach einem Platz, der sie nicht nur vor Windböen, sondern auch vor ungebetenen Gästen schützte. Wer wusste schon, welch Gesindel sich in der Dunkelheit zwischen den beiden Städten herumtrieb. Er war ein Stück in das Birkenwäldchen hineingegangen, bis er eine Stelle erspähte, die ihm geeignet schien. Unter einer Tanne befand sich ein moosiger Platz, der halbwegs trocken war. Von oben wurden sie von den ausladenden Ästen des Baumes geschützt, ringsumher boten die Büsche mit ihren knorrigen Zweigen Sicht- und Windschutz. Jan breitete die Decke aus und lehnte sich mit dem Rücken gegen den Baumstamm. Die Pferde schnaubten, hinter ihnen raschelte ein Tier.

»Jan, was ist das?«

Er schreckte aus dem Schlaf hoch. Jeldas Augen waren vor Entsetzen geweitet, als sie aufrecht neben ihm saß und ihren

Blick in die schier undurchdringliche Dunkelheit bohrte. Jan brauchte eine Weile, um richtig wach zu werden, denn die Strapazen der letzten Tage setzten ihm mittlerweile arg zu. Dann hörte er, was Jelda so verschreckt hatte. »Das sind Wölfe«, sagte er. »Davon gibt es hier eine Menge.« Er lehnte sich zurück und schloss die Augen, wurde aber sofort wieder von Jelda wach gerüttelt. »Wie kannst du schlafen, wenn diese Bestien um uns herumschleichen?«

»Es sind Wölfe und keine Bestien. Die haben vor uns mehr Angst als wir vor ihnen. Die Viecher machen lediglich einen Heidenlärm, weil sie ihre Freunde suchen, weil sie ihr Territorium abgrenzen oder einfach ihre Familie zusammenhalten. Leg dich wieder hin, der morgige Tag wird anstrengend.«

»Woher beziehst du dein Wissen? Ich habe von Geschichten gehört, wo ganze Horden mit geifernden Lefzen über Mensch und Tier hergefallen sind und sie zerfleischt haben. Dazu reißen sie unsere Schafe.«

Jan lächelte. Ihm gefiel es, dass Jelda sich fürchtete. Ihr aufsässiges Prinzessinnengebaren ging ihm immer stärker auf die Nerven. »Das sind Ammenmärchen. Kein Wolf greift Menschen an, wir passen gar nicht in sein Beuteschema. Sie beißen lediglich, wenn sie Beißwut haben, also krank sind. Ist es nicht gesund, hat das Tier allerdings Schaum vor dem Maul, und nach diesem Biss stirbt der Verletzte in jedem Fall.«

»Und woher kommen dann die Erzählungen von zu Tode gebissenen Menschen?« Jelda hatte ihr Kinn vorgeschoben und sah Jan angriffslustig an.

»Ich denke, diese Bisse stammen von Hunden. Es gibt genügend abgerichtete Tiere, die von den Besitzern fortgejagt werden. Wölfe sind es mit Sicherheit nicht.«

»Woher bekommt man diese Beißwut, von der du eben sprachst?«

Jan gähnte. »Füchse haben sie, andere Tiere auch. Da stecken sie sich an. Aber nun lass mich bitte schlafen. Allein.« Er schob Jelda ein Stück von sich weg. Von sämtlichen Weibern, die sich ihm anbiederten, hatte er endgültig genug.

Das Heulen der Wölfe setzte erneut ein, und es klang in der Tat schaurig, doch Jan wusste, dass er nicht irrte. Auf seinen Reisen war er viel herumgekommen, und niemals war ein Übergriff durch einen Wolf nachgewiesen worden, selbst wenn sich die Gerüchte diesbezüglich hartnäckig hielten und man die Tiere jagte, wo immer man sie erhaschen konnte. Jelda saß weiterhin aufrecht da und starrte mit schreckgeweiteten Augen in die Nacht. Sie glaubte Jan nicht.

»Leg dich hin, Jelda! Ich muss ruhen. Mir fehlt sonst morgen die Kraft.« Jan war es unmöglich zu verhindern, dass die junge Frau sich dicht an ihn kuschelte. Da es mittlerweile eiskalt geworden war und der Wind auffrischte, wehrte er sich auch nicht. Doch kaum war er eingeschlafen, weckte ihn lautes Hufgetrappel. Und dieses Mal durfte er nicht ruhig bleiben. Dieses Mal drohte echte Gefahr.

11. Kapitel

Hiske hatte alles zusammengepackt, was sie für die Reise benötigten. Viel war es nicht, erhoffte sie doch, bei Jacobus Cornicius Unterschlupf zu bekommen. Der stand tief in Jans Schuld. Zuvor wollte sie aber noch bei Dudernixens vorbei, denn sie konnte die junge Mutter und den schwer verletzten Mann nicht ohne Anweisungen an die Magd zurücklassen. Das war sie sich selbst und ihrem Gewissen schuldig.

Magda lief bereits im Haus umher, das Kind schlief viel und machte keine Schwierigkeiten. Um ihren Mann aber war die Badersfrau sehr besorgt. Er litt nach wie vor an hohem Fieber, und die Entzündungen der Wunden hatten sich verschlimmert. Die Hebamme hatte alles getan, was in ihrer Macht stand, und nun war es an der Zeit, an ihr eigenes Schicksal zu denken. Sie erklärte der Magd, was sie zu tun hatte. Die weinte und war der Ansicht, dass sie für diese Aufgaben nicht taugte, zumal sie sich entsetzlich vor solchen Wunden ekelte, doch das rührte Hiske nicht. Seitdem sie wusste, dass der Bader seinen Anteil an ihrem momentanen Unglück und Jans Los trug, hatte sich eine merkwürdige Kälte ihrer Seele bemächtigt. Das war notwendig, damit sie mit der nun angezeigten Härte vorging, denn nur so war es ihr vergönnt, das Blatt noch zu ihren Gunsten zu wenden. Auf die Menschen, die Zeit ihres Lebens nichts Besseres zu tun gehabt hatten, als ihr Steine in den Weg zu legen, wollte sie fortan keine Rücksicht mehr nehmen. Von daher ließ sich Hiske nicht erweichen. Die Badersfrau musste ihr Kind stillen und durfte auf keinen Fall eitrige Wunden versorgen. Sie lief sonst Gefahr, sich, ihre Milch und das Neugeborene zu infizieren.

Anschließend suchte sie den Bader ein letztes Mal auf. Dessen Augen starrten glänzend zu Decke, er hauchte seine Glaubensbotschaften in einer unendlichen Litanei vor sich hin. »Hosianna, tut Buße. Ich bin der Prophet. Mir wird gegeben. Alle Papisten sind Hurenböcke, ich entsage der verderbten Welt. Mein Leib gehört Gott, Hosianna. Ich war in der Wüste und habe das Licht gesehen ...«

Hiske rüttelte den Bader an der Schulter. »Dudernixen, ich reise nach Emden. Es ist Eure letzte Möglichkeit, wirklich Zugang zum Himmelreich zu erlangen und wahre Buße zu tun.« Sie schämte sich, dass sie den Todkranken unter Druck setzte, aber blieb ihr eine Wahl?

»Hosianna. Ich bin der Prophet. *Und ob ich schon wanderte im finsteren Tal* ...«

Hiske packte ihn am Oberarm, was er mit schmerzverzerrtem Gesicht quittierte. »Bitte sagt mir, wer Jan entführt hat! Ich muss es wissen!«

»Hosianna. Selig sind die ...«

»Niemals werdet Ihr selig sein, sondern Gottes Schwert wird Euch den Kopf von den Schultern fegen, wenn Ihr mir nicht augenblicklich verratet, wo der Medicus steckt!«

Dudernixens Augen weiteten sich. Er nahm Hiskes Anwesenheit jetzt wahr, und so unterbrach er die Aneinanderreihung seiner wirren Satzfetzen. »Da war eine Bestie in Gestalt eines Wolfes. Die Rute stand aufrecht, ein gedrungener Körper, gefleckte Fell mit starkem Kopf und hängenden Ohren, wie nur das Böse sie erschaffen kann. Die Zähne waren gebleckt, bevor sie mein Fleisch fanden, das war ein Zeichen.« Er sackte in sich zusammen, schloss die Augen und legte erneut los. »Hosianna, ich tue Buße, mein armes Leben ist nichts wert. Aber ich war in der Wüste und habe das Licht gesehen, alle Papisten sind Hurenböcke ...«

»Ihr redet von einem Jagdhund. Darauf passt Eure Beschreibung«, sagte Hiske. »Ich denke, man hat das Tier auf Euch gehetzt, damit Ihr niemandem sagen könnt, was Ihr wisst. Ihr seid ein Verräter, Melchior Dudernixen, und die, mit denen Ihr Euch verbündet habt, wollten Euch auf diese Weise den Garaus machen.« Sie presste die Lippen zusammen und blickte verächtlich auf den Bader, der sich unvermindert seinen Wahnvorstellungen hingab. »Ihr seid ganz bestimmt kein Prophet«, herrschte sie ihn an. »Ihr seid ein Mann ohne Rückgrat, der zeitlebens die Vorteile für sich zu nutzen wusste, damit ist jetzt Schluss. Ich will wissen, wo Jan ist. Verratet Ihr es mir nicht augenblicklich, dann werdet Ihr diesen Tag nicht überleben, das schwöre ich Euch bei allem, was mir heilig ist. Und das ist eine Menge, wenn Ihr diese Heiligtümer auch nicht verstehen könnt!«

»Der Hund war nicht allein?«, fragte der Bader mit klarer Stimme, nichts war mehr von seiner Verwirrtheit übrig. Diese Stimmungsschwankungen waren äußerst merkwürdig. Er öffnete erneut kurz die Augen, ein Schatten der Erinnerung glitt über sein Gesicht. »Da war ein Knacken, menschlicher Atem. Man hat mich eine ganze Weile zuvor schon verfolgt!«

»Sag ich doch«, entfuhr es der Hebamme. »Man hat Euch benutzt. Und nun erzählt mir endlich, welches Spiel Ihr spielt!«

Dudernixen sank ergeben zurück in sein Kissen. »Hosianna. Die Täufermünze. Lasst Eure Finger von allem und flieht. Wer nicht des rechten Glaubens ist, wird untergehen. Verschwinden wie einst der Kreyer, der samt Ladung und Schipper in der Unendlichkeit verschwunden ist. Hosianna. Ich tue Buße ...« Er stöhnte kurz. »Über Jans Verbleib kann ich nichts sagen. Das müsst Ihr mir glauben, ich habe nur Lambertus ans Messer geliefert. Der Rest ... das weiß nur der Herr. Hosianna ...«

Hiske stand auf, erklärte dem Gesindemädchen ein weiteres Mal die Handgriffe, obwohl sie beinahe sicher war, dass sie sie nicht tätigen würde, doch sie hatte so getan, was in ihrer Macht stand. Diese Geschichte war für sie abgeschlossen. Dem Bader waren wahrscheinlich nur noch wenige Tage vergönnt. Er hatte sich an vielen Menschen versündigt, doch stand es ihr nicht zu, darüber zu urteilen. Traurig war es einzig um Magdas Tochter, denn er wäre ihr ein liebender Vater gewesen. Vermutlich hätte es sich seit Langem um die erste gute Tat seines Lebens gehandelt, dem Kind echte Zuneigung zu zeigen. Aber wie so oft kamen solche Einsichten zu spät.

Hiske schlang sich das Tuch um die Schultern, umwickelte ihr Haar und trat vor das Baderhaus. Die Tür fiel von allein mit einem lauten Knacken hinter ihr ins Schloss. Hier würde sie keine weiteren Antworten finden. Es gab wohl nur einen Ort, wo sie darauf stoßen konnte. Dort, wo alles begann, dort, wo alle Fäden zusammenliefen. Und das war Emden.

Jelda weinte noch immer. Sie war keine Jungfrau mehr. Wie viele Männer über sie hergefallen waren, wusste Jan nicht, sie hatten ihn erbarmungslos niedergeschlagen. Sein Gesicht war angeschwollen, sein Oberkörper schmerzte. Nachdem er in der Lage gewesen war, sich um Jelda zu kümmern, hatte er ihr zunächst seinen verschlissenen Mantel gegeben, der nun auch noch von seinem eigenen Blut getränkt war. Er selbst hatte sich die Decke um die Schultern gelegt, und so fror er nicht mehr ganz so heftig. Die Pferde hatten die Räuber mitgenommen.

Jan schätzte, dass er und Jelda ungefähr die Hälfte der Strecke hinter sich gebracht hatten. Zumindest befanden sie sich inmitten eines riesigen Moorgebietes, und die Wege wurden immer unwegsamer. Da Jelda große Schmerzen hatte, blutete und kaum in der Lage war, ein Wort zu sagen, kamen sie nur schleppend voran. Immer wieder musste Jan sie stützen, ihr gut zureden und sie sogar zwischenzeitlich tragen. Innerhalb einer Nacht war aus der stolzen Jelda eine gebrochene junge Frau geworden, ihr haftete nichts Prinzessinnenhaftes mehr an. Jan war tief besorgt um sie, denn er wusste nicht, wie schwer die Verletzungen waren, die die Männer ihr zugefügt hatten. Ihn wunderte lediglich, dass sie beide überhaupt lebten. In dem Augenblick, wo sie ihn zusammenschlugen, hatte er nicht daran geglaubt, je wieder zu erwachen. Sie waren noch in der Nacht weitergezogen, wollten einfach nur fort vom Ort des Schreckens. Das Moorgebiet wirkte bei Tag nicht bedrohlich, doch die Idylle täuschte. Das Tauwetter hatte den Boden weich werden lassen, und Jan war es unmöglich abzuschätzen, wie groß die Gefahr des Einsinkens war. Es half ihnen ohnehin nichts. Sie konnten nicht in dieser Einöde bleiben, ihr Ziel war Emden, vielleicht schafften sie es auch nur bis Leerort. Die Stadt musste nordwestlich liegen, es sei denn, sie hatten sich zu weit nach Osten bewegt und würden so nicht bei der Stadt vorbeikommen. Jan hoffte, dass sie irgendwo eine Moorkate oder ein Gehöft fanden mit Menschen, die ihnen weiterhelfen konnten. Doch diese Hoffnung war vergebens. Die Landschaft lag in unendlicher Ausdehnung vor ihnen, sie hatten nur die Wahl, mit jedem Schritt um ihr Überleben zu kämpfen. Jelda jedoch war weit davon entfernt, sich dem Leben nähern zu wollen. Die Männer hatten ihre Seele geraubt, und es war fraglich, ob sie sie zurückerlangen würde.

Die Sonne stand hoch am Himmel, es herrschte kein Frost mehr, und die ersten Vögel schmetterten ihr Lied. Jelda war erneut in seine Arme gesunken und ließ sich schleppen, als Jan Hufgetrappel vernahm. Jelda verkrampfte sich augenblicklich und begann zu schreien. Jan legte ihr die Hand auf den Mund, doch sie biss hinein und riss sich los. »Jelda, bleib hier, es ist gefährlich, was du tust! Das Eis auf dem Moor hält nicht mehr ...« Jan spurtete ihr nach, ungeachtet der Angst, wer ihnen auf den Fersen sein könnte. Nun galt es, Jelda zu retten. Sie entwickelte, trotz ihrer Schmerzen, eine ungeahnte Kraft, die Furcht schien ihr Flügel zu verleihen. Jan kam kaum hinterher, zumal er von der Schlepperei und seinen eigenen Verwundungen geschwächt war.

»Jelda, bleib doch stehen!«, keuchte er.

Sie aber ließ den Mantel fallen und stürzte auf einen Moorsee zu, der noch von einer dünnen Eisschicht bedeckt war.

»Jelda! Nein!«, schrie Jan.

Sie winkte ihm mit einer Hand zu, es war ein Abschiedsgruß. Jelda von Eisenberg hatte beschlossen zu sterben. Sie machte einen großen Satz und sprang mit angezogenen Beinen ins eiskalte Moorwasser, das wie eine Fontäne über ihr zusammenschlug. Das sich noch darauf befindliche Eis knirschte wie zerspringendes Glas. Jan erreichte den See gerade noch, als sie wieder auftauchte. Sie japste nach Luft, sah ihn mit vor Schreck geweiteten Augen an. Er griff nach einem herumliegenden Ast, warf sich auf den Bauch und versuchte, sie damit zu erreichen. »Greif danach!«, schrie er, aber sie schlug nur wild um sich. Plötzlich vernahm er Schritte. Ein Mann näherte sich den beiden. Er legte sich ebenfalls hin, und so bemühten sie sich zu zweit, die junge Frau ans Ufer zu ziehen. Nach einer Weile schien Jelda sich tatsächlich zu beruhigen und griff nach dem Holz.

»Gut so, Jelda. Halt dich fest, wir holen dich an Land. Es ist noch nicht die Zeit zu sterben!«

»Was weißt denn du, Jan Valkensteyn mit der weißen Weste! Du bist ein Mann, und niemals werden dir solche Dinge angetan werden wie mir. Ich habe gedacht wie ein Mann, ich habe auch so gehandelt. Ja, ich habe sogar getötet wie ihr. Doch ich komme um wie ein Weib, weil ich eben kein Mann bin, sondern ein Mädchen.«

»Jelda, du warst stets wie eine Prinzessin, die noch nicht das richtige Spielzeug gefunden hat. Nun ist dir Schlimmes passiert, aber du wirst daran nicht zerbrechen! Wir holen dich raus, und dann beginnst du ein neues Leben!«

Jelda lachte schrill auf und ließ das Holz los. »Was für ein gnadenlos sauberer Einfall, Jan Valkensteyn! Dir geht es nur darum, dass deiner Hebammenhure nichts zustößt. Dafür brauchst du mich, und wenn ich ausgedient habe, wirst du mich genauso fallen lassen wie alle anderen Kerle auch.«

Jan suchte nach den richtigen Worten, aber Jelda hatte sich bereits abgestoßen. »Welche anderen Männer?«

»Die, die mich nicht verschmäht haben wie du, du gutgläubiger Mensch!« Jelda würde sich nicht mehr lange über Wasser halten können, ihre Kräfte schwanden zusehends. Es war ihr mit der schweren Kleidung kaum möglich, zu schwimmen.

Jan überging ihre letzte Bemerkung. So ausgefuchst wie Jelda ihre Verführungskünste an ihm ausprobiert hatte, hätte er es besser wissen sollen. »Ich werde dich nie fallen lassen, du hast mir geholfen zu fliehen!«, versuchte Jan es weiter.

»Lügner«, japste Jelda. Ihr Kopf tauchte unter, und kurz darauf erschien er erneut. »Du hast es doch längst getan. Du redest im Schlaf, werter Medicus, und nun weiß ich, dass mein Zukünftiger ein Eheweib hat und ein Kind. Wann wolltest du mir das mitteilen? Wenn du in Sicherheit bist? Nun werde ich sterben, und deine Hurenfrau wird es ebenfalls, weil du dein Pfand verloren hast!« Sie versank ein weiteres Mal, und Jan glaubte nicht, dass sie wieder hochkommen würde. Kurzerhand sprang er ihr hinterher. Jelda durfte nicht sterben. Sie hatte ja recht. Ihr Tod konnte auch den Hiskes heraufbeschwören. Er bekam den Zipfel ihrer Bluse zu fassen, doch sie schlug wild um sich, nicht willens, sich retten zu lassen. Einmal tauchte sie noch auf, trat Jan mit dem linken Bein zwischen die Lenden, sodass er sie zwangsläufig loslassen musste. »Ich bin ... von allen Menschen ... nur benutzt worden ..., das, was vergangene Nacht passiert ist, ... war genau die Antwort auf ein Leben, ... das besser nicht mehr gelebt werden sollte«, waren die letzten Worte, die aber nur noch bruchstückhaft bei Jan ankamen.

Jan sah das blonde Haar im Moorsee verschwinden, erkannte die winkende Hand, bevor Jelda in den trüben Fluten des Sees versank. Er schwamm ans Ufer und ließ sich von dem Reiter an Land ziehen und mit dem Mantel wärmen. Er blickte nicht auf. Ihm war es gleich, wer ihn da umhegte.

»Wer war sie?«, fragte der Mann.

Jan sah verwundert auf, kannte er doch die Stimme. »Jacobus? Du hier?«

»Ja, werter Freund. Ich wurde zu einem schweren Fall nach Leerort gerufen und bin nunmehr auf dem Rückweg. Wo aber kommst du her? Ich dachte, du weilst in Gödens?«

»Da wollte ich auch hin«, erklärte Jan düster. »Es ist eine lange Geschichte, und mein Weg sollte so rasch es geht nach Emden führen. Die letzten Tage habe ich vor den Toren Oldenburgs irgendwo in der Marsch verbracht.«

Jacobus sah ihn fragend an.

»Ich berichte es dir unterwegs. Es ist jetzt nur eines wichtig: Ich muss in die Herrlichkeit reisen, es geht um Leben und Tod.«

Jacobus Cornicius stand auf. »Ich hole dir trockene Sachen, so holst du dir den Tod. Ich habe noch ein paar Beinlinge und ein Hemd in meiner Tasche. Dann brechen wir gemeinsam auf, und du erzählst mir, was genau passiert ist.«

»Ist es weit nach Emden?«

»Mit dem Pferd sind wir noch in der Nacht dort.«

Jan zog sich um, erklomm hinter seinem Freund den Pferderücken, und so ritten sie los. Aber Jeldas blonder Haarschopf ging ihm nicht aus dem Kopf. Er musste so bald wie möglich nach Gödens. Von dieser Stunde an schwebte Hiske in großer Gefahr.

Elske sah aus dem Fenster und hielt Ausschau nach Nikolaus. Jetzt, wo ihr Gemahl auf dem Weg nach Emden war, brauchte er sie nicht mehr heimlich zu besuchen. Seitdem ihr körperlicher Verfall nicht länger aufzuhalten war und sie spürte, dass ihre Lebenszeit sich mit jedem Monat verkürzte, erwartete sie sein Erscheinen sehnsüchtig. Er allein war es, der sie retten konnte. Es war nur wichtig, dass Hinrich nichts davon erfuhr, denn er lehnte Nikolaus ab. Doch es würde die Zeit kommen, in der auch ihr Mann erkannte, wie bedeutend ihr Freund für die Belange der Herrlichkeit war. Nun galt es, dass ihn niemand mit ihr in Verbindung brachte und schon gar nicht jetzt, da diese Botschaften und Erkennungsworte die Runde machten und Tote zu verzeichnen waren. Es war gefährlich genug, dass diese unsägliche Hebamme, die ihre Nase in Dinge steckte, die sie nichts angingen, ihn gesehen hatte. Denn sie würde ihr Schandmaul nicht halten. Vor allem jetzt nicht, wo diese Schnüfflerin Tomma in Hiskes Haus regelrecht abgeschlachtet worden war. Genau wie Lambertus de Wieck. Alles Menschen aus der Vergangenheit, die es nicht wert waren, dass ihre Atemluft die Herrlichkeit verpestete. Elske Krechting war mit ihrem Urteil hart geworden, seit sie selbst nicht mehr in der Lage war, ihr Leben so zu gestalten, wie sie es sich vorstellte. Nachts wurde sie von Schmerzen gequält, die über ihre Beine bis hin zum Kopf und wieder zurück wanderten. Sie war froh, dass jemand wie Nikolaus ihr Kraft und Lebensmut gab. Mit ihm konnte sie das umsetzen, was ihrem eigenen Mann völlig fremd war. Doch angesichts der Umstände musste sie ihren Freund schützen, denn es war nur eine Frage der Zeit, ehe Hiske Aalken dem Landrichter von ihm und seinen Besuchen erzählte.

Elske starrte auf den Hof, eine Katze sprang einem herumtreibenden Zweig hinterher, eine Krähe hüpfte auf der Suche nach etwas Fressbarem zwischen den Stallungen auf und nieder. Er würde gleich kommen, frischen Wind in ihr Dasein bringen. Nikolaus fühlte und dachte wie sie. Endlich huschte sein Schatten um die Ecke. Elske wusste nicht, wie er das machte, immer wie aus dem Nichts aufzutauchen. Sein Blick wanderte, wie der eines spähenden Adlers, nach rechts und links. Er lauschte und verschwand ungesehen im Flur der *Olden Krochtwarft*.

»Werte Elske, Euch zu Diensten.«

Sie geleitete ihren Freund in die Stube, hatte schon Bier aufgetischt. Er setzte sich ihr gegenüber, nahm einen Schluck und wischte sich den Schaum von den Lippen. Nun war er bereit für die entspannte Nähe, die sie für ihre Gespräche brauchten.

»Ihr wirkt entrückt, so, als wäret Ihr nicht ganz bei der Sache«, sagte Elske und reichte ihm ein Stück Brot, das noch warm war, weil sie es erst kurz zuvor aus dem Ofen gezogen hatte.

»Gut beobachtet, werte Frau Krechting.« Nikolaus verneigte sich. »Ich muss dringend nach Emden. Wenn es etwas gibt, was unser Schicksal besiegeln soll, dann diese Reise.«

Elske griff sich ans Herz. »Warum? Ich kann nicht ohne Eure Nähe sein! Ihr wisst, dass eben mein Gemahl dorthin gefahren ist.«

»Das ist mir ebenfalls zu Ohren gekommen, und es ist einer der Gründe, weshalb diese Fahrt unabdingbar ist.«

»Wenn es der Sache dient, werter Nikolaus. Aber wie sollt Ihr mir und meinem geschwächten Körper aus solch großer Entfernung helfen? Ihr wisst, dass ich auf Euch angewiesen bin, dem Hebammenweib werde ich mich ganz sicher nicht anvertrauen, sie umgarnt meinen Gemahl und würde mich töten, stünde es in ihrer Macht.«

Nikolaus fasste in sein Wams und holte einen kleinen Stein heraus. »Nehmt den und bewahrt ihn an Eurem Körper auf. Er hat magische Kräfte und wird Euch schützen, wo immer ich auch bin. Das Schicksal aber ruft mich in die Seehafenstadt. Alle Feinde, alle Freunde, sind dort versammelt, und es wird ein Unglück geschehen, wenn ich hierbleibe. Ich bin der einzige Mensch, der es verhindern kann.«

»Was für ein Unglück?«, frage Elske.

»Ich bin außer Stande, es in seiner Gänze zu ermessen«, hob Nikolaus geschwollen an, doch genau das war es, was Elske an ihm schätzte. »Es sieht jedoch nicht gut aus. Ihr wisst, dass man mich gesehen hat, und die Toversche, Hiske Aalken, wird sich heute mit dem Papisten und dem Irren ebenfalls auf den Weg nach Emden machen. Wenn sie dort auf Euren Gatten trifft ...« Ihr Freund sprach seine Befürchtung nicht aus, aber Elske verstand auch so, was er sagen wollte.

»Geht!«, sagte sie. »Ich werde mit dem Stein an meiner Brust Eurer Wiederkehr entgegenfiebern, und ich bete um Euren Schutz! Gehabt Euch wohl, Nikolaus, der einzige Mensch, der je zu mir gehalten hat.«

»Trotz aller Widrigkeiten: Ich verneige mich!« Nikolaus senkte den Kopf und zog sich rückwärtsgehend zurück. Kaum aber war er auf dem Hof, eilte er von dannen, als sei der Teufel persönlich hinter ihm her.

Der Kaufmann Lübbert Jans Kremer sah Krechting auf sein Haus zuschleichen, er wirkte völlig gebrochen. Etwas stimmte mit dem Juristen nicht. Kremer öffnete ihm die Tür und ließ Krechting und seinen Knecht eintreten.

»Was führt Euch zu mir? Meine Planung war, möglichst rasch nach Gödens zu kommen, damit wir die Neustadt weiterbauen können. Doch die Wetterlage und andere Verwicklungen hielten mich ab.«

Krechting wurde der Mantel abgenommen, und er folgte Kremer in die Stube. Es roch ungelüftet, denn wegen der noch immer ungemütlichen Temperaturen zog Lübbert es vor, die Fenster geschlossen zu halten. So wich die Wärme nicht aus den Räumen.

»Welche Verwicklungen meint Ihr?«, hakte Krechting nach.

Vom Flur drang Kindergeschrei, Lübberts Sprösslinge tobten durch den Gang und lenkten den Kaufmann kurz ab. Er verschloss die Tür, nachdem er sich vergewissert hatte, dass das Kindermädchen ein Auge auf die Kleinen hatte. Er war froh, dass er Krechting diese Frage nicht beantworten musste, denn zuvor wollte er wissen, was es mit dessen Besuch auf sich hatte. Krechting hatte mit dem Bau der Neustadt alle Hände voll zu tun, sodass seine Reise einen gewichtigen Grund haben musste. Zunächst jedoch schenkte er seinem Gast Wein ein. Ihm schien es in Emden gut zu gehen, besaß er doch sogar grünes Glas aus Holland. Krechting betrachtete es wohlgefällig, weil es solche Kostbarkeiten nur bei den Adligen gab. Aber die Geschäfte des Kaufmanns florierten, der Handel hatte selbst in den harten Wintermonaten große Blüten getrieben, und so konnte er sich diesen Luxus leisten. Allerdings nahm er das Glas nur bei besonderen Anlässen aus dem Schrank. Der Besuch des Juristen aus Gödens erschien ihm als ein solcher. »Nun, was führt Euch ins schöne Emden?«, fragte Lübbert Jans Kremer, nachdem er sich Krechting gegenübergesetzt hatte. »Ihr seht müde aus.«

»Schlimme Dinge, werter Kaufmann. Und ich weiß nicht, womit ich beginnen soll. Ich bin auf der Flucht.« Krechting schlug die Hände vor dem Gesicht zusammen.

Lübbert wartete ab, bis Krechting sich beruhigt hatte. Mit der Zeit wurde er ruhiger und fand zu seiner sonstigen Selbstsicherheit zurück. Er hielt sich aufrechter, seine Stimme gewann an Festigkeit. Dann berichtete er von den Geschehnissen in der Herrlichkeit. Lübbert Jans Kremer hatte zunächst Mühe, die Zusammenhänge zu erfassen, aber dann wurden ihm das Ausmaß und das, was er befürchtete, schlagartig bewusst. Es war jedoch besser, Krechting das zu verschweigen.

»Ich fasse zusammen, was Ihr mir offenbart: In der Herrlichkeit tauchen Bibelbotschaften und alte Bibelsprüche aus der Münsteraner Zeit auf. Der Tote hatte sogar eine der alten Münzen mit diesen Sprüchen am Handgelenk. Dazu kommt ein Weib, das Euch beschuldigt, vor vielen Jahren ihren Vater ermordet zu haben, der mit seinem Boot im Brack gestrandet ist.«

»Und Jan Valkensteyn ist verschwunden. Vermutlich entführt oder getötet von den Menschen, die auch unseren alten Weggefährten Lambertus de Wieck auf dem Gewissen haben«, fügte Krechting düster hinzu.

»Ihr glaubt, dass Bischof von Waldeck dahintersteckt?«

Krechting nickte. »Es gibt kaum eine Person auf der Welt, die uns Täufer mehr hasst als dieser Mann. Wir sind Todfeinde, und das für immer und ewig.«

Lübbert schenkte Wein nach, er musste nachdenken. Was Krechting ihm schilderte, klang grauenvoll und wie eine Fortsetzung der schlimmen Ereignisse aus dem Neuen Jerusalem von einst. Er selbst war schon damals ein überzeugter Mennonit gewesen, weil er seinen Glauben lieber friedfertig lebte. Die Münsteraner Täufer jedoch hatten nie gezögert, mit Andersgläubigen kurzen Prozess zu machen. »Bischof von Waldeck«, wiederholte er. »War er nicht auch verantwortlich dafür, dass Graf Anton Euch nach Rastede verbannt hat und Ihr Eurem Traum, dem neuen Täuferreich samt Polygamie, abschwören musstet?«

Krechting bestätigte das. »Wir Oldenburger Täufer planten eine Rückeroberung Münsters. Wir lehnten die Menschwerdung Christi, die Kindertaufe und die Heiligenverehrung nach wie vor ab. Ja, wir Prädikanten hatten mehr als ein Weib, aber ich habe für die daraus entstandenen Nachkommen stets gut gesorgt. Sie mussten nicht darben, auch wenn ich schlussendlich nur noch mit Elske und unseren vier Kindern zusammenlebe. Es galt Kompromisse zu finden.«

»Bischof von Waldeck seid Ihr ein Dorn im Auge, seit vielen Jahren.« Lübbert versuchte zu erfassen, was Krechting ihm erzählt hatte. »Was ist, wenn er plante, Euch etwas anzutun und Lambertus de Wieck Euch warnen wollte?«

»Genau das ist mein Verdacht. Nur – wie passt das Weib aus Jever da hinein, und wer ist derjenige, der die Schriften und Münzen verteilt? Wir haben einen Feind in Gödens, der vor nichts zurückschreckt und vermutlich nur darauf wartet, bis sein Auftraggeber selbst zuschlägt oder aber ihm die Erlaubnis dazu gibt.«

Lübbert Jans Kremer kraulte sich am Bart. »Und wenn es dieses Weib selbst ist? In Jever treiben sich viele Papisten herum, und es gibt nicht einen Mennoniten. Von Euch Täufern ganz zu schweigen. Das Sinken des Schiffes könnte ein Vorwand sein, mit dem sie nach Gödens kam, damit sie die Hebamme, bei der sie Unterschlupf gefunden hat, beeinflussen kann.«

»Nicht ausgeschlossen.« Krechting gefiel der Gedanke, und so erwachten seine Lebensgeister immer mehr. Es tat gut, sich mit einem Gleichgesinnten auszutauschen. Goldschmidt und Coevorden waren viel zu stark in die Ereignisse der letzten Tage verwickelt, genau wie Wolter, dem die Angst ins Gesicht geschrieben stand. Der Kaufmann hingegen war von ruhigem und überlegtem Gemüt. Er sah alles mit seinem gewohnt scharfen Blick, und Krechtings Befangenheit wich mit jedem Satz, den sie sprachen.

»Aber Ihr erzähltet von Verwicklungen, die Euch, neben dem Wetter, davon abgehalten haben, schnell zurückzukommen«, hakte Krechting nach.

Lübbert sann nach, was er dem Juristen preisgeben wollte. »Es gibt viele Fremde in der Stadt, und ein paar von ihnen sind mir nicht geheuer. Zunächst glaubte ich, dass es geflohene Täufer aus Holland sind, denn sie geben sich geheimnisvoll.«

»Joristen?«, fragte Krechting sofort nach und erinnerte sich an die Täufersynode zu Oldenburg im Mai 1538, wo er mit dem Täufer David Joris bemüht war, eine Einigung zwischen den beiden Gemeinschaften zu finden. Doch sie waren kläglich gescheitert, und die Bewegung blieb gespalten.

Kremer zuckte mit den Schultern. »Ich kann es nicht sagen. Ich glaube auch nicht, dass sie mit Lambertus' Tod zu tun haben. Denn: Haben Glaubensbrüder, auch wenn sie nicht konform in allen Teilen ihrer Gesinnung sind, wirklich einen solchen Hass auf die anderen, dass sie dafür morden?«

Krechting trank den Wein in einem Zug leer. Er konnte das nicht ausschließen. Allerdings war die Gewalt nie von den Joristen ausgegangen. Getötet hatten sie in Münster. Am Ende jeden, der sich nicht einfügen wollte. »Und wenn diese Männer eine Gefolgschaft des Bischofs sind?«

»Das ist anzunehmen«, bestätigte Kremer und wünschte, er wäre doch vorzeitig nach Gödens aufgebrochen. Krechting als Gast in seinem Haus bedeutete unter diesen Umständen nichts Gutes.

Ein Mann stahl sich durch Emdens Straßen. Er war überall dort, wo man ihn hinbefahl. Seine Aufgabe war es, mitzuhelfen, dass die Ordnung wiederhergestellt wurde. Das hatte ihm sein Auftraggeber deutlich gemacht. Das Haus des Kaufmanns lag ruhig vor ihm in der Gasse. Die Feuerstellen brannten nicht mehr, keine Kerze erhellte die Räume. Der Mann stahl sich zum Hintereingang. Seine Aufgabe war es, herauszufinden, ob Krechting schon eingetroffen war und welche Kammer er bewohnte. Weiter sollte er eine Warnung an den Juristen hinterlassen, denn er durfte sich nicht in Sicherheit wiegen. Sie waren überall. Lange dauerte es nicht mehr, dann ward alles gesühnt, was zu sühnen war, und ihnen standen die Tore des Himmels offen. Sie würden endlich das vollenden, was seit so vielen Jahren vollendet werden sollte. Dazu hatte der Herr einen Auftrag erteilt. Die einzige Aufgabe auf dieser Welt war es, sie zu erfüllen. Das Blut eines Verräters spielte keine Rolle, war nicht auch Gottes Tribunal blutig gegenüber denen, die nicht nach dem wahren Glauben lebten? Das Jüngste Gericht drohte mit Tod und Verderben. Sie waren nur die Handlanger dessen, was vorab auf der Erde getan werden musste. Bald war es vollbracht!

Der Mann stahl sich ins Haus, es war leicht, die Tür zu öffnen. In der Küche schnarchte die Köchin auf der Bank, doch die interessierte den Mann nicht. Er schlich sich in die Gesindekammer, wo er Krechtings Diener sofort an der prächtigen Kleidung erkannte. Er zog einen Dolch aus der Tasche, holte aus und hieb ihn dem Knecht bis zum Heft in die Brust. Der gab ein leises Stöhnen von sich, als das Leben aus seinem Körper wich. Anschließend begab sich der Mann zurück in den Flur. Die Türen zu den Gemächern waren fest verschlossen. Er legte sein Ohr an das Holz und öffnete die Tür, wohinter er das Schnarchen eines Mannes vernahm. Er stieß sie leise auf und fand Hinrich Krechting schlafend mit offenem Mund vor. Der Mann nickte sich selbst bestätigend zu und verschwand. Fast so, als habe es ihn nie gegeben. Doch er hatte seine Warnung hinterlassen. Beim Hinauseilen griff er ein zweites Mal in seine Tasche und ließ eine Schriftrolle auf die Brust des Toten fallen. Sie enthielt nur ein einziges Wort: Hosianna!

Hiske, Garbrand und der Wortsammler waren noch in der Nacht in Emden von der Kraweel gestiegen. Bevor das Schiff in Gödens abgelegt hatte, war Nikolaus in letzter Minute aufgetaucht und mitgefahren. Garbrand war sichtlich erblasst, und ihm war die gesamte Überfahrt schlecht gewesen. Glücklicherweise war die Reise mit der Kraweel schnell gegangen, sodass sie schon bald die Lichter der Seehafenstadt im Nachtnebel auftauchen sahen. Hiske war unruhig gewesen, wusste sie doch nicht, was sie erwarten würde.

Nachdem sie bei Jacobus Cornicius Quartier gesucht hätten, wollte sie so rasch wie möglich zum Delft gehen, weil sie hoffte, dort den alten Meester anzutreffen, der ihr zumindest mehr über Tommas Vater sagen konnte. Das erschien Hiske der erste richtige Schritt auf dem Weg zu Jan. Alle Fäden liefen bei dem Ereignis vor sechs Jahren zusammen, und nur so würde sie herausfinden, wer Jan in seiner Gewalt hatte.

Nikolaus war schon bald in der dunklen Nacht verschwunden, er schien es mächtig eilig zu haben.

»Und nun?«, fragte Garbrand. Er hatte seinen Arm um den Wortsammler gelegt, der sich ängstlich an den Mönch presste. Ihm war weder die Stadt geheuer noch das große Schiff, obgleich er sich stets gewünscht hatte, einmal auf einem zu reisen. Aber schon in dem Augenblick, wo sie abgelegt hatten, war in ihm eine unvorstellbare Angst hochgekrochen. Hiske hatte sich vergebens bemüht, ihm die Furcht zu nehmen. Auch jetzt, wo er wieder festen Boden unter den Füßen hatte, war die Beklemmung nicht von seinem Gesicht gewichen.

»Komm, Wortsammler! Wir gehen zu Jacobus Cornicius. Er ist ein guter Mensch und ein Freund von Jan.« Hiske zog den Jungen hinter sich her, Garbrand folgte ihnen mit unruhigem Blick. Er war froh, wenn er Ostfriesland endlich verlassen konnte und unter seinesgleichen war. Der Schmerz, seine Lieben deswegen zurückzulassen, war in den vergangenen Tagen mit all den schrecklichen Ereignissen erheblich geringer geworden. Es gab für ihn weder in der Herrlichkeit Gödens noch in Emden eine Zukunft. Das war ihm jetzt klarer als je zuvor. Hiske und er hatten auf der Überfahrt lange darüber gesprochen.

»Weißt du denn, wo der Stadtarzt wohnt?«, fragte er die Hebamme, die zielstrebig den Ratsdelft verließ. Sie schüttelte den Kopf. »Nicht genau, nur dass es in der Nähe der Burg sein muss. Wo die liegt, habe ich auf dem Schiff nachgefragt. Das werde ich aber gleich herausfinden. Ich möchte nur erst weg von hier. Mit dem Meester spreche ich besser allein, wenn ihr beide in Sicherheit seid. Ich traue niemandem mehr.«

Garbrand hielt das für eine kluge Idee, denn er hegte ähnliche Gedanken, das wusste Hiske. Sie bogen in eine Seitengasse ein, und dort hielten sie an, um sich zu orientieren. »Dahinten wird das Gödenser Haus erbaut«, sagte sie. »Davon hat mir Krechting erzählt.«

»Und wo müssen wir nun hin?«

»Die Burg liegt dahinten, also in der anderen Richtung.« Hiske wies mit dem Kopf nach links, und so schlugen sie sich durchs nächtliche Emden. Einmal begegnete ihnen der Nachtwächter. Hiske fasste sich ein Herz und sprach ihn an. »Der Stadtarzt lebt dort.« Er zeigte mit der Hand über die Gasse auf ein stattliches Haus mit Erker und mehreren Stockwerken. Jacobus Cornicius war ein gemachter Mann, das wurde sofort deutlich.

»Danke«, sagte Hiske und wollte sich mit ihren Begleitern davonstehlen, doch der Nachtwächter hielt sie zurück. »Ihr werdet ihn nicht antreffen. Er ist verreist.«

»Das darf nicht sein!« Hiskes Stimme brach vor Enttäuschung. Jacobus Cornicius war ihr Hoffnungsschimmer gewesen. »Aber ... wohin ist er gegangen? Wann können wir mit seiner Rückkehr rechnen?«

Der Nachtwächter zuckte mit den Schultern, nahm die Laterne wieder auf. »Er hat einen schweren Fall in Leerort. Ein Kollege hat ihn zu Rate gezogen, das kann sicher dauern.« Er zog weiter und ließ die drei mutlos zurück.

»Was tun wir jetzt?«, fragte Garbrand. Er sah plötzlich unglaublich müde aus.

»Ich weiß es nicht.« Auch Hiske klang nun kleinmütig. »Ich glaube kaum, dass uns die Bediensteten einlassen. Es klingt unglaubwürdig, ihnen aufzutischen, dass ich die zukünftige Frau Jans bin.« Sie überlegte eine Weile. »Wo könnte Krechting untergekommen sein?«

»Auf der Burg bei a Lasco oder bei diesem Kaufmann. Ich nehme an, er wird in Emden ein Haus haben.« Garbrand zögerte. »Aber meinst du wirklich, es ist eine glückliche Lösung, ausgerechnet zu ihm zu gehen?«

Hiske nickte, sie wusste, was Garbrand andeuten wollte. »Du hast recht mit allem, was du sagst. Uns bleibt nur ein Gasthaus.«

Garbrand schabte mit dem Schuh über das Pflaster. »Ich hätte noch einen Vorschlag.«

Hiske zog fragend die Brauen hoch. »Und der wäre?«

»Wir suchen Schutz im Kloster Faldern in der Nähe vom Ratsdelft. Da leben katholische Mönche. Man hat sie nicht vertrieben.«

Zuerst zuckte Hiske zurück, aber dann erhellte sich ihr Gesicht. »Ich schätze zwar deine Glaubensrichtung nicht sehr, dennoch halte ich dieses Kloster im Augenblick für dich und den Knaben für die beste Lösung. Ihr könnt dort unterkommen, während ich mich auf die Suche nach dem Meester mache. Der Wortsammler kommt in dem stillen Gemäuer zur Ruhe, er ist völlig verstört. Ich weiß nicht, wie es wird, wenn die Stadt erwacht und sich auch noch die Menschen durch die Gassen schieben.«

Somit war es beschlossen. Sie drückten sich an den Häuserwänden zurück zum Delft, bemüht, die in den Straßen hockenden Bettler nicht zu beachten. Schließlich standen sie vor dem Kloster, das trotz der Dunkelheit einen freundlichen Eindruck machte und Hiskes gröbste Befürchtungen beiseitewischte.

Garbrand wechselte mit dem Türsteher ein paar Worte, und es dauerte nicht lange, bis die drei Reisenden eingelassen wurden. Hiske nahm dankbar das dargebotene Essen an, denn jetzt, wo sie zur Ruhe kamen, meldete sich auch der Hunger. Es gab keine Köstlichkeiten, sondern für jeden zwei Scheiben Brot aus geweißtem Mehl und einen Becher Milch, die schon leicht säuerlich schmeckte. Doch die drei waren dankbar, überhaupt eine Unterkunft gefunden zu haben. Der Mönch zeigte dem Wortsammler und Garbrand ihre Zelle und geleitete Hiske in einen anderen Trakt. Er hatte noch kein Wort mit ihr gesprochen, was sie ein wenig beunruhigte. »Ich suche meinen zukünftigen Mann«, durchbrach sie die Stille schließlich. Sie glaubte zwar nach wie vor, dass die Papisten hinter alldem steckten, aber sicher nicht diese harmlosen Mönche, die nur darauf warteten, dass man ihnen das Kloster nahm. Der Bildersturm hatte lange stattgefunden, nirgendwo fand sich ein Bild der Muttergottes oder eines Heiligen. Johannes a Lasco hatte ganze Arbeit geleistet, doch wie mussten sich diese Männer vorkommen, für die das Klosterleben ihre Existenz war. Nun, für Krechting und seine Anhänger bedeutete der Glauben eben noch wieder etwas anderes, dachte Hiske. Der Mönch hatte ihr keine Antwort gegeben.

»Kennt Ihr die Meester am Hafen?«

Ein stilles Kopfschütteln folgte. Hiske gab die Hoffnung auf, von diesem Mann auch nur das Geringste zu erfahren. Sie stellte ihr Bündel in die Ecke. Es half nichts. Sobald der Tag angebrochen war, musste sie sich auf den Weg zum Ratsdelft machen, um den Meester zu finden.

Sie wartete, bis der Mönch die Tür verschlossen hatte, sah dann aus dem kleinen Fenster und versuchte einen Blick über Emden zu erhaschen. Der Himmel färbte sich bereits rot, nicht mehr lange und die Sonne würde aufgehen. Sie hoffte so sehr, dass der kommende Tag sie auf ihrer Suche ein Stück weiterbrachte.

Als die ersten Sonnenstrahlen in die Zelle fielen, schlüpfte Hiske in ihre Schuhe, legte sich den Mantel um und huschte auf den Gang. Es war totenstill im Kloster, sie wusste nicht, wo sich die übrigen Mönche aufhielten, aber es war möglich, dass es gar nicht mehr viele hier gab. Sicher waren etliche geflohen, als sie bemerkten, dass es zukünftig schwierig sein würde, in Emden als praktizierender Katholik, geschweige denn als ein solcher Glaubensbruder zu leben. Es dauerte eine Weile, ehe sie sich in den verzweigten, kahlen Gängen zurechtgefunden hatte und die Tür nach draußen fand. Dort saß ein anderer Türsteher als in der Nacht. Er öffnete Hiske ohne zu murren und entließ sie in den Wintermorgen. Bei ihrer Ankunft hatte Hiske den wieder einsetzenden Frost gar nicht wahrgenommen, doch jetzt sah sie den feinen weißen Film, der sich über die Pflaster und Dächer der Stadt gelegt hatte. Sie hatte jedoch keinen Sinn für die Schönheit des beginnenden Morgens und hastete durch die Gasse, überquerte die Straße und gelangte augenblicklich zum Ratsdelft. Weil der Schiffsverkehr wieder aufgenommen worden war, herrschte dort, trotz der frühen Stunde, reges Treiben. Es schien, als müsse all das, was die Menschen in den letzten Wochen nicht hatten tun können, nun in wenigen Tagen nachgeholt werden.

Sie steuerte geradewegs auf den Kai zu, immer die Augen offen haltend, ob sie ein bekanntes Gesicht entdeckte. Insgeheim hoffte sie auf Jan, obwohl ihr klar war, dass diese Hoffnung vergebens sein würde. Der kalte Ostwind pfiff scharf übers Wasser und veranlasste die Menschen, sich die Tücher fest vor die Nase zu ziehen. Am heutigen Tag würde der Frühling den Kampf gegen den Winter verlieren. Hiske aber wollte sich nicht abschrecken lassen. Zuerst galt es, den Meester zu finden. Im günstigsten Fall konnte sie zumindest Hinrich Krechting von jeder Schuld freisprechen, obwohl im Augenblick wirklich alles gegen ihn sprach. Und wenn Hiske ehrlich war, zweifelte selbst sie mittlerweile an seiner

Unschuld. Hinrich war ein machthungriger Mann, der zeitlebens seine Überzeugung verraten hatte, um seinen Herrschaftsanspruch nicht schmälern zu müssen. Sicher hatte er es getan, um das Bestmögliche für seine mennonitischen Glaubensbrüder und -schwestern herauszuholen, doch ganz bestimmt war der Wunsch nach Wahrung seines Einflusses nicht unbedeutender. Von daher war es nicht ausgeschlossen, dass Hinrich Krechting sowohl der Mörder von Tommas Vater als auch von Tomma selbst war, weil sie eine Kette von Ereignissen losgetreten hatte, die er dringend aufhalten musste, um nicht darin zu ersticken. Krechting hatte in Münster für seine Überzeugung getötet, welchen Grund sollte er haben, es in Gödens nicht zu tun? Hiske hasste sich für diese Gedanken, doch es wäre falsch, sie nicht in die Überlegungen einzubeziehen. Seine überstürzte Abreise sah beträchtlich nach Flucht aus. Daran gab es nichts zu deuteln.

Hiske kämpfte sich zu den Schiffen durch. Beim ersten kleineren Boot hielt sie an und wandte sich an den Mann, dem es offenbar gehörte. »Ich suche einen Meester, der kürzlich Tomma Everts hier getroffen hat. Wisst Ihr, wer das ist?«

Der Schipper ließ sich mit der Antwort Zeit. »Tomma Everts?«, wiederholte er. »Der Name sagt mir was.«

In Hiske keimte Hoffnung. »Ihr kennt den Meester?«

»Geheim bleibt am Kai nur selten etwas.«

»Welchen Kahn fährt er? Ich muss dringend mit ihm reden!«

Über das Gesicht des Schippers glitt ein Grinsen. »Der Mann ist so alt, und Ihr seid nun in wenigen Wochen schon das zweite Weib, das nach ihm verlangt. Was hat er an sich?«

Hiske pustete die Luft aus. »Ich will ihn lediglich etwas fragen. Bitte, wo finde ich ihn?«

»Er heißt Hein. Drei Schiffe weiter.«

Hiske bedankte sich. Vor dem Boot stand ein alter Mann, mit weißem Bart, ganz so, wie man sich einen echten Meester vorstellte. Es kam Hiske vor, als habe er seit Langem auf sie gewartet. Er sah Hiske durchdringend an, wusste sofort, weshalb sie ihn aufsuchte. »Ihr kommt wegen Tomma?«, fragte er gleich.

Hiske nickte, und sie überlegte, wie sie ihm schonend beibringen konnte, dass die Tochter seines Freundes nicht mehr lebte.

»Sie ist tot«, sagte er da schon. Er kannte die Wahrheit, ohne dass sie sie ihm erzählen musste.

»Ja«, bestätigte sie. »Man hat sie kaltblütig ermordet.«

»Ihr wollt den Mörder suchen?« Der Meester kaute seinen Priem. »Ein gefährliches Unterfangen, Ihr solltet die Finger davon lassen. Sonst wird es Euch ähnlich ergehen. Eure Gegner sind übermächtig.«

Hiske blickte den alten Seemann fest an. »Ja, ich muss ihren Tod sühnen. Aber ich möchte auch den Mann finden, den ich heiraten will, denn er ist ebenfalls verschwunden, und ich vermute, dass es da einen Zusammenhang gibt.«

Der Meester winkte ihr. »Folgt mir in die Kajüte. Hier draußen ist nicht der rechte Ort, das zu bereden.«

Hiske kletterte an Bord und setzte sich dem Meester gegenüber.

»Es ist sechs Jahre her, dass mich Tommas Vater aufsuchte«, begann er.

Jan war fast zu müde, um sich darüber zu freuen, dass sie Emden tatsächlich erreicht hatten. Er legte sein Haupt an Jacobus' Schulter und ließ sich von dessen Pferd durch die Stadt tragen. Er war am Ende seiner Kraft, und doch durfte er nicht ruhen, sondern musste sich gleich mit dem nächstbesten Schiff auf den Weg in die Herrlichkeit machen. Einmal hob er den Blick und glaubte, Hiske am Ratsdelft entlangeilen zu sehen, aber dieses Bild entsprang wohl eher seinen Hoffnungen und Wünschen. Was sollte Hiske hier in Emden? Er schalt sich einen Narren und wünschte sich ein Bett und einen Ort, wo Jacobus seine Wunden behandeln konnte.

Kaum waren sie beim Haus seines Freundes angekommen und hatten sich ihrer Sachen entledigt, da klopfte es an der Tür. Vor ihnen stand ein Bediensteter des Kaufmanns Lübbert Jans Kremer. »Bitte Medicus! Folgt mir rasch!«

Jan war auf der Stelle wach. »Was ist geschehen?«

»Der Knecht Krechtings ist erstochen worden. Alles ist voller Blut!« Der Mann war völlig aufgelöst.

»Weilt Krechting denn in Emden?«, fragte Jacobus.

»Ja, seit gestern. Warum er hier ist, ist mir allerdings nicht bekannt.«

Jacobus war zwar genauso müde wie Jan, doch er raffte seine Sachen zusammen und schickte sich an, dem Diener Kremers zu folgen.

»Warte, Jacobus! Ich komme mit. Krechting ist ein alter Freund von mir. Ich möchte mit ihm sprechen, sicher kann er mir erzählen, wie es Hiske geht, und ich werde ihm erklären, was mir unterwegs zugestoßen ist! Nachfolgend werde ich mich um eine Schiffspassage nach Gödens kümmern.«

Der Stadtarzt sah Jan abschätzend an. »Bist du denn dazu schon in der Lage? Mit Verlaub, aber du siehst angeschlagen aus.«

Jan blickte an sich herunter. »Das bin ich auch. Gib mir einen Augenblick, ich kleide mich um und wasche mich, bin anschließend ein anderer Mensch.«

Jacobus nickte. »Ich tue es dir gleich, das ist eine gute Idee. Es ist nicht schicklich, so zerlumpt zu gehen.« Er wandte sich an den Knecht. »Richtet Eurem Herrn aus, dass ich mit meinem Freund Jan Valkensteyn kommen werde. Und teilt auch Krechting mit, dass er an meiner Seite weilt.«

Der Diener verschwand.

Kurze Zeit später machten sich Jan und Jacobus auf den Weg. Sie sprachen kaum ein Wort, ein jeder hing seinen Gedanken nach. Sie umrundeten den Delft und gelangten schließlich zum Haus des Kaufmannes. Dort herrschte große Bestürzung, die Mägde hatten verweinte Augen, jammerten und wehklagten, hatten sie doch mächtig Angst, sie könne dasselbe Schicksal ereilen. Ein junges Mädchen führte die beiden in die Stube, wo sich Krechting und Kremer aufhielten. Ihre Mienen waren ernst und verschlossen. Der Tod des Knechts schien eine größere Tragweite zu haben, als es sich die Bediensteten vorstellen konnten.

Über Krechtings Gesicht huschte ein freudiges Aufglimmen, als Jan eintrat. Er erhob sich sofort und umarmte den Arzt. »Wie schön, Euch unversehrt anzutreffen, Valkensteyn. Ich fürchtete schon, Ihr weilt nicht mehr unter den Lebenden.«

»Das wäre auch beinahe der Fall gewesen. Ich bin auf dem Weg in die Herrlichkeit Gödens entführt worden, doch dazu später.« Er machte eine Pause. »Wie geht es Hiske?«

Krechting fasste nach Jans Arm. »Alles ist gut. Sie wartet auf Euch.«

Etwas in Krechtings Stimme sagte Jan, dass der Jurist ihm etwas verschwieg, er würde noch einmal darauf zurückkommen. »Nun denn, ich habe es eilig, zu ihr zu kommen.«

Krechting nickte, sah aber Jan dabei nicht in die Augen. »Was ist mit Euch genau geschehen?«

»Begleitet haben mich Dudernixen und ein Fremder. Letzterer ist tot. Aber was ist mit dem Bader? Mir deucht, er hat mich und das armselige Leben unseres Begleiters schmählich verraten.«

Kremer wies auf die hochlehnigen Eichenstühle und bat seine Gäste, darauf Platz zu nehmen. »Setzt Euch erst! Den Toten könnt Ihr später untersuchen, und im Sitzen redet es sich leichter.«

Jan und Jacobus kamen der Aufforderung nach, nahmen gern vom Bier, das Kremer ihnen in zwei grünen Glaskrügen servierte.

Krechting griff Jans Frage von eben wieder auf. »Ihr fragtet nach dem Bader, Valkensteyn. Er hat den Toten bis in die Neustadt geschleppt.«

»Aber er lebt?«

Krechting presste die Lippen zusammen. »Er ist schwer verletzt. Er scheint von einem Hund angegriffen worden zu sein. Die Hebamme weiß nicht, ob er überlebt.«

Jan schüttelte entschieden den Kopf. »War es ein Tier mit Beißwut, muss der Bader sterben. Er ist dann infiziert und wird in wenigen Wochen dahingerafft werden, kurz nachdem die ersten Symptome aufgetreten sind. Wenn er bis dahin überhaupt noch lebt.«

Krechting zuckte mit den Schultern. »Die Hebamme sprach von einem Jagdhund, weil Dudernixen in seinen Fiebervisionen von einem ähnlich aussehenden Tier gefaselt hat.«

»Das ist wahrscheinlich. Diese Hunde sind häufig aggressiv. Wenn ein solcher den Bader angegriffen hat, geht das mit meiner Annahme zusammen, dass er mit den Mördern und Entführern unter einer Decke steckt.«

»Inwiefern?«, klinkte sich jetzt Kremer ein.

»Er hat Lambertus de Wieck, den Mitreisenden, verraten, und sie haben ihn getötet. Weiter hat er mein Leben an dieselben Männer verkauft, weil sie mich als Arzt für ihr Unterfangen brauchten. Es kann nicht im Interesse der Leute sein, dass er überlebt, denn die Gefahr ist zu groß, dass er doch eines Tages redet.«

Krechting wurde bleich. »Ihr meint, sie haben bewusst einen Hund auf ihn gehetzt?«

»Das meine ich. Der Mann, in dessen Gewalt ich war, besaß Hunde von genau dieser Rasse. Und die waren nicht gerade freundlich zu Fremden.« Jan betrachtete Krechting, der noch blasser geworden war und sich unter diesen Worten wand.

»Wie lautet der Name Eures Entführers?«, hakte Kremer nach. »Mir scheint das nicht unerheblich.«

In Jan verstärkte sich der Eindruck, dass Krechting dies eigentlich lieber nicht wissen wollte, denn er verkrampfte bei dieser Frage förmlich. »Mein Peiniger hieß Franz von Eisenberg«, erwiderte er und fixierte den Juristen bei der Nennung dieses Namens genau. »Und man hat mich nach Oldenburg verschleppt. Sagt Euch der Name etwas? Er wird Hiske töten, wenn ich sie nicht rechtzeitig schützen kann.«

Krechting schüttelte den Kopf. Erst langsam, dann immer heftiger. »Nein, tut mir leid. Ich kenne den Mann nicht.«

Der Mann hatte Zeit. Er wartete auf Krechting und kauerte in einer Häusernische in der Nähe von Kremers Haus. Der Jurist würde sich bald auf den Weg zum Delft machen. Und er würde Franz von Eisenberg suchen wollen. Doch zunächst musste er den Meester treffen, um die Wahrheit und Hintergründe des Mordes auf dem Kreyer zu erfassen, dort liefen die Fäden zusammen, dort würde er seine Feinde erkennen. Alles, was in der Nacht vor sechs Jahren begonnen hatte. Die Nacht, in der er unwissentlich einen Mord gedeckt und es nicht angezeigt hatte, obwohl er hätte ahnen müssen, dass etwas faul an der Sache war. Er aber war feige gewesen, denn mit seiner Haltung erhoffte er sich einen guten Stand bei Hebrich von Knyphausen, weil ihr das Unglück nützte. Krechting hatte den Tod des Mannes hingenommen, jedoch nicht, um seine Brüder zu schützen. Er wusste nicht einmal, dass sie dahintersteckten. Krechting hatte das alles einzig des eigenen Vorteils wegen getan. So war er. Schon immer. Einen Vorzug aushandeln. Immer wieder einen Gewinn für sich ergattern unter dem Deckmantel, es für seine Glaubensbrüder zu tun. Krechting war ein klug taktierender Mann, dem aber nun endgültig das Handwerk gelegt werden musste. Sein Körper war dazu verdammt, dieselbe Pein zu erleiden wie Jan van Leyden, sein eigener Bruder und der Bürgermeister von Münster. Krechting hatte dieselbe hohe Stellung wie sie innegehabt, doch er hatte sich mit seiner Familie und seinem Neffen aus der Stadt geschmuggelt. So war es ihm erspart geblieben, mit anzusehen, wie auch die Letzten durch die Blutströme wateten. Das Leben holte jeden irgendwann mit seinen Verfehlungen ein, und Hinrich Krechting hatte große Schuld zu sühnen. Sie hatten ihn lange beobachtet, jeden seiner Schritte im Fokus gehabt. Er hatte es nicht gemerkt, vielleicht geahnt. Sein Entsetzen, als er die Warnungen erhalten hatte, aber war echt gewesen. Er fürchtete sich, machte Fehler. Das war ihr Ziel, weil es schwer sein würde, einem starken Krechting zu schaden. Jetzt hatte sein Schiff ein großes Leck, und sie wollten es endgültig zerschmettern. In dem Augenblick, wo er es erkannte, würde es aber zu spät für ihn sein.

Die Tür des Hauses öffnete sich und spuckte die beiden Ärzte aus. Bald war es so weit ... bald ...

Hiske umklammerte den Becher mit dem heißen Gebräu, den ihr der Meester in die Hand gedrückt hatte. »Tommas Vater ist gezwungen worden, einen Mann mit nach Gödens zu nehmen. Warum? Und weshalb hat der ihn getötet?«

»Das kann ich nicht genau sagen. Aber den Mann umgab etwas Geheimnisvolles.« Der Meester räusperte sich. »Ich habe in all den Jahren geforscht, was der Inhalt der Schriftrolle zu bedeuten hat. Als Tomma zu mir kam, wusste ich, wohin ich das Mädchen zu schicken hatte. Zu Hinrich Krechting nach Gödens. Der Mann, der nie aufgegeben hatte, für die Sache zu kämpfen, der Mann, der Kanzler an der Seite Jan van Leydens war.«

»Und Tommas Vater?«

»Ich habe auf ihn gewartet, und als er nicht zurückkam, war mir klar, dass er ermordet wurde. Ich glaubte nicht an ein Schiffsunglück, denn auch seine Leiche wurde nie irgendwo angespült. Sie haben ihn verschwinden lassen, als er seine Schuldigkeit getan hatte.«

»Aber warum hat man ihn getötet, wenn er das getan hat, was man von ihm verlangte?«, sinnierte Hiske.

»Er wusste wohl zu viel. Nach dem, was Ihr mir nun erzählt habt, war die Reise der Männer ein auf lange Sicht geplantes Komplott gegen Hinrich Krechting, der in Münster und auch in der Herrlichkeit großes Ansehen hat. Man wollte ihn bespitzeln und irgendwann zu Fall bringen. Die Gefahr, dass Tommas Vater irgendwem von der geheimnisvollen Reise erzählte oder seinen Fahrgast sogar wiedererkannte, war vermutlich zu groß. Es grenzt an ein Wunder, dass sie nie auf mich gekommen sind.«

Ein Mann, dachte Hiske. Und gleichzeitig schoss ihr nur ein weiterer Name durch den Kopf: Nikolaus. Er hatte seine Finger im Spiel. Denn immer, wenn ein Unheil geschehen war, hatte er sich in der Nähe aufgehalten. Nur lebte er vor sechs Jahren noch gar nicht in der Herrlichkeit. Nikolaus weilte doch erst seit ein paar Wochen unter ihnen. Oder war er damals vielleicht auch schon mal da gewesen?

»Wisst Ihr, wie er aussah?«

Der Meester kniff die Augen zusammen und dachte angestrengt nach. »Schwer zu sagen. Eine wirkliche Erinnerung habe ich nicht. Doch, der Mann hatte eine kräftige Statur, keine Haare ... Es war so viel los am Kai, ich habe ihn auch nur kurz und von Weitem gesehen.«

Hiske sog die Luft ein. Es gab nur wenige Menschen, die Krechting aus Münster gefolgt waren, und zwei davon hatten sich gerade in den letzten Monaten eng an seine Fersen geheftet. Und nur einer entsprach der Beschreibung des Meesters. »Goldschmidt«, sagte sie halblaut. »Warum bin ich darauf nicht schon eher gekommen? Das erklärt, weshalb Krechting Tomma getötet hat. Sie konnte dem Juristen die Mitschuld am Tod ihres Vaters beweisen. Er selbst aber ist vor seinen Glaubensbrüdern geflohen. Allein durch das Auftauchen der Bibelstellen war ihm klar, dass sie ihm etwas antun wollten. Er wird nie nach Gödens zurückkehren.«

Der Meester zuckte mit den Schultern. »Nur frage ich mich, warum sie ihm nach dem Leben trachten und ihn bedrohen, wo er sie doch nie angezeigt hat. Wusste er wirklich von dem Mord?«

»Das finde ich heraus«, sagte Hiske grimmig. »Denn er muss mir die Hintermänner nennen, die Jan entführt und Lambertus de Wieck getötet haben. Und dann gibt es noch eine ominöse Gestalt, die ich als Handlanger vermute.«

»Wie wollt Ihr das machen? Er wird sich Euch nicht zeigen. Wenn dieser Handlanger gewahr wird, dass Ihr in Emden seid und all diese Dinge wisst, seid auch Ihr Eures Lebens nicht mehr sicher.«

Hiskes Stimme brach, als sie laut aussprach, was sie gerade quälte. »Hinrich Krechting war mir wie ein Vater. Er hat mich verlassen, als ich ihn um Schutz und Hilfe bat. Vermutlich hat er mir meine große Liebe genommen. Er wird dafür büßen, gleich, in welche Gefahr ich mich bringe. Ich habe nicht viel zu verlieren, Meester.« Hiske erkannte durchaus den besorgten Blick des Schippers, doch sie wischte die sich darauf abzeichnenden Bedenken beiseite wie ein flüchtiges Staubkorn.

Krechting spürte den heftigen Schlag, noch bevor er ihn traf. Es war eine Ahnung, ein winziger Windhauch, der ihn zwar veranlasste, den rechten Arm zur Abwehr hochzureißen, aber seine Bewegung kam zu spät. Er ging nieder, merkte kaum, dass er fortgeschleift wurde.

Er erwachte in einem Verhau aus Brettern. Der Boden unter ihm war nass und durchweichte seine Kleidung. Es war dämmrig, dennoch konnte er sich schnell orientieren. Von draußen drang Hufgetrappel zu ihm durch, er befand sich nicht weit von einer Gasse entfernt. Da er von kräftiger Statur war, musste der Mann Schwerstarbeit geleistet haben. Hinrich bewegte sich, doch er war an Füßen und Händen gefesselt, sein Mund mit einem Knebel zugebunden. In ihm arbeitete es. Seine Gedanken waren ganz ruhig, flossen wie ein träger Strom. Es war helllichter Tag. Er hatte lediglich eine Straßenecke umrundet, als ihn der Schlag niedergestreckt hatte. Kein Mensch konnte einen anderen bei Tageslicht durch eine belebte Stadt wie Emden schleifen. Folglich befand er sich in der Nähe von Kremers Haus. Jemand musste ihn beobachtet haben. So wie er seit Jahren unter Beobachtung stand. Er hatte Nikolaus in Verdacht, trieb der sich doch stets heimlich an der Burg herum. War er derjenige, der ihm und Wolter die Zitate zugespielt hatte? Wer waren seine Verbindungsmänner, die ihm hier nach dem Leben trachteten? In den letzten Tagen war in Hinrich die Überzeugung gewachsen, dass ihn nicht die Papisten, sondern seine alten Gefolgsleute verfolgten und bedrohten. Und als Jan Valkensteyn den vermaledeiten Namen von Eisenbergs genannt hatte, war diese Erkenntnis zu einer unumstößlichen Gewissheit geworden. Ihm waren nicht die Mannen des Bischofs auf den Fersen, sondern seine eigenen Brüder und Schwestern, für die er glaubte, alles getan zu haben. Er hatte sich für sie verbogen, sogar einen anderen Glauben angenommen, um das Bestmögliche für sie zu erreichen. Aber er hatte immer schon befürchtet, dass ihn seine Vergangenheit einmal einholen würde. Seitdem er Münster verlassen hatte, seitdem ihm Oberst von Raesfeld den bischöflichen Passierschein in die Hand gedrückt hatte, war ihm klar gewesen, dass ihm das die Überlebenden nicht verzeihen würden. Deshalb war ein anderer Plan in ihm gereift. Er wollte in Oldenburg, Lingen oder gleich an beiden Orten mithilfe des Grafen Anton ein weiteres Täuferreich errichten. Wie gut hatte es zunächst auch ausgesehen! Coevorden und Goldschmidt hatten fest an seiner Seite gestanden. Doch dann schloss der Graf den Kompromiss mit Bischof von Waldeck. Krechting war gescheitert mit allen Träumen, allen Inhalten, die sein Leben in den letzten Jahren begleitet hatten. Abgeschoben ins Kloster von Rastede, abgeschoben zu Gesprächen mit dem Reformer a Lasco, der nichts anderes zum Ziel hatte, als ihn zu reformieren und ihn tauglich für führende gesellschaftliche Aufgaben zu machen. Doch er hatte a Lasco widerstanden und war nach Gödens zu seinem Neffen geflohen. Er fühlte sich geläutert und darin bestärkt, mit seinem täuferischen Gedankengut auf dem richtigen Weg zu sein. Er hatte beschlossen, in Ostfriesland ein weiteres Neues Jerusalem aufzubauen. Es war ein Leichtes, Hebrich dazu zu bringen, ihre Verbindungen nach Holland spielen zu lassen und die dort lebenden Mennoniten, eine friedliche, aber um Leib und Leben fürchtende, verfolgte Täufergruppe, ins Land zu holen. Heimlich hatten sie sich in den Katakomben der Burg getroffen, Pläne geschmiedet, Reden gehalten. So lange, bis Hebrich seine Absichten durchschaut und ihn zum Armen- und Kirchenvorstand der reformierten Kirche gemacht hatte. Krechting hatte keine Wahl gehabt. Alle Bemühungen für die Glaubensbrüder und -schwestern wären vergebens gewesen. Und doch hatten ihm viele diesen Wechsel niemals verziehen. Von dem Moment an wusste Hinrich, dass es so weit war: Seine Vergangenheit hatte ihn eingeholt. Die Schatten, die durch seinen Garten huschten, die Ahnungen, dass er nicht allein war, die Angstträume, die ihn um den Schlaf brachten. Alles war wahr. Nächtelang hatte Hinrich wach gelegen, die Thesen im Kopf hin und her geschoben, von allen Seiten durchdacht. Tränen hatten diese Gedanken begleitet, Verzweiflung war in den letzten Monaten sein ständiger Begleiter gewesen.

Er hatte vor sechs Jahren nicht die Kraft aufgebracht, den Dingen auf den Grund zu gehen, damals war er gerade dabei gewesen, etwas Neues zu schaffen, und so waren ihm ein gesunkenes Schiff oder die Hintergründe, warum es dazu kam, nicht von Belang erschienen. Als Tomma ihn neulich in Hiskes Kate mit der Tatsache konfrontiert hatte, dass er schuld am Tod ihres Vaters sei, hatte er sie zunächst sprachlos angesehen, dann aber hatte es in seinen Händen gekribbelt und er war auf sie losgestürzt. Sie sollte das ausbaden müssen, was sich in seinem Inneren all die Jahre an Wut über die nicht durchgeführten Pläne angestaut hatte.

Und jetzt saß er in der Falle. Seine letzte Stunde hatte geschlagen. Er würde aus dieser Sache keinesfalls lebend herauskommen, und in den letzten Minuten hatte es durchaus Augenblicke geben, wo er deswegen regelrecht froh darüber war. Er hatte es bald geschafft.

12. Kapitel

Hiske eilte zum Haus des Kaufmanns Kremer. Garbrand und den Wortsammler wusste sie in Sicherheit. Aber als sie nun durch die Gassen Emdens lief, wurde sie das Gefühl nicht los, dass ihr jemand folgte. Wurde sie schneller, klapperten Tritte rascher hinter ihr; verhielt sie, hörten auch die Schritte auf. Doch jedes Mal, wenn sie sich umsah, konnte sie keine Menschenseele entdecken. Schließlich gelangte sie am Haus des Kaufmanns an. Sie betätigte den Türklopfer, woraufhin ihr ein Gesindemädchen öffnete.

»Ich möchte zu Eurem Gast, Hinrich Krechting«, sagte Hiske.

»Der ist nicht hier. Ich glaube, er wollte zum Ratsdelft.«

Hiske zuckte zusammen. Sie war zu spät gekommen. »Wann ist er denn fortgegangen?«

»Nicht lange her. Ihr werdet ihn sicher noch antreffen.« Das Mädchen schlug der Hebamme die Tür vor der Nase zu.

»Seltsam«, flüsterte Hiske. »Ich war doch eben am Delft, warum bin ich ihm nicht begegnet? So weitläufig ist es dort nicht.« Sie ging zurück auf die Straße, glaubte erneut, dass ihr jemand folgte: Wieder war es nur eine Ahnung. Die war allerdings mittlerweile so stark, dass ihr Herzschlag sich beschleunigte. »Hier stimmt etwas nicht. Und wenn mich mein Gefühl nicht täuscht, dann ist Hinrich Krechting nicht am Delft angekommen. Er mag Tommas Mörder sein, aber er selbst wird ebenfalls verfolgt. Vielleicht haben sie ihn aufgespürt«, sagte sie zu sich. Atemlos hetzte Hiske weiter. Sie fühlte sich unwohl und wollte sich so rasch es ging hinter die schützenden Mauern des Klosters flüchten. Niemals hätte sie gedacht, dass sie sich einmal in einem solchen Gemäuer beschützt fühlen würde. Als sie jedoch vor dem Kloster Faldern stand, entschied sie sich anders, und sie beschloss, trotz ihrer Angst, noch einmal zum Ratsdelft zu laufen. Es bestand immerhin die Möglichkeit, dass sie Krechting doch übersehen hatte.

Um diese Zeit war dort mächtig was los, und sie schob sich durch die Leute, die Waren feilboten oder sich lautstark um eine Schiffspassage bemühten. Nachdem alles geklärt wäre, würde Garbrand ebenfalls hier stehen, und es hieß Abschied nehmen. Wenn Hiske daran dachte, wurde ihr schwer ums Herz. Doch wer liebte, ließ den Menschen nach seiner Bestimmung leben und zwang ihn nicht zu bleiben, wenn der andere Ruf lauter schallte. Sie hatte es schließlich genauso gemacht. Ganz am Ende des Kais lag eine Kraweel. Das Schiff, mit dem sie angekommen waren, war längst wieder in See gestochen. Sie überragte die anderen Kähne, und die Arbeiter beluden sie eben mit Handelsgütern. Hiske erkannte feinste Tuche, hinzu kamen Fässer mit Bier und Wein und Säcke mit Getreide.

»Welchen Kurs nimmt die Kraweel?«, fragte sie einen der Umstehenden.

»Ich weiß nur von Gödens, kann aber sein, dass die Fahrt weiter nach Bremen geht.«

Hiske musterte die Menschen, die sich am Kai versammelt hatten, ob sie ein bekanntes Gesicht darunter entdeckte. Nikolaus war ihr seit der Ankunft nicht mehr unter die Augen gekommen, und sie überlegte, ob er schon wieder zurückgefahren war. Sie hoffte es, wobei sie eher fürchtete, dass er sich wie eine Schlange versteckt hielt und nur darauf wartete, die giftigen Zähne in seine Opfer zu schlagen.

»Kennt Ihr einen Hinrich Krechting?«, fragte sie den Mann von eben.

Der sah sie unwirsch an, fühlte sich ganz offensichtlich von ihren Fragen gestört. »Nie gehört. Bitte entschuldigt mich, ich muss jetzt aufs Schiff. Es legt bald ab, und ich möchte in die Herrlichkeit, denn den Handelsaufschwung, den man dort erwartet, will ich mir nicht entgehen lassen. Ich bin Sattler und werde in diesem Flecken mein Auskommen finden.« Er wandte sich ab und ließ Hiske so ratlos wie zuvor zurück.

Sie drehte sich zum Kai und prallte noch beim Umdrehen mit einem Mann zusammen, der es besonders eilig zu haben schien. »Ich brauche dringend eine Überfahrt«, rief er und drückte Hiske mit seinem Körper zur Seite. »Ich muss nach Gödens, zahle mehr als alle anderen.«

Die Leute am Kai lachten, sie kannten solche großspurigen Menschen, die am Ende dann doch nur leere Taschen hatten. Aber dieser Mann war in feinstes Tuch gehüllt, trug ein Barett. Und als Hiske den Blick von den sauber gearbeiteten Schuhen nach oben wandern ließ, zuckte sie zusammen. Vor ihr stand Jan, der mit einem Beutel Gulden winkte und außer der Kraweel von seiner Umgebung nichts zu bemerken schien.

»Jan!«, stieß sie aus, doch er war so sehr damit beschäftigt, dem Meester sein Geld anzubieten, dass er sie zunächst gar nicht bemerkte. »Jan!«, rief sie noch einmal, ergriff den ausgestreckten Arm und zog ihn herunter. Ungläubig starrte er Hiske an.

Für einen Moment stand die Zeit still. Alle Stimmen rings um sie herum verstummten. Hiske nahm nicht den Wind wahr, der ihr das Tuch vom Kopf riss und ihr durchs Haar fuhr. Sie sank an Jans Brust nieder, spürte seinen festen Griff und ertrank in seinem warmen Duft. »Jan«, flüsterte sie immer wieder. »Jan, du lebst.«

»Du lebst ebenfalls«, lächelte er. »Ich bin so froh darüber. So froh!« Er zog sie beiseite, sah sich aufmerksam um, als erwarte er ein Ungeheuer oder Schlimmeres. »Wir müssen auf der Stelle verschwinden.« Jan umhüllte sie mit seinem Mantel, sodass man sie nur schwer erkennen konnte. »Wenn sie hier sind und dich sehen, werden sie uns beide töten, denn dann weiß von Eisenberg, dass ich sein Pfand nicht mehr habe.«

»Wer ist das?«, fragte Hiske, doch Jan winkte ab. »Später.« Er eilte mit ihr den Kai entlang.

Plötzlich stellte sich ihnen ein bärtiger Mann in den Weg. Jan wollte ihn unwirsch beiseitestoßen, wurde aber von Hiske davon abgehalten. »Warte, das ist Hein, der Meester. Ihm können wir trauen.«

Der alte Mann winkte das Paar auf sein Schiff und zerrte die Kajütentür zu. »Auf dem Boot seid Ihr vorerst sicher«, krächzte er. »Ihr schwebt in Lebensgefahr. Franz von Eisenberg hat seine Leute ausgeschickt. Er sagt, Ihr habt seine Tochter, seinen Sohn und seinen Diener getötet. Das Mädchen hat er aus dem Moor gefischt. Er kocht vor Wut, habe ich mir sagen lassen. Mir entgeht hier nichts.«

»Ich bin kein Mörder.« Jan wandte sich an Hiske. »Über Franz von Eisenberg und Jelda berichte ich dir, wenn wir in Sicherheit sind. Es ist eine lange Geschichte.«

Der Meester nickte. »Jetzt müsst Ihr zunächst sehen, dass Ihr die Stadt so schnell es geht verlasst!« Der Meester blickte durch das Fenster, die Wachen Gräfin Annas patrouillierten am Kai. Ihre Schwerter klatschten in den Scheiden gegen die Oberschenkel ihrer Träger und vermischten sich zusammen mit den klappernden Hufen zu einem bedrohlichen Lärm. »Sie tauchen hier immer häufiger auf. Ich weiß nicht, wen sie genau suchen, aber ich denke, es ist besser, Ihr lauft ihnen nicht in die Arme und wartet, bis sie verschwunden sind.«

Jan und Hiske stimmten ihm zu, denn noch mehr Ärger konnten sie wirklich nicht brauchen.

»Gleich kommt jemand, der Euch hilft, unbehelligt aus der Stadt zu verschwinden. Es muss sofort geschehen, Franz von Eisenberg versteht keinen Spaß.«

Hiske sah Jan erschrocken an. »Ich kann nicht einfach so weg. Der Wortsammler und Garbrand sind ebenfalls in Emden.«

Jan presste die Lippen zusammen. »Du hast recht. Egal, wie alles ausgeht: Wir müssen erst den Knaben und unseren Freund zu uns holen. Wer weiß, ob wir je zurückkommen werden. Dieses Risiko können wir nicht eingehen.«

»Garbrand ist nicht das Problem«, setzte Hiske an. »Er will von hier nach Paris aufbrechen, aber das erkläre ich dir auch später.«

»Ihr werdet es nicht schaffen, wenn Ihr Euch nicht augenblicklich auf den Weg macht«, krächzte der Meester wieder. »Es wird nur ein schmaler Flur sein, auf dem Ihr die Möglichkeit zu entkommen habt. Ich biete Euch an, auf den Jungen achtzugeben, bis Ihr ihn holen könnt. Ihr seid Freunde Tommas und damit das Einzige, was mir von ihr geblieben ist.«

Bei diesen Worten überkam Hiske große Scham, denn sie hatte Tomma nicht geglaubt und sie sogar ihrer Kate verwiesen. Sie war der jungen Frau keine gute Freundin gewesen und hatte sie mit ihren Ängsten alleingelassen, weil sie nur sich selbst und ihr friedliches Leben an Jans Seite im Sinn hatte. Sie ergriff die Hand des Alten. »Das ist lieb gemeint, Hein. Aber wir können den Knaben nicht bei Euch lassen. Er ist«, Hiske zögerte, »anders als andere Kinder. Er ließe sich von Euch gar nicht anfassen und würde von daher auch dieses Boot nicht betreten.«

»Ein Irrer?«, fragte der Meester entsetzt. »Ihr lebt mit einem Irren?« Er fasste sich an den Hals.

»Der Junge ist nicht irre, sondern anders, das sagte die Hebamme bereits. Und er ist friedlich, tut keinem etwas«, rettete Jan mit ruhiger Stimme die Situation. »Wir werden ihn keinesfalls in Emden zurücklassen.«

Hiske sah Jan dankbar an.

Ihr Gespräch wurde von einem Klopfzeichen unterbrochen.

Der Meester öffnete, und Nikolaus schlüpfte in die Kajüte. »Ihr?«, fragte Hiske entgeistert. »Was macht Ihr hier?« Sofort kroch der Hebamme eine Gänsehaut über den Rücken. Sie hatte Nikolaus von der ersten Begegnung an misstraut.

Der blieb unbeeindruckt und verneigte sich ehrerbietig vor den dreien. Eine Geste, mit der er sich schon in Gödens überall eingeschmeichelt hatte, nur nahm Hiske ihm die Unterwürfigkeit nicht ab, sondern unterstellte ihm vielmehr Verschlagenheit.

»Ich habe keine guten Neuigkeiten, werte Hebamme, werter Medicus. Krechting wurde am Morgen entführt.« Er hielt das Haupt weiter gesenkt.

»Wisst Ihr, wohin er verschleppt ist?«, fragte Jan entsetzt.

Hiske glaubte in Nikolaus' Mienenspiel zu lesen, dass er offenbar wusste, wer dahintersteckte. »Trau ihm nicht, Jan«, raunte Hiske ihm zu. »Er ist ein windiger Mann und nicht würdig, dass wir ihm unsere Zeit schenken. Er lügt, sobald er den Mund aufmacht.«

Der Arzt aber ließ sich nicht beirren. »Raus mit der Sprache und klare Worte! Was genau wisst Ihr?«

»Er sitzt gefesselt und geknebelt in einem Verschlag, eine Gasse weiter als das Haus des Kaufmanns, wo er untergekommen ist. Man hat ihm dort aufgelauert. Er wird seit Jahren beobachtet, und nun ist die Falle zugeschnappt.«

»Ihr meint, weil Ihr ihm auf den Fersen seid?«, hakte Hiske nach. »Ihr wollt uns in einen Hinterhalt locken, das merke ich Euch doch an!«

Nikolaus schüttelte entsetzt den Kopf. »Ich bin auf Eurer Seite. Mein Aufenthalt in der Herrlichkeit diente einzig dazu, auf Euch achtzugeben!« Er zog ein Pendel aus seinem Wams. »Ich sehe alles, ich ahne alles, was um mich herum geschieht. Jeden Tag pendle ich aus, welche Gefahr auf Euch zukommt und wie wir ihr entkommen.«

Hiske lachte auf. »Erspart uns Näheres. Ich habe gesehen, wie Ihr durch die Neustadt gestreift seid. Ich habe das Entsetzen auf dem Gesicht Garbrands gut in Erinnerung, nachdem Ihr da wart. Und ich habe Euch bei Elske Krechting erkannt, wie Ihr heimlich vom Hof geschlichen seid. Was auch immer Ihr dort zu suchen hattet.«

Nikolaus lächelte Hiske fast mitleidig an. »Elske Krechting ist eine kranke Frau und braucht meinen seelischen Beistand, weshalb ich schnellstmöglich zurückfahren werde. Nur«, das Boot begann zu schaukeln, und die vier sahen die Kraweel daran vorbeigleiten, »nur ist mein Schiff eben auf und davon. Ich habe es verpasst, weil ich Euch unterstützen will. Elske helfe ich mit meiner Magie, und dann geht es ihr besser. Und Euch gebe ich Macht mit meinem Wissen, denn ich kann mich fast unsichtbar machen, wenn ich es muss. Ich bin ein Schatten.«

»Ihr seid ein Lügner«, herrschte Hiske ihn an. »Verschwindet! Wir finden Krechting auch ohne Euch, und in dem Fall wird es uns erspart bleiben, dass wir den Kopf dabei verlieren.« Sie machte einen Schritt auf die Kajütentür zu, um Nikolaus hinauszuwerfen.

»Ihr begeht einen Fehler!«, mischte sich nun der Meester ein. »Ich habe ihn in die Herrlichkeit geschickt, nachdem Tomma hierhergekommen war und ihren Vater suchte. Nikolaus ist mein Sohn, und ich wollte, dass er auf Tomma aufpasst, denn mir war klar, dass sie nach Gödens reisen würde. Sie durfte das bloß nicht merken, hasste sie es doch, beschützt zu werden. ›Alle, die das je versucht haben, haben mich ins Elend gestürzt‹, hat sie stets gesagt.« Hein wischte sich eine Träne vom Gesicht. »Außerdem musste ich meinen Sohn schützen. Vor sich selbst und seinen Neigungen. So schlug ich zwei Fliegen mit einer Klappe.«

Hiske sah ihn fragend an, erkannte dann aber, worauf er hinauswollte. Es war ihm peinlich, und niemals würde er diese Ungeheuerlichkeit aussprechen. »Ihr habt nicht erwartet, dass er in der Neustadt auf einen Mann wie Garbrand mit gleichen ... Vorlieben ... trifft?«

Der Meester nickte. »Das hat ihn selbst verwirrt. Er steht tief in der Schuld des Mönchs, weil er sich zu etwas hat hinreißen lassen, was sich weder mit unserem Glauben noch mit dem des Katholiken verträgt.«

Hiske atmete schwer ein, wunderte sich über die respektvolle Ausdrucksweise Garbrands Gesinnung gegenüber, was in diesen Zeiten eher selten anzutreffen war. »Ihr seid reformiert?«, hakte sie nach.

Der Meester nickte unmerklich. »Bitte glaubt ihm und befreit Krechting. Er ist für uns eine große Hoffnung.«

Hiske lachte schrill auf. »Ich verstehe Euch nicht, Hein. Er hat vielleicht Tomma getötet, damit sie nicht weiter in seiner düsteren Vergangenheit wühlt. Er war mir wie ein Vater, doch er hat mich fallen lassen, weil ihm alle anderen Dinge wichtiger waren. Eines werde ich ganz sicher nicht tun! Mein Leben für das Krechtings aufs Spiel setzen.«

»Er war es nicht. Er hat Tomma gewiss nicht umgebracht«, mischte sich Nikolaus ein. »Wir müssen ihn befreien, sonst wird er für ein Verbrechen hingerichtet, das er nicht begangen hat.«

»Was macht Euch so gewiss?«, fragte Jan, dem die Zusammenhänge ganz offensichtlich unklar waren.

Nikolaus' Haltung hatte sich bei den vergangenen Sätzen verändert. Er hielt sich aufrechter und hatte so ein Stück seiner Verschlagenheit verloren. »Ihm klebte kein Blut an den Händen, als er die Kate am Nachmittag verließ, und Tomma habe ich danach in der Hütte noch gehört.«

»Am Nachmittag«, wiederholte Hiske. Hatte der Wortsammler nicht davon gesprochen, dass Krechting am Abend vor der Kate gestanden hatte? Etwas passte nicht oder der Knabe hatte sich in der Aufregung im Zeitpunkt geirrt.

Nikolaus griff zu seinem Pendel, das im einfallenden Sonnenlicht hin und her schwang. »Hier gibt es eine Gruppe, die sich gegen Hinrich Krechting verschworen hat, und das von Beginn an. Sein größter Widersacher heißt Franz von Eisenberg, ein reicher Mann aus Oldenburg. Wir müssen nur herausfinden, wen er damals nach Gödens geschickt hat. Dann haben wir den Täter für beide Morde und die Absender der Botschaften.« Nikolaus sah sich beifallheischend um. »Wie ich schon sagte: Ich bin ein Schatten. Wenn ich etwas herausfinden will, bekomme ich es heraus. Ich bin überall.«

Es folgte ein betretenes Schweigen, in dem das Gesagte verdaut werden musste.

Hiske blickte Jan an, der nickte.

»Lass uns ziehen, Jan. Ich begreife noch längst nicht alles, aber ich bin mir sicher, dass Nikolaus mit der Schuld Krechtings recht hat. Was er sagt, klingt schlüssig und fügt sich dem ein, was mir nach meinem Gespräch mit dem Meester deutlich geworden ist. Für den Tod an Tommas Vater kann nämlich nur ein anderer Mann infrage kommen.«

Ein Blick hinaus zeigte ihnen, dass am Kai wieder Ruhe herrschte. Die Wachen der Gräfin waren verschwunden.

»Na, werter Krechting? Schon die Vorfreude auf Euer Ableben gekostet?« Franz von Eisenberg fletschte die Zähne beim Lachen. Er hatte sich seit ihrer letzten Begegnung vor vielen

Jahren verändert. Seine Figur war massiger geworden, sein Haar lichter, und sein Gebiss hatte an Weiße verloren. Er zerrte Hinrich den Knebel aus dem Mund.

»Was werft Ihr mir vor?«, stieß der augenblicklich aus. Er hatte sich einst in einer ähnlichen Situation befunden, als der Oberst von Raesfeld ihn erniedrigte, um ihm den Passierschein schmackhaft zu machen. Ähnlich klein und wehrlos fühlte sich Krechting heute.

»Vieles, Krechting. Vieles.« Franz von Eisenberg nutzte nicht die höfliche Anrede, sondern machte ihm schon durch seine Art zu sprechen deutlich, für wie wertlos er seinen alten Glaubensbruder hielt. »Du bist schuld daran, dass mein Leben einsam und ohne Liebe verläuft, dass ich trostlose Stunden mit Huren verbringen muss, weil mein eigenes Weib mir das Bett nicht mehr wärmen kann.«

»Etliche unserer Brüder und Schwestern haben im Kampf um das Neue Jerusalem ihre Angehörigen verloren«, bemühte sich Krechting zu erklären, doch seine Worte verhallten ungehört, denn von Eisenberg wollte nicht diskutieren.

»Du bist feige mit dem bischöflichen Schein geflüchtet. Rede dich nicht heraus!«

»Ich habe versucht, ein weiteres Reich zu errichten. Ich bin gescheitert, wie wir alle.«

Franz von Eisenberg fixierte Krechting. »Du bist nicht gescheitert. Du bist ein Verräter, ein Reformierter geworden, damit du all deine Macht in deinen dreckigen Händen behältst.«

»Ich musste es tun«, hob Hinrich an. »Welche Möglichkeiten habe ich denn gehabt? So standen die Brüder und Schwestern unter meinem Schutz!«

Franz von Eisenberg lachte spöttisch auf. Die Tür öffnete sich ein weiteres Mal, und zwei wohlbekannte Gesichter schoben sich hinein. »Ihr?«, stieß Krechting aus. »Ihr beide steckt hinter alldem?«

Coevorden und Goldschmidt nickten. Sie hielten große Zangen in der Hand und begannen in der Ecke des Verschlages ein Feuer zu entfachen. »Dein Knecht hat meinen Dolch schon zu spüren bekommen«, erklärte Goldschmidt.

Sie bauten sich vor Hinrich auf. »Du wirst sterben wie der Prophet. Bei vollem Bewusstsein werden wir dir mit glühenden Zangen das Fleisch aus dem Körper brennen, bevor wir dich erdolchen. Oder sollen wir dich zerlegen wie Jan Matthys und mit deinen Körperteilen Ball spielen?« Coevorden lachte schäbig. »Ein echter Kämpfer für das Neue Jerusalem wird kein Reformierter«, sagte er mit ruhiger, aber schneidender Stimme. »Ein wahrer und reiner Bruder unseres Glaubens gehört keiner Kirche an, die auf halbem Weg stehen geblieben ist, sondern kämpft bis zum letzten Blutstropfen. So lange, bis die Weissagung des Propheten erfüllt ist.«

Krechting hielt seinem Blick stand. Es war das Einzige, was er an Würde zu vergeben hatte. »Und wer sich nicht daran hält, muss elendig sterben?«

»Du hast es erkannt«, sagte von Eisenberg. »Wir werden das Neue Jerusalem errichten. Ohne dich. Nachdem du in Oldenburg an Graf Anton und seinem erneuten Schulterschluss mit Bischof von Waldeck gescheitert bist, haben wir gehofft, du schaffst es tatsächlich, in Ostfriesland den Boden für unsere Vision zu ebnen. Stattdessen kam uns zu Ohren, dass du dich von dem Häuptlingsweib knechten lässt und uns verrätst.« Seine Stimme war laut geworden.

Krechting gab sich unbeeindruckt oder hoffte zumindest, dass es so bei seinen Widersachern ankam. »Ich kann nur wiederholen, was ich wollte: Ich habe mein Leben dem Glauben geweiht, und niemals würde ich meine alten Brüder ans Messer liefern.«

Franz von Eisenberg spuckte vor Krechting aus. »Ein wahrer Täufer hätte sich nicht so machthungrig verhalten. Wir brauchen jeden Mann und zwar in unserer Gemeinschaft. Alles, was Ihr erzählt, sind faule Ausreden und Vorwände für ein Leben, das es nicht mehr wert ist, gelebt zu werden!« Er nickte Coevorden und Goldschmidt zu, die das Feuer geschürt hatten und die Spitzen der Zangen hineintauchten.

»Wartet! Bitte! Ich muss erst noch wissen, was es mit dem Tod des Schippers auf dem Kreyer auf sich hat!« Hinrich kam sich mit seiner Bettelei erbärmlich vor.

Franz von Eisenberg aber wies Coevorden und Goldschmidt an, die Zangen zunächst zurückzulegen. »Erzählt es ihm!«

»Der Kreyer war das beste Boot, das ich in Emden für unsere Zwecke gefunden habe. Der Schipper war ein Schmuggler und geübt darin, Waren heimlich aus Emden ins Jeverland zu transportieren«, begann Goldschmidt. »Nachdem ich feststellte, dass er eine der Schriftrollen gestohlen hatte, mit Worten, die uns heilig sind, war klar, dass er deshalb als unliebsamer Zeuge verschwinden musste. Außerdem war die Gefahr zu groß, dass er mich wiedererkennen würde, wo auch immer. Er war ein Opfer, das wir bringen mussten.« Eine Rußwolke waberte zu Krechting rüber und bescherte ihm einen Hustenreiz.

Als sich Krechtings Hustenanfall wieder gelegt hatte, fragte der Jurist: »Ihr habt also die Briefe geschrieben?«

Goldschmidt nickte knapp und erzählte weiter: »Wir kamen in einen Sturm, der Kreyer lief in Gödens auf Grund. Wir haben dem Schipper den Kopf vom Hals getrennt und seinen Leichnam im Schwarzen Brack versenkt. Seine Gebeine haben dort ihre ewige Ruhe gefunden.«

»Anschließend«, fasste Krechting den Rest zusammen, »habt Ihr mich zum Schiff geholt, damit ich die geschmuggelten Waren verteilen konnte und alles wie ein Unglück aussah.«

»Nicht wir haben dich kommen lassen, sondern der vermaledeite Bader, der immer gern die Hand aufhält.«

Deshalb habe ich die Zusammenhänge nie begriffen, schoss es Hinrich durch den Kopf. Coevorden und Goldschmidt hatte er mit dem gesunkenen Schiff nie in Verbindung gebracht. Goldschmidt war erst Tage später aufgetaucht, so als wäre er mit einer Knorr und gemeinsam mit seiner Familie in der Herrlichkeit angekommen. »Ihr habt auf Euer Weib gewartet und Euch dem Tross angeschlossen.«

»So ist es«, bestätigte Goldschmidt. »Du hast dich dann um die Handelsgüter gekümmert, wie es deine Aufgabe war.«

»Gepökeltes Pferdefleisch für die Bediensteten Hebrichs, Waidasche, mit der niemand etwas anfangen konnte, weil wir keine Blaufärber haben, und den gebrochenen Mast, den ihr als Leiter verwendet und an der Dykhuser Kirche festgemacht habt. Alles schien gut«, sagte Coevorden. »Ich habe das sehr wohlwollend betrachtet.«

»Bis Tomma kam und Fragen stellte«, führte Krechting weiter aus.

Goldschmidt nickte. »Von dem Zeitpunkt an war uns klar, dass wir genau jetzt handeln mussten und uns keine Zeit mehr blieb. Wir schrieben die Briefe, setzten dich und Wolter unter Druck. Der Hebamme haben wir als Erstes einen geschickt, weil sie mit diesem Papisten verkehrt und eine Abtrünnige ist. Die Warnung sollte der Auftakt sein. Das Papier des Mönchs haben wir später gestohlen. Wir hielten es für unklug, wenn es in falsche Hände geriet. Er ist Papist, er darf Gottes Wort, von uns geschrieben, nicht besitzen. Dann soll es besser brennen. Aber wir konnten es ja gerade noch retten.«

Tomma muss durch dieses Zitat auf der Schriftrolle, Gottes heilige Worte, auf mich gekommen sein, dachte Krechting.

Sie hatte in Emden lange geforscht, und es gab mit Sicherheit jemanden, der ihr auf ihre Fragen eine Antwort hatte geben können. Hätte er doch nur mit ihr geredet und nicht feige weggeschaut. Sie würde vermutlich noch leben.

Coevorden und Goldschmidt stocherten mit den Spitzen der Zangen bereits wieder im Feuer und näherten sich damit Krechting, dem der Schweiß ausbrach. Sollte ihm wirklich dieser grausame Tod beschert sein? »Wartet! Was hat es mit Lambertus auf sich? Er war mein Freund.«

»Diese Ratte war auf dem Weg zu dir, um uns zu verraten«, knirschte Franz von Eisenberg. »Er wusste zu viel, er hätte mit seiner Warnung an dich alles zerstört. Denunzianten müssen sterben.«

»Und der Arzt? Warum wolltet Ihr Valkensteyn?« Krechting beharrte auf der höflichen Form. Er wollte sich auch in seiner Furcht nicht so weit erniedrigen. Dennoch spürte er, dass er seine Würde nicht mehr lange aufrechterhalten konnte. Seine Gedärme spielten bereits verrückt, sein Gesicht war von Angstschweiß überlaufen, seine Kleidung davon völlig durchnässt.

Franz von Eisenberg spuckte aus. »Bleibt mir mit dem vom Leib! Er hat meine Tochter und meinen Sohn auf dem Gewissen, von meinem Diener ganz zu schweigen.« Er machte eine Pause und erklärte: »Ich brauchte ihn als Medicus für unser neues Ziel.«

»Lebt er?«, fragte Krechting, obwohl er wusste, dass es so war, doch es war besser, es von Eisenberg nicht zu verraten.

»Ich hoffe nicht. Und wenn, dann nicht mehr lange!« Franz von Eisenberg nickte den beiden Männern zu, die mit diabolischer Freude auf die glühenden Spitzen blickten. Sie näherten sich ihrem ehemaligen Anführer, der die Augen schloss. Es gab kein Entrinnen. Das Schicksal hatte diesen Tod für ihn geplant, und vermutlich war es der einzige Weg, wirkliche Absolution zu erlangen. Krechting begann zu summen. »Hosianna. Tut Buße, kehret um. *Wenn einer nicht aus Wasser und Geist geboren wird, kann er nicht in Gottes Reich kommen,* Amen ...«

Als sich die erste Spitze durch den Stoff bohrte und ihm am Oberschenkel ein Stück Fleisch herausbrannte, schaffte er es, die Zähne zusammenzubeißen und anschließend seine Litanei fortzusetzen. Wohl wissend, dass das die Wut seiner alten Glaubensbrüder erst recht anheizte. Doch war es die einzige Möglichkeit, diesen grausamen Schmerz zu ertragen. Die Männer würden sich Zeit mit dem Foltern lassen. Sie genossen jede Sekunde. »*Ein Herr, ein Glaube, eine Taufe.* Hosianna ...« Krechting verhielt kurz in seiner Fürbitte, er musste noch eines wissen, ehe er die Besinnung verlor: »Hat Dudernixen Lambertus und Jan verraten?«

Wieder näherte sich die glühende Spitze, dieses Mal geführt von Goldschmidt. Der stieß ein »Ja« aus. Anschließend schoss er vor, und Krechting fehlte an seinem Oberarm ebenfalls ein Stück Fleisch. »Wir hätten ihn gern von den Hunden zerfleischen lassen, aber er ist auf wundersame Weise entkommen.« Franz von Eisenberg blickte ungerührt auf Krechting, dem neben dem Schweiß nun auch Tränen über das Gesicht rannen. »Die ihm durch unsere Bestien beigebrachten Wunden wird er ebenso wenig überleben wie du diese kleine Folter. Jedem, was ihm gebührt.« Er nickte, und die nächste Zange näherte sich. »*Das Wort ward Fleisch und wohnte unter uns und wir sahen seine Herrlichkeit ...*« Krechtings biss die Lippen zusammen, konnte nicht weitersprechen, als die Zange seine Haut berührte. Bevor er schreien konnte, pressten sie ihm den Knebel zurück in den Mund.

Nikolaus schlich in gebückter Haltung, wirkte wieder genauso, wie man ihn kannte. Hiske und Jan folgten, sie hatten ihre Gesichter in Tücher gehüllt, damit sie nicht erkannt wurden. So huschten sie an den Häuserzeilen entlang, geduckt und mit klopfendem Herzen. Hiske fürchtete, dass Nikolaus ihnen doch nicht die Wahrheit gesagt hatte und sie nun geradewegs in ihr Verderben liefen. Jan war zuvor bei Jacobus Cornicius gewesen und hatte ihm mit wenigen Worten von ihrem Vorhaben berichtet. Der Stadtarzt war nicht davon überzeugt, dass sie sich allein zu Krechting aufmachen sollten. Als er aber begriff, dass keine Zeit zu verlieren war, hatte er sich auf den Weg zur Burg gemacht. Er hoffte, Gräfin Annas Unterstützung zu bekommen.

Nach einer Weile hielt Nikolaus an, erhob die Hand und bedeutete ihnen stehen zu bleiben. Er legte den Finger an die Lippen und wies in einen Hofeingang. Dort standen drei an einen Balken gebundene Pferde, die sich an dem angehäuften Heu gütlich taten. Hiske schlug das Herz bis zum Hals. Sie schmiegte sich eng an Jan, spürte seinen ebenfalls beschleunigten Herzschlag. Wie auf Katzenpfoten tappten sie in den Hof, verharrten nach jedem dritten Schritt, immer in der Angst, entdeckt zu werden. Plötzlich hielt Hiske Jan am Ärmel fest. »Da schreit jemand. So als wäre er geknebelt.«

Jan lauschte, und dann vernahm er das unterdrückte Geräusch ebenfalls. »Die Schweine foltern ihn. Und ich kann mir auch denken, auf welche Art und Weise. Wir haben allein keine Möglichkeit, ihm zu helfen. Franz von Eisenberg und seine Männer sind bewaffnet. Wir hingegen haben nichts, was sicher ausreicht, um Krechting da herauszuholen.« Er schloss gequält die Augen. »Du glaubst nicht, zu was sie in der Lage sind.«

»Lambertus de Wieck?«, flüsterte Hiske.

Jan nickte nur.

Nikolaus hatte sich derweil nah an den Verschlag herangetastet und linste durch die Schlitze der Bretter. Das war gewagt, denn ein Blick der Männer in seine Richtung und sie hätten ihn erwischt.

»Er soll zurückkommen«, hauchte Hiske, doch sie wusste nicht, ob Jan sie überhaupt gehört hatte. Er hatte sich allerdings noch nicht weiter vorgewagt und hielt den nötigen Sicherheitsabstand.

Nikolaus presste seine Nase zwischen die Ritzen, als plötzlich die Tür aufgerissen wurde und Coevorden im Rahmen stand. »Wen haben wir denn hier? Den kleinen Spion aus der Neustadt?« Er packte ihn am Kragen, drückte ihn ans Holz und hieb mit seinem Kopf gegen den von Nikolaus. Das Nasenbein brach sofort, Blut verteilte sich auf seinem Gesicht. Dann rammte er Nikolaus das Knie in die Magengrube, dass der sich erbrach und vornüberfiel, was Coevorden anspornte, auf den am Boden liegenden Mann einzutreten.

Jan setzte zum Sprung an.

Hiske wollte ihn aufhalten, doch er hatte recht. Unmöglich konnte er zusehen, wie Coevorden Nikolaus zu Tode trat. Sie sah sich hektisch um. Neben dem Haus lag ein faustgroßer Stein. Sie musste es lediglich schaffen, diese kurze Strecke von etwa vier Ellen zu überwinden. Die Männer waren mit dem Kampf abgelenkt, aus dem Inneren des Verhaus drangen Krechtings unterdrückte Schreie. Franz von Eisenberg und Goldschmidt, den sie als zweiten Mann darin vermutete, leisteten ganze Arbeit. In Hiske wuchs eine nicht mehr zu kontrollierende Wut. Auf all die Menschen, deren Willkür sie zeitlebens ausgesetzt gewesen war. Auf all die ungerechten Dinge, die, wenn sie den Mächtigen nützten, geschützt wurden. Sie hasste die Brutalität, mit der man Andersdenkende folterte und demütigte, um sie zu strafen oder ihnen Geständnisse zu entlocken, die haltlos waren. All das hatte sie erlebt. All das erlebte sie gerade. Sie wollte das nicht mehr hinnehmen, sie wollte kein hilfloses Opfer mehr sein und enden wie Tomma, die einfach nur Fragen gestellt hatte. Fragen, die jedem Menschen zustanden, wenn man ein Schicksal wie das ihre erlitten hatte. Niemand gebot Einhalt, keiner machte auch nur den Versuch, etwas zu ändern und die Welt besser zu machen. »Bis auf Hinrich Krechting«, flüsterte sie. »Er hat seine Fehler eingesehen, hat Unbill in Kauf genommen, um die zu schützen, die sonst nicht so leben könnten, wie sie es nun tun. Und genau die zerfleischen ihn gerade mit größter Wonne.« Hiske hechtete zu dem Stein, umschloss ihn mit der rechten Hand und stürzte sich von hinten auf Coevorden. Der hatte mit einem weiteren Angriff nicht gerechnet, war er doch ausreichend damit beschäftigt, sich Jan vom Leibe zu halten, der ihm arg zusetzte. Hiske holte weit aus und schmetterte Coevorden den Stein gegen die Schläfe. Ihr kam es so vor, als schlüge sie mit diesem einen Hieb all die Menschen, die es in ihrem Leben gewagt hatten, sie zu demütigen und ihr Böses anzutun. Coevorden sah die Hebamme erstaunt an, wankte und brach zusammen.

Jan blutete an Wange und Brauen, doch es war unmöglich, sich jetzt darum zu kümmern. Genau wie sie beschloss, Nikolaus zunächst liegen zu lassen. Krechting blieb kaum noch Zeit. Aus dem Verschlag stank es nach verbranntem Fleisch. Hiske ahnte, was Jan ihr nicht hatte verraten wollen. »Sie foltern ihn wie ihren Propheten«, flüsterte sie und stürzte hinein, wo sie förmlich Franz von Eisenberg in die Arme fiel, der sie bereits breit grinsend mit der Lanze in der Hand erwartete.

Garbrand war von großer Unruhe erfüllt. Er war lange in der Klosterzelle auf und ab gelaufen, immer an der Wand entlang. Schließlich hielt er die Ungewissheit nicht mehr aus. »Wir gehen die Lebenspflückerin jetzt suchen«, erklärte er dem Wortsammler. »Es ist seltsam, dass sie noch nicht zurück ist.«

Der Knabe hatte Garbrands Unruhe die ganze Zeit beobachtet und stand augenblicklich auf. »Lebenspflückerin. Angst um Lebenspflückerin«, nuschelte er und schlüpfte in seine mit Stoff ausgepolsterten Klumpen.

Die Gasse lag leer vor ihnen, der Atem verflüchtigte sich in weißen Wolken in der Luft. Am Delft angelangt, konnten sie Hiske nicht entdecken. Hier herrschte nur das übliche Treiben, eben lief eine Hulk ein und sorgte für größeres Aufsehen. »Sie wollte doch diesen Meester treffen«, sagte Garbrand zu sich. »Wo mag er bloß sein?«

Er drehte sich um, als sich eine Hand auf seine Schulter legte. »Du suchst Hiske und Jan?«

»Jan«, fuhr der Mönch zusammen. »Jan ist hier?« Erst jetzt erkannte er Jacobus Cornicius.

Dieser war sichtlich in Eile und sagte nur: »Kommt mit, ich erkläre Euch unterwegs alles, wir haben keine Zeit zu verlieren.«

Das ließ Garbrand sich nicht zweimal sagen, und so hetzten er und der Wortsammler hinter dem Stadtarzt her. Während sie durch Emdens Straßen rannten, versuchte Jacobus den beiden mit wenigen Worten klarzumachen, was geschehen war. Und je mehr Garbrand begriff, desto mehr glaubte er, eine kalte Hand am Herzen zu spüren. Die zwei Menschen, die er neben dem Knaben am meisten liebte, befanden sich in höchster Gefahr und waren gerade dabei, ihr Leben für das Krechtings zu geben. Er musste ihnen zu Hilfe eilen. Koste es, was es wolle.

Sie hatten die Gasse schon bald erreicht und sahen zu ihrem Entsetzen Nikolaus in seinem Blut liegen. Aus dem Bretterverschlag drang beißender Qualm, eine Frau hustete. Unterschwellig waberte der Geruch von verbranntem Menschenfleisch zu ihnen. Garbrand glaubte sich am Eingang der Hölle. So also sah es aus, wenn man Satan persönlich begegnete.

Jacobus griff ihn am Ärmel. »Ich habe Gräfin Anna um Hilfe gebeten, sie wird gleich ihre Männer schicken. Warte, wir können allein nichts ausrichten.«

In dem Augenblick gellte der Schrei Hiskes über den Hof, und weder der Wortsammler noch Garbrand konnten länger innehalten. Sie stürzten wie wilde Tiere in den Verschlag. Sofort bohrte sich eine Lanze in Garbrands Seite; der Wortsammler fiel hintenüber, als ihn ein heftiger Schlag traf. In der Ecke des Verhaus lagen Hiske und Jan, ihre Glieder gefesselt. Krechting hatte die Augen geschlossen. Garbrand selbst verspürte kaum Schmerz, und dennoch wusste er, wie schwer seine Verletzung sein musste, denn der Spieß hatte tief in seinem Fleisch gesteckt, ehe Franz von Eisenberg ihn wieder herausgezogen hatte. Trotzdem rappelte er sich auf und taumelte zu Hiske und Jan, die sich wegen der Fesseln nicht bewegen konnten.

Franz von Eisenberg hielt die Lanze noch immer erhoben, und der Mönch befürchtete, er könne ein weiteres Mal zustechen. Doch er verhielt in seiner Bewegung. Garbrand hatte ein großer Schwindel erfasst. Er wollte Hiskes und Jans Wärme spüren, die beiden riechen. Die Welt um ihn herum schien stillzustehen. Er hatte nur noch ein schmales Gesichtsfeld, an beiden Seiten wurde es dunkel. Er schaffte es dennoch, sich bis zu Hiskes Bein vorzuarbeiten und ihr Fußgelenk zu umfassen. Er hob den Kopf und sah der Hebamme in die Augen, erkannte darin unendlichen Schmerz. Sie war so tief getroffen, dass es ihr unmöglich war, etwas zu sagen, aber Garbrand wusste auch so, was in ihr vorging. Er versuchte ein missglücktes Lächeln. Jans Fuß näherte sich und berührte ihn am Unterschenkel. Der Mönch verstand die tröstende Geste und nahm die bleierne Müdigkeit als Gnade. Er bekam kaum mit, wie sich der Verschlag mit Männern füllte, er vernahm nicht das Klappern ihrer Säbel. Einmal schaffte er es noch, die Augen zu öffnen, als er Hiskes Hände auf seinem Kopf spürte und ihre Tränen seine Wangen benetzten. »Geh nicht, bitte! Geh nicht! Wir brauchen dich!«

Er hob schwach den Arm, seine Lippen formten den Namen des Wortsammlers. Hiske nickte und winkte dem Knaben, der sich unmittelbar neben Jan und ihr befand. Garbrand hatte ihn nicht bemerkt. Der Junge küsste den Alten auf die Stirn. Es war eine flüchtige Geste, und doch war dem Mönch deutlich, wie viel Zuneigung dahintersteckte. Jan hielt seine Hand, Hiske strich ihm sacht mit dem Finger über die eingefallenen Wangen, und so fühlte sich Garbrand geborgen. Seine Kräfte schwanden zusehends, er bemerkte eine entspannte Leichtigkeit. Ein Seufzen kam über seine Lippen, als ein warmes Licht auf ihn zusteuerte. Dabei war ihm sein immer schwerer werdender, rasselnder Atem nicht bewusst. »Ich bin frei«, flüsterte er. »Er hat mir verziehen.« Ihn überkam ein Glücksgefühl und eine Dankbarkeit, wie er es lange nicht mehr gefühlt hatte. Als ihm der letzte Atemzug entwich, wusste er, dass Gott ihn nicht strafen würde. Er nahm ihn mit offenen Armen auf, und er, Garbrand, durfte dorthin gehen, wohin er es sich immer gewünscht hatte.

Vier Wochen später, Herrlichkeit Gödens

Hiske lehnte sich in Jans Armen zurück. Der Wortsammler saß am Tisch und malte. Er hatte die Zunge in den Mundwinkel geklemmt. Die Prellungen auf seiner Gesichtshälfte waren kaum noch zu sehen, die Beule am Kopf war nicht mehr zu fühlen. »Er trauert noch sehr um Garbrand, man sieht es seinen Bildern an. Sie sind so düster.« Hiske strich dem Knaben übers Haar, und er schaffte es, sie anzulächeln. »Nur wäre er ja ohnehin nach Paris gegangen.«

»Garbrand ist mit einem glücklichen Gesicht und einem wunderschönen Satz gestorben. Gott hat ihm verziehen. Er hat es gesagt. Welche Schuld er auch immer auf sich zu laden geglaubt hatte.« Jan sah Hiske fragend an, denn sie hatte sich unter seinen Worten versteift.

»Du weißt es nicht?«, fragte sie.

Jan schüttelte den Kopf. »Nicht alles. Ich weiß, dass er darunter litt, seine Brüder in England sterben sehen zu müssen, während er überleben durfte.«

»Du ahnst es nicht?«

Jan druckste herum, und Hiske erkannte sehr wohl, dass ihm Garbrands Neigung und seine Liebe zu ihm nicht verborgen geblieben waren.

»Er liebte uns beide. Auf seine ganz spezielle Weise«, sagte Hiske.

»Belassen wir es dabei. Er war ein guter Freund und ein wertvoller Mensch.«

»Wem sagst du das?«, lächelte Hiske Jan an. »Er ist für uns gestorben. Er wollte weder dich noch mich der Folter Franz von Eisenbergs überlassen.«

Jan drückte sie. Gestern Abend hatte er offiziell um ihre Hand angehalten, nachdem er zuvor ein Haus an der Straße zum neuen Siel erworben hatte. Ein Haus, in dem ihre Kinder aufwachsen konnten, in dem beide ihre Praxis haben würden und wo sie, zusammen mit dem Wortsammler, glücklich werden würden.

»Du warst doch eben bei Dudernixens? Wie geht es ihnen?«, fragte Jan.

»Der Bader streitet seine Mittäterschaft weiter ab, aber es ist auch sinnlos, ihm etwas anhängen zu wollen. Er redet nur wirres Zeug, hält sich für einen Propheten, weil er die Eiswüste durchquert und Lambertus hier angeschleppt hat. Es grenzt an ein Wunder, dass er noch lebt.«

»Nun wird er mit seinen eigenen Waffen geschlagen. Er, der den Wortsammler am heftigsten beschimpft hat, ist jetzt wegen seiner gottesabgewandten Lebensart selbst verwirrt.« Jan strich sich übers Kinn und sah sich um. Die Decke der Kate war rußgeschwärzt. Fegte eine Windböe ums Haus, duckte sich das Feuer und ein feiner Zug waberte durch die Kammer. »Ich bin froh, wenn wir ein solides Heim in der Neustadt haben. Es wird größer sein, wärmer und sauberer. Wir haben einen Abtritt, dessen Verbindung in die Abwasserkanäle führt.«

»Ich muss noch etwas wissen«, begann Hiske zögernd. »Bitte sei nicht böse, aber es quält mich. Bevor ich ganz zu dir stehen kann, ist es wichtig, dass du mir die beiden Fragen ehrlich beantwortest.«

Jan senkte den Kopf, er wusste offenbar genau, auf was Hiske hinauswollte. »Du meinst Jelda?«

»Sie und die Hure, von der Dudernixen mir berichtet hat.«

Jan zog die Brauen hoch. »Hat er diese Lüge tatsächlich verbreitet?«

»Erkläre es mir!«, forderte Hiske ihn auf.

Jan erzählte. Alles. Wie er diesem Weib in Emden gefolgt

und ihren Reizen beinahe erlegen war und auch, was Jelda von ihm verlangt hatte.

»War sie je eine Gefahr für mich, für uns?«, hakte Hiske nach.

»Nein, nie«, antwortete Jan inbrünstig. »Ich wäre ihr nie ein wirklicher Ehemann gewesen. Das hätte ich nicht gekonnt.« Er sah ihr in die Augen, und die Hebamme erkannte darin, was sie sich immer von ihm erhofft hatte. »Ich liebe dich, Hiske. Und daran wird sich nie etwas ändern. Auf uns wartet von nun an eine neue, wunderbare Zeit.«

»Ja, dafür haben wir lange gekämpft.«

Jan legte seinen Arm um sie. »Es wird eine gute Zeit, und so Gott will, schenkt er uns in Bälde Nachwuchs.« So verharrten sie eine Weile.

Hiske schloss die Augen. Sie war froh, dass es, außer Garbrand, keine weiteren Toten gegeben hatte. Nikolaus hatte sich rasch erholt und hielt sich wieder bei seinem Vater, dem Meester, auf. Sie planten, der Neustadt in Kürze einen Besuch abzustatten, weil Hein vor Ort von seinem alten Freund, dem Vater Tommas, Abschied nehmen wollte. »Einmal am Brack stehen und ›Auf Wiedersehen, alter Weggenosse‹ sagen«, hatte er mit Tränen in den Augen geflüstert.

Tomma hatten sie auf dem Friedhof ehrenvoll bestattet, und Hiske brachte regelmäßig Blumen dorthin. Nur der Wortsammler weigerte sich, sie zu begleiten, er sprach nach wie vor von einer Feuerseelenfrau und erzitterte. Hiske konnte nicht in Erfahrung bringen, was es an Tomma war, das ihn so geängstigt hatte.

Hiske löste sich aus Jans Umarmung. »Ich koche uns ein paar Graupen mit Gemüse. Ein Hühnerbein habe ich auch noch. Krechting möchte übrigens nachher vorbeikommen und sich bedanken. Sehr gut geht es ihm noch nicht.«

Jan sah der Hebamme zu, wie sie Pastinaken und Zwiebeln zerkleinerte und in einen Topf gab. Noch während sie das Mahl bereitete, klopfte es und der Jurist schob sich mit seinem massigen Körper in die Küche. Sofort schnappte sich der Wortsammler seine Malsachen und verschwand. Er misstraute dem Mann nach wie vor. Hiske nahm das Gemüse vom Herd und bot Krechting einen Stuhl an. Er ließ sich mit schmerzverzerrtem Gesicht nieder. Die ihm zugefügten Wunden waren noch nicht ganz verheilt. Mit einer raschen Handbewegung fegte Hiske ein paar Krumen vom Tisch.

»Danke, Hebamme. Ich möchte mich bei Euch und Eurem zukünftigen Mann erkenntlich zeigen. Das Haus habe ich ihm schon zugesagt, aber ich weiß, wie wichtig Euch Gerechtigkeit ist.«

Hiske und Jan sahen ihn fragend an.

»Ich habe mein Testament aufgesetzt und von meinem Neffen bereits absegnen lassen. Ihr wisst, dass ich kein armer Mann bin. Mir gehören Dinge, die viele nicht besitzen, und ich habe die *Olde Krochtwarft* auch über mein Ableben hinaus für mein Weib sichern können.«

»Das ist mehr, als andere haben«, bestätigte Jan.

»Nun, ich habe mir als Täufer schon damals vorgenommen, dass es allen Menschen gut gehen soll, und so habe ich Folgendes beschlossen: Ich werde den Armen in Gödens vier Ellen schwarzes Tuch vermachen und das nicht geringer als zehn Schap pro Elle, eine Seite Speck und eine halbe Tonne Roggen.«

»Das ist viel.« Jan schnalzte anerkennend mit der Zunge.

Krechting nickte. »Ich weiß nicht, was das Leben für mich bereithält, aber ich wollte, dass Ihr darum wisst, dass ich es ernst meine mit meinem Glauben und damit, ein guter Armen- und Kirchenvorstand zu sein. Ich werde dieses Amt von nun an in allen Ehren ausfüllen und nicht mehr mit dem Schicksal hadern. Ich danke Euch, meine Freunde, dass Ihr mir auch in schweren Zeiten beigestanden habt.« Er verneigte sich tief und zog sein Barett. Eine große Geste für einen Mann wie Krechting. »Nun kann Leenard Bouwens zu uns kommen, und ich habe doch etwas für meine Brüder und Schwestern erreicht.«

»Ich danke Euch«, erwiderte Hiske. »Ich hatte zwischendurch an Eurer Ehre gezweifelt, das tut mir leid. Aber von nun an werde ich das nie wieder tun. Aber eine letzte Frage habe ich noch: Habt Ihr Tomma vor ihrem Tod etwas angetan? Immerhin müsst Ihr wütend auf sie gewesen sein und Ihr wart an der Kate!«

Krechting erhob erschrocken die Hände. »Um Himmels willen! Ich habe sie an den Schultern gepackt, ihr Dinge gesagt, die ich besser nicht gesagt hätte. Ich hätte sie am liebsten geschlagen, aber ich bin gegangen, ohne ihr wehzutun! Und das war am Nachmittag. Am Abend, als der Wortsammler mich an der Kate angetroffen hat, hatte ich mich noch einmal auf den Weg gemacht, um mich bei Tomma zu entschuldigen. Doch als ich sah, dass der Knabe eben zu ihr gehen wollte, habe ich es mir anders überlegt und bin wieder gegangen. Niemals hätte ich sie verletzt!«, setzte er nach.

Die Hebamme lächelte. »Danke!«

Krechting verabschiedete sich, Hiske stellte das Gemüse auf die Flamme zurück und holte den Wortsammler wieder in die Küche. »Alles ist gut«, sagte sie zu Jan, der lächelnd einem Staubkorn nachsah, das trudelnd zur Erde fiel. »Alles ist gut.«

Epilog

Krechting starb erst viele Jahre später im Jahr 1580 als äußerst angesehener Mann in der Herrlichkeit Gödens. Er verteilte sein Erbe so, wie er es Hiske und Jan versprochen hatte. Seine Frau Elske starb bereits 1553, er heiratete danach erneut und lebte mit seiner zweiten Gemahlin Anna Buck weiter auf der *Olden Krochtwarft* und hatte die Aufsicht über die herrschaftlichen Bienen. Sehr stolz war er auf die Entwicklung seiner Familie, so wurde sein Enkel zum Beispiel Bürgermeister von Bremen.

Hinrich Krechtings Grabstein steht in der reformierten Kirche zu Dykhausen. Krechting ist in großen Ehren und Anerkennung bestattet worden.

Hiske und Jan heirateten und bekamen drei Kinder. Sie lebten mit dem Wortsammler ab dem Jahr 1550 in der Neustadt.

Inschrift des Grabsteins von Hinrich Krechting:

Anno 1580 de(n) 28 Juni is de Erbare und fele ersame Hinrik Krechting von duser Werlt salich versceden, sines Olders in den 80 Jar und heft deser kerken unde Armen to Dikusen 35 Jar als ein Bowmester truvlich vorgestan. Anno 1553 den 20 April is de dogentsame Elske Wantmans, Hinrik Krechtings elige husfrowe, in got entslapen. Hinrich Evers Herren Anno den is de dogensame Anne Buckes Hinrik Krechtings elige Husfrowe in Godt entslapen

Wahrheit und Fiktion

Das Signum der Täufer ist ein historischer Roman mit realen Elementen. In ihm sind wirkliche Geschehnisse und authentische Persönlichkeiten verarbeitet worden. Die Figuren- und Stichwortlegende sowie die geschichtlichen Hintergründe zeigen dies im Einzelnen auf.

Wahr ist, dass Hinrich Krechting mittels eines bischöflichen Passierscheins von seinem alten Weggenossen Johann von Raesfeld aus der Stadt Münster geholt wurde und mit ihm seine Familie und die seines Neffen Wolter Schemering.

Authentisch ist weiter, dass Wolter Schemering der Erste Landrichter in der Herrlichkeit Gödens an der Seite der Häuptlingswitwe Hebrich von Knyphausen war und er als enger Vertrauter von Edo, dem Sohn Hebrichs und späteren Häuptling der Herrlichkeit, galt. Es stimmt auch, dass Krechting die Herrschaft über die Bienen hatte, sein Erbe wie beschrieben weitergegeben hat und auf der *Olden Krochtwarft* lebte.

Und es entspricht der Historie, dass Hinrich Krechting, der als Kanzler an der Seite Jan van Leydens in Münster gewirkt hatte, versuchte, nach seiner Flucht in Oldenburg und/oder Lingen ein weiteres Täuferreich zu errichten. Er scheiterte und war drei Jahre, vermutlich im Kloster Rastede, verschollen. Anschließend kam er nach Gödens und trat zum reformierten Glauben über. Er gilt als Gründer des Fleckens Neustadtgödens.

Es ist auch richtig, dass der Prediger Leenard Bouwens um diese Zeit nach Gödens kam, um zu taufen und das Abendmahl zu reichen. Das war aber immer nur dann möglich, wenn Friede in der Gemeinde herrschte.

Es entspricht ebenfalls der Wahrheit, dass um 1540 ein Kreyer im Schwarzen Brack sank und gepökeltes Pferdefleisch und Waidasche geladen hatte. Vom Schipper fehlt jede Spur, man kennt weder das wahre Ziel noch den Grund der Reise. Das Fleisch wurde an die Bediensteten der Burg Gödens verteilt, der Mast als Leiter an der Kirche von Dykhausen verwendet. Da das genaue Jahr nicht bekannt ist, habe ich mir die Freiheit genommen, es 1543 sein zu lassen, weil Hinrich Krechting in diesem Jahr die *Olde Krochtwarft* gepachtet hat.

Auch stimmt es, dass der Emder Stadtarzt Jacobus Cornicius die Tochter des Pfarrers Westerburg aus Dykhausen geheiratet hat. Er war Humanist und Arzt am Ostfriesischen Hof und hat sich damit hervorgetan, dass er Schriften verfasst hat, in denen er einen Mediziner mit einem Patienten sprechen lässt. Er war ein überzeugter Reformer.

Gelebt und gewirkt hat auch der Kaufmann Lübbert Jans Kremer, ein lupenreiner Mennonit, der vor allem die Vorbilder für die Neustadt, Appingedam und Oldersum, gut kannte. Es besteht Grund zur Annahme, dass er Krechting bei Bau und Planung unterstützt hat.

Und es stimmt, dass zu der Zeit Wölfe in Ostfriesland lebten, man sie sogar zur Plage erklärte. Doch nach Rücksprache mit Herrn Fass vom Wolfscenter Dörverden konnte dieser mir glaubhaft versichern, dass Wölfe für Menschen ungefährlich sind und sie nur angreifen, wenn sie Tollwut (im Roman Beißwut) haben.

Und es gab schon scharf abgerichtete Jagdhunde.

Wahr ist ebenfalls, dass den Münsteraner Täuferführern das Fleisch mittels glühender Zangen herausgebrannt wurde, dass die Täufer sich mit »Bruder« und »Schwester« ansprachen und viele Bibelzitate für sich in Anspruch genommen haben, um die Abgrenzung zum Papistentum deutlich zu machen und ihre Überzeugung zu vertreten, den einzig richtigen Glauben auszuüben. Das wurde stark als Propaganda eingesetzt.

Es entspricht auch der Realität, dass die Täufer aus Münster eigene Münzen mit biblischen Schriftzeichen und ohne Bilder, da sie jegliche Bildnisse ablehnten, prägten. Sie gab es in verschiedenen Ausführungen, sie dienten teilweise als Erkennungszeichen.

Nach meinen Gesprächen mit Historikern ist ebenfalls belegt, dass die Winter um die Zeit des Romans länger und härter waren, als wir sie heute kennen.

Erfunden sind Hiske Aalken und Jan Valkensteyn sowie der Wortsammler und Garbrand. Auch die Dudernixens entspringen meiner Fantasie, genau wie Franz von Eisenberg und seine Leute. Es ist nicht belegt, ob Krechting nachfolgend Repressalien oder Bedrohungen aus der Täuferzeit ausgesetzt war. Das alles entspringt meiner Fantasie.

Allgemeine geschichtliche Situation in der Herrlichkeit Gödens 1548

Ostfriesland war im 16. Jahrhundert eine Hochburg für Glaubensflüchtlinge, in erster Linie aus Holland. Es waren vornehmlich die friedlich gesonnenen Mennoniten, eine Täufergruppe, die vor allem in Emden und in der Herrlichkeit Gödens Zuflucht fanden. Es sind jedoch nachweislich auch führende militante Täufer aus Münster in die Herrlichkeit gekommen, haben sich dort niedergelassen und gewirkt.

In der Herrlichkeit Gödens herrschte 1548 Hebrich von Knyphausen, Witwe von Haro von Oldersum. Sie hatte dem aus Münster geflohenen Hinrich Krechting (ehemaliger Kanzler des Täuferanführers Jan van Leyden) und seinem Neffen Wolter Schemering Zuflucht in der Herrlichkeit gewährt. Sie profitierte vom Wissen der beiden Männer, die als einzige Juristen in Gödens ansässig waren. Sie sind zum reformierten Glauben übergetreten, damit sie unbehelligt wirken konnten. Man sagt den damaligen Herrschenden in Gödens aber auch nach, dass sie grundsätzlich mit den Täufergemeinden sympathisierten.

Mit dem Abschluss eines Vergleichs zwischen der Herrlichkeit Gödens und der Gräfin Anna von Ostfriesland begannen 1544 die Eindeichungen am Schwarzen Brack. Hebrich von Knyphausen holte mithilfe der Kontakte von Krechting und Schemering die Mennoniten aus Holland nach Gödens. Die Herrlichkeit brauchte Infrastruktur und Arbeitskräfte, die Mennoniten eine Zuflucht, da sie durch den Erlass des Kaisers in Holland um ihr Leben fürchten mussten. Die Mennoniten brachten allesamt auch Handwerk mit nach

Gödens, sodass das Land auflebte. Das neu angelegte Siel war die Keimzelle von Neustadtgödens, dem einzigen Ort in ganz Deutschland, der von Täufern gegründet wurde. Im Jahr 1549 war der Bau der Neustadt schon vorangeschritten, das neue Siel noch nicht vollends fertiggestellt. Dennoch begann sich der Flecken zu entwickeln.

Neustadtgödens erreichte in den nächsten hundert Jahren große Bedeutung als Handelsort, verarmte aber im 17. Jahrhundert, nachdem ein Damm gebaut wurde, der das Schwarze Brack vom Meer abschnitt.

Glossar

Beißwut: Damalige Bezeichnung für Tollwut.

Delft: Ein künstlich angelegter Wassergraben in Emden zur Erweiterung des Hafens.

Dünnbier: Bier, das in der damaligen Zeit aus Wasser mit eingeweichtem Brot hergestellt wurde.

Duuvke: Hure

Das Gödenser Haus: Wurde 1551 in Emden als Stadthaus Hebrich von Knyphausens am Roten Siel erbaut und ist das älteste noch erhaltene Haus in Emden. Heute beherbergt es ein Studentenwohnheim.

Färberwaid: Wurde in Thüringen aus der Waidpflanze (das Goldene Vlies) in mehreren Arbeitsschritten gewonnen.

Jesuitenorden: Orden innerhalb der katholischen Kirche, der seine Mönche auf die Straße schickte und der sich vor allem die Bildung der Bevölkerung zur Aufgabe gemacht hatte.

Herrlichkeit: Trotz der viel beschworenen friesischen Freiheit, die den Adel ablehnt, haben sich im Land einige reiche Bauern feste Burgen gebaut und eigene, in der Regel niedere Gerichtsbarkeiten, entwickelt. Diese autonomen Ländereien nannte man Herrlichkeiten, und die Menschen, die ihnen voranstanden, nannte man Häuptlinge.

Hulk: Mittelalterlicher Schiffstyp, auch Holk genannt. Kleiner als eine Kogge, lastentauglich.

Kloster Faldern: Kloster in Emden, 1317 gegründet. Hatte noch lange Bestand, wurde erst 1557 endgültig aufgelöst. Es befand sich hinter dem heutigen Rathaus am Falderndelft.

Klumpen: Holzschuhe. Waren auf den nassen und oft unwegsamen Böden am besten zum Laufen geeignet.

Knorr: Schiff, mit dem man unterhalb der ostfriesischen Inseln in die Herrlichkeit Gödens gelangte. Es war eine Vorstufe der heutigen Plattbodenschiffe. Die Knorr war zu der Zeit schon etwas fortschrittlicher gebaut als die Knorr der Wikinger. Die Knorr fuhr fast ausschließlich unter Segeln, zwei bis vier Riemenpaare dienten zum Manövrieren in engen Gewässern oder Hafeneinfahrten.

Kraweel: Schiffstyp in Nordeuropa, aus dem Hulk entwickelt, löste ihn bald ab.

Kreyer: Kleines einmastiges Boot.

Küpe: In der Küpe färbte man Stoffe und Wolle. Die Zusammensetzung hält jeder Färber geheim. Waidasche ist als Alkaliprodukt aber dabei.

Kumme: Schüssel

Meester: Schiffsführer, Kapitän

Mennoniten: Friedliche Täufergruppe aus Holland. Man nannte sie auch Mennisten (als Schimpfwort), sie selbst bezeichneten sich zunächst als »Mennos Volk«.

Olde Krocht: Gaststätte in der Herrlichkeit Gödens in der Nähe der Burg.

Olde Krochtwarft:	Hofstelle neben der *Olden Krocht*. Dort lebte 1543 nachweislich Hinrich Krechting.
Schap:	Münze im damaligen Ostfriesland, auch in der Herrlichkeit Gödens.
Schwarzes Brack:	Ehemalige Meeresbucht an der westlichen Seite des Jadebusens. Es hieß Schwarzes Brack, weil die hier liegenden Hochmoore es dunkel färbten.
Toversche:	Als Toversche bezeichnete man in Ostfriesland Hexen oder Zauberinnen.
Waidasche:	Asche, die in der Blaufärberei verwendet wurde.

Danksagungen

Ich freue mich, auch den dritten und letzten Band um meine Hebamme Hiske Aalken auf den Weg gebracht zu haben. Wieder hat es mir viel gegeben, die Vergangenheit lebendig werden zu lassen und mit etlichen erfahrenen Historikern und anderen Recherchegebern zu kommunizieren.

Es ist stets eine Herausforderung, historische Ereignisse in eine fiktive Romanhandlung zu verstricken. Selbst wenn man als Schriftsteller bemüht ist, die Authentizität der Historie zu wahren, so bleibt es aber doch immer ein Roman, der Fiktion und Realität vereint. Und der hoffentlich eine Menge Lesespaß gebracht hat.

Begleitet haben mich auch dieses Mal wieder Michael Clemens, Heimatforscher und Täuferkenner aus Neustadtgödens, und Stephan Horschitz vom Museum im Landrichterhaus. Danke für alles! Weiter war es mir eine große Hilfe, dass mir das Stadtmuseum Münster mit Dr. Bernd Thier auf ganz unkomplizierte Weise die Unterlagen über die Münzen der Täufer zur Verfügung gestellt hat.

Informationen zum Schiffbruch des Kreyers erhielt ich von der Vorsitzenden des Heimatvereins Gödens, Hilke Arnold, und von Ingeborg Borchers. Sie haben zu dem Thema eine wunderbare Ausstellung kreiert und mir den Hinweis auf dieses Thema gegeben, was ich dankbar angenommen habe.

Mein Wissen um die Blaufärberei habe ich von Ingrid Donk, der Mitarbeiterin der Blaudruckerei im Kattrepel, Jever, die mich auf eine sehr nette Weise in die Thematik eingeführt hat.

Wichtig waren weiterhin die Gespräche mit dem Pastorenehepaar Angela und Engelbert Groen, die sich viel Zeit genommen haben, um mir sämtliche verwendeten Bibelsprüche der Täufer zu erklären und die richtigen auszuwählen.

Um das Verhalten der Wölfe realistisch darzustellen, hat mich das Wolfscenter Dörverden wunderbar beraten, auch hier meinen herzlichsten Dank.

Außerdem habe ich die Hilfe meiner Tochter Karen genossen. Wie schön, wenn man eine Hebamme mit Kräuterwissen in der Familie hat!

Der Gemeinde Sande danke ich für die weiterführende Unterstützung bei den überaus erfolgreichen Lesungen an den Originalschauplätzen im Ort, dem Jever Stadtmarketing, dass sie die Vorgeschichte der Hiske Aalken in den kriminellen Stadtführungen in Jever mit mir leben lassen, und Ilka Schultze von der Gemeindebibliothek Sande für die Kooperation in jeder Forschungs- und Schreiblage.

Und natürlich gilt ein großes Dankeschön meiner Band Dreebladd, mit der ich sehr gern arbeite, Ideen diskutiere und unsere erfüllenden Lesungsprogramme konzipiere. Und ich danke Hilke Heeren fürs Gegenlesen, genau wie meinen Eltern, die mir auch sonst unter die Arme greifen, wenn es nötig ist.

Aber was wäre das alles ohne meinen Mann Frank und meine fünf Kinder, die stets immenses Verständnis für mein Schreiben aufbringen und mich unterstützen, wo immer sie können.

Ich darf mich weiter glücklich schätzen, mit Nicola Härms eine klasse Lektorin und mit Anna Mechler eine sehr engagierte Agentin zu haben.

Das Schlusswort möchte ich aber meinen Lesern widmen. Denen, die mich immer wieder motiviert haben, diese drei Bände mit Hiske Aalken weiterzuschreiben. Denen, die mich und das Dreebladd nach den Lesungen häufig nicht von der Bühne ließen, und denen, die meine Romane auch einfach nur im stillen Kämmerlein genossen haben.

Regine Kölpin

KBV KRIMINALROMAN

Barbara Saladin

EIN HAUCH VON MEER UND MORD

Taschenbuch, 224 Seiten

ISBN 978-3-942446-69-3

9,50 EURO

Die Schweizerin Isabelle besucht ihre Schwester Annina, die ein Praktikum im Nationalpark-Haus auf der ostfriesischen Insel Juist absolviert. Vom Urlaub an der Nordsee erhofft sie sich Ablenkung, ist ihre Ehe doch gerade in die Brüche gegangen. Doch Anninas Begeisterung für Flora und Fauna des Wattenmeers vermag Isabelle nicht anzustecken. Nur langsam findet sie Gefallen an der Insel – und an Reemt, dem Vermieter ihres Pensionszimmers. Doch als sie und Reemt nachts am Strand einen Mann finden, der sterbend im Sand liegt, wird die vermeintliche Idylle jäh zerstört. Der Tote ist ein Freund von Annina – und diese glaubt nicht an die Version von Polizei und Presse, wonach er offenbar Opfer eines Irrtums wurde. Sie beginnt auf eigene Faust zu ermitteln, und plötzlich findet sich auch Isabelle unfreiwillig mitten in einem Kriminalfall wieder.